아들과 연인 1

Sons and Lovers

아들과 연인 1

Sons and Lovers

데이비드 허버트 로렌스 지음 | **이은경** 옮김

제1부

1
모렐 부부의 신혼 시절

'보텀스'는 본래 '헬 로' 마을이었던 자리에 세워졌다. 헬 로 마을은 그린힐 레인의 개울가를 따라 짚으로 불룩하게 지붕을 인 초가들이 모여 이루어진 구역이었다. 그곳에는 광부들이 모여 살았는데, 그들은 들판 두 개 너머에 있는 탄광에서 일했다. 기중기를 쓰는 작은 탄광이어서 오리나무 밑을 유유히 흐르는 개울물은 별로 더럽혀지는 일이 없었다. 당나귀들이 지친 듯이 원을 그리며 기중기 둘레를 터벅터벅 걸으면 탄광의 석탄이 지상으로 끌어올려졌다.

이러한 탄광은 이 지방 일대에 줄지어 있었다. 그중 몇 곳은 찰스 2세 때부터 채굴되던 곳이었으며, 몇 명 되지 않는 광부들과 당나귀들이 개미처럼 땅 속을 파고 들어가 보리밭과 목장 사이에 기묘한 더미를 쌓고 조그맣고 거무스름한 부분들을 만들고 있었다. 이러한 광부들의 집은 여기저기에 여러 채가 모여 있기도 하고 나란히 붙어 있기도 하며, 교구(敎區) 전체에 흩어져 있는 조그만 농가나 양말을 짜는 사람들의 집과 함께 베스트우드 마을을 이루고 있었다.

그런데 60년쯤 전에 갑작스런 변화가 일어났다. 외지에서 온 자본가들이 대규모 광산을 만들면서 작은 탄광들이 밀려나게 된 것이다.

노팅엄서와 더비셔에서 탄광과 철광맥이 발견되자 '카스턴웨이트'라는 이름의 회사가 등장했다. 물 끓듯 대단한 흥분 가운데 파머스턴 경(卿)은 셔우드 숲 가장자리의 스피니 파크에 그 회사의 첫 번째 광산을 공식적으로 개장했다.

이 무렵, 시간이 지날수록 점점 쇠퇴하며 나쁜 평판을 얻던 헬 로 마을이 불에 타버리고 그 많던 쓰레기가 깨끗이 치워졌다.

카스턴웨이트 사(社)는 그곳에 광물이 풍부하다는 사실을 알아냈다. 그래서 셀비와 너털에서 시내로 개울물이 흐르는 길을 따라 새로운 탄광이 들어섰고, 얼마 지나지 않아 여섯 개의 탄광에서 채굴이 시작되었다.

너털에서부터 숲을 가로지르며 철도가 났다. 그것은 사암(砂岩)으로 된 높다란 곳을 달려 폐허가 된 수도원과 로빈 후드의 샘을 지나 스파니 파크로 내려갔고, 거기서부터 보리밭으로 둘러싸인 커다란 광산 '민턴'으로 이어졌다. 철도는 다시 계곡의 비탈에 있는 농경지를 가로질러 벙커즈힐에 이르고, 거기에서 두 갈래로 갈라져 북쪽으로는 크리치와 더비셔의 구릉지를 내려다보는 베걸리와 셀비로까지 뻗어 나갔다. 들판에 박힌 검은 못처럼 보이는 여섯 개의 탄광은 가느다란 사슬 같은 철도에 의해 서로가 연결되었다.

카스턴웨이트 사는 많은 광부들을 수용하기 위해 베스트우드의 언덕 쪽에 거대한 사각형의 숙소를 여러 채 지었다. 이것이 스퀘어즈이다. 그리고 '헬 로'가 있던 자리에 '보텀스'를 지었다.

보텀스는 여섯 블록으로 이루어져 있었다. 마치 도미노 패의 점들처럼 세 블록이 두 줄을 이루고 있었고, 각 블록에는 열두 채의 가구가 있었다. 이 두 줄로 된 집들은 베스트우드의 꽤 가파른 비탈 밑에 있었지만, 적어도 다락방 창문에서는 셀비 쪽으로 오르는 계곡 맞은편의 완만한 경사를 바라볼 수 있었다.

이곳의 집은 모두 견고하고 근사하게 보였다. 그 주위를 한 바퀴 빙 돌아보면 조그마한 앞뜰을 볼 수 있는데, 아래쪽에 있는 건물의 그늘진 작은 앞뜰에는 앵초와 범의귀가 보였고 햇빛이 드는 양지바른 위쪽 건물의 둘레에는 패랭이꽃과 석죽(石竹) 꽃들이 피어 있었다. 말끔한 앞 창문과 조그마한 현관, 작은 쥐똥나무 산울타리, 그리고 다락방의 채광창 등도 보였다. 그러나 그것은 밖에서 본 모습이었고, 광부의 아내들이 자주 드나들지 않는 작은 응접실 쪽의 광경이었다. 가족과 그녀들이 주로 머무르는 부엌은 집 뒤편에 있었고, 옆 건물과 마주 보게 되어 있으며 잡목들이 무성해 너절한 뒤뜰과 뒷간이 내다보였다. 두 줄로 집이 늘어선 건물과 길게 이어진 뒷간들 사이로 좁은 길이 나 있는데, 여기서 아이들은 놀이를 하고 여자들은 잡담을 했으며 남자들은 담배를 피웠다. 사람들은 부엌에서 살아야 하고 부엌은 뒷간이 있는 더러운 길을 향하고 있었기 때문에, 겉으로는 아주 잘 지어졌고 근사하게 보이는 보텀스 사택의 실제 생활 상태는 상당히 불쾌한 것이었다.

모렐 부인은 보텀스로 이사하고 싶어 하지 않았다. 그녀가 베스트우드에서 보텀스로 옮겨왔을 무렵에는 그곳이 세워진 지 이미 12년이나 지났기 때문에 꽤나 지저분한 상태였다. 그러나 그래도 그중 나은 집으로 온 셈이었다. 그녀의 집은 위쪽 블록의 막다른 집이어서 이웃이 한 집밖에 없었기 때문에 다른 쪽에 여분의 긴 뜰을 가질 수 있게 되었다. 이러한 위치 때문에 그녀는 아래쪽에 사는 다른 여자들보다 일종의 귀족적인 우월감을 가질 수 있었다. 왜냐하면 그녀의 집세는 다른 사람들처럼 일주일에 5실링이 아니라 5실링 6펜스였기 때문이다. 그러나 이러한 우월감은 그녀에게 대단한 위안을 주지는 못했다.

그녀는 서른한 살이었고 결혼한 지 8년이 되었다. 몸집이 자그마하고 가냘픈 편이었으나 자세가 꼿꼿하고 야무진 여자였다. 하지만 그녀는 보텀스의 여자들과 처음 만나게 되었을 때 다소 겁을 냈다. 이사를 온 것은 7월이었고 9월에 셋째 아이를 낳을 예정이었다.

그녀의 남편은 광부였다. 그들이 새 집에 이사한 지 3주쯤 지났을 때, 마을에서는 1년에 한 번씩 있는 노동자 공휴일이 다가와 축제가 시작되었다. 모렐은 축제가 열리는 일요일 아침 일찌감치 집을 나섰다. 두 아이는 무척 흥분해 있었다. 일곱 살배기 아들인 윌리엄은 아침을 먹자마자 달아나 축제장을 돌아다녔고, 다섯 살 난 애니는 자기도 가겠다며 아침 내내 투정을 부렸다. 모렐 부인은 집안일을 하고 있었다. 그녀는 아직 이웃 사람들과 가까워지지 못해서 이 어린 딸을 대신 부탁할 사람도 없었다. 그래서 그녀는 딸에게 점심을 먹은 뒤에 축제에 데려다 주겠다고 약속했다.

윌리엄은 12시 반에 돌아왔다. 그는 금발머리에 주근깨가 있고 어딘지 덴마크나 노르웨이 사람의 분위기를 풍기는 매우 활발한 아이였다.

"엄마, 점심 먹을 수 있어요? 축제가 1시 반에 시작한대요!"

소년은 모자를 쓴 채 뛰어오면서 소리쳤다.

"준비가 되면 곧 차려주마."

어머니가 대답했다.

"아직 안 됐어요?"

소년은 푸른 눈으로 어머니를 응시하며 화가 나서 소리쳤다.

"그럼 안 먹고 그냥 갈래요."

"그러면 못 써. 5분이면 될 거다. 이제 12시 반이잖니?"

"곧 시작할 거란 말이에요."

소년은 울상이 되어 소리쳤다.

"시작하면 어떠니. 그렇다고 네가 죽기라도 한단 말이니? 게다가 이제 겨우 12시 반밖에 안 됐잖아. 아직 1시간은 더 남았어."

어머니가 말했다.

소년은 급한 마음에 서둘러 식탁을 차리기 시작했고 세 사람은 곧 식사를 시작했다. 그들이 버터 푸딩에 잼을 발라 먹고 있을 때, 소년은 갑자기 의자에서 벌떡 일어나 가만히 선 채로 꼼짝도 하지 않고 귀를 기울였다. 약간 멀리 떨어진 곳에서 막 돌기 시작한 회전목마의 삐걱거리는 소리와 나팔 소리가 들려왔다. 어머니를 보는 소년의 얼굴이 바르르 떨렸다.

"그것 보세요!"

모자를 가지러 옷장 쪽으로 뛰어가면서 소년이 말했다.

"푸딩을 들고 가려무나……."

어머니는 연이어 말했다.

"그런데 지금 1시 5분밖에 안 됐으니 네가 잘못 안 거야. 아직 2펜스도 안 받았잖니."

몹시 실망한 소년은 돌아와서 2펜스를 받아들고는 아무 말도 없이 집을 나가버렸다.

"나도 갈래, 나도 갈래."

애니는 울음을 터뜨렸다.

"그래. 너도 가게 해줄게, 이 울보야."

어머니가 말했다.

오후가 늦어서야 그녀는 애니를 데리고 높은 산울타리 아래로 언덕을 천천히 걸어 올라갔다. 들판에는 건초를 쌓아놓았고, 소떼들이 다 베고 난 뒤에 자란 짧은 풀을 뜯고 있었다. 따뜻하고 평화로운 날이었다.

모렐 부인은 이 축제를 좋아하지 않았다. 회전목마는 두 대가 있었는데 하나는 증기로 움직였고 또 하나는 망아지에게 끌려 빙글빙

글 돌고 있었다. 그리고 세 대의 풍금이 울리고 있었고, 이따금 울리는 땅땅 하는 총소리와 코코넛 장수의 고함소리, 꼭두각시 장수의 외침소리, 요지경을 든 여자 장수의 높은 목소리 등이 섞여 들려왔다. 모렐 부인은 아들이 월리스라는 사자의 노점 앞에서 흑인 한 명을 죽이고 백인 두 명을 불구로 만들었다는 전설의 사자 그림에 빠져 넋을 놓고 바라보고 있는 것을 발견했다. 그녀는 아들을 내버려두고 애니에게 사탕을 사주러 갔다. 얼마 안 있어 아들이 몹시 흥분하여 그녀에게로 왔다.

"엄마가 올 거라고는 말하지 않았잖아요……. 정말 볼 것이 많지요? ……저 사자가 사람을 세 명이나 죽였대요. 난 벌써 2펜스를 다 썼어요……. 여기 보세요."

소년은 호주머니에서 분홍색 장미 장식이 있는 달걀을 담는 컵을 두 개 꺼냈다.

"저기, 구슬을 구멍에 넣는 가게에서 이 컵을 샀어요. 이 두 개를 두 판에 땄는데…… 한 번 하는데 반 페니씩이에요. 보세요, 장미가 있어요. 나는 이게 마음에 들었어요."

아들이 그 컵을 탐낸 것은 자신에게 주고 싶었기 때문이라는 것을 모렐 부인은 알았다.

"어머나! 참 예쁘구나!"

모렐 부인은 기뻐하며 말했다.

"엄마가 가지고 있어요. 내가 갖고 있다가 깨트리면 안 되니까."

소년은 어머니가 온 것이 기뻐 어쩔 줄 몰라 그녀를 이리저리 끌고 다니면서 구경을 시켰다. 그러다가 요지경 들여다보기를 하는 집 앞에서 그녀가 그림 하나를 보고 이야기를 하듯 설명해 주자 아이는 홀린 듯이 빠져들었다.

소년은 어린 마음에 어머니가 자랑스럽게 생각되어 잠시도 어머니 곁을 떠나려 하지 않았다. 그곳에서 조그마한 검은 모자를 쓰고 외투를 입은 그녀처럼 귀부인으로 보이는 여자는 한 사람도 없었다. 그녀는 아는 여자를 만날 때면 미소를 지으며 인사했다.

모렐 부인은 피곤해져서 아들에게 말했다.

"너도 같이 갈래, 아니면 나중에 올래?"

"벌써 가요?"

소년은 어머니를 나무라는 듯한 얼굴로 소리를 질렀다.

"벌써라고? 4시가 넘었단다."

"무슨 볼일 때문에 벌써 가는 거예요?"

소년은 슬픈 목소리로 말했다.

"가고 싶지 않다면 너는 더 있다 오려무나."

모렐 부인은 어린 딸을 데리고 천천히 멀어져 갔다. 아들은 어머니가 가버리는 것에 마음이 아팠지만, 그래도 이 자리를 떠나 돌아갈 수도 없었다.

모렐 부인이 술집 '문 앤드 스타즈' 앞의 빈터를 지나려 할 때, 그 안에서 남자들이 떠드는 소리와 맥주 냄새가 몰려왔다. 그녀는 아마 자신의 남편도 그곳에 있을 거라고 생각하며 걸음을 재촉했다.

6시 반쯤, 그녀의 아들은 지쳐서 약간 창백해진 얼굴을 하고 어딘지 모르게 풀이 죽어 집에 돌아왔다. 소년은 그 이유를 알지 못했지만 사실 아까 어머니와 함께 돌아오지 않았기 때문에 기분이 나빠져 있었던 것이다. 어머니가 돌아간 뒤, 축제는 조금도 재미가 없었다.

"아빠는 오셨어요?"

소년이 물었다.

"아니."

어머니가 대답했다.

"문 앤드 스타즈에서 일하는 걸 돕고 있어요. 유리창에 친 새까만 철망 사이로 아빠가 소매를 걷어붙이고 있는 것을 보았어요."

"하!"

모렐 부인은 짧게 소리를 냈다.

"네 아빠가 돈이 없어서 그러신단다. 술값만 조금 받으면 그걸로 만족하시는 거야. 어떻게 벌든 간에 말이야."

햇빛이 사라지고 어두침침해져 오자 모렐 부인은 더 이상 바느질도 할 수가 없고 해서 일어나 문 쪽으로 나갔다. 여기저기에서 흥분한 소리가 들려오고 주위에 축제의 떠들썩한 분위기가 가득 차 있어 그녀도 드디어 들뜬 기분에 잠기기 시작했다. 그녀는 뜰로 나갔다. 여자들이 축제에서 돌아오고 있었다.

아이들은 파랗게 물들인 새끼 양이나 나무로 만든 장난감 말을 안고 있었다. 이따금 술에 잔뜩 취해서 발걸음도 제대로 가누지 못하는 남자들이 비틀거리며 지나갔다. 간혹 착한 남편들은 가족과 함께 평화로이 걸어왔다. 그러나 대개는 여자들과 아이들뿐이었다. 집에 머물러 있던 여자들은 흰 앞치마 속으로 팔짱을 끼고 저녁 어스름 속에 서서 잡담을 하고 있었다.

모렐 부인은 혼자였지만 그녀는 그런 것에 익숙해 있었다. 그녀의 아들과 어린 딸은 2층에서 자고 있었다. 그래서 그녀는 안정되고 확고한 가정을 갖고 있는 듯이 보였다. 그러나 뱃속에 있는 아이를 생각하니 비참한 기분이 되었다. 세상이 황량하게만 보였고 그녀의 생활에는―최소한 윌리엄이 성장할 때까지는―지금과 다른 일은 아무것도 일어나지 않을 것만 같았다. 그러나 그녀로서는―아이들이 자랄 때까지―이 쓸쓸함을 견디는 것 외에는 아무것도 할 수 없었다. 그리고 아이들을 생각해 볼 때 그녀에게는 이 셋째 아이를 낳을 여유도 없었다. 그녀는 이 아이를 원하지 않았다. 아이의 아버지는 술집에서 맥주를 나르며 자기도 실컷 퍼마시고 있었다. 그녀는 남편을 경멸했지만 그로부터 떠나지도 못하고 묶여 있었다. 이제 곧 태어날 아이는 그녀에게 너무 무거운 짐이었다. 만약 윌리엄과 애니만 아니었다면, 그녀는 가난과 추함과 비열함을 더 이상 참을 수가 없었을 것이다.

모렐 부인은 밖으로 나가기에는 몸이 너무 무거웠지만 그렇다고 집 안에 틀어박혀 있을 수만도 없어 앞뜰로 나갔다. 뜨거운 열기 때문에 숨이 막히는 듯했다. 그리고 앞날의 삶을 생각하니 마치 자신이 생매장되고 있는 것 같이 느껴졌다.

앞뜰은 쥐똥나무 울타리로 네모나게 둘러싸인 조그마한 땅이었다. 그녀는 거기에 서서 꽃향기를 맡고 어스름이 피어오르는 아름다운 경치를 보며 마음을 가라앉히려고 애썼다. 뜰의 작은 문 맞은편에는 산울타리 밑을 지나 언덕으로 향하는 쪽문이 있었고, 그 길 양편에는 풀을 베어낸 목장의 초원이 지는 해를 받아 불타듯이 반짝이고 있었다.

머리 위 하늘은 저녁노을로 고동치고 맥박이 뛰는 것처럼 보였다. 목장에 비치던 석양빛은 빠르게 사라져버렸고 땅바닥과 울타리는 저녁 어스름 속에 거무스름해졌다. 점점 어두워지면서 언덕 꼭대기에 불그스레한 빛이 반짝였고 그 눈부신 빛은 축제의 시끌벅적한 여운을 희미하게 전했다.

이따금 어두컴컴한 산울타리 아랫길을 따라 남자들이 비틀거리는 걸음으로 집을 향해 걸어갔다. 그때 젊은 남자 하나가 가파른 언덕에서 떠밀리듯 달려 내려오다 언덕 밑에 있는 쪽문에 부딪쳤다. 모렐 부인은 부르르 몸을 떨었다. 그 젊은이는 마치 쪽문이 자기를 해치려고나 한 듯이 몹시 욕을 해대며 일어났는데, 그것이 애처롭게 들렸다.

모렐 부인은 자신의 모든 것이 완전히 달라지는 그런 일은 없을까 생각하며 집 안으로 들어갔다. 안으로 들어간 그녀는 이 생활이 변할 리가 없다는 것을 똑똑히 알았다. 그녀는 자신의 소녀 시절이 아득한 옛날처럼 생각되었다. 보텀스의 뒤뜰을 무거운 몸으로 걷고 있는 사람과 10년 전 쉬어니스의 방파제를 경쾌하게 뛰어다니던 사람이 같은 사람일까 의아할 정도였다.

'도대체 그것이 지금의 나와 무슨 관련이 있단 말인가!'

모렐 부인은 혼자 중얼거렸다.

'이 모든 걸 어떻게 해야 할까? 앞으로 태어날 아이만 해도, 내 생각 같은 건 해본 적도 없는 것 같아.'

때로 삶은 우리를 사로잡아 한 인간의 역사를 만들지만 그것은 참다운 삶이 아니고 그 자아가 은폐된 채로 있을 수 있다.

'난 기다리고 있어.'

모렐 부인은 중얼거렸다.

'기다리고 또 기다리고 있지만, 내가 기다리는 것은 결코 오지 않을 거야.'

모렐 부인은 부엌을 치우고 램프에 불을 붙였다. 그리고 난롯불을 살핀 뒤 내일의 빨랫감을 찾아서 물에 담갔다. 그러고 나서 의자에 앉아 바느질을 시작했다. 그녀의 바늘은 몇 시간 동안이나 바느질감 사이를 오가면서 규칙적으로 번뜩였다. 이따금씩 그녀는 일손을 놓고 한숨을 쉬었다. 그리고 바느질하는 내내 아이들을 위해서 어떻게 하면 지금 가지고 있는 옷들을 가장 잘 활용할 수 있을까 고민했다.

11시 반에 남편이 돌아왔다. 그의 뺨은 검은 콧수염 위로 매우 붉었고 번들거렸다. 그는 들어오자마자 머리를 가볍게 끄덕거렸고 대단히 기분이 좋아 보였다.

"오! 날 기다리고 있었소, 여보? 이때까지 안토니를 도와주었지. 그런데 그자가 얼마를 줬는지 알아? 겨우 반 크라운이야. 그게 전부라고.”

“나머지는 당신이 마신 맥주 값으로 쳤겠지요.”

모렐 부인은 짤막하게 대답했다.

“무슨 소리! 마시지 않았다니까? 정말이야. 오늘은 조금밖에 안 마셨어.”

그의 음성은 부드러워졌다.

“여기, 당신한테 줄 생강과자와 아이들 몫의 코코넛을 가져왔지.”

그는 과자와 털투성이 코코넛을 탁자 위에 내려놓았다.

“아, 그런데 당신은 어떤 것에도 고맙다는 말을 한 적이 없지.”

모렐 부인은 남편의 마음을 풀어주려는 뜻에서 코코넛을 들고 그 안에 물이 있는지를 확인하려고 흔들어 보았다.

“아주 싱싱한 거요. 틀림없어. 내기를 걸어도 좋다구. 빌 호지키슨한테 얻었거든. ‘빌, 그게 세 개나 필요한 건 아니겠지? 우리 집 아들 놈과 딸애에게 한 개 주지 않겠나?’ 하고 말했더니 ‘좋고말고. 아무거나 하나 골라 갖게.’라고 하더군. 그래서 한 개를 가지고 고맙다고 말했지. 내가 그자 앞에서 그걸 흔들어 보려 하지 않자 ‘이봐, 싱싱한 건지 확인해 보라고.’라고 하는 거야. 그래서 싱싱하다는 걸 알았소. 좋은 친구야, 빌 호지키슨 말이야.”

“술에 취하면 뭐든 나눠줄 수 있는 법이지요. 게다가 당신이나 그 사람이나 똑같이 취해 있었으니 말이에요.”

모렐 부인이 말했다.

“아니, 이 망할 여편네가! 누가 취했다는 거야?”

그는 문 앤드 스타즈에서 하루 종일 일을 돕고 와서는 기분이 좋아서 연신 떠들어 댔다.

모렐 부인은 대단히 피곤하고 그의 수다가 고통스러워서 그가 난롯불을 휘젓고 있는 동안 얼른 자러 가버렸다.

모렐 부인은 유서가 깊은 상인 집안 출신이었다. 그녀는 1640년대 내란 때 허친슨 대령[1]과 함께 국교(國敎)가 아닌 조합 교회주의를 위해 싸웠고, 이후로도 굳건한 조합 교회주의자로 남아 이름을 높인 시민의 가정에서 태어났다. 그녀의 할아버지는 노팅엄에서 레이스 제조업자들이 몰락했을 무렵 레이스 사업을 하다가 실패하여 파산했다. 그녀의 아버지 조지 커퍼드는 기술자였는데, 체구가 크고 잘생겼으며 거만하고 자신의 흰 피부와 푸른 눈을 자랑으로 삼는 남자였다. 하지만 그보다 자신의 성실함을 더욱 자랑으로 삼고 있었다.

거트루드는 조그마한 체구는 어머니를 닮았지만 자존심이 강하고 굽히지 않는 성격은 부친인 커퍼드 가문에서 이어받은 것이었다.

조지 커퍼드는 자신의 가난을 몹시 슬프게 생각했다. 모렐 부인 ― 거트루드 ― 은 그의 둘째 딸이었다. 그녀는 어머니를 닮았고 누구보다도 어머니를 사랑했다. 그러나 도전적인 맑고 푸른 눈과 시원한 이마는 커퍼드 가문의 것이었다. 그녀는 부드럽고 유머러스하고 마음씨가 상냥한 어머니에게 항상 위압적으로 대하던 아버지를 미워했던 것을 잊지 않고 있었다. 그녀는 쉬어니스의 방파제를 뛰어다니며 바다에 떠 있는 배를 바라보던 때를 지금도 생생하게 기억했다.

그녀는 기품 있고 도도한 아이였기 때문에 조선소에 갈 때면 모든 사람들이 귀여워하고 갖은 칭찬을 아끼지 않았다. 그녀는 사립학교를 경영했던 우스꽝스러운 노부인을 기억했고, 그 부인의 조교가 되어 즐겁게 사립학교 일을 도왔던 것을 잊어버리지 않았다. 그리고 그녀는 존 필드가 준 성서를 아직도 가지고 있었다. 열아홉 살이었을 때, 그녀는 존 필드와 함께 교회에서 집으로 걸어오곤 했다. 그는 부유한 상인의 아들로, 런던에서 대학을 다녔고 장차 실업계에 몸을

---

1) 존 허치슨(John Hutchinson, 1615~1664). 찰스 1세에 반역한 종교·정치계의 지도자이다 ― 옮긴이

담을 예정이었다.

그녀는 9월의 어느 일요일 오후에 있었던 일을 언제라도 세밀하게 기억할 수 있었다. 그때 그들은 그녀의 집 뒤에 있던 포도나무 밑에 앉아 있었다. 햇빛이 포도넝쿨 잎사귀의 틈 사이로 새어 들어와서 그와 그녀의 위에 레이스 스카프처럼 예쁜 무늬를 만들었다. 잎중에는 노랗고 납작한 꽃처럼 샛노란 색으로 곱게 물든 것도 더러 섞여 있었다.

"자, 가만히 앉아 있어요."

그가 말했다.

"당신 머리카락을 어떤 빛이라고 하면 좋을지 모르겠어요. 구리나 금처럼 반짝이고 불에 탄 구리처럼 붉은색이면서도 햇빛이 비치는 곳은 황금색 실 같거든. 그런데 이걸 모두들 갈색이라고 하다니. 당신 어머니는 그걸 쥐색이라고 하더군요."

그녀의 눈은 그의 반짝이는 눈과 부딪혔다. 그러나 마음속에 벅차오르는 기쁨은 그녀의 말간 얼굴에 거의 드러나지 않았다.

"당신은 사업가가 되기를 원하지 않는다면서요."

그녀가 물었다.

"그래요. 딱 질색이에요."

그는 격하게 말했다.

"그리고 성직자가 되려고 하신다죠."

그녀는 거의 애원하듯이 말했다.

"정말이에요. 만약 내가 일류 설교자가 될 수 있다는 자신만 있다면 그리 하고 싶어요."

"그렇다면 왜 그렇게 하지 않아요……. 왜 해보지 않는 거죠? 제가 남자라면 어떤 일이 있더라도 그렇게 하겠어요."

그녀는 격려하듯이 음성을 높이며 똑바로 고개를 쳐들었다. 그는 그녀 앞에서 다소 소심했다.

"하지만 아버지가 워낙 완고하시거든요. 아버지는 나를 사업가로 만들 작정이시고 틀림없이 그렇게 하실 거예요."

"하지만 당신이 진정한 남자라면!"

그녀는 외쳤다.

"남자라고 해서 모든 일이 처리되는 건 아니지요."

그는 어쩔 줄 몰라 하면서 불안한 듯 얼굴을 찡그렸다.

이제 그녀는 보텀스 여기저기를 돌아다니면서 남자라는 것이 어떠한 존재라는 것을 경험했으므로 그것이 전부가 아니라는 것을 알고 있었다.

스무 살 때, 그녀는 건강 때문에 쉬어니스를 떠났고 그녀의 아버지는 퇴직을 하고 고향인 노팅엄으로 돌아갔다. 그리고 존 필드의 아버지는 사업에 실패했고, 그 아들은 선생이 되어 노우드로 떠났다. 그로부터 2년 뒤, 큰 마음을 먹고 수소문한 끝에 그의 소식을 알 수 있었다. 그는 하숙집 여주인과 결혼했고 그 여인은 마흔 살의 부유한 미망인이었다. 그런데 지금도 모렐 부인은 존 필드가 준 성경을 소중하게 간직하고 있었다. 이제 그녀는 그가 무엇인가를 할 수 있는 사람이었다고는 믿지 않는다. 그렇다, 그녀는 이제 그가 어떤 사람이 될 수 있었고 어떤 사람이 될 수 없었던가를 잘 이해하고 있었다. 그리하여 그녀는 그가 자기 자신을 위해서 준 성경을 간직했고 그와의 추억을 가슴속에 고이 담아두었다. 그리고 죽는 날까지 45년 동안 그녀는 그에 대한 말을 입 밖에 내지 않았다.

스물세 살 때, 그녀는 어느 크리스마스 파티에서 어워시 벨리 출신의 젊은이를 만났다. 모렐은 그때 스물일곱 살이었다. 그는 당당한 체격에 자세가 좋고 군살 없는 미끈한 몸을 가진 사나이였다. 그는 윤기로 빛나는 물결치는 검은 머리와 한 번도 면도칼을 대본 적

없는 멋진 검은 콧수염을 가지고 있었다. 그의 뺨은 불그레했고 호탕한 웃음 때문에 붉고 촉촉하게 젖은 입술이 사람들의 눈을 끌었다. 그는 남다르게 울리는 풍부한 웃음소리를 지니고 있었다. 거트루드 커퍼드는 그에게 매료되었다. 그는 매우 혈색이 좋고 활기에 가득 차 있었으며 힘들이지 않고 우스꽝스러운 말들을 척척 해냈다. 그는 수줍어하지 않고 누구와도 쉽게 어울렸으며 유쾌했다. 그녀의 아버지도 유머감각이 풍부한 사람이었지만 그것은 풍자적인 유머였다. 그러나 이 남자의 유머는 그렇지가 않았다. 그것은 부드럽고 따듯하며 지적이지 않은, 일종의 장난 같은 것이었다.

그녀는 그와 정반대의 성향을 가지고 있었다. 그녀는 호기심이 강하고 감수성이 예민했으며 다른 사람들의 이야기에 귀를 기울이는 것이 낙이고 기쁨이었다. 그녀는 다른 사람들에게 계속 이야기를 시키는 재주가 있었다. 그리고 생각하기를 좋아했기 때문에 대단히 지적이라는 말을 많이 들었다. 그녀가 가장 좋아했던 것은 교양 있는 사람과 종교나 철학, 정치에 관해 논하는 것이었다. 그런 즐거움을 누릴 수 있는 기회는 그리 자주 있는 것이 아니었다. 그래서 그녀는 늘 사람들에게 그들 자신에 대해서 이야기하도록 만들었고, 거기서 자신의 즐거움을 찾았다.

그녀는 몸집이 잡고 가냘펐으며 넓은 이마에는 갈색의 고운 곱슬 머리가 흘러내렸다. 그리고 푸른 눈은 언제나 진지하고 정직하며 무언가를 탐색하듯이 날카로웠다. 그녀는 커퍼드 가문의 특징인 아름다운 손을 가지고 있었다. 그녀의 옷차림은 언제나 차분했으며 짙은 강청색의 실크 옷을 입고 은빛 가리비나 조개 장식이 달린 특이한 은 목걸이를 하고 있었다. 그밖에는 사슬처럼 꼬인 묵직한 금 브로치가 그녀의 유일한 장식품이었다. 그녀는 아직도 범접할 수 없는 듯이 보였고, 매우 경건하며 아름다운 정직함으로 가득 차 있었다.

월터 모렐은 그녀 앞에서 완전히 넋을 잃고 만 것 같았다. 그 광부에게 그녀는 신비와 매혹 바로 그 자체인 숙녀였다. 그녀가 그에게 말을 걸었을 때, 그녀의 남부식 발음과 순수한 영어는 그의 가슴을 두근거리게 했다. 그녀는 그를 찬찬히 지켜보았다. 그는 마치 춤추는 것이 자연스럽고 즐거운 일인 것처럼 능숙하게 춤을 췄다. 그의 할아버지는 피난 온 프랑스인이었으며 술집에서 일하는 영국 여자와 결혼했다—그것을 결혼이라고 할 수 있는 것이라면 말이다. 거트루드 커퍼드는 그 젊은 광부가 춤을 추는 동안 그를 지켜보았다. 그의 동작에는 마력 비슷한 일종의 미묘한 흥분이 베어 나왔다. 그리고 그의 육체의 꽃이라 할 수 있는 얼굴은 뒤엉킨 검은 머리카락 사이로 불그스레한 기운을 띠었고, 어떤 상대와 춤을 출 때라도 한결같이 상대방의 머리 위에서 웃고 있었다.

멋진 사람이다, 이런 사람은 이제까지 한 번도 만난 적이 없는데, 하고 그녀는 생각했다. 그녀에게는 자신의 아버지가 모든 남자의 표본이었다. 잘생기고 태도가 거만하고 신랄하며, 신학 서적 읽기를 좋아했으나 진심으로 애독한 것은 사도 바울에 관한 것뿐이고, 복종을 요구할 때는 엄격하고 허물없이 대할 때는 짓궂었던, 모든 감각적 쾌락을 무시하는 조지 커퍼드—그녀의 아버지는 이 광부와는 아주 달랐다.

거트루드 자신은 어느 편인가 하면, 춤 같은 것은 경멸하고 춤을 잘 추길 바란 적은 한 번도 없으며 로저 드 커벌리[2]조차도 배운 적이 없었다. 그녀는 아버지와 같은 청교도였으며 고결한 마음의 소유자였고 대단히 엄격했다. 그러므로 사고나 정신에 사로잡혀 방해되고 백열 상태로 되어버리는 그녀의 생활 방식과는 달리 촛불처럼 그의 육체에서 흘러내리는 이 남자의 관능적인 삶의 어슴푸레하며 부드

---

2) 두 사람씩 나란히 추는 전통적인 영국 춤을 말한다 — 옮긴이

럽고 황금빛이 나는 불꽃은 그녀에게 무언가 멋진 것, 그녀로서는 따르지 못하는 미지의 경이로운 것으로 여겨졌다.

그가 그녀에게 다가와 허리를 굽혔다. 포도주를 마셨을 때와 같은 따사로움이 그녀의 몸을 스쳐갔다.

"어떻습니까, 나와 함께 이 음악에 맞춰 한 곡 추지 않겠습니까?"

그는 부드럽게 말을 이었다.

"아주 쉬워요. 난 당신이 춤추는 것을 꼭 보고 싶은데요."

그녀는 자신이 춤을 추지 못한다고 말한 적이 있었다. 그녀는 그의 공손한 태도를 보며 미소를 지었다. 그녀의 미소는 아주 아름다웠고 그 젊은이를 감동시켜 모든 것을 잊어버리게 만들었다.

"아니에요. 전 추고 싶지 않아요."

부드러운 그녀의 음성은 맑게 울려 퍼지는 것 같았다. 그는 자기가 무엇을 하는지도 모르는 채—가끔 그는 본능적으로 적절한 일을 했다—그녀 옆에 앉아 공손히 허리를 굽혔다.

"당신은 춤을 추셔야 하잖아요."

그녀는 가볍게 책망했다.

"아니에요. 이번엔 춤을 추고 싶지 않습니다. 이건 내가 좋아하는 곡이 아니니까요."

"하지만 지금 저하고 추자고 하셨잖아요."

그는 이 말에 호탕하게 웃었다.

"그건 또 미처 생각하지 못했네요. 당신 앞에서는 내 어리석음이 금방 드러나는군요."

이번에는 그녀가 웃었다.

"당신은 별로 드러난 게 없는 것 같은데요."

"돼지 꼬리 같은 거죠. 돼지 꼬리가 꼬부라지는 것처럼 어쩔 수 없이 내 어리석음이 드러나요. 몸이 구부러진 것 역시 직업 때문이니 어쩔 도리가 없습니다."

그는 떠들썩하게 웃었다.

"그럼 당신은 광부시로군요!"

그녀는 놀라서 큰 소리로 외쳤다.

"네, 열 살 때부터 탄광에 들어갔지요."

여자는 경탄의 눈으로 그를 바라보았다.

"열 살 때였다고요? 힘들지 않았나요?"

"금세 익숙해지지요. 생쥐처럼 살다가 밤이 되면 굴 속에서 슬쩍 나와 밖에서 어떤 일이 일어나고 있나를 본다고나 할까요."

"마치 장님이 되는 것 같겠군요."

그녀가 이마를 찌푸렸다.

"네, 두더지처럼 말이지요!"

그는 웃으며 말을 이었다.

"그래요, 정말 두더지처럼 헤치고 다니는 녀석들도 있지요."

이내 그는 눈이 어두운 두더지가 냄새를 맡아보고 방향을 찾는 것처럼 얼굴을 내밀고 코로 더듬는 시늉을 했다.

"그러나 대부분은 그런 짓을 하지 않아요."

그는 순진하게 대꾸했다.

"당신은 그자들이 이 광산 밑으로 얼마나 깊게 들어가는지 본 적이 없을 테죠. 언제 한 번 탄광에 안내해 드리겠습니다. 나와 함께 땅 밑으로 들어가서 직접 한 번 보실 수 있게요."

그녀는 깜짝 놀라서 그를 마주보았다. 이것은 그녀 앞에 갑자기 펼쳐진 새로운 삶이었다. 그녀는 땅 속에서 묵묵히 일하고 밤이 되면 땅 위로 올라오는 수백 명의 광부들의 삶을 실감했다. 그녀에게 그는 고귀한 인간으로 보였다. 그는 매일매일 자신의 목숨을 위험 앞에 내놓고 있으면서도 즐겁게 일하는 사람이었다. 그녀는 그를 바라보았고 그녀의 순수하고 겸손한 눈빛에는 일말의 호소하는 듯한 감정이 있었다.

"가보고 싶지 않나요?"

그가 부드럽게 물었다.

"아마 싫을 거야. 그대의 옷이 더럽혀질 테니까."

그녀는 이제까지 이렇게나 친밀한 반말을 들어본 적이 없었다.

이듬 해 크리스마스에 그들은 결혼했고, 석 달 동안 그녀는 완벽하게 행복했다. 그리고 다음 여섯 달 동안은 대단히 행복했다.

남편은 아내를 위해 금주 맹세에 서약을 했고, 절대 금주주의자의 상징인 푸른 리본을 달았다. 하지만 그는 겉치레만 화려할 뿐 실속 없는 남자였다. 그녀는 자신이 살고 있는 집이 그의 소유라고 생각했다. 그 집은 작지만 아주 편리했고, 그녀의 꾸밈없는 정직한 마음과 어울리는 무게 있고 훌륭한 가구들로 근사하게 꾸며져 있었다. 이웃에 사는 여자들은 그녀에게 쌀쌀맞게 대했으며, 모렐의 어머니와 누이들은 그녀의 귀부인 같은 태도를 종종 비웃었다. 그러나 그녀는 남편만 곁에 있다면 충분히 만족하며 지낼 수 있었다.

이따금 달콤한 사랑 이야기에 싫증이 날 때면 그녀는 그에게 자신의 속마음을 진지하게 털어놓고 이야기를 나누려 애썼다. 그러나 남편이 그녀를 존중하는 것처럼 이야기를 듣고는 있었으나 사실 그녀의 말을 조금도 이해하지 못하고 있음을 알 수 있었다. 이런 일이 좀더 아기자기한 친밀감을 찾으려는 그녀의 노력을 헛되게 했고, 그녀는 문득 섬뜩한 공포를 느끼기도 했다. 때로 그는 저녁때가 되면 안절부절못했고, 그녀의 곁에 있는 것만으로는 무언가 부족해한다는 것을 그녀는 눈치 챘다. 그가 자질구레한 일거리를 만들어서 집중할 때면 그녀는 즐거웠다.

남편은 매우 손재주가 좋은 사람이어서 어떤 것이든 만들고 고칠 수가 있었다. 그녀는 곧잘 이렇게 말하곤 했다.

"어머님 댁의 그 쇠부지깽이가 마음에 들어요. 조그맣고 손에 꼭 맞고."

"그래? 그건 내가 만든 거야. 당신도 내가 하나 만들어 주지."

"네? 정말이에요? 그건 강철인걸요!"

"강철이라도 별 거 아냐. 당신에게도 꼭 같은 것을 만들어 주지. 물론 아주 꼭 같다고는 할 수 없을지 모르지만."

그녀는 어질러지고 탕탕 울리는 망치 소리도 거슬리지 않았다. 그는 분주했고 행복했다.

그러나 결혼한 지 일곱 달이 되었을 때, 일요일에 입는 남편의 양복을 솔질하다가 안주머니에서 웬 종이를 발견한 그녀는 갑자기 호기심이 일어나 그 종이를 꺼내서 읽어보았다. 그는 결혼식 이후 그 프록코트를 입은 적이 거의 없었고, 그녀는 그 서류에 호기심을 가져본 일이 없었다. 그것은 아직도 대금을 치르지 않은 가구 계산서였다.

"당신, 이것 좀 보세요."

그녀는 남편이 손을 씻고 저녁식사를 마쳤을 때 말을 꺼냈다.

"당신이 우리가 결혼할 때 입었던 양복 안주머니에서 이런 게 나왔어요. 아직도 지불하지 않은 건가요?"

"아직 기회가 없었어."

"하지만 다 치렀다고 말했잖아요. 내가 토요일에 노팅엄에 가서 해결하고 오는 게 좋겠어요. 나는 남의 의자에 앉는다거나 아직 지불도 하지 않은 식탁에서 밥을 먹는 건 싫어요."

그는 대답하지 않았다.

"당신 통장을 내가 가져가도 되겠지요?"

"좋아. 하지만 그건 당신에게 소용이 없을 거야."

"전 생각했어요……."

그는 아직도 돈이 꽤 남아 있다고 말했었다. 그러나 이제 더 물어보았자 소용이 없다는 것을 깨달았다. 그녀는 고뇌와 분노 때문에 경직되어 꼼짝도 않고 앉아 있었다.

다음날 그녀는 시어머니를 만나러 갔다.

"어머님께서 저희 집 가구를 사주지 않으셨어요?"

"그랬다."

시어머니는 가시 돋친 말투로 대답했다.

"그럼 그 값으로 그이가 얼마를 내던가요?"

"그렇게 알고 싶다면 말해 주지. 80파운드 받았다."

시어머니는 아픈 곳을 찔렸는지 벌컥 화를 내며 대답했다.

"80파운드요? 하지만 아직도 내야 할 돈이 42파운드나 남았는데요!"

"하는 수 없지."

"그럼 그 돈은 다 어디로 간 건가요?"

"원한다면 계산서를 보여주지. 그밖에 그 애가 나한테 빚진 10파운드랑 여기서 올린 결혼식 비용 6파운드도 들어 있다."

"6파운드요!"

거트루드는 시어머니의 말을 되풀이했다. 그녀의 아버지가 딸의 결혼식에 과다한 돈을 썼는데도 월터의 집에서 또 먹고 마시는 데 6파운드나 낭비되었다는 것이 어처구니없는 일로 여겨졌다.

"그럼 그이는 집을 사는 데 얼마나 돈을 썼나요?"

"집이라니? 무슨 집을 말이냐?"

거트루드 모렐은 입술까지 하얘졌다. 남편은 지금 살고 있는 집과 그 옆집이 자기 것이라고 말했었다.

"지금 저희가 살고 있는 집 말이에요."

"그건 내 집이야, 두 채 모두. 그리고 아직 다 집값을 갚지도 못했어. 융자 이자를 갚는 것만으로도 힘에 부칠 정도라고."

거트루드는 하얗게 질려서 말없이 앉아 있었다. 이제 그녀는 자신의 아버지와 똑같아졌다.

"그렇다면 저희는 어머니께 집세를 내야겠군요."

거트루드는 차갑게 말했다.

"네 남편이 내고 있다."

"그래, 얼마죠?"

"매주 6실링 6펜스다."

그것은 그 집이 가진 가치 이상의 집세였다. 거트루드는 머리를 꼿꼿이 세우고 똑바로 앞을 보았다.

"넌 행복한 거야. 돈 걱정은 전부 자기 혼자 떠맡고 너는 제멋대로 쓰게 하는 남편을 만났으니 말이다."

시어머니는 달려들듯이 말했다. 젊은 아내는 말이 없었다.

그녀는 그 일에 대해서 남편에게 아무 말도 하지 않았지만, 그에 대한 태도는 변했다. 그녀의 자존심 강하고 고결한 영혼 속에서 무엇인가가 바위처럼 단단하게 굳어버렸다.

10월에 접어들자 그녀는 오직 크리스마스만 생각했다. 그녀는 2년 전 크리스마스에 그를 만났고, 작년 크리스마스에 그와 결혼했다. 그리고 이번 크리스마스에 그의 아이를 낳을 예정이었다.

"당신은 춤을 추지 않지요?"

베스트우드의 작은 호텔 브릭 앤 타일에서 10월에 댄스 교실이 열린다는 이야기로 떠들썩할 때 그녀의 이웃 부인이 물었다.

"네, 저는 춤추고 싶다는 생각을 조금도 해본 적이 없어요."

모렐 부인은 대답했다.

"어머나! 그렇담 당신 남편과 결혼한 건 정말 재미있는 일이네요.

당신 남편이 춤 솜씨로 유명한 건 알고 있지요?"

"그렇게 유명인사인 줄은 몰랐군요."

모렐 부인은 웃으며 말했다.

"정말이에요. 유명하고말고요. 당신 남편이 마이너스 암스 클럽에서 5년이나 댄스 강습을 했었잖아요."

"그이가요?"

"그럼요, 그랬어요."

이웃 여자는 도전적이었다.

"언제나 화, 목, 토요일마다 발 디딜 틈도 없이 사람들이 몰려들었죠. 또 소문으로는 거기서 꽤 시시덕거리며 놀았던 모양이에요."

이러한 이야기는 모렐 부인으로서는 씁쓸하고 괴로운 일이었고, 그것은 그녀를 충분히 괴롭혔다. 여자들은 처음 얼마간 그녀에게 사정없이 바른말을 털어놓았다. 그것은 그녀가 도도하게 보였기 때문이었다. 그러나 그녀로서는 어쩔 수 없는 일이었다.

남편은 귀가시간이 점점 늦어지기 시작했다.

"요즘은 퍽 늦게까지 일하는군요, 그렇죠?"

그녀는 세탁하는 여자에게 물었다.

"평소보다 더 늦지는 않아요. 하지만 모두 엘런즈에 들러 한잔 하고 시끄럽게 떠들어 대다 보면 그렇게 되지요. 저녁밥은 차갑게 식어버리고…… 고소하지 뭐예요."

"하지만 제 남편은 술을 마시지 않는데요."

그 여자는 손에서 세탁물을 떨어트리고 모렐 부인을 쳐다보다가 아무 말도 없이 다시 자기 일을 계속했다.

사내아이를 낳았을 때, 거트루드 모렐은 몸이 몹시 좋지 못했다. 모렐은 그녀에게 정성을 들였고 금덩어리처럼 소중하게 대해 주었다. 그러나 그녀는 친정에서 멀리 떨어져 있어서 몹시 쓸쓸하게 느겼다. 이제 모렐이 곁에 있어도 쓸쓸했고, 그가 곁에 있을수록 쓸쓸함은 더욱 강해질 뿐이었다.

태어난 사내아이는 처음에는 조그맣고 약했지만 이내 무럭무럭 자랐다. 짙은 황금색 머리칼이 곱슬곱슬하고, 진한 감색이었던 눈은 점차 맑은 회색으로 변해 갔다. 아름다운 아이였다. 그의 어머니는 그를 열정적으로 사랑했다.

그 아이는 어머니의 환멸의 고통이 참기 어려울 만큼 강해졌을 때, 삶에 대한 믿음이 흔들리고 그녀의 영혼이 어둠과 적막감을 느꼈을 때 태어난 것이다. 그녀는 아이를 몹시도 소중하게 여겼고, 아이의 아버지는 그것을 질투했다.

마침내 모렐 부인은 남편을 멸시하게 되었다. 그녀는 아이의 아버지 대신 아이에게 의지하게 되었다. 그녀의 마음이 남편에게서 아이에게로 옮겨간 것이다. 남편 쪽에서도 그녀를 무시하기 시작했고, 새 가정의 신선함은 사라져버렸다. 그녀는 자기 남편에게는 강직하고 씩씩한 기상이란 없다고, 자기 자신에게 비통한 기분으로 타일렀다. 그는 한순간에 느낀 것이 전부였고 어떤 것도 지킬 수 없었다. 그의 허세 이면에는 아무것도 없었다.

남편과 아내 사이에 싸움이 시작되었고, 그것은 어느 한 쪽이 죽기 전에는 끝나지 않을 무섭고 지독한 싸움이었다. 그녀는 남편이 책임감을 가지고 자신의 의무를 다하도록 만들기 위해 싸웠다. 그러나 그는 그녀와는 너무나 다른 인간이었다. 그의 본성은 순전히 본능적이었고 아내는 그를 도덕적이고 종교적인 인간이 되게 하려고 노력했다. 그리고 사물을 정면으로 직시하게 만들려고 애썼다. 그는 그것을 참을 수가 없었다—그것은 그의 마음을 공허하게 만들어 버리는 것이었다.

아이가 아직 어릴 때부터 아버지의 성격은 화를 잘 내고 신뢰할 수 없는 것이 되었다. 만약 아이가 조금이라도 성가시게 굴면 그는 아이를 위협했다. 약간 칭얼대기만 해도 광부의 억센 손은 아이를 때렸다. 그럴 때면 아내는 남편을 몹시 미워했고 그것은 며칠이나 지속됐다. 그러면 그는 밖으로 나가 술을 퍼마셨고, 그녀는 남편이 무슨 짓을 하건 개의치 않았다. 다만 그가 돌아오기만 하면 빈정대는 말들로 상처를 주었다. 그 또한 부부 사이가 벌어졌기 때문에 의식적으로든 또는 무의식적으로는 여느 때 같으면 그러지 않았을 부분에서도 아내의 비위를 상하게 했다.

윌리엄은 이제 막 한 살이 되었다. 그의 어머니는 아이가 매우 귀여운 것을 대단히 자랑스럽게 생각했다. 그 즈음 모렐 부인의 경제 상태는 그다지 넉넉하지 못했고 그녀의 자매들이 아이의 옷을 마련해 주었다. 타조 깃털을 꽂은 하얗고 작은 모자에 흰 코트를 입고 모자 밑으로 물결치는 곱슬머리를 늘어뜨린 그 아이는 어머니의 기쁨이었다.

어느 일요일 아침, 모렐 부인은 누운 채 아래층에서 나는 아버지와 아이의 말소리를 듣고 있었다. 그러다가 깜빡 잠이 들었다. 그녀가 아래층으로 내려왔을 때 벽난로에는 불이 활활 타오르고 있었고, 방은 무더웠으며, 아침식사를 한 그릇들이 아무렇게나 널려 있었다. 모렐은 벽난로를 등지고 안락의자에 앉아 어쩐지 머뭇대고 있었다. 그의 가랑이 사이에 서 있는 아이는—양처럼 머리칼을 아주 짧게 깎여서 우스운 까까중머리가 되어—의아한 눈빛으로 어머니를 보았다. 그리고 벽난로 앞에 펼쳐진 신문지 위에는 초승달 모양의 곱슬머리가 금잔화 꽃잎처럼 불빛에 붉게 물들어 반짝이며 흩어져 있었다.

모렐 부인은 그만 장승처럼 우뚝 서고 말았다. 그 아이는 그녀의 첫 아이였다. 그녀는 새파랗게 질려서 입을 열 수조차 없었다.

"이거 어떻소?"

모렐이 불안스럽게 웃었다.

그녀는 불끈 쥔 두 주먹을 치켜들고 앞으로 나아갔다. 남편은 주춤 뒤로 물러섰다.

"당신을 죽이고 싶어, 죽이고!"

그녀가 말했다. 그녀는 양쪽 주먹을 높이 쳐들고 분노로 숨이 막힐 지경이었다.

"당신도 애를 계집애처럼 꾸미자는 건 아니잖아."

모렐은 겁에 질린 목소리로 아내의 눈을 피하려는 듯이 고개를 숙이고 말했다. 그는 웃음으로 얼버무리려고 했으나 이미 늦었다.

어머니는 들쑥날쑥 짧게 잘린 아이의 머리를 내려다보았다. 그녀는 양손을 아이의 머리칼 위에 올려놓고 머리를 쓰다듬었다.

"오, 내 아들아!"

그녀는 더듬거렸다. 입술은 떨리고 얼굴은 울상이 되더니, 갑자기 아이를 안아올려서 아이의 어깨에 얼굴을 파묻고 비통하게 울음을 터트렸다. 그녀는 원래 울지 않는 여자였다. 그러한 여자의 상처는 남자가 받는 상처와 같은 것이다. 그녀의 울음은 그녀에게서 무언가를 찢어내는 것 같았다.

모렐은 무릎에 팔꿈치를 대고 앉아서 손가락 마디가 하얗게 될 정도로 두 손을 꽉 깍지 끼고 있었다. 그는 숨이 멎은 듯 멍청히 난로불만 들여다보고 있었다.

이윽고 그녀는 울음을 멈추었고, 아이를 달랜 뒤 아침상을 치웠다. 그녀는 곱슬곱슬한 머리칼이 잔뜩 흩어져 있는 신문지를 그대로 내버려두었다. 마침내 남편이 그것을 모아 난롯불 깊숙이 던져 넣었다. 그녀는 입을 꼭 다물고 말없이 집안일을 계속 했다. 남편은 완전히 풀이 죽었다. 그는 초라하게 살금살금 걸어다녔고 그날의 식사는 고통스러웠다. 그녀는 그에게 예의를 갖춰 말했으며 그가 저지른 일에 대해서 절대로 입 밖에 내지 않았다. 그러나 그는 어쩐지 파국 비슷한 것이 일어났다는 것을 느꼈다.

훗날 아내는 자신이 어리석었고 아이의 머리칼은 조만간 잘라야 하는 것이었다고 말했다. 더 나아가 결국에는 그때 그가 한 일은 이발사 노릇을 한 거나 다름없다고까지 남편에게 말하게 되었다. 그러나 그녀도 모렐도 그 행위가 그녀의 영혼에 어떠한 중대한 변화를 가져왔다는 것을 알고 있었다. 그녀는 평생 그 장면을 자신이 겪은 가장 강렬한 고통의 순간으로 기억했다.

이러한 남편의 엉뚱한 행위는 모렐에 대한 그녀의 사랑의 옆구리를 꿰뚫는 창이 되었다. 이전에 남편과 맹렬히 싸우던 때 그녀는 그가 마치 자신에게서 떨어져 나가는 것처럼 남편의 뒤를 안달하며 쫓아다녔다. 그러나 이제 그녀는 그의 사랑에 안달하지 않게 되었고, 그는 그녀에게 있어 아무런 인연도 없는 인간이었다. 이것은 삶을 훨씬 견디기 쉬운 것으로 만들어 주었다.

그럼에도 불구하고 그녀는 여전히 남편과 다투었다. 그녀는 아직껏 대대로 이어받은 청교도의 고귀한 도덕의식을 지니고 있었다. 그런데 그것이 이제 종교적인 본능이 되어 있었고 그녀는 그를 사랑하기 때문에, 아니 그를 사랑했었기 때문에 그에 대하여 지나치게 열렬한 인간이 되었다. 그가 종교적인 죄를 범하기라도 하는 날에는 그를 나무라고 괴롭혔다. 남편이 술에 취하고 거짓말을 하고 비겁하게 굴거나 나쁜 짓을 할 때면 그녀는 무자비하게 매를 휘둘렀다.

불행하게도 그녀의 성격은 그와 너무나 대조적이었다. 그녀는 그가 할 수 있는 약간의 것으로는 만족할 수 없었다. 그녀는 그에게 너무 많은 것을 기대했고, 그래서 그의 능력 이상으로 고귀한 인간을 만들기 위해서 그를 파멸시키고 말았다. 그녀는 자기 자신에게도 해를 입히고 상처를 내며 흠집을 남겼지만, 자신의 가치를 조금도 잃지 않았다. 그녀에게는 아이들이 있었던 것이다.

모렐은 다른 광부들보다 더 심한 정도는 아니었지만 술을 꽤 많이 마셨다. 언제나 맥주를 들이켰기 때문에 건강에 영향을 주긴 했지만 결코 심하게 해칠 정도는 아니었다. 그가 가장 많이 마시고 떠드는 것은 주말이었다. 매주 금요일과 토요일, 일요일 밤은 교대시간이 올 때까지 마이너즈 암즈 클럽에 눌러앉아 있었다. 월요일과 화요일에는 10시경이면 마지못해 일어나야 했고, 수요일과 목요일 밤에는 집에 있기도 하고 아니면 한 시간쯤 나갔다 오기도 했다. 술 때문에 일을 못 나가는 일은 거의 없었다.

그러나 아주 착실하게 일을 하는데도 불구하고 그의 임금은 점점 줄어들었다. 그는 허튼소리를 잘했고 말도 많았다. 그는 위에서 내려오는 압력을 혐오했으므로 그는 갱도의 십장들을 마구 비난했다. 그는 파머스톤에서 이렇게 말하곤 했다.

"오늘 아침에 십장이 우리 갱에 내려와서 나보고 이렇게 말하더군. '자넨 알겠지, 월터. 이곳은 좋지 않군 그래. 이 버팀목이 왜 이래?' 그래서 내가 말했지. '왜? 이 지주가 어떻단 말인가?'라고. 그랬더니 그자는 '아무래도 안 되겠는걸. 여기 이곳은 조만간 천장이 내려앉고 말겠어.' 그래서 난 '그럼 자네가 딱딱한 점토 위에 버티고 서서 머리빡으로 천장을 받치고 있는 게 좋겠군.' 그러니까 그자가 바보처럼 펄펄 뛰면서 냅다 욕지거리를 퍼붓고 덤비는 통에 모두들 깔깔거리고 웃었지."

모렐은 흉내를 잘 냈다. 그는 뚱뚱한 십장이 꽥꽥거리는 목소리로 표준 발음을 내려고 애쓰는 것을 흉내 냈다.

"'이건 곤란한데, 월터. 이 일에 관해 누가 더 잘 알고 있다고 생각하나. 자네겠나, 아니면 난가?' 그래서 난 이렇게 대꾸해 주었지. '자네가 얼마나 잘 알고 있는지는 알 수 없지만 저 천장이 무너지면 자네를 침대에다 데려다 눕히고 되돌아오지.'라고 말이야."

모렐은 이런 식으로 그의 술친구들을 즐겁게 해주었다. 그러한 말 가운데는 진담도 어느 정도 섞여 있었다. 십장은 교육을 받은 사람은 아니었다. 그는 모렐과 소년 시절을 함께 지냈기 때문에 서로 반목하면서도 마음을 허락하고 있는 사이였다. 그러나 앨프리드 찰스 워스는 모렐이 술집에서까지 그런 말을 지껄이는 것을 묵과하지 않았다. 그 결과, 모렐은 우수한 광부였고 그가 결혼할 당시 1주일에 5파운드까지 벌곤 했지만 지금은 점점 석탄이 적어서 캐기 어렵고 돈도 벌리지 않는 나쁜 굴로 배치되었다.

또한 여름철이면 탄광은 불경기였다. 햇볕이 밝은 아침나절인 10시나 11시, 12시경에 광부들이 떼를 지어 집에 돌아오는 광경을 흔히 볼 수 있었다. 탄광 입구에는 대기하고 있는 빈 화차가 없었다. 언덕 중턱에서 아낙네들은 벽난로 앞에 까는 깔개를 울타리에 대고 털면서, 기관차가 골짜기를 따라 탄광으로 끌고 가는 화차의 수를 세었다. 그리고 점심 때 학교에서 돌아오는 아이들은 들판을 내려다보고 기계 바퀴가 멈춰 서 있는 것을 보면 이렇게 말했다.

"민턴 탄광이 쉬는구나. 아빠가 집에 계시겠다."

그렇게 되면 주말쯤 돈이 떨어진다는 이야기이므로 여자들이나 아이들, 남자들 모두에게 일종의 어두운 그늘 같은 것이 드리워지곤 했다.

모렐은 아내가 집세며 식비, 의복비, 동호회비, 보험료, 의료비까지 모든 살림살이를 꾸려가도록 매주 30실링씩을 주기로 되어 있었다. 간혹 여유가 있을 때는 35실링도 주었다. 그러나 이러한 경우가 겨우 26실링만 내놓을 때를 보충할 수는 없었다. 겨울철에는 좋은 채탄장이 걸리면 한 주에 50실링이나 55실링을 벌 수도 있었다. 그런 때에 그는 아주 행복했다. 금요일 밤과 토요일 밤, 그리고 일요일에 그는 1파운드 정도를 임금님처럼 써버리곤 했다.

그렇게 많이 쓰면서도 아이들에게 1페니를 남겨준다든지 사과 한 개를 사다주는 일도 없었다. 그 돈은 모두 술값으로 나갔다. 경기가 좋지 않을 때면 상황은 더욱 나빠졌지만, 그가 전처럼 노상 술만 마시고 있지는 않았으므로 모렐 부인은 이렇게 말하곤 했다.

"차라리 돈이 없는 편이 나을지도 모르겠어요. 남편에게 여유가 있을 때면 단 1분도 평화롭지 않으니까 말예요."

모렐은 40실링을 벌면 자기를 위해서 10실링을 제해 놓았다. 35실링을 벌면 5실링을 가졌고 32실링이면 4실링, 28실링이면 3실링, 24실링이면 2실링, 20실링이면 1실링 6펜스, 18실링이면 1실링, 16실링이면 6펜스를 가졌다. 저축은 한 푼도 한 적이 없고 아내에게 저축할 만한 기회를 주지 않았다. 오히려 그녀는 종종 남편의 빚을 갚아주기까지 해야 했다. 외상 술값은 아니다. 술집에 진 빚만은 여자들에게 치르게 할 수 없었으므로, 그것은 그가 카나리아나 멋진 지팡이 같은 것을 샀을 때 진 빚 따위였다.

연중행사인 축제가 다가오면 모렐의 벌이는 신통치 않았다. 한편 모렐 부인은 출산에 대비하여 돈을 모아놓으려고 생각하고 있었다. 그래서 자신은 집에서 고통을 받고 있는 동안 남편은 밖에서 돈을 쓰고 즐기고 있다는 생각에 몹시 화가 났다.

이틀간의 휴일이 있었고, 화요일 아침에 모렐은 일찍 일어났다. 그는 아주 기분이 좋았다. 아침 6시도 되기 전에 그녀는 모렐이 혼자 휘파람을 불면서 아래층으로 내려가는 소리를 들었다. 그는 즐겁고 신나게 휘파람을 불었다. 그가 부는 휘파람은 거의 언제나 찬송가였다. 예전에 그는 아름다운 목소리를 가진 소년 성가대원이었고, 사우스웰 성당에서 독창을 맡았었다. 그가 아침에 부는 휘파람 소리만

이 그때의 모습을 남기고 있었다.

아내는 그가 뜰에서 탕탕 소리를 내며 일하고 있는 소리를 듣고 있었고, 그의 휘파람 소리는 톱질을 하고 망치질하는 가운데 울려 퍼졌다. 아이들이 아직 깨지 않은 맑게 갠 이른 아침에 자리에 누워서 그가 행복한 듯한 휘파람 소리를 듣고 있으면 그녀는 언제나 포근하고 평화로운 기분이 들었다.

9시가 되어 아이들이 발과 종아리를 드러낸 채 소파에서 놀고 있고 그녀가 설거지를 하고 있을 때, 그는 소매를 걷어붙이고 조끼 단추를 풀어헤친 채 목공 일을 끝내고 집 안으로 돌아왔다. 아직도 그는 물결치는 검은 머리칼과 두툼한 콧수염을 가진 미남이었다. 너무 상기되어 있기 때문인지 그의 얼굴은 약간 못마땅하다는 듯한 짜증스러운 표정이 깃들어 있었다. 그러나 그는 쾌활했다. 그는 아내가 설거지하고 있는 개수대로 곧장 걸어갔다.

"아니, 당신이 여기 있었소!"

그가 떠들썩하게 말했다.

"좀 비켜서 몸을 씻게 해줘."

"설거지가 끝날 때까지 조금만 기다려요."

"뭐, 기다려야 하나? 내가 못 기다리겠다면 어떻게 할 텐가?"

이런 유쾌한 위협이 모렐 부인을 즐겁게 했다.

"그럼 빨래통에 가서 씻을 수 있잖아요."

"좋아! 뭐든지 하지. 심술쟁이 아주머니."

모렐 잠깐 멈춰 서서 아내를 지켜보고는 밖으로 나가 그녀의 일이 끝날 때까지 기다렸다.

마음이 내킬 때면 그는 지금도 진짜 '멋쟁이' 처럼 꾸밀 수 있었다. 보통 그는 목에 스카프를 감고 나가는 것을 좋아했다. 그런데 오늘 아침에 그가 세수하는 꼴이며 양치질하는 꼴이 너무 꼼꼼했고, 또 부엌으로 뛰어 들어와서는 너무 낮게 걸려 있어 허리를 굽히지 않고는 볼 수 없는 거울 앞에서 정성 들여 검은 머리카락을 빗고 있는 모양이 하도 생기에 차 보여서 모렐 부인은 신경질이 나고 말았다. 그는 접은 칼라를 달고 까만 나비넥타이를 맨 뒤 외출용 양복을 입었다. 이렇게 꾸미니 말쑥하게 보였다. 그리고 그의 의복으로 충분하지 못한 면은 자기의 잘생긴 외모를 최대한 발휘할 줄 아는 그의 본능이 보충해 주었다.

9시 반에 제리 퍼디가 그의 친구를 부르러 왔다. 제리는 모렐의 가장 친한 친구였으나 모렐 부인은 그를 싫어했다. 그는 마르고 키가 큰 사나이로, 얼핏 보기에 여우와 비슷하게 생겼고 눈썹이 별로 없는 얼굴이었다. 그는 마치 자기 얼굴이 딱딱한 스프링 위에 얹혀 있기라도 한 듯이 억지로 꾸민 듯한 태도로 뻣뻣하고 엄숙하게 무게를 잡으며 걸었다. 그는 냉정하고 빈틈없는 사나이였다. 내킬 때는 관대할 수 있는 사람으로, 모렐을 좋아하는 것 같기도 했고 다소 모렐을 돌봐주고 있는 것 같기도 했다.

모렐 부인은 그를 혐오했다. 그녀는 그의 아내를 알고 있었다. 그 여자는 결핵으로 죽었는데, 마지막에는 남편이 그녀의 방에 들어오면 각혈을 할 정도로 남편에 대한 극심한 증오심을 가지고 있었다. 그러나 제리는 그런 것들을 전혀 개의치 않는 듯 보였다. 지금은 열다섯 살 난 맏딸이 그의 빈곤한 가정을 지키며 어린 두 동생을 돌보고 있었다.

"야비하고 냉혹한 비쩍 마른 못난이!"

모렐 부인은 그를 그렇게 말했다.

"난 절대로 제리가 야비하다고 생각하지 않아. 내가 알기로 그는 흔히 없을 만큼 손이 크고 인심 좋은 사람이라고."

모렐이 항의했다.

"당신한테는 후하겠죠. 하지만 자기 자식들한테는 영 구두쇠예요. 가엾은 애들."

모렐 부인은 대꾸했다.

"가엾은 애들이라니! 그래, 어째서 가엽다는 거야?"

모렐 부인은 제리의 편을 드는 이야기에는 끌려들지 않았다.

이 논쟁의 대상이 개수대의 커튼 너머로 가느다란 목을 내밀고 들여다보다가 모렐 부인과 눈이 마주쳤다.

"안녕하세요, 부인! 바깥양반이 집에 있습니까?"

"네, 있어요."

제리는 들어오라고 하지도 않았는데 들어와서는 부엌 문간에 서 있었다. 모렐 부인은 그에게 앉으라는 말도 하지 않았고, 제리는 남자와 남편의 권리를 강하게 주장하듯이 그곳에 버티고 서 있었다.

"좋은 날씨군요."

제리가 모렐 부인에게 말했다.

"글쎄요."

"외출하기엔 아주 좋은 날이지요. 산책하기에 말이에요."

"남편과 산책을 갈 거란 말인가요?"

"네, 우리 둘이서 노팅엄까지 걸어갈 생각입니다."

제리가 대답했다.

"흠."

두 남자는 즐거워하며 서로 인사했다. 제리는 침착했으나, 모렐은 아내 앞에서 너무 즐거워 보이는 것을 염려하는 듯이 자신을 억제하고 있었다. 그러나 그는 구두끈을 재빨리 단단하게 잡아매었다.

그들은 들판을 가로질러 노팅엄까지 16킬로미터 정도 산책할 생각이었다. 보텀스에서 시작되는 언덕길을 오르며 두 남자는 즐겁게 아침의 들판으로 나섰다. 그들은 문 앤드 스타즈에서 우선 한 잔을 걸치고 나서 올드스팟을 향해 걷기 시작했다. 거기서부터 8킬로미터나 되는 긴 길을 한 잔도 마시지 않고 걸었으므로 불휠에 도착해서는 근사한 흑맥주를 1파인트나 마셨다. 또 그들은 들판에서 건초를 만드는 사람들과 친해져 1갤런들이 술병에 가득 찬 술을 나눠 마시고 나서 도시가 눈앞에 보이게 되었을 때 모렐은 졸음을 느끼게 되었다. 도시는 대낮의 눈부신 햇빛 아래 아련히 퍼져 있었고, 멀리 남쪽으로 탑과 큼직한 공장들의 모습과 굴뚝들이 솟아 있었다. 도시로 들어가기 직전에 있는 들판에서 모렐은 한 그루의 떡갈나무 밑에 누워 한 시간 이상이나 곤히 잤다. 일어나서 다시 걸으려 했을 때, 그는 몸이 좀 이상한 것을 느꼈다.

두 사람은 메도스에서 제리의 누이와 함께 점심을 먹고 '펀치 볼'로 가서 비둘기 경주로 떠들썩한 구경꾼들 틈에 끼었다. 모렐은 트럼프에는 무언가 마술적인 이상한 힘이 있다고 생각해서 여태까지 한 번도 해본 적이 없으며 그것을 '악마의 그림'이라고 불렀다. 그러나 볼링과 도미노 게임은 잘했다. 그는 뉴억에서 온 어떤 사나이로부터 볼링 게임을 하자는 도전을 받았다. 오래되고 좁다란 바에 있던 사람들은 모두 어느 쪽에든 내기를 걸고 응원했다. 모렐은 윗옷을 벗었고 제리는 여기저기서 돈이 던져진 모자를 쥐고 있었다. 테이블에서 술을 마시고 있던 남자들이 모두 지켜보았고, 어떤 이들은 손에 술잔을 들고 서 있었다. 모렐은 큰 나무 공을 손에 들고 신중하게 굴렸다. 그는 아홉 개의 핀을 사정없이 쓰러트리고 반 크라운을 벌었다. 이것으로 이날 술값을 다 벌었다.

7시 경이 되자 두 사람은 말짱한 정신으로 돌아와 있었고, 그들은 7시 반에 집으로 돌아가는 기차를 탔다.

그날 오후 보텀스의 더위는 지독한 것이었다. 집에 있는 사람들은 모두 바깥으로 나왔다. 여자들은 모자도 쓰지 않고 앞치마 바람으로 떼를 지어 건물 사이의 골목길에 모여 이야기를 하고 있었고, 술을 마시다가 잠시 쉬고 있는 남자들은 쭈그리고 앉아서 잡담을 나눴다. 그곳에는 쉰 듯한 냄새가 났으며 슬레이트 지붕은 뜨거운 열기로 바싹 말라 반짝거렸다.

모렐 부인은 어린 딸을 집에서 200미터도 채 떨어지지 않은 들판 사이에 흐르는 개울로 데리고 갔다. 개울물은 돌들과 깨어진 도자기 조각들 위로 빠르게 흘러갔다. 어머니와 딸은 양들이 건너도록 만든 낡은 다리 난간에 기대어 개울을 바라보았다. 모렐 부인은 들판 저쪽에 있는 양들을 씻기는 못에서 벌거숭이 사내아이들이 깊고 누르스름한 물로 뛰어들기도 하고 또는 이따금씩 태양에 타서 거무스름한 들판 너머로 몸을 번쩍이며 달려가는 것을 보았다. 그녀는 윌리엄이 그 못에서 놀고 있는 것을 알고 있으므로 물에 빠지지는 않을까 무척 염려가 되었다. 애니는 키가 크고 오래된 산울타리 밑에서 오리나무 열매를 주우며 놀고 있었고 그것을 구스베리라고 말했다. 그 아이에게는 아직 잠시도 눈을 뗄 수가 없었고 파리가 귀찮게 굴었다.

7시에 아이들을 재우고 나서 그녀는 한참 동안 더 집안일을 했다. 월터 모렐과 제리는 베스트우드에 도착하자 마음의 짐을 내려놓은 듯이 홀가분했다. 더 이상 기차를 타지 않아도 되었으므로 시간에 대해 신경을 쓸 것도 없었고 둘은 이 좋은 날을 멋지게 마무리할 수 있었다. 그들은 여행길에서 돌아온 사람다운 만족감을 느끼며 넬슨 주점에 들어섰다.

다음날은 다시 일을 해야 했고 그 생각은 남자들의 기분을 울적하게 만들었다. 게다가 대부분의 남자들은 돈을 다 써버렸다. 어떤 이들은 쓸쓸한 기분으로 내일을 위해 잠을 자려고 집으로 돌아갔다. 모렐 부인은 그들의 음울한 노래를 들으면서 집 안으로 들어왔다. 9

시가 지나고 10시가 넘었는데도, 아직도 그 '두 친구'는 돌아오지 않았다. 어딘가 문간에서 한 남자가 큰 소리로 천천히 '친절한 빛이여, 나를 인도하소서'라는 노래를 부르고 있었다. 모렐 부인은 술 취한 사람들이 감상적인 기분이 되면 반드시 이 찬송가를 부르는 데 대해 항상 분개했다.

"'제네비에브' 같은 유행가로는 모자란 모양이지."

모렐 부인은 중얼거리며 부엌으로 걸음을 옮겼다.

부엌은 삶은 약초와 홉 냄새로 가득했다. 난로 위의 큼직하고 까만 소스 냄비에서는 김이 솔솔 오르고 있었다. 모렐 부인은 두툼한 황토 질냄비 바닥에 흰 설탕을 흠뻑 붓고 힘들여 지탱하면서 소스 냄비의 국물을 그 속에 부어 넣었다.

바로 그때 모렐이 들어왔다. 그는 넬슨에서는 기분이 아주 좋았지만, 집이 가까워올수록 슬슬 짜증이 났다. 그는 대낮의 더위 속에 땅바닥에서 잠을 자고 난 뒤의 찌뿌둥한 몸 상태와 불쾌함을 어찌할 수가 없었다. 또한 집이 가까워옴에 따라 양심의 가책이 괴롭혔다. 그는 자기가 화가 나 있다고는 생각하지 못했다. 그러나 마당의 나무문이 열리려고 해도 잘 열리지 않자 그것을 발로 걷어차 걸쇠를 부수고 말았다. 그가 집에 들어섰을 때는 마침 아내가 소스 냄비를 힘겹게 들어올려 질냄비에 국물을 붓고 있을 때였다. 약간 비틀거리면서 그는 식탁에 부딪쳤다. 끓는 국물이 출렁하고 쏟아졌고, 모렐 부인은 깜짝 놀라 뒤로 물러났다.

"맙소사! 이렇게 취해서 돌아오다니!"

모렐 부인은 소리를 질렀다.

"뭐가 어쩌고 왔다고?"

모렐은 으르렁거렸다. 그의 모자는 눈 위로 흘러내리고 있었다. 별안간 그녀는 무섭게 흥분했다.

"그럼 취하지 않았단 말인가요!"

따끔하게 말한 그녀는 냄비를 내려놓고 액체 속의 설탕을 저었다. 모렐은 두 손으로 식탁을 내리친 뒤 그녀 쪽으로 자신의 얼굴을 들이밀었다.

"취하지 않았단 말이냐고?"

모렐은 아내의 말을 그대로 흉내냈다.

"이봐, 그렇게 생각하는 건 당신같이 밉살스럽고 역겨운 계집뿐이야."

모렐은 얼굴을 그녀 쪽으로 더 내밀었다.

"다른 데 쓸 돈은 없어도 술 퍼마실 돈은 있군요."

"흥, 난 오늘 2실링도 쓰지 않았어."

"돈도 없이 그렇게 거나하게 취할 수는 없지요."

그녀는 갑자기 격분하며 말을 이었다.

"그리고 만약 당신이 그토록 좋아하는 제리를 우려먹을 정도라면, 그 사람보고 자기 아이들이나 돌보라고 말해요. 애들이야말로 돈이 필요한 거예요."

"내가 우려먹다니, 그건 거짓말이야. 이 여편네야, 거짓말이야!"

두 사람은 이제 완전히 싸움을 시작하고 말았다. 그들은 상대에 대한 증오와 두 사람 사이의 싸움 이외에는 모두 잊고 있었다. 그녀도 그에 못지않게 불덩어리처럼 화가 나 있었다. 싸움은 그가 자기 아내를 거짓말쟁이라고 하는 데까지 오고야 말았다.

"아니야!"

그녀는 숨도 제대로 못 쉬면서 소리쳤다.

"날 그렇게 부르지 마! 당신이야말로 인간 중에서 가장 경멸스러운 거짓말쟁이야!"

그녀는 마지막 말을 질식할 듯한 허파 속에서 뽑아내듯이 말했다.

"당신은 거짓말쟁이야! 당신은 거짓말쟁이야!"

그녀는 두 주먹을 불끈 쥔 채 뻣뻣이 서 있었다.

"당신이 있는 집은 불결해요!"

이내 그녀가 소리쳤다.

"그럼 나가면 될 거 아냐! 여긴 내 집이야, 나가!"

모렐은 큰 소리를 질렀다.

"돈을 벌어 오는 건 나야. 네가 아니라고. 이건 내 집이야. 당신 것이 아니고. 그러니까 나가! 나가라니까!"

"나가겠어요."

그녀도 소리를 질렀다. 그리고 그녀는 별안간 무기력해져 떨면서 울기 시작했다.

"못 나갈 줄 알아? 아이들만 아니었다면 진작 나가버렸을 거예요. 몇 년 전 아이가 하나였을 때 나가지 않았던 것을 언제나 후회하고 있어요."

그녀의 눈물은 갑자기 분노로 변했다.

"내가 당신 때문에 여기 머물러 있다고 생각해요? 단 1분이라도 내가 당신 때문에 머물 줄 알아요?"

"그러니 나가란 말야! 썩 나가!"

모렐은 미친 듯이 소리를 질렀다.

"안 가! 무엇이든 당신 맘대로는 움직이지 않겠어요. 당신 좋을 대로 모든 것을 할 수는 없을 거예요. 난 아이들을 돌봐야 해요. 맙소사."

그녀는 몸을 돌렸다. 그리고 웃었다.

"당신 따위한테 아이들을 맡겨놓을 순 없지!"

"나가! 어서 가라고!"

모렐은 주먹을 휘두르며 큰 소리로 말했다. 그는 아내가 두려웠던

공포를 모르는 사람이었다. 만약 스무 명의 강도가 왔다고 해도 그는 앞뒤 가리지 않고 덮어놓고 덤벼들었을 것이다. 그는 당황하긴 했지만 싸울 태세를 갖추며 주위를 둘러보았다.

"문 열어요, 월터."

아내의 싸늘한 음성을 들은 모렐의 손에서 힘이 빠졌다. 그는 자기가 한 짓을 간신히 생각해 냈다. 머리를 떨어뜨린 그의 모습은 뚱하고 고집스럽게 보였다. 그녀는 남편이 서둘러 문께로 가는 것을 보았고 이어 빗장을 빼는 소리가 들렸다. 모렐은 걸쇠를 풀었다. 문이 열리자 황갈색의 램프 불 속에 있던 그의 눈앞에는 무섭게 보이는 은회색의 밤이 펼쳐져 있었다. 그는 얼른 몸을 돌렸다.

모렐 부인은 들어오면서 그가 달리다시피 하며 빠져나가 계단 쪽으로 가는 것을 보았다. 그는 아내가 들어오기 전에 나가려고 서둘러 칼라를 잡아뜯었고, 칼라의 단춧구멍이 찢어진 채 마루에 버려져 있었다. 그것을 보자 그녀는 화가 났다.

모렐 부인은 몸을 녹이며 마음을 가라앉혔다. 피로에 지친 그녀는 모든 것을 잊고 하다 남은 자질구레한 일을 하면서 이리저리 움직였다. 그녀는 남편의 아침식사를 마련해 놓고 그가 탄광에서 쓰는 휴대용 물병을 씻고 작업복을 따뜻하게 난롯가에 걸어놓은 뒤 그 곁에 장화를 놓았다. 그리고 목에 두를 깨끗한 수건과 가방, 사과 두 개를 갖다 놓고 불을 살핀 다음 자러 올라갔다. 남편은 벌써 죽은 듯이 잠들어 있었다. 그의 가느다란 까만 눈썹은 언짢고 비참한 기분 때문에 이마로 당겨 올려져 있었다. 반면 살이 빠진 볼과 우울한 입술은 '당신이 누구든 어떤 사람이든 상관없어. 난 나하고 싶은 대로 할 거야.'라고 말하는 듯이 보였다.

모렐 부인은 남편을 너무도 잘 알고 있었기 때문에 그를 길게 쳐다보지도 않았다. 그녀는 브로치를 빼면서 거울 앞에서 노란 백합꽃

가루로 온통 더럽혀진 자기 얼굴을 보고는 슬며시 웃음을 지었다. 그녀는 꽃가루를 털어내고 마침내 잠자리에 들었다. 얼마 동안 그녀의 마음은 타닥 소리를 내며 불꽃처럼 튀었지만 술에 취한 남편이 곤한 잠에서 깨었을 때에는 잠들어 있었다.

2
폴의 출생과 새로운 싸움

지난번 사건이 있은 뒤 모렐은 며칠간 겸연쩍어하고 수치스러워하는 듯했으나 금방 다시 본래대로 위협적이면서 무신경한 태도로 돌아갔다. 그러나 그의 자신감은 예전과 달리 다소 위축되어 있었다. 육체적으로도 살이 빠져서 그 훌륭한 풍채도 사라졌다. 그는 조금도 살이 찌지 않았기 때문에 곧고 단호한 태도가 사라지면서 그의 긍지와 정신력이 쇠퇴해짐에 따라 그의 육체도 쇠약해진 것처럼 보였다.

그러나 이제 그는 아내가 그 몸으로 집안을 꾸려 가는 것이 얼마나 어려운 일인지를 깨닫게 되었고 이를 동정하여 뉘우침으로 자진해서 아내의 일을 도와주었다. 그는 탄광에서 바로 집으로 돌아왔고 금요일 저녁까지는 밤마다 집에 있었다. 그러나 그 뒤에는 집에 머물러 있을 수가 없었다. 하지만 밤 10시면 술이 깬 뒤 거의 멀쩡한 상태로 집에 돌아왔다.

모렐은 언제나 아침을 손수 차려 먹었다. 일찍 일어나 아침 시간이 넉넉했으므로 다른 광부들처럼 아침 6시에 아내를 침대에서 끌어내리는 일은 없었다. 그는 5시나 때로는 더 일찍 잠에서 깬 뒤 곧장 침대에서 일어나 아래층으로 내려갔다. 그의 아내는 잠을 자지 못했을 때면 평화로운 시간을 기대하듯 누워서 이 시간을 기다렸다. 진정한 휴식은 오직 남편이 출근한 뒤에나 가능한 것 같았다.

모렐은 셔츠 같은 잠옷 바람으로 아래층에 내려가 밤새도록 난롯가에서 따듯하게 덥혀진 작업복 바지를 입었다. 모렐 부인이 불씨를 잘 덮어두었으므로 난로에는 언제나 따뜻한 기운이 남아 있었다.

아침에 집에서 들리는 최초의 소리는 모렐이 차를 끓이려고 석탄 부스러기를 깨느라 부지깽이를 갈퀴에 대고 탕탕 맞부딪치는 소리였다. 그리고 모렐은 주전자에 물을 가득 채우고 시렁에 올려놓았다. 음식만 빼고 컵, 나이프, 포크 등 그에게 필요한 것은 모두 식탁의 신문지 위에 챙겨져 있었다. 곧 그는 아침식사를 준비하고 차를 끓이고 문 밑으로 들어오는 바람을 막기 위해 깔개로 문지방을 틀어막고 석탄을 잔뜩 집어넣어 불이 잘 타게 하고는 앉아서 한 시간 가까이 혼자만의 시간을 즐겼다.

모렐은 포크로 베이컨을 찍어 불에 구우면서 떨어지는 기름을 빵에 받았다. 그리고 구운 베이컨 조각을 두툼한 빵 조각 위에 얹고 치즈 덩어리를 주머니칼로 자르고 차가 식도록 받침 접시 위에 붓고는 충족한 기분을 맛보았다. 식구들이 옆에 있을 때의 식사는 그다지 즐겁지 않았다. 그는 포크라는 것을 싫어했는데, 그것은 아직 가난한 일반인의 손에는 잘 들어오지 않는 새로운 물건이었다. 대신 모렐은 접는 주머니칼을 더 좋아했다. 때로 추운 날이면 따뜻한 난로를 등지고 작은 의자에 앉아서 음식은 펜더[4] 위에, 찻잔은 난로 앞바닥에 놓고 혼자 먹고 마셨다. 그러고 나면 어제의 석간신문을 집어 들고 글자를 살피면서 ─ 읽을 수 있는 부분만 ─ 애써 읽었다. 그는 낮에도 덧문을 내리고 촛불을 켜놓는 것을 좋아했다. 이는 탄광에서

──────────
4) 벽난로 앞에 놓는 낮은 난로이다 ─ 옮긴이

의 습관 때문이었다.

　모렐은 6시 15분 전에 일어나 두꺼운 빵을 두 조각으로 잘라 버터를 바르고 그것을 흰 옥양목 가방에 넣은 뒤 휴대용 물통에 차를 가득 담았다. 그는 탄광 속에서 우유나 설탕을 타지 않은 차가운 차를 마시기를 좋아했다. 그러고는 잠옷을 벗고 두꺼운 플란넬로 된 목이 널찍하게 파이고 속옷처럼 소매가 짧은 광부용 윗옷을 입었다.

　그리고 아내의 몸이 좋지 않을 뿐더러 그렇게 해주고 싶은 기분도 들었으므로 차를 한 잔 따라 2층의 아내에게 올라갔다.

　"차를 가져왔소."

　"어머나, 그럴 필요는 없는데요. 내가 차를 싫어한다는 건 알고 있잖아요?"

　"마시구려. 다시 푹 잘 수 있을 테니."

　모렐 부인은 찻잔을 받아들었다. 아내가 차를 한 모금 마셨으므로 모렐은 기뻤다.

　"설탕을 넣지 않았군요."

　"아냐, 큰 덩어리를 하나 넣었다고."

　모렐은 기분이 상한 어투로 대답했다.

　"이상하군요."

　모렐 부인은 다시 차를 한 모금 들이키며 말했다.

　그녀의 풀어헤친 머리는 매력적이었다. 모렐은 그런 자태로 불평을 하는 아내가 좋았다. 그는 다시 한 번 아내를 바라보고 인사다운 말도 없이 나가버렸다. 그는 탄광 속에서 버터 바른 빵 두 쪽밖에 먹지 않았으므로 사과 한 개나 오렌지 하나도 그에게는 성찬이었다. 그래서 아내가 그런 것을 내줄 때면 언제나 기뻤다.

　모렐은 목에 스카프를 감고 무겁고 큼지막한 장화를 신고 커다란 주머니에 빵이 든 가방과 차병을 담았다. 그리고 문을 잠그지 않고 닫기만 하고는 신선한 아침 공기 속으로 나아갔다. 그는 이른 아침에 들판을 지나서 걸어가는 것이 좋았다. 그는 곧잘 산울타리에서 가지를 하나 꺾어 입에 물었다. 그리고 탄광에서 입이 마르지 않도록 그 줄기를 하루 종일 씹고 있었는데, 그러면 들판에 있을 때와 같이 행복한 기분이 되곤 했다.

그 후 아내의 출산일이 가까워졌을 때, 모렐은 일터로 나가기 전에 부지깽이로 재를 쑤셔내고 난로를 닦고 집 안을 쓸어낸다고 부산을 떨며 돌아다녔다. 그러고는 무척 뿌듯해하며 위층으로 올라갔다.

"죄다 말끔히 치워놓았소. 이제 당신은 온종일 한 발자국도 움직일 필요가 없을 테니 앉아서 책이나 읽구려."

남편의 말에 그녀는 화가 났지만 그냥 웃어버렸다.

"그럼 저녁식사도 저절로 되나요?"

그녀가 대꾸했다.

"저녁식사는 모르는데."

"밥이 없으면 더 이상 모른다고 할 순 없겠죠?"

"하기야 그렇군."

모렐은 대답하면서 방을 나갔다.

아래층으로 내려온 모렐 부인은 집 안을 한번 둘러보았다. 정돈은 되어 있으나 여전히 지저분했다. 그녀는 집안을 말끔하게 치워버리기 전에는 쉴 수가 없었다. 그녀가 쓰레받기를 들고 뒤쪽으로 나갔을 때, 그녀가 나오는 걸 본 커크 부인이 그때에 맞춰 석탄을 가지러 나왔다. 그러고는 판자 담장 너머로 말을 건넸다.

"아직도 그렇게 일을 하고 있군요?"

"네, 별 도리가 없는걸요."

모렐 부인이 탄식하듯 대답했다.

"양품업자를 보셨어요?"

길 건너편에서 안토니 부인이 큰 소리로 물었다. 그녀는 키가 아주 작고 까만 머리칼에 우스울 만치 몸집도 작았으며 언제나 몸에 딱 붙는 갈색 벨벳 옷을 입고 있었다.

"못 봤어요."

모렐 부인이 대답했다.

"아, 얼른 와줬으면 좋겠는데. 벌써 빨래 솥에 가득 모였어요. 아까 그의 종소리가 들린 것 같았는데."

"어머, 저쪽 끝에 와 있군요."

두 여자는 골목을 내려다보았다. 보텀스의 아래쪽에서 한 남자가 구식 마차에 서서 크림색 옷감 꾸러미로 허리를 굽히고 있었다. 그 곁에서 많은 여자들이 그에게 팔을 내밀었고, 몇 사람은 옷감 뭉치를 들고 서 있었다. 안토니 부인도 염색하지 않은 크림색 스타킹 꾸러미를 팔에 걸고 있었다.

"이번 주엔 열 다스 꿰맸어요."

안토니 부인이 자랑스러운 듯 모렐 부인에게 말했다.

"그래요? 시간이 많았나 보네요."

또 다른 여자가 끼어들었다.

"시간이야 만들면 얼마든지 있지요."

안토니 부인이 말했다.

"어떻게 그럴 수 있지요?"

모렐 부인이 덧붙였다.

"그런데 그 일은 벌이가 얼마나 되나요?"

"한 다스에 2펜스 반이에요."

커크 부인이 대답했다.

"어머나! 2펜스 반에 양말을 열두 켤레나 깁다니, 차라리 굶어죽는 게 낫겠어요."

모렐 부인이 대꾸했다.

"그렇지 않아요. 하다 보면 그럭저럭 할 수 있어요."

안토니 부인이 말했다.

그때 양품업자가 종을 울리며 길을 따라 왔고, 여자들은 꿰맨 양말을 팔에 걸고 마당 끝에서 기다리고 있었다. 이 남자는 야비한 위인으로 여자들과 시시껄렁한 농담을 하기도 하고 때로는 그들을 속이거나 위협하기도 했다. 모렐 부인은 멸시하는 듯한 태도로 집으로 돌아갔다.

이곳 여자들은 이웃의 도움이 필요하면 부지깽이를 벽난로 속에 넣어 벽난로의 뒤쪽을 탕탕 두드리면 된다는 사실을 누구나 알고 있었다. 두 집의 벽난로 등이 서로 맞붙어 있어 이웃집에 큰 소리로 울리기 때문이었다.

어느 날 아침, 커크 부인은 푸딩 반죽을 하다가 벽난로에서 쿵쿵 울리는 소리가 나는 바람에 거의 뛸 듯이 놀랐다. 커크 부인은 손이 밀가루 범벅인 채 담장 곁으로 뛰어왔다.

"모렐 부인, 당신이 불렀어요?"

"괜찮으시다면 좀, 커크 부인."

커크 부인은 자기 집 빨래 솥으로 기어올라 담장을 넘어 모렐 부인의 빨래 솥을 딛고 내려서는 그녀에게 달려갔다.

"좀 어때요?"

커크 부인은 걱정스런 목소리로 물었다.

"바우어 부인을 좀 불러주시겠어요?"

모렐 부인의 말에 커크 부인은 마당으로 나가서 크고 날카로운 목소리를 돋워서 소리를 질렀다.

"애기! 애기!"

그 소리는 보텀스 전체에 울렸다. 겨우 애기가 달려와 바우어 부인을 데리러 갔고, 커크 부인은 푸딩을 내버려둔 채 모렐 부인의 곁에 붙어 있었다.

모렐 부인은 침대에 누웠다. 커크 부인이 애니와 윌리엄의 저녁을 차려주었고, 뚱뚱한 바우어 부인은 뒤뚱뒤뚱 걸으며 온 집안을 지휘했다.

"남편 저녁으로 차가운 고기를 잘게 썰어놓고 사과 푸딩을 만들어 주세요."

모렐 부인이 말했다.

"오늘은 푸딩을 안 먹어도 괜찮아요."

바우어 부인이 대답했다.

모렐은 탄광 속에서 조금이라도 더 빨리 나오려고 남보다 일찍 작업을 마무리하는 사람은 아니었다. 어떤 사람들은 작업 종료 벨이 울리는 오후 4시가 되기도 전에 수직굴로 모여들곤 했다. 그러나 모렐의 빈약한 탄광은 수직굴로부터 2킬로미터쯤 떨어져 있어 그는 보통 자신의 조수가 일을 마칠 때까지 멈추지 않고 일했다. 그러나 이 날은 이상하게 일하기가 싫었다. 오후 2시에 그는 초록색 촛불 빛으로 시계를 보았고—그는 안전등이 필요 없는 곳에서 일하고 있었다—2시 반에 또다시 보았다. 그는 다음날 채굴할 탄층을 가로막고 있는 바위 조각을 찍어내고 있었다. 그는 쪼그리고 앉거나 꿇어앉거나 하며 영차! 영차! 소리를 내면서 힘차게 곡괭이질을 했다.

"여보게, 그만 하세!"

동료인 바커가 소리쳤다.

"그만 하자고? 이 세상이 계속되는 한 안 될 말이야!"

모렐은 악을 썼다. 그리고 계속 곡괭이질을 했다. 하지만 그는 지쳐 있었다.

"정말 지긋지긋한 일이로군."

바커가 말했다. 모렐은 기진해서 말도 안 나올 만큼 지쳐 있었지만 계속해서 온 힘을 다해 바위를 내리찍었다.

"이제 그만 하세. 그렇게까지 애를 쓰지 말고. 내일 하면 되잖나."

바커가 말했다.

"제기랄, 누가 이런 망할 일을 내일 다시 한단 말야!"

모렐이 소리쳤다.

"원, 자네가 안 하면 누구든 다른 사람이 하게 되겠지."

바커가 말해도 모렐은 계속 곡괭이를 휘둘렀다.

"어이, 이제 그만들 하라고! 작업 종료 벨이 울렸어!"

옆 탄광에서 일하던 광부들이 나가면서 소리를 질렀다. 하지만 모렐은 여전히 계속해서 곡괭이를 내리찍고 있었다.

"그럼 위에서 만나세."

이네 바커는 나가버렸다. 그가 가버리자 혼자 남은 모렐은 울화가 치밀었다. 그는 자기 일을 아직 끝내지 못했다. 모렐은 너무 과로한 탓에 제정신이 아니었다. 땀으로 흠뻑 젖은 그는 연장을 내던지고 윗옷을 입은 뒤 촛불을 끄고 등을 들고 걸어갔다. 큰 통로를 따라서 다른 광부들의 불빛이 흔들리며 지나갔다. 여러 소리가 공허하게 메아리쳤다. 길고 음침한 지하에서의 발자국 소리였다.

모렐은 큰 물방울들이 뚝뚝 떨어지는 수직굴 밑에 앉았다. 많은 광부들이 떠들썩하게 이야기하면서 지상으로 올라갈 차례를 기다리고 있었다. 모렐은 사람들이 묻는 말에도 간단하고 퉁명스럽게 대답했다.

"여보게들, 비가 오고 있다네."

늙은 자일스가 위에서 들은 소식을 전했다. 모렐은 한 가지 위안을 얻었다. 그는 등을 보관하는 곳에 자신이 아끼는 헌 우산을 놔두었던 것이다. 그는 마침내 승강기 의자에 앉았고 순식간에 지상으로 올라왔다. 그리고 그는 등을 건네주고 경매에서 1실링 6펜스에 낙찰받은 우산을 집었다.

잠시 동안 모렐은 탄광 입구에 흙을 쌓아놓은 곳의 가장자리에 서서 들판을 내려다보았다. 들판 위로 회색빛 비가 내리고 있었다. 화차에는 비에 젖어 번쩍이는 석탄들이 가득 차 있었다. 빗물은 화차 양 옆의 'C.W. & Co.(캐스트웨이트 회사)'라는 흰 글씨 위로 흘러내리고 있었다. 광부들은 개의치 않고 빗속으로 나가 선로를 따라 내려가다가 들판을 올라가는 한 줄이 되어 걷고 있었다. 그것은 회색의 음울한 군상이었다. 모렐은 우산을 쓰고 그 위로 쏟아지는 빗방울 소리를 즐겼다.

베스트우드로 가는 길 내내 광부들은 비에 젖고 회색으로 더러워진 채 터벅터벅 걸어갔으나 그들의 붉은 입술은 활기차게 떠들어 대고 있었다. 모렐도 그들과 함께 걸었지만 아무 말도 하지 않았다. 그는 길을 걸으며 골이 난 듯 인상을 찌푸렸다. 여러 광부들은 '프린스 오브 웨일즈'나 '엘런즈' 같은 술집으로 들어갔다. 모렐은 유혹을 이겨내느라 더욱 언짢은 기분이 되어 공원 벽에 드리워져 빗물을 뚝뚝 떨어트리고 있는 나무들 아래를 따라 터벅터벅 걸어 그린힐 레인의 진창길을 내려갔다.

모렐 부인은 침대에 누워 빗소리와 민턴에서 돌아오는 광부들의 발자국 소리, 말 소리, 그리고 그들이 들판으로 나갈 때 탕탕 닫히는 나무문 소리를 듣고 있었다.

"식료품 저장실 문 뒤에 맥주가 좀 있어요. 남편이 술집에 들르지 않고 바로 온다면 술을 찾을 거예요."

그러나 남편은 좀처럼 돌아오지 않았고, 그녀는 비도 오고 하니 분명히 한 잔 하러 술집에 간 것이라고 생각해 버렸다. 아이나 아내 같은 건 아무래도 좋단 말인가!

모렐 부인은 출산한 뒤에는 언제나 건강이 좋지 않았다.

"뭐예요?"

모렐 부인은 마치 죽을 것 같은 고통을 느끼면서도 물어보았다.

"아들이에요."

그 말은 그녀에게 위안을 주었다. 사내아이의 어머니가 되는 것은 그녀의 마음을 따뜻하게 해주었다. 그녀는 갓난아기를 들여다보았다. 푸른 눈과 숱이 많은 금발 머리칼을 가진 귀여운 아기였다. 그녀는 온갖 고통 속에 있었지만 마음에 뜨거운 애정이 끓어올랐다. 그녀는 아기를 자기 침대에 같이 뉘었다.

지치고 화가 난 모렐은 아무 생각도 없이 마당 사이의 길을 따라 성큼성큼 올라갔다. 우산을 접어 개수대의 수채 구멍 옆에 세워놓고 무거운 부츠를 끌며 부엌으로 들어가자, 바우어 부인이 안쪽 문간에 나타났다.

"부인 건강이 몹시 안 좋아요. 아기는 남자애고요."

바우어 부인이 말했다. 광부는 무엇인가 입 속으로 중얼거리고는 빈 가방과 물병을 조리대 위에 내던지고 다시 부엌으로 들어가 웃옷을 걸고 나와서 의자에 털썩 주저앉았다.

"마실 것 좀 있나요?"

이내 바우어 부인이 저장실로 들어갔고 코르크 마개를 따는 소리가 들렸다. 그녀는 약간 불쾌한 듯이 탁 소리를 내며 맥주잔을 모렐 앞의 탁자 위에 놓았다. 모렐은 그것을 마시고 한숨을 내쉬었다. 그런 다음 목에 건 스카프 끝으로 커다란 콧수염을 닦고 다시 한 모금 들이키고 숨을 몰아쉬며 의자에 등을 기댔다. 바우어 부인은 다시 그에게 말을 건네지 않았다. 그녀는 저녁식사를 차려주고 위층으로 올라갔다.

"남편인가요?"

모렐 부인이 물었다.

"식사는 차려 드렸어요."

바우어 부인이 대답했다.

모렐은 두 팔을 식탁 위에 얹고 앉아 있다가 바우어 부인이 식탁보를 깔지 않은 것과 제대로 된 상이 아니라 간단히 차려주었다는 사실에 화가 났으나 음식을 먹기 시작했다. 아내가 아프다는 사실이나 아들을 낳았다는 사실 같은 것은 지금의 그에게 아무런 의미도 없었다. 그는 너무 지쳐 있었고 저녁을 잘 먹고 싶었으며 식탁에 두 팔을 얹은 채 앉아 있고 싶었다. 그는 바우어 부인이 집에 있는 것이 싫었다. 게다가 난롯불은 너무 약해서 맘에 차지 않았다.

식사를 마친 뒤에도 그는 20분 가까이 그대로 앉아 있었다. 그러고 나서 불길이 세게 타오르도록 난롯불을 지폈고, 그 뒤에 양말을 신은 그대로 무척 내키지 않는 발걸음을 옮겨 2층으로 올라갔다. 이런 때 아내와 얼굴을 마주치는 것은 노력이 필요한 일이었다. 그는 지쳐 있었고 얼굴은 땀으로 시커멓게 더러워져 있었으며 속옷은 먼지를 흡수한 채 그대로 말라 있었다. 목에는 더러운 모직 스카프가 감겨 있었다. 그런 꼴로 그는 침대 발치에 서 있었다.

"좀 어떻소?"

모렐이 물었다.

"곧 나아질 거예요."

아내가 대답했다.

"흠!"

모렐은 다음에 무슨 말을 해야 할지 몰라 그냥 그 앞에 서 있었다. 그는 피곤했고 이런 성가신 일이 고통스러웠다. 자기가 지금 어디에 있는지조차 확실히 모를 정도였다.

"아들이라지?"

모렐이 우물거리자 그녀는 침대보를 내려 아기를 보여주었다.

"신의 축복을!"

모렐은 중얼거렸다. 남편의 말이 그녀를 웃게 했는데, 그가 사실은 조금도 부성애를 느끼지도 않으면서 거짓으로 가장하기 위해 마치 어디서 배워온 것처럼 기계적으로 말했기 때문이었다.

"그만 내려가세요."

그녀가 말했다.

"응, 그럴 거야."

모렐이 돌아서면서 대꾸했다. 가라는 말을 들은 그는 아내에게 키스를 하고 싶었지만 할 수가 없었다. 그녀도 남편의 키스를 바라고 있었지만 그런 티를 낼 수는 없었다. 그가 희미한 탄광의 먼지 냄새를 남겨놓고 방을 나가버린 뒤에야 그녀는 자유롭게 숨을 쉴 수 있었다.

모렐 부인은 매일 조합 교회주의파 목사의 방문을 받았다. 히튼 씨는 젊고 아주 가난했다. 그의 아내는 첫 아이를 낳다 죽었고 그는 목사관에서 혼자 살고 있었다. 그는 케임브리지 대학 출신의 문학사였고 수줍음이 많아서 설교를 잘 하지는 못했다. 모렐 부인은 그를 좋아했고 그는 그녀에게 의지했다. 그녀가 몸이 괜찮을 때면 그는 몇 시간이고 부인과 이야기를 나눴다. 그는 새로 태어난 아기의 대부가 되어 주었다.

종종 목사는 모렐 부인과 차를 마셨다. 그럴 때면 모렐 부인은 일찌감치 식탁보를 깔고 연한 녹색 테두리가 있는 가장 좋은 찻잔을 꺼내고 모렐이 일찍 돌아오지 않기를 바랐다. 그런 날에는 남편이 술을 마시고 돌아와도 전혀 개의치 않았다. 그녀는 하루에 두 번 맛 있는 음식을 차렸는데, 아이들은 점심에 영양가 높은 식사를 해야 한다고 믿고 있었고 모렐은 저녁 5시에 식사를 했기 때문이다. 그래서 히튼 씨는 모렐 부인이 푸딩 반죽을 휘젓거나 감자 껍질을 벗기는 동안 어린아이를 안고 그녀를 지켜보면서 다음 설교에 대해 이야기하곤 했다. 그의 생각은 기묘하고 환상적이었다. 그녀는 사려 깊게 그의 사고를 땅 위로 끌어내렸다. 두 사람은 가나의 결혼식[5]에 관해 논의했다.

"예수가 가나에서 물을 포도주로 바꾼 것은……."

히튼 목사가 말을 이었다.

"그것은 이제까지는 물같이 영감을 받지 않던 결혼한 부부의 일상 생활이나 그 피까지도 이제 성령으로 가득 차게 되어 포도주같이 되었다는 상징입니다. 왜냐하면 사랑이 개입되면 인간의 모든 영적 구조가 변화하여 성령으로 채워지고 그의 형태조차 변화하기 때문입니다."

모렐 부인은 마음속으로 생각했다.

'가엾어라. 젊은 부인이 죽었기 때문이야. 그래서 이 사람은 자기 애정을 성령으로 바꾸고 있는 거야.'

두 사람이 첫 잔째의 차를 반쯤 마셨을 무렵 누군가 탄광용 부츠를 신고 걸어오는 소리가 들렸다.

"어머나!"

모렐 부인은 자기도 모르게 소리쳤다. 목사도 움찔하는 기색이었다. 모렐이 들어왔다. 그는 기분이 상당히 좋지 않은 듯했다. 그는 목사에게 고개를 끄덕여 인사했고 목사는 그와 악수하려고 일어섰다.

---

5) 〈요한복음〉 2:1~11. 예수 그리스도가 최초로 행했던 기적으로, 갈릴리의 가나(Cana)라는 마을의 혼례에 어머니 마리아, 그리고 제자들과 함께 초청받은 예수는 연회석에 포도주가 떨어졌다는 소식을 어머니로부터 전해 듣고, 6개의 돌항아리에 물을 가득 채우게 하여 질 좋은 포도주로 만들었다고 한다 - 옮긴이

"아니오. 이걸 좀 보시오. 이런 손과 악수하고 싶진 않겠지요? 곡괭이 자루처럼 단단하고 삽처럼 더러운 손이거든."

모렐이 손을 보이며 말했다. 목사는 당황하여 얼굴을 붉히고 다시 앉았다. 모렐 부인은 일어서서 김이 나는 스튜 냄비를 들고 나갔다. 모렐은 윗옷을 벗고 안락의자를 식탁으로 끌어당겨서 털썩 주저앉았다.

"고단하세요?"

목사가 물었다.

"고단하냐고요? 고단하다 뿐입니까? 당신은 피로하다는 게 어떤 건지 모를 거요. 나같이 피로에 지친다는 게 어떤 건지 말이오."

"모릅니다."

목사가 대답했다.

"이걸 보시오. 지금은 좀 말랐지만 아직도 기저귀처럼 땀에 젖어 있지. 만져봐요."

광부는 속옷의 어깨 부분을 보여주면서 말했다.

"어머나! 히튼 씨는 당신의 지저분한 옷 같은 건 만지고 싶지 않을 거예요."

모렐 부인은 소리쳤다. 하지만 목사는 조심스럽게 손을 내밀었다.

"그럴 거요. 만져보고 싶지 않겠지. 하지만 이 땀은 죄다 내 몸에서 나온 거요. 매일 내 옷은 쥐어 짤 수 있을 만큼 젖는단 말이지. 그런데 부인, 탄광에서 석탄가루 투성이가 되어 돌아온 사나이에게 마실 거라도 좀 없을까요?"

"맥주는 당신이 전부 마셔버렸잖아요."

모렐 부인은 차를 따라주면서 말했다.

"그래서 이제 더 없다는 말인가?"

모렐은 목사에게 몸을 돌리며 말했다.

"탄광 바닥에서 먼지를 잔뜩 들이켜고 나오는 사내라면 집에 돌아오면 마시지 않고는 못 배길 겁니다."

"그렇겠군요."

목사가 말했다.

"그런데 마실 게 있는 날이란 좀처럼 없죠."

"물이 있어요. 차도 있고."

모렐 부인이 말했다.

"물? 물이 목구멍으로 넘어갈 것 같아?"

모렐은 받침접시에 차를 가득 부어 훌훌 불면서 커다란 콧수염 사이로 마시곤 한숨을 쉬었다. 그러고 나서 또다시 차를 가득 붓고 식탁 위에 찻잔을 내려놓았다.

"어머나, 식탁보가!"

모렐 부인은 찻잔을 접시 위에 놓으며 소리쳤다.

"나처럼 집에 돌아오는 사람은 너무 지쳐서 식탁보 같은 데 신경 쓸 순 없어."

모렐이 말했다.

"불쌍하군요."

모렐 부인은 잔뜩 빈정대는 말로 외쳤다. 방 안은 고기와 야채, 그리고 탄광 작업복의 냄새로 가득했다.

모렐은 큼직한 콧수염을 내밀고 시커먼 얼굴에 붉은 입술을 하고 목사 쪽으로 한껏 몸을 기울였다.

"히튼 씨, 하루 종일 컴컴한 굴 속에서 석탄, 그렇지, 저 벽보다 단단한 것을 캐고 있는 사람은……."

"그런 불평을 할 필요는 없잖아요."

모렐 부인이 가로막았다. 그녀가 남편을 싫어하는 이유는 언제나 들어주는 사람만 있으면 우는 소리를 하고 동정을 하려고 하기 때문이었다. 아기를 돌보며 앉아 있던 윌리엄도 거짓을 미워하는 어린이다운 마음에서, 그리고 또 어머니에 대한 부당한 태도 때문에 그를 싫어하고 있었다. 애니도 아버지를 좋아하지 않았고 그저 피해 다닐 뿐이었다.

목사가 돌아간 뒤 그녀는 식탁보를 보았다.

"이게 무슨 짓이에요."

"그래, 당신이 목사하고 차를 마시고 있다고 해서 내가 두 팔을 아래로 묶고 앉아 있을 거라고 생각했소?"

모렐은 소리를 질렀다. 두 사람은 화가 났지만 그녀는 아무 말도 하지 않았다. 아기가 울기 시작했고 모렐 부인이 벽난로에서 스튜 냄비를 들어내다 잘못해 우연히 애니의 머리를 치자 애니도 울기 시작했다. 모렐은 애니에게 욕을 해댔다. 이런 아수라장 속에서 윌리엄은 벽난로 위에 걸린 틀에 끼워놓은 액자를 보며 또렷또렷하게 읽기 시작했다.

"신이여, 우리 가정을 축복하소서!"

일 순 아기를 달래고 있던 모렐 부인이 벌떡 일어나 윌리엄한테로 달려가 뺨을 때리면서 말했다.

"네가 왜 끼어드는 거야?"

이내 모렐 부인은 앉아서 웃었지만, 나중에는 눈물이 뺨을 타고 흘러내렸다. 윌리엄은 자기가 앉아 있는 의자를 발길로 찼고 모렐은 신음하듯이 말했다.

"뭐가 그렇게 우스운지 모르겠네."

목사의 방문이 있은 지 얼마 지나지 않아 남편이 또 행패를 부리자, 그녀는 더는 참을 수 없어 애니와 아기를 데리고 밖으로 나왔다. 모렐이 윌리엄을 발로 차고 괜한 트집을 잡아 괴롭혔으므로 그녀는 어머니로서 그를 도저히 용서할 수 없었다.

그녀는 양들이 지나는 다리를 건너 목초지 한 구석을 가로질러 크리켓 구장으로 갔다. 풀밭은 멀리서 물방앗간의 물소리가 속삭이듯이 들리고 무르익은 저녁노을로 가득 찬 우주와도 같았다. 그녀는 오리나무 밑의 의자에 앉아 밝은 서쪽 하늘을 바라보았다. 그녀의 눈앞에는 빛으로 충만한 바다처럼 널찍한 초록색 크리켓 구장이 끝없이 펼쳐져 있었다. 아이들은 관람석 지붕의 푸르스름한 그늘 속에서 놀고 있었다. 머리 높이 까마귀 떼가 부드럽게 물든 하늘을 가로질러 둥지로 돌아가고 있었다. 까마귀들은 목초지 위에 어둡게 드러나 보이는 나무 숲 위를 검은 판자 조각이 느릿느릿한 소용돌이 속에 말려든 것처럼 빙빙 돌며 금빛 저녁노을 속에 커다란 원을 그리고 지저귀면서 가라앉아 갔다.

신사 몇 명이 크리켓 연습을 하는지 공 치는 소리와 함성이 들려왔다. 벌써 어두워지기 시작하는 녹색 잔디 위에 소리도 없이 움직이고 있는 남자들의 흰 옷차림이 보였다. 멀리 떨어진 농장의 건초더미가 한쪽은 햇빛을 받아 환하게 빛나고 한쪽은 그늘이 져 어두웠다. 건초를 실은 짐마차가 녹아내릴 듯한 황색 광선 속을 흔들거리며 가는 것이 조그맣게 보였다.

해가 저물어 가고 있었다. 맑게 갠 날의 해질녘이면 더비셔의 언덕들은 언제나 붉은 석양으로 활활 타오르듯이 물들었다. 태양이 부드러운 푸른빛을 남긴 채 빛나는 하늘에서 멀어져 가고 서쪽 하늘은 모든 불꽃이 그곳에 모인 것처럼 새빨갛게 되어 가는 것을, 그리고 그 뒤의 종 모양의 하늘은 티 하나 없는 푸른색으로 덮이는 것을 모렐 부인은 지켜보았다. 들판을 가로질러 산물푸레 나무의 빨간 열매가 어두운 잎사귀 사이로 한동안 불꽃처럼 빛나고 있었다. 밭모퉁이에는 보리 다발이 살아 있는 것처럼 우뚝 서 있었다. 그녀는 그것들이 고개를 숙이는 것처럼 느껴졌다. 어쩌면 그녀의 아들은 요셉과 같은 인물이 될지도 모른다. 동쪽 하늘은 서쪽 하늘의 붉은색과는 달리 진홍빛 석양을 반사하여 분홍색이 되어 있었다. 저녁노을 속에 툭 튀어나와 있는 커다란 건초 더미는 차갑게 식어갔다.

모렐 부인에게 있어 이러한 순간은 자질구레한 조바심이 사라지고 사물의 아름다움만이 돋보이며 평화와 스스로를 돌아볼 수 있는 힘을 얻는 시간이었다. 이따금 제비 한 마리가 그녀 바로 곁을 스치고 날아갔다. 몇 번이나 애니가 오리나무 열매를 한 주먹 가득 주워 왔다. 갓난아기는 엄마 무릎 위에서 빛을 잡으려는 듯 손을 흔들며 잠시도 가만있지 않고 움직이고 있었다.

모렐 부인은 무릎 위의 아기를 내려다보았다. 그녀는 남편에 대한 감정 때문에 아이의 탄생을 재앙과도 같이 두려워해 왔다. 그러나 지금은 이 아이에 대해 불가사의한 감정을 가지고 있었다. 마치 이 아이가 건강하지 않거나 병이 들었거나 기형이기라도 한 것처럼 아이만 생각하면 마음이 무거워졌다. 그러나 아기는 매우 건강해 보였다. 그녀는 아기의 눈썹이 이상하게 찌푸려지고 눈에도 묘한 우수 같은 것이 깃들어 있어, 어떠한 애처로움을 이해하려고 애쓰는 것 같음을 느꼈다. 그녀는 이 아이의 어둡고 생각에 잠겨 있는 듯한 눈동자를 보면 가슴에 무거운 짐이 얹히는 것 같았다.

"이 애는 뭔가를 생각하고 있는 것 같아요…… 무척 슬픈 것을 말이에요."

언젠가 커크 부인이 이렇게 말했다. 아기를 들여다보고 있으니 그녀의 가슴속에 있던 우울한 감정이 별안간 강렬한 슬픔이 되어 흘러나왔다. 그녀는 아이 위로 몸을 굽혔고 눈물 몇 방울이 가슴속 깊은 곳에서부터 우러나왔다. 아이는 손가락을 내밀었다.

"내 어린 양!"

순간 그녀는 자기 영혼의 깊은 곳에서 자신과 남편에게 죄가 있다는 것을 느꼈다. 아기는 엄마를 쳐다보고 있었다. 아기의 눈은 엄마를 닮아서 푸른색이었지만 그 표정은 마치 무언가가 자기 영혼의 어느 부분을 어리둥절케 한 사실을 알고 있는 듯이 우울하고 또렷한 눈빛을 하고 있었다.

그녀의 팔 안에 그 가냘픈 아기가 안겨 있었다. 눈을 깜빡이지도 않은 채 쳐다보고 있는 아이의 깊고 푸른 눈은 그녀의 마음속 가장 깊숙이 숨겨져 있는 생각들을 끌어내는 것 같았다. 모렐 부인은 더 이상 남편을 사랑하지 않았다. 태어나기를 바라지도 않았던 이 아기는 이제 그녀의 팔에 안겨서 그녀의 심장을 끌어당기고 있었다. 그녀에게는 이 연약한 육체를 그녀의 몸과 이어주었던 탯줄이 아직도 끊어지지 않은 것처럼 느껴졌다. 뜨거운 사랑의 물결이 그녀에게서 아이로 흘러갔다. 그녀는 아이를 자기 얼굴과 가슴에 바짝 당겨 안았다. 그녀는 모든 힘을 다하여, 정성을 다하여 이 아이가 사랑받지 못하고 세상에 태어나게 한 것에 대해 보상을 하겠다고 결심했다. 그녀는 이 아기가 지금 여기에 이렇게 안겨 있는 이상 아기를 더욱 더 사랑하고 평생 자신의 사랑 속에 살게 하리라 결심했다. 아이의 맑고 무엇이든 알고 있는 듯한 눈은 그녀에게 고통과 두려움을 주었다. 이 아기는 그녀의 일이라면 전부 알고 있는 것일까? 아기가 그녀의 뱃속에 있을 때 모든 것을 다 듣고 있었던 것일까? 아기의 표정에 비난하는 기색이 있는 것은 아닐까? 그녀는 두려움과 고통으로 뼛속까지 녹아버리는 듯한 심정이었다.

다시 한 번 그녀는 태양이 건너편 언덕의 능선에 붉게 누워 있는 것을 보았다. 그러고는 갑자기 아기를 두 손으로 안아 올렸다.

"저것 봐! 아가야, 저것 좀 봐!"

그녀는 구원을 받은 듯한 심정으로 아기를 핏빛으로 진동하는 태양 앞에 내밀었다. 아기는 작은 주먹을 휘둘렀다. 그녀는 아기를 다시 신에게 돌려보내고 싶은 충동을 느꼈던 것을 매우 부끄러워하며 아기를 가슴에 끌어안았다.

'만약 이 아이가 죽지 않고 계속 살아남는다면, 이 아이에게는 어떤 일이 일어날까? ……이 아이는 무엇이 될까?'

그녀의 마음은 걱정으로 가득 찼다.

"이 아이를 '폴'이라고 부르자."

그녀는 느닷없이 말했다. 어떤 이유인지는 알 수 없었다. 잠시 후 그녀는 집으로 돌아갔다. 엷은 그림자가 진녹색 풀밭 위에 드리워져 주위를 어둡게 만들었다.

그녀가 예상했던 대로 집은 비어 있었다. 모렐은 10시에 집에 돌아왔고 적어도 그날은 평화롭게 끝났다.

월터 모렐은 요즘 매우 신경질적이었다. 그는 일 때문에 기진맥진해 했고 집에 돌아와서는 누구에게나 난폭한 말투를 썼다. 난롯불이 조금만 약해도 그는 난리를 쳤다. 또 저녁식사를 가지고도 불평이 많았고, 아이들이 귀찮게 하거나 떠들기라도 하면 듣고 있는 어머니의 피가 끓어오를 만큼 아이를 나무라서 자식들에게도 환영받지 못했다.

금요일 밤 그는 11시까지 돌아오지 않았다. 갓난애는 몸이 좋지 않아 자꾸 잠투정을 하고 내려놓기만 하면 울었다. 모렐 부인은 죽고 싶을 만큼 피로하고 아직 몸이 제대로 회복되지 않아 자제력을 잃고 있었다.

"그 귀찮은 사람이라도 있었으면 좋겠어."

그녀는 지쳐서 중얼거렸다.

마침내 아이는 그녀의 팔에 안겨서 잠이 들었다. 그녀는 너무 지쳐 있었으므로 아이를 요람으로 옮길 수도 없었다.

"하지만 그이가 몇 시에 돌아오든지 아무 말도 않을 거야."

그녀는 혼자 중얼거렸다.

"말을 해봤자 화만 날 테니까 난 아무 말도 않겠어. 하지만 그가 무슨 짓을 하기만 피가 거꾸로 솟을 거야."

남편이 돌아오는 소리를 들은 그녀는 마치 그것이 견디기 어려운 일이기라도 한 것처럼 한숨을 쉬었다. 그는 앙갚음할 셈으로 거의 만취되어 있었다. 그녀는 그가 보기도 싫어서 아이 위로 고개를 숙인 채 가만히 있었다. 그러나 그가 비틀거리고 지나가면서 조리대에 부딪쳐 양철그릇 등을 덜컹거리고 몸을 지탱하려고 흰 단지 손잡이를 붙잡았을 때, 그녀의 몸속에 뜨거운 불길 같은 것이 지나갔다. 그는 모자와 윗옷을 걸고 다시 돌아와 아이 위에 몸을 굽히고 앉아 있는 아내를 멀찌감치 버티고 서서 노려보고 있었다.

"집에 먹을 거라곤 아무것도 없나?"

모렐은 마치 하인에게라도 말하듯 거만하게 물었다. 어느 정도 술에 취하면 그는 도시 사람들처럼 거들먹거리고 거슬리는 말투를 흉내 냈다. 모렐 부인은 이런 상태일 때의 그가 제일 싫었다.

"집에 뭐가 있는지 잘 알잖아요."

그녀는 쌀쌀맞게 대꾸했다. 그것은 말하는 상대를 전혀 생각하지 않는 목소리였다.

모렐은 선 채로 꼼짝도 않고 그녀를 노려보았다.

"나는 정중하게 묻고 정중한 대답을 기대했소."

모렐은 으스대며 말했다.

"그래서 정중한 대답을 했잖아요."

그녀는 여전히 그를 무시하며 말했다. 그는 다시 무섭게 노려보다가 비틀거리며 걸어 나갔다. 그는 한 손으로 탁자를 짚고 다른 손으로 빵을 자를 나이프를 꺼내려고 서랍을 홱 잡아당겼다. 그러나 옆으로 당겼기 때문에 서랍은 열리지 않았다. 그는 화가 나서 억지로 잡아당겼고 서랍은 송두리째 빠져 스푼이며 포크, 나이프 같은 것들이 산산이 흩어지며 벽돌 바닥에 부딪쳐 요란한 소리를 냈다. 아기가 깜짝 놀라 경련을 일으키듯 울었다.

"무슨 짓을 하는 거예요? 멍청이, 바보 같은 주정뱅이!"

모렐 부인은 소리쳤다.

"그러면 당신이 직접 차려줬어야지. 당신도 다른 여자들처럼 일어나서 남편의 시중을 들어야 되지 않느냔 말야!"

"시중을? 당신의 시중을 들라고요? 그래요, 잘 알았어요."

그녀는 소리를 질렀다.

"그래, 당신이 뭘 해야 할지 가르쳐주지. 내 시중을 들어. 그렇고말고. 내 시중을 들어야 해!"

"천만의 말씀이에요, 서방님. 차라리 문간의 개 시중을 들겠어요."

"뭐, 뭐라고?"

서랍을 다시 끼워놓으려던 모렐은 그녀의 마지막 말에 몸을 돌렸다. 그의 얼굴은 시뻘개졌고 눈에는 핏발이 서 있었다. 그는 한동안 말도 없이 아내를 위협하듯 노려보았다.

"흥!"

그녀는 경멸하듯이 내뱉었다. 그는 분노에 차 서랍을 잡아챘다. 순간 서랍은 그의 정강이에 심하게 부딪쳤고, 그는 반사적으로 그것을 아내를 향해 던졌다. 그 얕은 서랍의 한 귀퉁이가 그녀의 이마를 스치고 벽난로에 부딪쳐 부서졌다. 그녀는 의자에서 떨어지는 것은 아닐까 싶을 만큼 몸이 흔들렸고 정신이 아찔해졌다. 가슴속 깊은 곳까지 그녀는 혐오스러움을 느꼈고 아기를 가슴에 꼭 껴안았다. 몇 초가 지났다. 그녀가 애써 정신을 차렸을 때 아기는 애처롭게 울고 있었다. 그녀의 왼쪽 이마에서 많은 피가 흐르고 있었다. 현기증이 나는 머리를 숙이고 아기를 내려다보니 핏방울들이 아기의 하얀 숄에 뚝뚝 떨어져 스며들었다. 그러나 다행히 아기는 다치지 않은 것 같았다. 어지러운 몸을 바로 하려고 고개를 들자 피가 그녀의 눈에 흘러들었다.

월터 모렐은 새파래진 얼굴로 탁자에 한 손을 짚고 기대 서 있었다. 그는 몸의 균형을 유지할 수 있다는 것을 확인하자 휘청거리면서 그녀 곁으로 다가가 흔들의자 등받이에 매달렸다. 자칫했으면 그녀는 의자에서 떨어질 뻔했다. 그는 덮치듯이 그녀에게로 고개를 숙이고 비틀거리면서 놀라고 걱정하는 목소리로 말했다.

"그게 맞았소?"

모렐은 아기 몸 위로 쓰러질 듯이 다시 휘청거렸다. 이 참사로 그는 완전히 정신이 나가 있었다.

"저리 가요!"

그녀는 실신하지 않으려고 애쓰며 말했다. 모렐은 딸꾹질을 했다.

"어디, 어디 한번 봅시다. 상처를 보게 해줘."

그녀는 남편의 술 냄새를 맡았고 그가 흔들의자 등받이를 불안하게 잡아당기는 것을 느꼈다.

"저리 가줘요."

그녀는 힘없이 남편을 밀었다. 모렐은 휘청거리는 다리로 선 채 그녀를 바라보고 있었다.

그녀는 갓난애를 한 팔로 안고 온 힘을 모아 간신히 일어섰다. 비장하기까지 한 의지의 힘으로 그녀는 몽유병자처럼 방을 가로질러 부엌에 가서 찬물로 한참 눈을 씻었다. 그러나 너무 어지러웠다. 기절하면 안 된다는 생각에 그녀는 온 몸을 가늘게 떨면서 흔들의자로 돌아왔다. 본능적으로 그녀는 아기를 힘껏 끌어안았다.

난처해진 모렐은 간신히 서랍을 제자리에 끼워 넣었고 바닥에 무릎을 꿇고 앉아 술에 취해 마비된 손으로 흩어진 스푼과 포크 등을 더듬듯이 그러모았다.

그녀의 이마는 아직도 피를 흘리고 있었다. 곧 모렐은 일어나 목을 내밀고 그녀 쪽으로 다가왔다.

"맞은 곳은 어떻게 됐어?"

모렐은 몹시 가련하고 비참한 듯이 말했다.

"어떻게 되었는지 보세요."

몸을 앞으로 숙인 모렐은 손으로 무릎께를 눌러 지탱한 채 기우뚱하게 서 있었다. 그는 뚫어지게 상처를 보았다. 그녀는 될 수 있는 한 고개를 돌려 그의 무성한 수염과 커다란 얼굴을 피했다. 입을 단단히 다물고 돌처럼 싸늘하고 무표정한 아내의 얼굴을 보면서 그의 마음은 무기력함과 절망으로 아파 왔다. 암담한 마음으로 몸을 돌리려고 할 때 그는 고개 돌린 얼굴의 상처에서 피 한 방울이 아기의 가늘고 반짝이는 머리카락 위로 떨어지는 것을 보았다. 그는 매혹된 듯이 무겁고 검붉은 핏방울이 찬란하게 빛나는 구름 같은 머리에 걸려 있다가 그 거미줄 같은 머리카락을 따라 흐르는 것을 들여다보고 있었다. 또 한 방울이 떨어졌다. 그것은 어린애의 피부로 쏙 스며들 것 같았다. 그는 넋을 잃고 바라보았다. 그러는 가운데 마침내 그의 안에 있던 호기는 꺾이고 말았다.

"이 아이가 어떻게 되었나요?"

아내가 그에게 말한 것은 그것뿐이었다. 그러나 그녀의 나지막하고 강한 목소리는 그의 머리를 더욱 숙여지게 만들었다. 그녀는 약간 부드러운 투로 말했다.

"가운데 서랍에서 솜을 좀 갖다 주세요."

모렐은 비틀거리며 대단히 충실하게 서랍으로 가서 상처에 댈 솜을 가져왔고, 그녀는 아기를 무릎 위에 얹은 채 그것을 불에 그슬려 자기 이마에 대었다.

"깨끗한 작업용 스카프도요."

모렐은 다시 서랍을 부스럭거리며 곧 붉은색의 좁다란 스카프를 들고 왔다. 그녀는 그것을 받아서 떨리는 손으로 머리 뒤로 묶기 시작했다.

"내가 묶어주겠소."

모렐이 겸손한 투로 말했다.

"혼자 할 수 있어요."

스카프를 다 매자 그녀는 남편에게 난로의 불을 지피고 문단속을 하라고 말한 다음 2층으로 올라갔다.

아침이 되자 모렐 부인은 아이들에게 이렇게 말했다.

"촛불이 꺼져서 깜깜한데 부지깽이를 찾다가 그만 석탄 창고의 빗장에 부딪쳤단다."

어린 두 아이는 휘둥그레진 눈으로 그녀를 보았다. 아이들은 아무 말도 하지 않았지만 벌어진 입술은 그들이 어렴풋이나마 느끼는 비극을 드러내는 것처럼 보였다.

월터 모렐은 점심시간까지 침대에서 일어나지 않았다. 전날 밤의 사건에 대해 생각하고 있었던 것은 아니었다. 그는 거의 아무것도 생각하고 있지 않았고, 그 사건에 대해서는 생각도 하고 싶지 않았다. 그는 토라진 개처럼 끙끙대며 괴로워하며 누워서 뒹굴고 있었다. 누구보다 그 자신이 가장 많이 다쳤다. 그는 아내에게 말을 걸고 자신의 슬픔을 털어놓으려 하지 않았기 때문에 더욱 큰 상처를 입었던 것이다. 그는 어떻게 해서든 그 사건에서 빠져나오려고 했다.

'이건 다 그녀 때문이다.'

모렐은 마음속으로 생각했다. 그러나 쇠에 녹이 스는 것처럼 마음속에 파고 들어가 그에게 죄악감을 주는 내적의식으로부터 그를 지킬 수 있는 것은 아무것도 없었다. 다만 술만이 그것을 완화시킬 수 있을 뿐이었다.

그는 일어나고 싶은 생각도, 말을 하고 싶은 생각도, 움직이고 싶은 생각도 없이 단지 통나무처럼 누워 있는 도리밖에 없었다. 게다가 그는 머리에 심한 통증이 있었다. 토요일이었다. 그는 점심때쯤에 일어나 저장실에서 기운 없이 손수 빵을 잘라 먹은 채 장화를 신고 집을 나섰다. 그리고 3시께 얼른히 취해서 약간 가벼워진 기분으로 돌아와서는 곧장 침대에 들어가버렸다. 그는 저녁 6시에 다시 일어나서 차를 마시고 그대로 외출했다.

일요일도 마찬가지였다. 점심때까지 침대에 누워 있더니 2시 반까지는 파머스턴 암즈에 있었고 저녁을 먹은 뒤 잠자리에 들었다. 그때까지 거의 한마디도 하지 않았다. 모렐 부인이 4시쯤에 외출복으로 갈아입으려고 위층에 갔을 때 그는 곤히 자고 있었다. 만약 단한 번이라도 '여보, 미안해.'라고 말해 주었다면 그녀 역시 남편에게 미안하다고 느꼈을지 모른다. 그러나 그는 결코 그 말을 하지 않았고 이것은 모두 아내가 나빴기 때문이라고 생각하면서 자기를 파멸시키고 있었다. 그래서 그녀는 그를 혼자 내버려둘 뿐이었다. 그들의 격렬한 감정은 이렇게 엇갈려버렸고 두 사람 중에서 그녀 쪽이 더 강했다.

가족들이 모여 차를 마시는 시간이 되었다. 일요일은 가족 전체가 함께 식사를 하는 유일한 날이었다.

"아버지는 안 일어나세요?"

윌리엄이 물었다.

"주무시게 놔둬라."

어머니가 대답했다.

온 집 안에 비참한 공기가 차 있었다. 아이들은 탁한 공기를 마시고 쓸쓸한 기분이 되었다. 그들은 우울해져서 무엇을 하면 좋을지,

무슨 놀이를 해야 할지도 몰랐다.

모렐은 눈을 뜨자마자 곧 침대에서 일어났다. 그것은 평생 동안 지속된 습관이었다. 그는 언제나 활동적인 사람이었다. 침대에 누운 채로 몸을 움직이지 않았던 지난 이틀간의 아침에 그는 질식할 것 같은 기분이었다.

그가 아래층으로 내려온 것은 6시께였다. 마음이 약해져서 예민했던 그의 태도는 다시 본래대로의 뻔뻔스러움으로 돌아갔고 이제 조금도 주저하지 않았다. 가족들이 어떻게 생각하고 느끼든 더 이상 신경 쓰지 않았다.

탁자 위에는 차가 준비되어 있었다. 윌리엄은 〈어린이의 세상〉이라는 잡지를 크게 읽고 있었고 애니는 그것을 들으며 끊임없이 "왜?"라고 묻고 있었다. 두 아이는 양말만 신은 발로 아버지가 쿵쿵거리면서 가까이 오는 소리를 듣고는 갑자기 숨을 죽였고, 그가 들어오자 몸을 오그려트렸다. 그는 대체로 아이들에게 다정한 아버지였는데도 말이다.

모렐은 혼자서 거친 태도로 식사를 했다. 그는 필요 이상으로 시끄럽게 소리를 내며 음식을 먹었다. 아무도 그에게 말을 걸지 않았다. 가족의 생활은 그가 방에 들어옴으로써 중단되고 위축되었으며 고요해졌다. 그러나 그는 더 이상 자기가 소외당하고 있음을 개의치 않았다.

그는 차를 다 마시자마자 밖으로 나가려고 일어섰다. 이 민첩함과 서둘러 나가려는 것이 모렐 부인에게 또다시 불쾌감을 주었다.

그가 머리를 감을 때 찬물에 냉큼 머리를 담그고 대야 가장자리를 빗으로 벅벅 긁는 소리를 들을 때면 그녀는 너무도 싫어서 눈을 질끈 감아버렸다. 그가 몸을 굽혀 신발 끈을 묶는 동작에는 말없이 지켜보고 있는 다른 가족들과 그를 떼어놓는 일종의 저속한 취미가 있었다. 그는 언제나 자신과의 싸움에서 달아났다. 심지어 남에게 보이지 않는 자기 마음속에서까지 그는 '만일 그녀가 그런 말을 하지 않았더라면 그런 일은 일어나지 않았을 거야.' 하고 변명하고 있었다. 아이들은 아빠가 나갈 채비를 하는 동안 눈치를 보며 얌전하게 있었다. 그가 나가자 그들은 안도의 숨을 내쉬었다.

모렐은 집을 나와서 문을 닫아버리면 즐거워졌다. 비 오는 저녁이었다. 파머스턴에 가면 기분이 좋겠지, 하고 그는 기대에 차서 발걸음을 재촉했다. 보텀스의 슬레이트 지붕은 비에 젖어 검은색으로 빛났다. 그는 서둘러 길을 걸었다. 파머스턴의 창문에는 뿌옇게 김이 서려 있었고, 통로는 젖은 신발 자국들로 질퍽거렸다. 그러나 공기는 따듯하고 떠들썩한 말소리와 맥주 냄새, 담배 연기로 가득했다.

"월터, 뭘로 할래?"

모렐이 문간에 나타나자마자 누군가 소리쳤다.

"오오, 짐! 어디 갔다 왔나?"

사나이들은 그에게 자리를 내어주고 따뜻하게 맞아들였다. 그는 행복했다. 1, 2분이 지나자 그들은 모렐의 수치심과 고민 등 모든 마음의 부담을 녹여버렸고 그는 축제날 밤의 종(鐘)처럼 유쾌한 기분으로 밤을 즐길 수 있었다.

그 다음 수요일에 모렐은 돈이 한 푼도 없었다. 그는 아내를 두려워했다. 모렐은 그녀에게 상처를 주었기 때문에 그녀를 피하고 있었다. 그는 그날 밤 파머스턴에 가려고 해도 단돈 2펜스도 없는데다 이미 빚도 많이 지고 있었으므로 어찌해야 좋을지를 몰랐다. 그래서 아내가 아이를 데리고 뜰에 나가고 없는 틈을 타 그녀가 지갑을 넣어두는 찬장 제일 윗서랍을 뒤져 그것을 찾아 안을 열어보았다. 지갑 속에는 반 크라운짜리 동전 하나와 반 페니 두 개, 그리고 6펜스가 있었다. 그는 6펜스를 꺼내고 지갑을 조심스럽게 돌려놓은 뒤 집을 나갔다.

다음날 야채 장수에게 돈을 주려고 지갑에서 6펜스를 찾던 그녀는 온 몸에 힘이 쭉 빠지고 말았다. 그녀는 앉아서 생각했다.

'분명 6펜스가 있었을 텐데? 쓰지 않았는데? 혹시 내가 썼던가? 다른 데 둔 걸까?'

그녀는 몹시 난처해했고 온 집 안을 뒤졌다. 그러는 동안 그녀의 가슴속에서 분명 남편이 가지고 갔을 거라는 확신이 생겨났다. 지갑에 넣어둔 것은 이 집에 있는 돈 전부였다. 그런데 남편이 이처럼 그녀에게서 돈을 훔친다는 것은 참기 어려운 일이었다. 그는 전에도 두 번이나 이런 일이 있었다. 처음에 는 그를 책망하지 않았고, 모렐은 주말에 1실링을 그녀의 지갑 속에 돌려놓았다. 그래서 그녀는 남편이 돈을 가져간 사실을 알게 되었다. 두 번째에는 돈을 돌려주지 않았다.

이번 일은 너무 심한 일이라고 그녀는 생각했다. 저녁식사가 끝났을 때 — 그날 그는 일찍 집에 돌아왔다 — 그녀는 차갑게 말했다.

"어젯밤에 내 지갑에서 6펜스를 가져가지 않았나요?"

"내가!"

모렐은 화가 난 듯이 눈을 크게 뜨며 말했다.

"가져가다니? 난 당신 지갑 같은 건 본 적도 없소!"

그녀는 거짓말을 알아챌 수 있었다.

"당신이 한 일을 알고 있을 테죠."

그녀는 조용히 말했다.

"가져가지 않았다고 말하잖아! 또 내게 덤비는 건가? 그런 건 이제 진절머리가 난단 말이야!"

모렐은 고함을 질렀다.

"하지만 당신은 내가 빨래를 걷는 사이 내 지갑에서 6펜스를 가져

갔어요."

"언젠가 이번 일로 그 대가를 치르게 될 거요."

모렐은 의자를 뒤로 밀어젖히며 일어났다. 그리고 부산스럽게 몸을 씻고 무슨 결심을 한 것처럼 단호하게 2층으로 올라갔다. 곧 그는 옷을 갈아입고 푸른 체크무늬 보자기로 싼 큰 보따리를 들고 내려왔다.

"이제 당신은 날 언제 다시 보게 될지 모를 거요."

모렐이 말했다.

"내가 보고 싶어 하기도 전에 보게 되겠죠."

아내의 말을 들은 모렐은 보따리를 들고 집을 나가버렸다. 그녀는 약간 떨면서 앉아 있었지만 가슴속은 경멸로 가득 차 있었다. 만약 모렐이 다른 탄광에 가서 직업을 얻고 다른 여자와 산다면 어찌 하면 좋겠는가? 그러나 그녀는 그를 너무나 잘 알고 있었다. 그는 그럴 만한 위인이 되지 못했다. 그 점만은 분명했다. 그럼에도 불구하고 그녀의 마음은 고뇌로 차 있었다.

"아빠는 어디 계세요?"

학교에서 돌아온 윌리엄이 물었다.

"집을 나가버리겠다며 나가셨어."

어머니는 대답했다.

"어디로요?"

"글쎄, 내가 아니. 푸른 보자기에 짐을 싸서 들고 나가면서 이제 돌아오지 않겠다고 하시더라."

"그럼 우린 어떻게 해요?"

소년이 소리쳤다.

"걱정 마라. 멀리 가시지는 않아."

"하지만 만약 안 돌아오시면?"

애니가 울먹이며 말했다. 그리고 애니와 윌리엄이 소파에 앉아 우는 것을 보면서 모렐 부인은 웃었다.

"이런 바보 같으니라고. 내일 아침이 되기 전에 돌아오실 거야."

어머니의 말에도 아이들의 마음은 가라앉지 않았다. 어둠이 깃들기 시작했고 모렐 부인은 정신적으로 피곤해서 마음이 안정되지 않았다. 그녀의 한 부분은 그를 보지 않아도 되니 시원하지 않느냐고 말하고 다른 부분은 이제 아이들을 어떻게 키워야 할까 고민하고 있었다. 그리고 아직은 마음속에서 남편을 잃는다는 것을 견딜 수가 없었다. 마음속 깊은 곳에서 그녀는 그가 집을 나가버리지 못한다는 것을 잘 알고 있었다.

마당가에 있는 석탄 창고에 내려갔을 때, 그녀는 문 뒤에 무언가가 있음을 느꼈다. 그곳을 들여다 보니 어두운 구석에 크고 푸른 보따리가 있었다. 그녀는 보따리를 앞에 두고 석탄 위에 앉아서 웃었다. 그 불룩하고도 면목 없어 보이는 보따리가 석탄 창고의 어두운 구석에 살짝 숨겨져 있고, 매듭을 지은 끝이 축 늘어져 있는 것을 보고 그녀는 다시 한 번 웃었다. 그녀는 안심이 되었다.

모렐 부인은 앉아서 기다리고 있었다. 그는 1페니도 가지고 있지 않았으므로 만약 그가 술집에 있다면 빚을 늘리고 있을 게 분명했다. 그녀는 정말 죽고 싶을 만큼 남편에게 진절머리가 났다. 그는 보따리를 마당 밖으로 들고 나갈 용기조차 없었다.

그녀가 생각에 잠겨 있는 동안 9시쯤 되어 모렐이 살그머니 문을 열고 여전히 골이 난 채로 들어왔다. 그녀는 아무 말도 하지 않았다. 그는 외투를 벗고 자신의 안락의자에 앉아 장화를 벗기 시작했다.

"신을 벗기 전에 그 보따리를 가져오는 게 좋을 걸요."

"오늘밤에 내가 돌아온 것을 고맙게 생각해야 할 거야."

모렐은 얼굴을 숙인 채 눈을 치뜨며 상대의 마음을 켕기게 하려는 듯이 퉁명스럽게 말했다.

"어디로 갈 작정이었죠? 보따리를 마당 밖으로 들고 나갈 용기도 없으면서."

그녀는 남편이 너무도 바보같이 보였으므로 화가 나지도 않았다. 모렐은 장화를 벗고 잠자리에 들 준비를 하고 있었다.

"그 푸른 보따리에 뭐가 들었는지는 모르지만, 그대로 내버려둔다면 아침에 아이들이 가져올 거예요."

그 말에 그는 일어나 밖으로 나가서는 이내 돌아와 그녀를 외면한 채 부엌을 가로질러 다급히 2층으로 올라갔다. 모렐 부인은 그가 짐을 안고 살금살금 지나가는 것을 보고 혼자 웃었다. 그러나 마음은 괴로웠다. 그것은 지난 날, 그녀가 그를 사랑했었기 때문이었다.

3
모렐을 단념하고 윌리엄에게 정착하다

그 다음 주 내내 모렐이 성질을 부려서 아내는 거의 참지 못할 정
도였다. 광부들이 대개 그러했듯이 모렐도 약을 매우 좋아했고, 이
상하게도 약값은 대체로 그 자신이 치르고 있었다.

"유산염정기(破醒盤丁幾)를 사다줘. 집 안에 그 약이 없다니 우스운
일이군."

모렐 부인은 남편이 좋아하는 유산염을 사다주었다. 그리고 모렐
은 손수 약쑥을 달여서 차를 만들었다. 그는 다락방에 말린 여러 가
지 약초 다발을 걸어놓았는데 거기에는 약쑥, 루타[6], 박하, 딱총나무
꽃, 파슬리, 양아욱, 민들레, 그리고 수레국화 등이 있었다. 보통 벽
난로의 시렁 위에는 언제나 이 가운데 하나를 달인 물이 얹혀 있었
고 그는 그것을 벌컥벌컥 들이켰다.

"맛 좋다."

모렐은 약쑥차를 마신 뒤 입맛을 다시면서 아이들에게도 권했다.

"이건 너희가 좋아하는 홍차나 코코아보다 맛이 좋다고."

모렐은 단언했지만 아이들은 조금도 마셔보고 싶은 생각이 들지

---

6) ruta. 쌍떡잎식물 갈래꽃류의 한 종류로 초여름에 누런색의 작은 꽃이 핀다 ─ 옮긴이

않았다.

　그러나 이번에는 약도 유산염정기도 그의 온갖 약차도 그 '망할
놈의 두통'에는 효과가 없었다. 그는 두통 때문에 극심한 고통을 받
았다. 제리와 함께 노팅엄에 갔을 때 땅바닥에 누워서 낮잠을 잔 이
래 몸이 좋지 않았던 것이다. 그때 이후 그는 술을 마시면 사납게 행
패를 부리곤 했다. 이제 그는 진짜로 병이 나서 모렐 부인이 간병을
할 수밖에 없었다. 그는 간호하기 어려운 환자였다. 그러나 여러 가
지 참기 어려운 일이 있었음에도 불구하고, 또 그가 가정의 생계를
이끌어 가는 사람이라는 사실을 계산에 넣지 않고라도 그녀는 그가
죽는 것을 원하지 않았다. 아직 그녀에게는 자신을 위해서 그를 잃
고 싶지 않다는 기분이 남아 있었던 것이다.

　이웃 사람들은 그녀에게 매우 친절하게 대해 주었다. 이따금 아이
들을 불러다가 밥을 먹이는 사람도 있고, 집안일을 도와주는 사람도
있고, 하루 종일 아기를 돌봐주는 사람도 있었다. 그럼에도 그녀의
일은 대단히 고생스러웠다. 이웃 사람들이 매일 도와주는 것도 아니
었으므로 그녀는 아이들과 남편의 시중을 들고 그 뒤에 세탁이며 청
소, 요리, 그 밖의 모든 일을 혼자 힘으로 해야 했다. 그녀는 완전히
지쳤지만 자기가 해야 할 일은 다 했다.

　돈은 꼭 필요한 만큼만 생겼다. 그녀는 매주 조합에서 일주일에
17실링을 받았고, 금요일이면 바커와 다른 작업반장이 채탄장 수익
의 일부를 모렐과 그의 아내를 위해서 떼어주었다. 또한 이웃 사람
들은 미음을 쑤어 온다든가 달걀이나 환자에게 필요한 사소한 것을
가져다 주었다. 이때에 이웃들이 그녀를 이렇게 따뜻하게 도와주지
않았다면 모렐 부인은 일어서지 못할 만큼의 빚을 지지 않고서는 그
난국을 헤쳐 나갈 수 없었을 것이다.

　몇 주가 지나자 절망적이었던 모렐의 상태는 차츰 나아지기 시작

상을 다시 빛나게 해줄 남자를 보는 것이었다.

모렐은 아무 생각도 없이 앉아서 외로운 기분으로 어렴풋이 허전함을 느끼고 있었다. 그의 영혼은 장님처럼 손을 뻗어 더듬거리며 아내를 찾으려 했으나 아내는 먼 곳으로 가버리고 없음을 알게 되었다. 마치 마음속이 텅 빈 것 같은 기분에 휩싸인 그는 불안하고 초조했다. 이러한 분위기에서는 살 수 없다는 그의 감정이 아내에게도 영향을 미쳤다. 그들은 얼마간 둘이서만 있을 때면 갑갑한 중압감을 느꼈다. 그러면 그는 침실로 올라가고 그제야 그녀는 마음이 가라앉아 혼자만의 시간을 즐기고 앉아서 일하고 생각했다.

그러는 사이에 얼마 안 되던 평화와 애정의 결실로 새로운 아기가 태어나게 되었다. 아기가 태어났을 때 폴은 생후 17개월째였다. 폴은 토실토실하게 살이 오르고 창백한 안색을 지녔으며 조용하게 가라앉은 푸른 눈을 가진 아이였다. 그리고 묘하게 눈썹을 약간 찌푸리는 버릇이 있었다. 막내도 사내아이로 금발의 아름다운 아기였다. 임신한 것을 알았을 때 모렐 부인은 경제적인 이유와 자신이 남편을 사랑하고 있지 않음을 생각하고 후회했다. 그러나 아기가 태어난 것은 후회하지 않았다.

부부는 아기의 이름을 아서라고 지었다. 아기는 무척 귀여웠고 금발의 곱슬머리를 나풀거리면서 처음부터 아버지를 좋아했다. 아기가 아버지를 좋아하는 것을 보고 모렐 부인은 기뻤다. 광부인 아버지의 발소리를 들으면 아기는 양 팔을 올리고 기쁜 듯이 소리를 지르곤 했다. 기분이 좋을 때면 모렐은 애정이 깃든 달콤한 목소리로 대답을 해주었다.

"왜 그래, 이쁜이. 아빠가 곧 가마."

모렐이 작업복 윗옷을 벗자마자 모렐 부인은 아기를 앞치마로 싸서 아버지에게 안겨주곤 했다.

"아이, 애 얼굴 꼴 좀 보세요!"

그녀는 아버지의 키스와 장난으로 얼굴이 온통 검은 얼룩 투성이가 된 아기를 받아 안으면서 소리치곤 했는데, 그럴 때마다 모렐은 즐겁게 웃으며 이렇게 외쳤다.

"그 녀석은 꼬마 광부라고."

모렐 부인의 마음속에서 아이들로 채워지는 이러한 때만이 그녀의 행복한 순간이었다.

시간이 그럭저럭 흐르는 동안에 윌리엄은 점점 더 크고 튼튼하게 자라면서 더욱 활기차졌고, 언제나 가냘프고 얌전한 폴은 점점 호리호리해지면서 늘 그림자처럼 어머니의 뒤를 졸졸 따라다녔다. 폴은 평소에는 활발하고 호기심이 강한 아이였지만 간혹 우울증을 겪었다. 그럴 때면 서너 살쯤 된 이 아이는 소파에 앉아 울곤 했다.

"왜 그러니? 왜 그러냐고."

모렐 부인은 화를 내며 대답을 강요했다.

"모르겠어."

아이는 흐느껴 울면서대답했다. 그럴 때면 그녀는 아이를 잘 타이르거나 웃게 만들어서 울음을 그치게 하려고 했지만 별 효과가 없었다. 그것은 그녀의 속을 뒤집어놓았다. 그러면 언제나 성미가 급한 모렐이 의자에서 벌떡 일어나 소리치는 것이었다.

"이놈, 울음 못 그쳐? 그칠 때까지 맞아 볼 테냐!"

"그런 말 말아요."

모렐 부인은 싸늘하게 말했다. 그러고는 아이를 마당으로 데리고 나가 작은 의자에 털썩 앉히고는 말했다.

"자, 여기서 울어라. 가엾은 울보야!"

그러면 장군풀 이파리에 앉은 나비 한 마리가 아이의 눈을 끌거나 아니면 울다가 지쳐 잠이 들고 말았다. 이러한 발작이 그렇게 잦은 것은 아니었지만 모렐 부인의 마음을 어둡게 했고, 그래서 폴에 대한 그녀의 태도는 다른 자식들을 대할 때와는 좀 달랐다.

어느 날 아침 누룩 장수가 오지 않을까 하고 보텀스 사택의 골목 길을 내려다보고 있는데 별안간 누가 부르는 소리가 들렸다. 갈색 벨벳 옷을 입은 작고 마른 안토니 부인이었다.

"좀 보세요, 모렐 부인. 댁의 아들 윌리엄 일로 할 말이 있어요."

"무슨 일인가요?"

"당신 아들에게 우리 아들의 칼라를 뒤에서 뜯어낼 권리가 있다고 생각하세요?"

"우리 아이가요? 우리 윌리엄이 그랬다는 것을 어떻게 아시죠?"

"그럼 우리 알피가 거짓말을 한다고 생각하세요? 다른 아이들한테도 물어보세요. 당신 애가 우리 애의 칼라를 뜯어낼 때마다 내가 새 칼라를 사줄 수는 없잖아요."

"그러시겠지요."

"내가 말하려는 건 당신 아들이 호되게 맞아야 한다는 거예요. 그게 약이라고요."

안토니 부인은 분해서 화를 내며 말했다. 이때 누룩 장수가 도착해 모렐 부인은 반 페니어치의 누룩을 샀다.

"다른 아이보다 나이도 많은데 남의 집 아이의 옷을 찢는 아이를 그냥 내버려둘 수는 없어요."

안토니 부인이 말했다.

"댁의 앨프리드도 우리 윌리엄과 같은 나이인데요."

모렐 부인이 대꾸했다.

"그렇다고 해서 댁의 아이가 우리 아들의 칼라를 붙잡고 그걸 죄다 뜯어버려도 좋다는 법은 없잖아요."

"그렇지만 난 내 아이들을 때리지 않아요. 만약 한다고 해도 아이들의 이야기를 들어보고 싶군요."

"흠씬 매를 맞으면 좀 나아질 거예요."

안토니 부인이 쏘아붙였다.

"다른 아이의 깨끗한 칼라를 일부러 찢어서야, 원."

"우리 애가 일부러 그러지는 않았을 거예요."

"지금 날 거짓말쟁이로 모는 거예요?"

안토니 부인은 소리를 질렀다. 모렐 부인은 그 자리를 피하고 뒤뜰 문을 닫았다. 누룩을 담은 컵을 잡은 손이 덜덜 떨렸다.

"그럼 당신 남편한테 얘기하겠어요!"

안토니 부인이 그녀의 뒤에다 대고 소리를 질렀다.

저녁 시간에 윌리엄이 식사를 마치고 다시 나가려고 하자—아이는 열두 살이었는데—모렐 부인이 아들에게 말했다.

"너 왜 앨프리드 안토니의 칼라를 떼어냈니?"

"내가 언제 그 애의 칼라를 떼었어요?"

"언제인지는 모르지만 그 애의 엄마가 네가 그랬다며 이야기하더구나."

"응, 어제였어요. 근데 그건 전부터 찢어져 있던 거예요."

"그렇지만 네가 그걸 더 뜯어놓았지."

"내가 열일곱 번이나 이기게 해준 코블러가 있었는데, 앨프리드가 이러는 거예요. '아담과 이브' 와 '나를 꼬집어'가 강가로 목욕을 하러 갔어. 근데 아담과 이브가 물에 빠졌어. 누가 건져주었을까?' 그래서 내가 눈치채고 '너를 꼬집어' 하고 꼬집어줬더니 막 화를 내면서 내 코블러를 낚아채서는 도망가잖아요. 내가 쫓아가서 붙들려고 했는데 그 애가 몸을 확 피했어요. 그때 칼라가 찢어진 거예요. 하지만 난 내 코블러를 다시 찾았어요."

아이는 실 끝에 단 오래된 까만 마로니에 열매를 꺼내서 보여주었다. 이 오래된 코블러가 비슷한 줄에 달아맨 다른 코블러를 열일곱 개나 깨서 이긴 것이었다. 그래서 그 소년은 이 늙은 용사를 자랑스럽게 여기고 있던 것이다.

"그렇지만 네가 다른 아이의 칼라를 찢을 권리가 없다는 건 알고 있겠지."

"하지만 엄마! 난 찢을 생각은 조금도 없었어요. 그리고 그건 벌써 찢어져 있는 낡은 고무 칼라였다고요."

"다음부터는 네가 좀 더 조심해라. 네 칼라가 찢어져서 오는 건 엄마도 싫으니까."

"난 상관없어요, 엄마. 절대로 일부러 한 게 아니니까."

소년은 꾸지람을 들어 조금 비참해진 기분이었다.

"아무튼 주의해."

윌리엄은 겨우 풀려나서 기쁜 듯이 뛰어나갔다. 한편 이웃과 시끄러운 것을 싫어하는 모렐 부인은 안토니 부인에게 잘 얘기해서 오해를 풀려고 했다. 그러면 그것으로 일은 끝나리라고 생각했다.

그날 저녁 모렐이 탄광에서 대단히 화가 난 채로 돌아왔다. 그는 부엌에 서서 주위를 돌아보더니 한동안 아무 말도 하지 않다가 물었다.

"윌리엄은 어디 갔어?"

"그 애한테 무슨 볼일이 있어요?"

이유를 짐작한 모렐 부인이 물었다.

"그 자식이 돌아오면 맛을 보여줄 테다."

모렐은 휴대용 물병을 조리대 위에 내동댕이치며 말했다.

"안토니 부인이 당신을 붙들고 앨프리드의 칼라 얘기를 늘어놓았군요."

모렐 부인은 냉소를 머금고 말했다.

"누가 날 붙들었든 상관 말아. 그 자식이 들어오기만 해봐. 뼈를 분질러 놓을 테니까."

"참 어처구니없군요. 자기 자식들을 욕하고 싶어 하는 여우같은 여자의 말을 그렇게 쉽게 믿다니."

"그놈한테 버릇을 가르쳐주겠어. 누구 아들이건 그건 중요하지 않아. 다시는 찢고 뜯으며 돌아다니지 못하게 해주겠어."

"찢고 뜯다니요! 그 앤 앨프리드에게 코블러를 빼앗겨서 쫓아가다가 앨프리드가 몸을 피하는 바람에 우연히 칼라를 잡았던 거예요. 안토니 부인의 아이가 할 만한 짓이에요."

"알고 있어!"

모렐은 위협조로 소리를 질렀다.

"이야기를 듣기도 전에 안다고요?"

모렐 부인은 물어뜯듯이 말했다.

"걱정 마, 내가 할 일은 알고 있으니까."

"글쎄, 어떨까요. 어떤 주책없는 여편네의 말을 듣고 자기 자식에게 매질을 하려 하다니!"

"알고 있다니까!"

모렐은 그 이상 아무 말도 않고 의자에 앉아서 점점 더 험악한 분위기가 되었다. 그때 갑자기 윌리엄이 뛰어 들어오면서 말했다.

"엄마, 내 차는요?"

"차보다 더 좋은 것이 있다!"

모렐이 소리쳤다.

"말조심해요. 그런 어리석은 짓은 말아요."

모렐 부인이 말했다.

"어리석은 건 이놈이지. 내가 이놈을 가만두지 않겠어."

모렐은 의자에서 일어나 아들을 노려보며 소리쳤다.

나이에 비해 키는 컸지만 몹시 예민한 윌리엄은 공포로 파랗게 질려서 아버지를 보며 굳어 있었다.

"애, 나가거라!"

모렐 부인이 아들에게 명령했지만, 윌리엄은 그럴 정신도 없었다. 갑자기 모렐이 주먹을 꽉 쥐고 몸을 굽혀서 달려들 기세를 취했다.

"내가 이 녀석을 때려서 쫓아내 주지!"

모렐은 미친 사람처럼 소리를 질렀다.

"무슨 짓이에요! 그 여편네의 간사한 말 때문에 윌리엄의 몸에 손을 대게 할 수는 없어요. 안 돼요."

모렐 부인이 분노로 숨을 헐떡이면서 소리쳤다.

"못 때려? 그래?"

모렐은 소리를 지르면서 아들을 노려보며 앞으로 달려나왔다. 순간 모렐 부인이 주먹을 들고 그들 사이로 뛰어들었다.

"안 된다고요!"

모렐 부인은 소리를 질렀다.

"뭐라고?"

일순 모렐은 당황했고, 그녀는 아들 쪽으로 홱 돌아섰다.

"밖으로 나가라니까!"

모렐 부인은 불처럼 화가 나서 아들에게 명령했다. 소년은 최면술에라도 걸린 것처럼 바로 등을 보이고 달아났다. 모렐은 문까지 쫓아갔지만 이미 늦었다. 석탄 가루에 더럽혀진 얼굴이 분노로 새파랗게 질린 채 돌아왔다. 그러나 이번에는 그의 아내가 완전히 흥분해 있었다.

"그래? 하고 싶으면 해봐요! 그 애한테 손가락이라도 대봐요. 두고두고 후회하게 될 테니까."

모렐 부인은 크고 쨍쨍 울리는 목소리로 말했다.

아내가 두려워진 모렐은 격렬한 분노를 누르고 의자에 앉았다.

아이들이 자라서 별로 손이 가지 않게 되자 모렐 부인은 '여성 조합'에 가입했는데, 협동구매협회 조합에 부속된 작은 규모의 여성 클럽이었다. 여자들은 베스트우드 구매 조합의 식료품점 2층에 있는 길쭉한 방에서 월요일 밤마다 모임을 가졌고, 구매협회에서 얻어지는 이익이나 다른 사회 문제들을 토론했다. 모렐 부인은 가끔 신문을 읽었다. 항상 집안일로 쫓기는 어머니가 책상에 앉아서 무엇인가를 빠르게 쓰기도 하고 책을 참고하여 다시 글을 쓰는 모습이 아이들에게는 신기하게 보였다. 그들은 그런 어머니에게 깊은 존경심을 느꼈다.

아이들은 그 조합이 마음에 들었다. 그것은 어머니가 자신들 외에 다른 데에 열중해도 질투를 느끼지 않는 유일한 것이었다. 그것은 그녀가 조합 일을 즐기고 있기도 했고 한편으로는 아이들이 거기에서 여러 가지 즐거운 소득을 얻기 때문이었다. 조합 활동에 의해 아내들의 자의식이 너무 강해진다고 생각하고 적의를 품은 남편들은 그것을 '쑥덕공론 상점'이라고 불렀다. 사실 옳은 말이었다. 조합의 기본 설립 취지에서 벗어나 자기들의 가정이나 생활 상태를 비판하고 결함을 찾게 되는 경향이 있었던 것이다. 그래서 광부들은 아내들이 그들을 어리둥절하게 만드는 새로운 사고방식과 기준을 가지게 되었다는 것을 알게 되었다. 모렐 부인도 월요일 밤에는 새 소식을 잔뜩 안고 왔으며, 아이들은 어머니가 돌아올 때 윌리엄이 집에 있기를 바랐다. 어머니가 그에게 여러 가지 이야기를 해주기 때문이었다.

윌리엄이 열세 살이 되었을 때 어머니는 그에게 조합 사무실의 일자리를 얻어주었다. 그는 얼굴선이 굵고 좀 거칠긴 하지만 바이킹과 같은 새파란 눈에 정말로 영리하고 솔직한 소년이었다.

"윌리엄을 고작 사무원으로 만들어서 어쩌자는 거요. 기껏 해야 바지 궁둥이나 닳게 할 뿐이지, 몇 푼이나 벌 수 있을라구."

모렐은 말했다.

"그 애가 처음에 얼마를 받는지는 중요한 문제가 아니에요."

"중요하지 않다구? 나와 같이 탄광에 들어가면 처음부터 매주 10 실링은 벌 수 있을 거야. 그런데 의자에서 바지 궁둥이나 닳게 하면 서 6실링을 버는 편이 나랑 같이 탄광에서 10실링을 버는 것보다 낫단 말이지?"

"그 애를 탄광에는 보내지 않을 거예요. 이 이야기는 이걸로 그만 끝내요."

모렐 부인이 말했다.

"그래, 광부가 나에게는 상관없는 일이지만 그 애에게는 별로 좋지 못한 일이라 이거지."

"당신 어머니가 당신을 열두 살부터 탄광으로 보냈다고 해서 나까지 아들을 그렇게 해야 할 이유는 없어요."

"열두 살이라고? 그보다 훨씬 빨랐어!"

"몇 살이었든 말이에요."

모렐 부인은 아들을 매우 자랑스럽게 여겼다. 윌리엄은 야학에 다니면서 속기를 배웠고 열여섯 살이 되었을 때 그 마을에서 그보다 속기와 부기를 잘하는 사람은 단 한 사람밖에 없었다. 그리고 그는 야학에서 아이들을 가르쳤다. 그는 매우 성미가 급했지만 선량한 성품과 듬직한 체격이 그를 보완해주고 있었다.

남자들이 하는 일이라면, 그것이 야비한 일만 아니라면 윌리엄은 뭐든지 다 했다. 그는 바람처럼 빨리 달릴 수 있었다. 열두 살 때 그는 달리기 경주에서 1등을 해서 모루처럼 생긴 유리 잉크스탠드를 상으로 받았다. 그것은 찬장 위에 자랑스럽게 놓였고 모렐 부인에게 깊은 기쁨을 주었다. 그 소년은 단지 어머니를 위해서 달렸던 것이다. 그는 잉크스탠드를 들고 숨이 끊어질 정도로 뛰어와서 말했다.

"엄마, 보세요!"

그것은 소년이 처음으로 어머니에게 바친 실제적인 선물이었다. 어머니는 그것을 마치 여왕처럼 받아들었다.

"참 예쁘구나!"

소년은 조합에 나가게 된 이후 점점 야심을 가지게 되었다. 소년은 자기가 버는 돈을 전부 어머니에게 바쳤다. 일주일에 14실링을 벌어오면 그녀는 아들에게 2실링을 되돌려주었고, 소년은 술을 전혀 마시지 않았기 때문에 그만한 돈으로도 무척 부자가 된 것 같았다. 소년은 베스트우드의 중산층 사람들과 교제하게 되었다. 이 작은 마을에서 가장 지위가 높은 것은 교사였다. 그다음이 은행 간부, 그다음이 의사, 그다음이 상인, 그다음이 많은 광부들이었다. 윌리엄은 화학자, 학교 선생, 그리고 상인의 아들과 어울리기 시작했다. 소년은 노동자 회관에서 당구도 쳤다. 또 소년은 어머니의 반대를 무릅쓰고 춤도 췄다. 즉, 처치 스트리트에서 열리는 싸구려 댄스파티부터 스포츠나 당구에 이르기까지 베스트우드에서 즐길 수 있는 모든 것을 즐겼다.

윌리엄은 춤추기를 계속했고 여자들에게 인기가 높았다. 폴은 윌리엄한테서 갖가지 꽃 같은 여자들에 대한 정신이 어찔해질 것 같은 이야기를 들었고, 그 여자들의 대부분은 꺾어서 꽂아놓은 꽃처럼 윌리엄의 마음속에 2주일 정도만 머물렀다.

간혹 어떤 아가씨는 이 멋진 남자를 뒤쫓아 집에 찾아오기도 했다. 모렐 부인은 문간에 서 있는 낯선 아가씨를 보면 즉시 눈치를 채곤 했다.

"모렐 씨 계세요?"

그 아가씨는 애원하듯이 물었다.

"남편은 집에 있습니다만."

모렐 부인이 대답했다.

"아니…… 젊은 모렐 씨 말인데요."

그 아가씨는 거북한 듯이 되풀이했다.

"누구 말이지? 여러 명이 있어서."

그러자 아가씨는 얼굴을 더욱 붉히며 말을 더듬었다.

"저어…… 모렐 씨를…… 리플리에서 뵈었는데요."

아가씨가 설명했다.

"아, 댄스파티에서요."

"네."

"난 내 아들이 춤추는 곳에서 만난 여자들을 좋아하지 않아요. 그리고 지금 그 애는 집에 없답니다."

그러면 윌리엄은 자신의 어머니가 아가씨를 무례하게 문밖에서 쫓아버린 데 대해 화가 나서 집으로 돌아왔다. 그는 낙천적이지만 진지한 표정을 하고 있으며 때로는 인상을 찌푸리고 종종 모자를 머리 뒤로 경쾌하게 눌러 쓰고는 씩씩하게 걸었다. 지금 그는 찌푸린 얼굴로 돌아왔다. 그는 모자를 소파 위에 내던지고 건강한 턱에다 손을 갖다대고는 어머니를 아래위로 훑어보았다. 머리를 앞이마로부터 뒤로 빗어 넘긴 그의 어머니는 체구가 작았다. 그녀는 차분한 위엄을 가지고 있으면서도 보기 드문 따듯함을 보이고 있었다. 아들이 화가 난 것을 알고 그녀는 내심 떨었다.

"어제 어떤 숙녀가 절 찾아오지 않았어요, 엄마?"

"숙녀는 모르겠지만 어떤 여자애가 왔었다."

"그런데 왜 제게 말하지 않았어요?"

"그만 잊고 있었구나."

윌리엄은 다소 초조해졌다.

"예쁜 아이였죠? 마치 부잣집 아가씨처럼?"

"잘 보지 않았다."

"눈이 크고 갈색이었죠?"

"보지 않았다니까. 얘야, 네가 교제하고 있는 여자애들에게 이렇게 말해 주렴. 널 쫓아다니려면 나에게 와서 네가 어디 있나 묻진 말아달라고. 댄스파티에서 만난 그 뻔뻔스러운 말괄량이 아가씨들에게 말이야."

"그 여자는 좋은 여자예요."

"나는 그렇지 않다고 생각한다."

어머니와 아들 사이에는 춤 때문에 심한 갈등이 있었다. 이 갈등은 윌리엄이 허크널 토커드라는 마을 ─ 저급한 마을이라는 소문이 있었다 ─ 에서 열리는 가장 무도회에 가겠다고 했을 때 정점에 달했다. 그는 스코틀랜드 북부 시골에 사는 사람으로 변장할 참이었다. 의상은 한 친구로부터 빌릴 수 있었는데, 몸에 딱 맞았다. 그 옷이 집으로 배송되자 모렐 부인은 그것을 쌀쌀맞은 태도로 받아만 놓았을 뿐 풀어보려고도 하지 않았다.

"옷이 왔죠?"

윌리엄이 물었다.

"현관 앞방에 있다."

윌리엄은 뛰어 들어가서 끈을 풀었다.

"이 옷을 입으면 제 모습이 어떨까요, 엄마?"

윌리엄은 기뻐서 어쩔 줄을 몰라 하며 어머니에게 옷을 보였다.

"네가 그런 옷을 입는 걸 원치 않는다는 걸 잘 알고 있잖니."

무도회가 있는 날 저녁, 윌리엄이 옷을 갈아입으려고 집에 돌아오자 모렐 부인은 외투를 입고 모자를 썼다.

모렐 부인이 말참견을 했다.

"'진상이 누설된다'라고 해요."

"'진상이 누설된다'라고! 난 또 좀 더 교양 있는 아가씨인 줄 알았구나."

모렐 부인은 비웃듯이 말했다. 윌리엄은 다소 불쾌해져서 폴에게 엉겅퀴가 있는 부분을 잘라서 주고 이 여자의 편지를 버렸다. 그는 계속해서 편지를 뽑아서 읽었다. 그중 어떤 것은 어머니를 재미나게 했고 어떤 것은 어머니를 슬프게 하며 아들을 걱정하게 만들었다.

"얘야, 여자들은 아주 영리하단다. 모두들 자기들이 네 허영심만 만족시켜 주면 네가 머리를 쓰다듬어 주면 좋아하는 개처럼 저희들에게 달라붙을 거라는 사실을 알고 있지."

어머니는 말했다.

"하지만 그 애들이 제 머리를 영원히 쓰다듬지는 못할 거예요. 그리고 여자들이 더 이상 쓰다듬어 주지 않을 때에는 제가 떠나버리면 그만이고요."

아들은 대답했다.

"하지만 언젠가는 네가 끊을 수 없는 줄에 목이 조여 있다는 걸 깨닫게 될 거야."

"내가요! 엄마, 난 어떤 처녀한테도 지지 않아요. 여자들은 잘난 척할 이유가 없다고요."

"잘난 척하는 것은 너 자신이다."

어머니는 조용히 말했다.

얼마 후 글씨가 빽빽이 적힌 향기로운 편지들은 폴이 편지지에서 잘라낸 삼사십 개의 제비, 물망초, 담쟁이덩굴 가지 조각들을 빼고는 전부 검은 재가 되었다. 그리고 윌리엄은 새로운 편지를 모을 운명을 지고 런던으로 떠났다.

4
폴의 어린 시절

폴은 어머니를 닮아서 가냘프고 자그마한 체구가 되는 것 같았다. 소년의 아름다운 금발은 붉어지더니 그다음에는 어두운 갈색으로 변했고 눈은 회색빛이었다. 소년은 창백하고 온순한 아이였으며, 눈은 무엇인가를 열심히 듣고 있는 듯했고, 아랫입술은 도톰하게 아래로 처져 있었다.

대체로 폴은 나이보다 어른스러워 보였다. 소년은 다른 사람들, 특히 소년의 어머니가 어떤 것을 느끼고 있는가에 민감했다. 어머니의 신경이 곤두서 있을 때면 소년의 마음도 편치 않았다. 소년의 영혼은 항상 주의 깊게 어머니를 향하고 있는 듯이 보였다.

폴은 나이를 먹어감에 따라 점차 건강해졌다. 형인 윌리엄은 너무 멀리 떨어져 있어서 친구로 여길 수 없었다. 그래서 소년은 누나인 애니와 지내며 거의 그녀 부하가 되어 있었다. 애니는 말괄량이였고 어머니 말처럼 산만한 '변덕쟁이'였다. 그러나 그녀는 폴을 정말 좋아했고, 폴은 언제나 누나를 따라다니며 함께 놀았다. 그녀는 보텀스의 다른 장난꾸러기들과 깡통차기를 하고 뛰어다녔다. 폴은 아직 정식으로 낄 수 없었기 때문에 애니의 차례가 되면 함께 달렸다. 소년은 온순하여 눈에 잘 띄지 않았지만 누나는 동생을 항상 칭찬했다. 소년은 언제나 주의를 기울여서 누나가 바라는 것을 하는 것 같았다.

애니는 그다지 좋아하지는 않았지만 무척 자랑스럽게 여기는 커다란 인형을 가지고 있었다. 애니는 그 인형을 소파에 올려놓고 잠을 자도록 의자덮개를 덮어주었다. 그러고는 그것을 깜빡 잊고 말았는데, 하필 폴이 소파 팔걸이에서 뛰어내리는 연습을 했고 덮개 밑에 숨겨져 있던 인형의 얼굴이 찌그러지고 말았다. 애니는 달려와서 큰 소리로 비명을 지르며 주저앉아 비통한 울음으로 인형의 죽음을 슬퍼했다. 폴은 꼼짝도 않고 가만히 있었다.

"여기 인형이 있다고 말 안 했잖아요, 엄마. 거기 인형이 있는지 몰랐어요."

폴은 몇 번이나 되풀이해서 말했다. 누나가 인형 때문에 울고 있는 동안 소년은 어쩔 도리가 없어 난처했다. 애니는 슬퍼할 만큼 슬퍼한 뒤에 동생을 용서해 주었다. 소년은 완전히 얼이 빠져 있었다. 그러나 그녀는 이틀 후에 그 때문에 깜짝 놀랄 일이 생겼다.

"누나, 아라벨라의 희생제를 지내자. 불사르잔 말이야."

폴이 말했다. 애니는 무서웠지만 어쩐지 그 말에 매혹을 느끼기도 했다. 그녀는 동생이 어떤 일을 할지 보고 싶어졌다. 폴은 벽돌로 제단을 만들고 아라벨라의 품속에서 대팻밥을 약간 꺼내고 나서 밀랍 조각들을 부서진 얼굴에 넣은 다음 파라핀을 조금 부어 몸 전체에 불을 붙였다. 소년은 아라벨라의 부서진 이마에서 밀랍 방울이 녹아 땀처럼 불꽃 속으로 떨어지는 것을 지켜보고 있었다. 무표정한 커다란 인형이 불타고 있는 동안 소년은 아무 말도 없이 즐기고 있었다. 다 타버리자 소년은 잿더미 속을 막대기로 휘저어서 새까맣게 된 팔과 머리를 찾아내어 돌로 산산조각이 나게 부숴버렸다.

애니는 아무 말도 하지 않았지만, 이 사건은 그녀의 마음을 혼란스럽게 했다. 동생은 자기가 망가뜨린 인형을 몹시 미워하고 싫어하고 있었던 것 같았다.

폴의 어머니와 마찬가지로 모든 아이들이 다 그랬지만, 특히 폴은 완벽히 어머니 편이 되어 아버지를 싫어했다. 모렐은 여전히 야단을 치고 술에 취했다. 아버지는 가족의 생활 전체를 비참하게 만들었고 그 기간이 때로는 몇 달씩 계속되기도 했다. 폴은 어느 월요일 밤, 금주를 맹세한 젊은이들의 모임인 희망 밴드에서 돌아왔을 때 본 광경을 절대로 잊지 않았다. 아버지는 머리를 숙인 채 벽난로 앞 양탄자 깔개 위에 버티고 서 있고, 어머니는 눈께가 붓고 멍이 들어 있었다. 그리고 직장에서 막 돌아온 윌리엄은 아버지를 노려보고 있었다. 어린 아이들이 들어와도 그들은 아무도 돌아보지 않았다.

윌리엄은 입술까지 하얗게 질려 주먹을 꽉 쥐고 있었다. 동생들이 어린 아이다운 분노와 증오심을 가지고 지켜보게 될 때까지 그는 기다리고 있었다. 그리고 입을 열었다.

"비겁해요. 제가 집에 있었더라면 이렇게 하지 못했을 거예요."

그러나 모렐의 피는 끓어오르고 있었다. 그는 아들 쪽으로 돌아섰다. 체구는 윌리엄이 더 컸지만 모렐은 단단한 몸을 가졌고 미칠 듯이 성이 나 있었다.

"내가 못한다고? 못한다고? 어디서 주둥이를 놀리는 거야. 뼈다귀를 분질러 놓을까 보다. 이놈, 맛 좀 봐라!"

모렐은 무릎을 굽히고 소리를 지르며 마치 짐승 같이 꼴사나운 모양으로 주먹을 내밀었다. 윌리엄은 무서운 분노 때문에 핏기가 싹 가셨다.

"한번 해보실래요? 하지만 다시는 못 일어날 줄 아세요."

윌리엄은 조용하면서도 강렬하게 말했다.

모렐은 허리를 굽힌 채 곧 달려들 기세로 양팔을 뒤로 당기고 춤 추듯 몸을 흔들며 조금 더 다가왔다. 윌리엄도 언제든지 맞싸울 수 있게 대비했다. 한 줄기 광선이 마치 웃는 것처럼 그의 푸른 눈에 비쳐 들었다. 그는 아버지를 지켜보았다. 서로 한 마디만 더 오갔다면 두 사람은 싸움을 벌였을 것이다. 폴은 격투가 시작되었으면 좋겠다고 생각했다. 세 명의 아이들은 새파랗게 질려 소파에 앉아 있었다.

　"두 사람 다 그만둬요. 오늘밤엔 이것으로 충분해요. 질렸다고요. 여보!"

　모렐 부인이 격한 목소리로 외쳤다.

　"저 애들을 좀 보세요!"

　그녀는 남편을 돌아보며 말했다. 모렐은 소파 쪽을 힐끔 보았다.

　"애들을 보라고? 이 망할 여편네 같으니."

　모렐은 코웃음을 쳤다.

　"그래, 내가 애들한테 뭘 어쨌단 말이야? 저것들은 당신하고 똑같아. 더러운 방법으로 애들을 당신 같이 망하게 길러놨지. 당신이 이렇게 길러놨단 말이야, 당신이!"

　모렐 부인은 아무 대꾸도 없었다. 아이들도 아무 말하지 않았다. 잠시 후에 모렐은 장화를 식탁 밑에 처넣고 자러 가버렸다.

　"왜 제가 한 방 치게 내버려두지 않았어요? 간단하게 때려눕힐 수 있었을 텐데."

　아버지가 2층으로 올라가자 윌리엄이 말했다.

　"잘하는 짓이구나. 아버지를 치다니."

　그녀가 대답했다.

　"아버지? 그 사람이 아버지라고요?"

　윌리엄은 되물었다.

　"그래…… 그러니까……."

"하지만 내가 끝장을 내버리도록 놔두지 그랬어요. 간단히 할 수 있었을 텐데."

"그런 생각을 하다니! 아직 그 정도까지 와 있진 않아!"

모렐 부인은 소리쳤다.

"이미 와 있어요. 최악의 상태까지 와 있다고요. 엄마 얼굴을 보세요. 왜 해치워버리게 놔두지 않았어요?"

"그런 것을 참을 순 없다. 이제 다시 그런 생각은 말아."

어머니가 빠르게 말했다. 아이들은 비참한 마음으로 잠자리에 들었다.

윌리엄이 어른이 될 무렵 모렐 일가는 보텀스에서 언덕 위에 있는 집으로 이사했다. 새 집에서는 가리비나 대합조개 껍질처럼 넓게 펼쳐지는 마을의 풍경을 한눈에 내려다볼 수 있었다. 집 앞에는 크고 오래된 물푸레나무가 서 있었다. 더비셔 쪽에서 불어오는 서풍은 집 채를 흔들고 이 나무를 울렸다. 모렐은 그것을 좋아했다.

"이건 음악이야. 저 소리를 듣고 있으면 잠이 잘 오지."

모렐이 말했다. 그러나 폴과 애니와 아서는 그 바람 소리를 무척 싫어했다. 폴에게는 그것이 악마가 내는 소리 같이 들렸다. 새 집에 이사를 온 첫해 겨울에 그들의 아버지는 상태가 매우 나빴다. 아이들은 넓고 깜깜한 계곡 위를 지나는 길에서 8시 반까지 놀다가 자러 들어왔다. 어머니는 아래층에서 바느질을 하였다. 집 앞에 아주 넓은 공간이 있었기 때문에 아이들은 밤의 광활함과 공포를 예민하게 느꼈다. 이 두려움은 고목을 뒤흔드는 바람 소리와 가정이 화목하지 않은 고통에서 오는 것이었다.

폴은 곤히 자다가 아래층에서 나는 발자국 소리에 잠을 깨는 일이 흔히 있었다. 그러면 소년은 곧 눈을 떴다. 그리고 나서 완전히 취해 집에 들어온 아버지가 크게 소리를 지르고, 주먹으로 탁자를 탕탕 내려치는 소리를 들었다. 그 소리는 점점 높아감에 따라 으르렁거리는 것 같은 듣기 싫은 고함으로 변했다. 그러다 이러한 소리는 강한 바람이 휘몰아치고 거대한 물푸레나무가 휩쓸려서 내는 지르는 듯한 비명과 고함 소리 속에 묻혀버렸다.

아이들은 불안에 싸여 바람 소리 사이로 아버지가 무엇을 하는지 들을 수 있도록 귀를 기울이고 조용히 누워 있었다. 어둠 속에는 공포와 초조함, 그리고 살벌한 긴장감이 돌았다. 바람은 나무들 사이로 더욱 더 맹렬하게 불었다. 거대한 하프처럼 가지마다 웅성거리고 휘파람 소리를 내기도 하고 비명을 지르기도 했다. 그러다가 갑자기 무서운 정적이 찾아오는 순간이 있다. 집 바깥과 아래층 할 것 없이 모든 곳이 정적에 싸인다. 무엇일까? 피비린내 나는 정적일까. 아버지가 또 무슨 일을 저지르는 것일까.

아이들은 어둠 속에 가만히 누워 숨을 죽이고 있었다. 마침내 아버지가 장화를 벗어던지고 양말을 신은 채 계단을 쿵쿵 걸어 올라오는 소리를 들었다. 아이들은 그대로 귀를 기울였다. 그리고 겨우 바람이 잠잠해지면 어머니가 내일 아침을 준비하느라 수도꼭지를 틀어 주전자에 물을 받는 소리를 들었다. 그 소리를 듣고서야 아이들은 마침내 안심하고 잠이 들 수 있었다.

그 때문에 아이들은 아침이 되면 행복했다. 어두운 밤에 외따로서 있는 가로등 밑에서 뛰놀 때도 행복했다. 그러나 아이들의 마음속에는 한 가지 응어리가 있었고, 눈에는 어두운 구석이 있었으며 그것은 그들의 생활 전부를 설명하고 있었다.

폴은 아버지를 싫어했다. 그는 소년다운, 아무도 모르는 기도를 열렬하게 했다.

"아빠가 술을 끊게 해주세요."

폴은 매일 밤 기도했다.

"하나님, 아빠가 죽게 해주세요."

이렇게 기도드리기도 했다.

"아빠가 탄광에서 죽지 않게 해주세요."

차를 다 마신 뒤에도 아버지가 일터에서 돌아오지 않을 때 폴은 이렇게도 기도했다.

식구들로서는 그 찻시간이 가장 괴로운 시간이었다. 아이들은 학교에서 돌아와 차를 마셨다. 벽난로 시렁 위에는 크고 까만 소스 냄비가 부글부글 끓고, 스튜 냄비는 오븐 속에서 덥혀져 모렐이 언제 돌아와도 좋도록 식사 준비가 되어 있었다. 5시면 그가 집에 돌아와야 할 시간이었다. 그러나 그는 벌써 여러 달 동안이나 매일 밤 술집에 들러서 술을 마시고 왔다.

춥고 빨리 해가 지는 겨울밤에 모렐 부인은 가스를 절약하기 위해 놋쇠 촛대를 갖다 놓고 수지(獸脂) 양초를 켜두곤 했다. 아이들은 버터 빵과 군고기로 저녁을 마치고 밖에 나가서 놀고 싶어 했다. 그러나 아버지가 돌아오지 않으면 아이들은 밖에 나가기를 주저했다. 그가 하루 종일 탄광에서 일한 뒤 집에 돌아와 몸을 씻거나 식사를 하지 않고 먼지투성이가 된 채 술집에 앉아서 빈속에 술을 마시고 취할 것을 생각하면 모렐 부인은 견딜 수 없는 심정이 되었다. 그런 감정은 아이들에게도 고스란히 전해졌다. 이제 그녀는 더 이상 자기 혼자 고통을 겪지 않았다. 아이들이 그녀와 함께 고통을 나누었던 것이다.

폴은 다른 아이들과 함께 놀러 나갔다. 언덕 아래쪽, 탄광이 있는 곳에서 조그마한 등불들이 뭉쳐서 빛나고 있었다. 두서너 명의 광부가 어스름한 들길을 지친 발걸음으로 터덜터덜 올라오고 있었고 가로등을 켜는 사람도 왔다. 그밖에 돌아오는 광부들의 모습은 없었다. 어둠이 계곡 위를 쫙 내리덮었다. 일은 끝났고 이제는 밤이었다.

폴은 걱정스럽게 부엌으로 뛰어 들어갔다. 식탁 위에는 아직도 초한 자루가 켜져 있었고 난로의 불꽃은 벌겋게 빛을 냈으며 모렐 부인은 혼자 앉아 있었다. 시렁 위의 소스 냄비에서는 김이 오르고 탁자 위에 차려진 접시들은 식사할 사람을 기다리고 있었다. 방 전체가 기다리는 분위기로 가득 차서 어둠 속을 가로질러 2킬로미터쯤 떨어진 곳에서 석탄가루로 더러워진 채 식사도 하지 않고 혼자 취할 때까지 술을 마시고 있는 사나이를 기다리고 있었다. 폴은 문간에 섰다.

"아빠 오셨어요?"

"보면 알잖니."

어머니는 쓸데없는 질문에 화를 내며 말했다. 폴은 어머니 옆에서 꾸물거렸다. 두 사람은 똑같은 걱정을 하고 있었다. 이윽고 어머니는 밖으로 나가 감자를 골라냈다.

"감자가 새까맣게 탔구나. 하는 수 없지."

이내 두 사람 모두 말이 없었다. 폴은 아버지가 일터에서 돌아오지 않기 때문에 고통스러워하는 어머니가 밉기까지 했다.

"왜 그렇게 걱정하세요? 아버지가 도중에 술집에 들러 술을 마셔도 하시고 싶은 대로 내버려두면 되잖아요?"

"내버려두라고!"

모렐 부인이 발끈하며 되물었다.

"내버려둔다, 그것도 일리는 있구나."

그녀는 일터에서 돌아오는 길에 술집에 들르는 남자는 머지않아 자기 자신과 가정을 파멸로 몰아넣고 만다는 사실을 알고 있었다. 세 아이들은 아직 어려서 벌어다 먹일 사람을 필요로 하고 있었고, 그런 의미에서 윌리엄은 그녀에게 위안이 되었다. 만약 이제 모렐에게 의지할 수 없게 되더라도 그녀는 의존할 수 있는 사람을 얻은 것이다. 그러나 모렐의 귀가를 기다리는 이러한 밤의 긴장된 공기에는 변함이 없었다.

시간은 일 분 일 분 지나갔다. 6시가 되어도 식탁에는 그대로 식탁보가 덮여 있었고 방 안에는 불안과 기다림의 분위기가 가득 차 있었다. 폴은 더 이상 이런 것들을 참을 수 없었다. 나가서 놀 수도 없었다. 그래서 소년은 한 집 건너에 사는 잉거 부인에게 옛날이야기를 들으러 달려갔다. 그녀에게는 아이가 없었고, 남편은 부인에게 다정했지만 상점에서 근무하기 때문에 귀가가 늦었다.

부인은 문간에서 소년을 발견하면 그를 불렀다.

"들어와라, 폴."

두 사람은 앉아서 한참이나 이야기를 나눴고 그러다 폴이 불쑥 일어나면서 말했다.

"이제 가서 엄마가 심부름 시킬 일이 있는지 알아봐야겠어요."

폴은 자신이 즐겁고 밝은 척했고, 상대에게는 자신의 고민을 이야기하지 않았다. 소년은 집 안으로 뛰어 들어갔다.

대체로 이맘때면 모렐이 우락부락하고 밉살스러운 모습으로 돌아오곤 했다.

"지금이 몇 신 줄 알아요!"

모렐 부인이 말했다.

"내가 몇 시에 돌아오건 무슨 상관이야!"

모렐은 소리를 질렀다.

아버지가 당장에라도 행패를 부릴 것만 같아 온 집안사람들은 숨을 죽였다. 모렐은 더할 나위 없이 사나운 태도로 음식을 먹었고 식사를 마치자 그릇을 죄다 멀리 밀어놓은 뒤 식탁 위에 팔을 올렸다. 그러고는 잠이 들어버렸다.

폴은 아버지가 제일 싫었다. 이 광부의 작고 초라해 보이는 머리는 군데군데 희끗희끗했고 양팔 위에 얹은 더럽고 번들번들한 얼굴은 술기운과 피로와 울화 때문에 살찐 코와 가늘고 초라한 눈썹을 보이며 옆으로 돌려진 채 잠들어 있었다. 이런 때 누가 갑자기 들어오거나 어떤 소리라도 내면 그는 고개를 들고 소리를 질렀다.

"그 덜커덕대는 소리를 멈추지 않으면 머리를 한 방 갈겨줄 테다! 너한테 말하고 있는 거야, 알겠어?"

으르렁거리듯이 고함을 지르는 말은 대개 애니한테 향하는 것이었으나, 모든 가족은 이 말을 들으면 모렐에 대한 증오심으로 몸이 오싹해졌다.

모렐은 가정 생활에서 완전히 소외당하고 있었다. 아무도 그에게 집안일에 대해 이야기해 주지 않았다. 아이들은 어머니에게만 그날 일어난 일의 모든 것을 이야기했고, 어떤 일도 어머니에게 이야기를 하고 나서야 비로소 실제 일어난 일같이 생각되었다. 그러나 아버지가 들어오면 대화는 딱 끊겼다. 그는 부드럽고 행복하게 돌아가는 가정이라는 기계를 멈추게 하는 나사 같은 존재였다. 그리고 그는 자기가 들어서면 갑자기 온 집 안이 조용해지고 생기가 사라지며, 자기가 환영받지 못한다는 것을 언제나 의식하고 있었다. 그러나 이제 어쩔 도리도 없을 만큼 아주 멀리 와 있었다.

모렐은 아이들이 말을 걸어주기를 바랐지만 아이들은 어떤 말도 할 수가 없었다. 간혹 모렐 부인은 이렇게 말하곤 했다.

"얘, 아버지께도 얘기해 드려라."

폴이 어린이 잡지의 퀴즈 대회에서 상을 타는 일이 있었다. 아이들은 기쁨에 들떠 있었다.

"아버지가 오시거든 네가 얘기하렴. 아버지가 너희들이 얘기해 주지 않는다고 늘 불평을 하시잖니."

"알았어요."

폴이 대답했다. 그러나 소년은 아버지에게 말하느니 차라리 상을 타지 않는 편이 좋다고까지 생각했다.

"상을 탔어요, 아빠."

폴이 말했다.

모렐은 그를 돌아보았다.

"그래? 무슨 퀴즈였지?"

"별 거 아니에요. 유명한 여자에 관한 거예요."

"그래, 상금은 얼마나 되던?"

"책 한 권을 받았어요."

"아, 그래!"

"새에 관한 이야기책이에요."

"흐음!"

그것이 전부였다. 아버지와 다른 가족들 사이에 대화는 불가능했다. 그는 이방인이었다. 자신 속의 신을 부정한 것이다.

모렐이 가족의 생활에 들어갈 수 있는 유일한 시간은 일을 하고 있을 때뿐이었다. 일을 하면 그는 행복했다. 그는 가끔 저녁에 구두를 수선하거나 주전자나 휴대용 물병을 수리했다. 그럴 때면 그는 조수 몇 사람을 필요로 했고, 아이들은 그 일을 기꺼이 도왔다. 그들은 무엇을 만드는 일을 하는 가운데 아버지와 한 몸이 되었고, 그럴 때 그는 다시 참다운 자기를 되찾았다.

모렐은 솜씨가 좋은 뛰어난 기술자였고 기분이 좋을 때는 언제나 노래를 불렀다. 그는 말다툼이나 우울증이 시작되면 몇 달, 길게는 몇 해 동안이나 계속됐다. 그 기간이 지나면 이따금 다시 쾌활해지기도 했다. 그가 빨갛게 달아오른 쇳덩이를 들고 "비켜라, 비켜!" 하고 소리치면서 개수대로 달려가는 것을 보는 일은 유쾌한 일이었다.

그리고 그는 부드럽게 불에 단 쇳덩이를 받침대 위에 얹고 망치로

두들겨 원하는 모양을 만들었다. 혹은 한참 동안 열심히 납땜질을 하기도 했다. 그러면 아이들은 납덩이가 별안간 녹아서 가라앉거나 쇠 모서리를 지져 붙이는 광경을 즐거운 듯이 지켜보고 있었다. 방 안은 송진 냄새와 뜨거운 함석 냄새로 진동했고 모렐은 한동안 말도 않고 일에 열중했다. 그는 구두를 수선할 때마다 쇠망치질의 즐거운 소리에 맞추어 노래를 불렀다. 그리고 두꺼운 작업복 바지에 직접 넓적한 헝겊을 대고 기울 때도 매우 행복해 했다. 그는 바지가 너무 더러워졌을 땐 아내더러 기우라고 하기에는 천이 꽤나 딱딱하다고 생각해서 곧잘 자기 손으로 수선하곤 했다.

그러나 아이들에게 가장 즐거운 시간은 아버지가 도화관을 만드는 때였다. 모렐은 다락방에서 길고 튼튼한 밀짚 한 다발 가지고 내려왔다. 그는 그것들을 손으로 다듬어 한 가닥 한 가닥을 모두 금실처럼 빛나게 만든 다음 되도록이면 아랫부분에 매듭이 남게 하여 6인치 길이로 가지런히 잘랐다. 그는 언제나 날이 잘 드는 주머니칼을 가지고 있어서 밀짚을 상하지 않게 싹 베어낼 수 있었다. 그리고 탁자 한가운데에 화약을 한 더미 올려놓았다. 그것은 하얗게 닦인 탁자 위에서 작고 까만 알갱이들을 잘 쌓아놓은 것 같았다. 모렐이 밀짚을 다듬어 대롱을 만들면 폴과 애니는 거기에 까만 화약을 넣고 마개를 덮었다. 폴은 까만 알갱이들이 자기 손바닥 안에서 밀짚대의 입구로 또르르르 즐겁게 쏟아져 들어가 이내 밀짚 속이 가득하게 차는 모습을 보는 것이 좋았다. 그리고 그는 접시에 담긴 비누를 엄지손톱으로 약간 떠서 밀짚대에 넣는 것으로 그 입구를 막았고, 그것으로 도화관은 완성되었다.

"보세요, 아빠!"

폴이 말했다.

"음. 잘했다, 아가."

모렐이 대답했다. 그는 유독 둘째아들에게 각별한 정을 쏟았다.

폴은 이 도화관을 아버지의 화약상자에 담았고, 다음날 모렐은 그것을 탄광으로 가져가 석탄을 발파하는 데 사용했다.

한편 아직도 아버지를 좋아하는 아서는 모렐의 의자 팔걸이에 기대고 서서 이렇게 말하곤 했다.

"아빠, 탄광 이야기를 해주세요."

모렐은 탄광 이야기를 하는 것이 좋았다.

"굴 속에는 '타피'라고 부르는 작은 말 한 마리가 있는데……."

모렐의 이야기는 이렇게 시작되곤 했다.

"그런데 고놈의 말이 아주 나쁜 놈이야."

모렐은 이야기를 매우 재미나게 하는 재주가 있었다. 그의 이야기를 듣고 있으면 타피의 교활함을 생생하게 느낄 수 있었다.

"그 녀석은 갈색이고 별로 키는 크지 않아. 그런데 그놈이 달칵달칵 소리를 내며 굴로 들어와서는 재채기를 하지 뭐야. '야, 타피. 왜 재채기를 다 하나? 코담배라도 피웠나?' 이렇게 말을 하면 그놈은 다시 재채기를 하는 거야. 그리고는 그 장난꾸러기가 슬쩍 걸어와선 머리를 비벼댄다고. 그러면 난 또 '이봐, 타피. 뭘 먹고 싶은데?' 하고 물어 보지."

"그래, 뭘 먹고 싶대?"

아서는 언제나 얘기 도중에 끼어들었다.

"아 글쎄, 담배를 달라는 거야."

타피에 대한 이야기는 한없이 계속되었고 모두 그 이야기를 좋아했다. 또 어떤 때는 새로운 이야기가 나왔다.

"얘들아, 생각해 봐. 점심 때 내가 웃옷을 입으려고 하는데 내 팔 위로 생쥐란 놈이 달려 올라오는 거야. 그래서 '어이, 좀 서봐!' 하고 소리쳤지. 그리고 가까스로 고놈의 꼬리를 잡았어."

"그럼 죽였어요?"

"응, 죽였지. 아주 성가신 놈이거든. 탄광에는 쥐가 득실득실하게 많아."

"쥐들은 뭘 먹고 살아요?"

"주로 말이 먹다 떨어트리는 보리를 먹는데, 내버려두면 주머니 속에 들어가서 내 점심까지 먹는단다. 어디에 걸어놔도 살그머니 다니면서 갉아먹는 골칫거리지."

모렐에게 집에서 할 일거리가 있을 때면 이처럼 행복한 저녁시간을 보낼 수 있었다. 이러한 밤에는 그는 무척 일찍, 때로는 아이들보다도 먼저 잠을 자러 갔다. 수선을 마치고 신문의 표제를 대충 훑어보고 나면 앉아 있어도 더 이상 아무 할 일이 없는 것이었다.

아이들은 아버지가 잠자리에 들어야 안심했다. 그들은 누워서 한참 동안이나 소곤소곤 이야기를 했다. 그러다가 갑자기 불빛이 천정 위에 그림자를 어른거리게 하면 깜짝 놀랐다. 그것은 밤 9시에 교대 근무를 하러 출근하는 광부들의 손에서 흔들린 램프의 불빛이었다. 아이들은 광부들의 목소리를 들으며 그들이 컴컴한 계곡으로 내려가는 광경을 상상했다. 간혹 아이들은 창가로 다가가서 서너 개의 등불이 어둠 속에서 흔들리며 새까만 들판을 내려가 점점 작아져 가는 것을 지켜보기도 했다. 그러다 다시 침대로 뛰어 들어가 따뜻한 이불을 뒤집어쓰고 몸을 웅크리는 것은 즐거운 일이었다.

폴은 허약한 편이라 기관지염을 잘 앓곤 했다. 다른 아이들은 모두 튼튼했다. 어머니가 폴에게 특별한 관심을 갖는 이유의 하나도 여기에 있었다.

어느 날 점심 때 집에 돌아온 폴은 몸이 좋지 않다고 느꼈다. 그러나 모렐 집안은 그 정도 일쯤으로 야단법석을 떠는 성격이 아니었다.

"왜 그러니?"

어머니가 예리하게 물었다.

"아무 일도 없어요."

폴이 대답했다. 그러나 그는 점심을 먹지 않았다.

"점심을 먹지 않는다면, 내일 학교에 가지 못할 거야."

어머니가 말했다.

"왜요?"

"점심을 먹지 않았으니까. 그게 이유야."

폴은 점심을 먹은 뒤에 아이들이 좋아하는 따뜻한 사라사 쿠션을 대고 소파 위에 누웠다. 그리고 잠 속으로 빠져들었다.

그날 오후 모렐 부인은 다림질을 하면서 아이의 목에서 끊임없이 작은 소리가 나는 것을 들었다. 그녀의 가슴 속에서 이 아이에 대한 예전의 애틋한 감정이 다시 고개를 들었다. 그녀는 폴이 제대로 자라리라곤 한 번도 기대하지 않았다. 그러나 그 어린 육체 속에는 강인한 생명력이 있었다. 만약 이 아이가 일찍 죽어버렸더라면 오히려 그녀는 마음이 편했을지도 모른다. 그녀는 언제나 아들에 대한 애정 속에 고뇌가 섞여 있음을 느꼈다.

폴은 반쯤 잠이 깬 상태로 다리미 받침에 부딪히는 다리미 소리와 다림질판 위에서 서걱거리는 소리를 어렴풋이 의식하고 있었다. 한 번 잠이 깨자 소년은 눈을 떴다. 어머니가 난로 깔개 위에 서서 다리미가 얼마나 뜨거운지 그 소리를 듣고 있는 것처럼 다리미 가까이 뺨을 대고 있는 모습을 보았다. 고통과 환멸과 극기로 인해 야무지게 다물어진 입과 한쪽으로 약간 기울어진 듯한 코, 싱싱하고 민감하며 따뜻한 푸른 눈을 가진 어머니의 고요한 얼굴은 소년의의 심장을 사랑으로 조여들게 만들었다.

어머니가 그렇게 조용하게 있을 때면 생명력으로 가득 차 있지만 반면 자신의 권리를 빼앗긴 사람과도 같아 보였다. 어머니는 이제까지 단 한 번도 자신의 인생에 대한 충족감이 없었던 게 아닐까 하는 생각이 소년의 마음을 아프게 했다. 또한 자신이 어머니 마음의 빈 구석을 채워줄 수 없다는 무력감이 소년을 괴롭혔다. 그것은 동시에 소년의 내면에서 참을성 있는 완고함을 만들어내고 있었다. 그것은 소년의 어린애다운 인생의 목표였다.

어머니가 다리미에 침을 뱉자 작은 침방울이 까맣게 번들거리는 다리미 표면을 굴러 내리며 튀었다. 어머니는 무릎을 꿇고 앉아 난로 깔개 안감에 힘주어 문질렀다. 난롯불 때문에 그녀의 얼굴은 붉어졌다. 폴은 어머니가 꿇어앉아 머리를 한쪽으로 갸우뚱하고 있는 모습을 좋아했다. 그녀의 동작은 가볍고 민첩했다. 어머니를 지켜보고 있는 것은 즐거운 일이었다. 어머니가 무엇을 하든, 어떤 동작을 하든 아이들의 마음에 들지 않는 일은 없었다. 방은 따뜻하고 다리미 열로 뜨거워진 아마포의 냄새로 자욱했다. 한참 후에 목사가 찾아와서 그녀와 조용히 이야기를 했다.

마침내 기관지염에 걸린 폴은 자리에 드러눕게 되었다. 그러나 소년은 별로 걱정하지 않았다. 이미 일어난 일은 어쩔 수 없는 것이고 아픔에 쓸데없이 반항해 봤자 별 소용도 없었다. 소년은 등불이 꺼지는 8시 이후의 시간이 좋았다. 그때가 되면 어두운 벽과 천장에 난로의 불꽃이 뻗어 올라가 거대한 그림자들이 흔들리고 늘어났다 오므라들었다 하며 춤추는 것을 지켜볼 수 있었다. 그것은 마침내 방안이 소리도 없이 싸우는 사람들로 가득히 차버린 것 같았다.

모렐은 잠자리에 들기 전에 폴의 방을 들여다보곤 했다. 모렐은 누가 아프면 언제나 상냥하게 대했다. 그러나 그의 방문 때문에 소년이 잠겨 있는 분위기가 흐트러졌다.

"잠들었니?"

모렐이 다정하게 물었다.

"아뇨. 엄마는 언제 와요?"

"엄마는 지금 빨래를 개키고 있단다. 뭐 필요한 게 있니?"

모렐은 아들에게 점잖은 말을 썼다.

"아니요……. 그런데 엄마가 오래 걸릴까요?"

"곧 올 거다, 애야."

모렐은 잠시 난로 깔개 위에 서서 주저하며 기다렸다. 그는 아들이 자기를 원하지 않는다는 것을 느꼈고, 계단 위로 가서 아내에게 말했다.

"애가 당신을 찾는구려. 얼마나 걸릴 것 같소?"

"이 일이 다 끝나야죠! 그냥 자라고 하세요."

"엄마가 자라고 하는구나."

모렐은 부드럽게 아들에게 알려주었다.

"하지만 엄마가 와줬으면 좋겠어요."

폴은 고집을 부렸다.

"애가 당신이 오기 전까지 잘 수 없다는데?"

모렐은 아래층에 대고 소리쳤다.

"아이 참! 그렇게 오래 걸리지 않아요. 그러니까 위에서 소리 좀 지르지 마세요. 다른 아이들도 있잖아요!"

모렐은 돌아와서 침실의 난로 앞에 웅크리고 앉았다. 그는 난롯불을 무척 좋아했다.

"엄마가 곧 온다는구나."

모렐은 아들에게 말하고 계속 방 안을 서성거렸다. 소년은 조바심이 나서 열에 들뜬 듯이 신음하기 시작했다. 아버지가 있으니까 병든 소년의 참을성 없는 성미를 한층 더하게 하는 것 같았다. 마침내 모렐은 한참 동안 아들을 바라보고 나서 상냥하게 말했다.

"그럼 잘 자라, 아가."

"안녕히 주무세요."

혼자 있게 된 폴은 마음이 놓여 돌아누우면서 대답했다.

폴은 어머니와 같이 자는 것이 좋았다. 위생학자들이 뭐라고 말하건 잠은 역시 사랑하는 사람과 같이 자는 것이 가장 완전한 법이다. 따사로움과 정신의 안정과 평화, 사랑하는 이와의 접촉에서 오는 완벽한 위안 등이 깊이 잠들 수 있게 해주고 육체와 정신이 완전한 안식을 얻는 것이다. 폴은 어머니에게 몸을 꼭 붙이며 잠을 자고 점점 회복되어 갔다. 한편 언제나 잠을 설쳐서 괴로워하던 어머니도 점점 깊은 잠을 잘 수 있게 되고 그것이 그녀에게 어떠한 확신을 주는 것처럼 생각되었다.

회복기에 들어가자 폴은 침대에 일어나 앉아 털이 부들부들한 어린 말들이 노랗게 짓밟힌 벌판 위에서 건초더미를 헤쳐놓으며 먹이를 먹는 광경을 보기도 했고, 작고 검은 형체의 광부들이 떼를 지어 하얀 들판을 가로질러 천천히 집으로 돌아오는 모습을 지켜보기도 했다. 이때는 온갖 것이 신기하게만 보였다. 난데없이 창문 유리에 날린 눈송이는 제비처럼 잠깐 앉았다 사라지고 그 뒤에 물방울이 유리를 따라 또르륵 흘러내렸다. 눈송이들은 마치 날아가는 비둘기처럼 집 모퉁이에서 너울거리며 날아다녔다. 멀리 계곡 건너편에서 작고 까만 기차가 희고 광대한 풍경 속을 느릿느릿 기어가고 있었다.

모렐 집안은 가난했으므로 아이들은 무엇이든 집안 살림에 도움이 되는 것을 할 수 있다면 기뻐했다. 애니와 폴과 아서는 여름이면 아침 일찍 일어나 버섯을 따러 나갔다. 종달새가 날아오른 이슬 젖은 풀밭을 헤치고 찾으면 풀밭 속에서 하얀 살집의 훌륭한 버섯이 맨몸으로 살그머니 웅크리고 있었다. 그것을 반 파운드나 따게 되면 아이들은 무척 행복했다. 그것은 무엇인가를 찾는다는 기쁨과 자연의 손으로부터 무엇인가를 직접 받는다는 기쁨, 그리고 가계를 돕는

다는 기쁨이었다.

밀 우유죽을 쑤기 위해 밀 이삭을 주운 다음 가장 중요한 추수는 구스베리였다. 모렐 부인은 토요일마다 푸딩을 만들기 위해 과일을 사야 했다. 게다가 그녀는 구스베리를 좋아했다. 그래서 폴과 아서는 구스베리가 나는 철이면 주말마다 잡목 덤불과 숲, 오래된 채석장들을 찾아 헤맸다. 이 탄광 지방의 마을 부근에서 구스베리는 비교적 귀했다. 그러나 폴은 먼 곳까지 찾아다녔다. 소년은 야외로 나가 덤불숲을 걷는 것이 좋았다. 그러나 빈손으로 돌아가 집에 있는 어머니를 실망시키는 일은 견딜 수 없었다. 소년은 아무것도 따지 않고 가느니 차라리 죽는 편이 낫겠다고 생각했다.

"도대체 어디에 갔다 오는 거니!"

아이들이 지치고 굶주린 상태로 집에 늦게 돌아오면 어머니는 소리쳤다.

"이 근처에는 아무것도 없어서 미스크 언덕을 넘어 갔었어요. 이 것 봐요, 엄마."

폴은 대답했다. 그녀는 바구니 속을 들여다보았다.

"아, 참 좋은 딸기로구나!"

모렐 부인은 감탄했다.

"2파운드도 넘을 거예요. 그렇지 않아요?"

모렐 부인은 바구니 속을 들여다보았다.

"글쎄."

미심쩍은 듯이 모렐 부인은 대답했다.

폴은 바구니 속에서 구스베리가 달린 가지 하나를 꺼냈다. 소년은 언제나 자신 찾은 것 중에서 제일 좋은 것을 어머니에게 주었다.

"예쁘구나!"

모렐 부인은 사랑하는 이에게 선물을 받을 때와 같은 들뜬 투로 말했다.

　빈손으로 집에 돌아오기가 싫었던 폴은 온종일 걸어서 몇 킬로미터나 되는 곳까지 가서 구스베리를 찾아왔던 것이다. 모렐 부인은 아직 어린아이인 아들이 그렇게까지 했으리라고는 꿈에도 생각지 못했다. 그녀는 이 아이들이 빨리 자라기만을 기다리고 있었다. 그리고 주로 그녀의 마음을 차지하고 있는 것은 윌리엄이었다.

　그러나 윌리엄이 노팅엄에 가서 집에 있는 시간이 별로 없게 되자 모렐 부인은 폴을 친구로 삼았다. 무의식중에 폴은 형을 질투하고 있었고 윌리엄은 폴을 질투했다. 그러나 둘은 동시에 다정한 친구이기도 했다.

　모렐 부인이 둘째아들에게 느끼는 애정은 첫째아들에 대한 것처럼 열정적인 것은 아니었으나 좀 더 섬세하고 자상한 것이었다. 금요일 오후에는 폴이 돈을 가지러 가기로 되어 있었다. 다섯 탄광의 광부들은 매주 금요일마다 임금을 받았는데, 본인이 직접 받는 것이 아니었다. 각 탄광의 모든 수익은 대리인인 작업반장이 받아 왔고, 반장은 다시 술집이나 자기 집에서 노동자들에게 그 임금을 나누어 주었다. 그래서 금요일 오후면 아이들이 대신 돈을 받으러 갈 수 있도록 학교가 빨리 끝났다.

　모렐네 아이들은 모두 윌리엄부터 그다음에는 애니, 그다음에는 폴이 각자의 일자리를 구할 때까지 금요일 오후마다 돈을 가지러 갔다. 폴은 언제나 금요일 오후 3시 반이면 주머니에 작은 옥양목 자루를 넣어서 돈을 받으러 출발했다. 여자들과 소녀들, 어린아이들과 남자들이 줄을 지어 사무실로 걸어가는 것을 볼 수 있었다.

　사무실들은 상당히 아름다운 건물이었다. 그린힐 레인 한쪽 끝의 잘 손질된 정원 안에 빨간 벽돌로 지은 새 건물로 마치 큰 저택처럼 보였다. 대기실은 길쭉하고 푸른 벽돌이 깔린 넓적한 방인데 사방의 벽을 따라 의자가 놓여 있었다. 여기서 광부들은 석탄가루에 뒤덮인 차림으로 일찌감치 도착해 자신의 순서를 기다렸다. 여자들과 아이들은 보통 붉은 자갈이 깔린 길에서 서성거렸다. 폴도 역시 바깥에서 마당의 꽃밭과 꽃이 심어져 있는 긴 둑을 살펴보았다. 그곳에는 작은 팬지와 물망초가 자라고 있었다. 많은 사람들의 웅성대는 말소리가 들렸다. 여자들은 외출할 때 쓰는 모자를 쓰고 있었고 여자애들은 큰 소리로 떠들었으며 강아지들은 이리저리 뛰어다녔다. 정원 주변의 푸른 관목 숲은 고요했다.

"스피니 파크, 스피니 파크!"

그때 안에서 부르는 소리가 나자 스피니 파크 탄광에서 돈을 받으러 온 사람들은 모두 줄지어 안으로 들어갔다. 브레티 사람들 차례가 되었을 때 폴도 군중 속에 끼어 들어갔다. 급료를 지불하는 방은 아주 작았는데, 방 한가운데에 자리 잡은 계산대가 방을 두 부분으로 나누고 있었다. 계산대 저편에는 브레이스웨이트 씨와 그의 서기인 윈터보텀 씨가 서 있었다. 브레이스웨이트 씨는 체구가 크고 어딘지 모르게 약간 엄격한 가장 같은 인상을 주는 사람으로 하얀 콧수염이 약간 나 있었다. 그는 대개 커다란 실크 스카프로 목을 감싸고 있었으며 난로에는 한여름까지도 벽난로에 불을 활활 피웠다. 창문은 전부 꼭 닫혀 있었다. 겨울철이면 방 안의 공기는 신선한 바깥 공기를 마시다 들어올 때마다 목구멍을 따갑게 만들었다. 윈터보텀 씨는 키가 조금 작고 뚱뚱한 사람이며 머리는 반질반질했다. 그는 재치 있다고는 할 수 없는 말로 주의를 주고 그의 상관은 광부들에게 아버지처럼 훈계를 퍼붓곤 했다.

방 안은 탄가루 투성이인 광부들과 집에 가서 옷을 갈아입고 온 남자들, 여자들, 그리고 한두 명의 아이들과 개도 있어 아주 혼잡했다. 폴은 키가 아주 작았기 때문에 언제나 어른들의 다리 사이에 끼어 난롯불 가까이로 밀려나 불에 델 것 같은 봉변을 당하곤 했다. 소년은 이름이 불리는 순서를 알고 있었다. 광부들은 채굴장의 번호 순서대로 돈을 받았다.

"홀러데이."

브레이스웨이트 씨의 목소리가 울려 퍼졌다. 그러자 홀러데이 부인이 말없이 앞으로 나와서 돈을 받고 비켜섰다.

"바우어, 존 바우어."

한 소년이 계산대로 걸어나왔다. 몸집이 크고 성미가 급한 브레이스웨이트 씨가 안경 너머로 그 소년을 쏘아보았다.

"존 바우어."

그가 반복했다.

"저예요."

소년이 대답했다.

"아니, 코 모양이 여느 때와 다른 것 같은데."

번들번들한 머리를 빛내며 윈터보텀 씨가 계산대 너머로 소년을 흘끔 보고 말했다. 사람들은 소년의 아버지 존 바우어를 생각하며 킥킥거렸다.

"어째서 네 아버지가 오지 않았지?"

브레이스웨이트 씨가 크고 엄한 목소리로 말했다.

"몸이 아프세요."

소년이 높은 목소리로 대답했다.

"네 아버지에게 술 좀 마시지 말라고 말해라."

그 대단한 회계인이 선고했다.

"그런데 네 아버지한테 발로 채일 것을 각오하고 말해야지."

뒤에서 누군가가 조롱하듯 말하자 남자들은 모두 웃었다. 몸집이 크고 거만한 회계인은 다음 장을 들여다보았다.

"프레드 필킹턴!"

그는 광부들의 잡담 따위는 들은 체도 않고 이름을 불렀다. 브레이스웨이트 씨는 그 회사의 중요한 주주였다.

폴은 다음다음이 자기 차례인 것을 알고 있었으므로 가슴이 두근거리기 시작했다. 소년은 벽난로 쪽으로 밀려나 있었고 종아리는 타는 것 같이 뜨거웠다. 그러나 사람들의 벽을 뚫고 나갈 수 있을 것 같지가 않았다.

"월터 모렐!"

그때 방 안을 울리는 듯한 소리가 들려왔다.

"네."

폴이 들릴락 말락 한 가느다란 소리로 대답했다.

"모렐…… 월터 모렐!"

회계인이 곧 다음 장으로 넘어갈 수 있도록 엄지와 검지로 청구서를 집으면서 되풀이해 불렀다. 폴은 부끄러움으로 정신이 빠져서 큰 소리로 대답할 수도 없었고 큰 소리로 대답하고 싶지도 않았다. 어른들의 등에 가려서 소년은 어디에 박혀 있는지 알 수 없었다. 그때 윈터보텀 씨가 도와주었다.

"여기 있었는데? 모렐네 아들놈이 어디 있지?"

뚱뚱하고 불그레한 얼굴에 자그마한 대머리 사나이는 날카로운 눈으로 주위를 살펴보았다. 그는 난로 쪽을 가리켰다. 광부들이 뒤를 돌아보고 옆으로 비켜서서 소년의 모습을 드러내 주었다.

"있다, 있어!"

윈터보텀 씨가 말했다. 이내 폴은 계산대로 갔다.

"17파운드 11실링 4펜스군. 그래, 넌 왜 불러도 대답을 하지 않는 거냐?"

브레이스웨이트 씨가 말했다. 그는 청구서 위에 은화 5파운드가 들어 있는 주머니를 철썩 엎어놓고 재치 있고 숙련된 동작으로 1파운드짜리 금화를 열 개 쌓아서 세워놓은 기둥을 집어 은화 옆에 놓았다. 금화로 만든 기둥은 장부 위에 반짝반짝 빛나는 선을 그리며 미끄러졌다. 회계인은 셈을 마쳤고 소년은 그 돈을 모두 끌어다가 윈터보텀 씨에게 가져갔다. 거기서 집세나 연장에 대한 공제금 등을 떼는 것이었다. 소년은 여기서 또 고생을 했다.

"16실링 6펜스다."

윈터보텀 씨가 말했다. 소년은 너무 떨려 돈을 셀 수조차 없었다. 그는 흩어진 은화 몇 개와 반 파운드 금화를 한 개 내밀었다.

"그러면 얼마를 내게 주는 셈이냐?"

윈터보텀 씨가 물었다. 소년은 그를 쳐다보았지만 아무 말도 하지 않았다. 그는 얼마를 주었는지 전혀 알 수 없었다.

"넌 혀가 없는 게냐?"

폴은 입술을 깨물고 은화를 몇 개 더 내밀었다.

"학교에서 셈도 안 배우는 게냐?"

윈터보텀 씨가 물었다.

"대수나 불어밖에 안 배운다지."

어떤 광부가 끼어들며 말했다.

"그리고 건방지고 뻔뻔스런 짓밖에는."

또 다른 광부가 말했다.

폴 때문에 다른 사람들이 기다리고 있었다. 소년은 떨리는 손으로 돈을 자루 속에 그러모아 담고 미끄러지듯이 도망쳐 나왔다. 이럴 때 소년은 지옥에 떨어진 것 같은 고통을 느꼈다.

밖으로 나와 맨스필드가를 따라 걸으면서 폴은 살아난 것 같은 기분이었다. 공원 담장 위에 낀 이끼가 파랬다. 과수원의 사과나무 아래서는 황금색과 흰색의 닭들 몇 마리가 땅을 쪼고 있었다. 광부들이 줄줄이 집으로 돌아오고 있었다. 폴은 창피해서 담 옆에 붙어서 걸었다. 소년은 광부들을 많이 알고 있었지만 다들 석탄가루를 뒤집어쓰고 있어서 알아볼 수가 없었다. 이것 또한 소년에게 새로운 고통이었다.

폴이 브레티 탄광의 '뉴 인'에 갔을 때 소년의 아버지는 아직 오지 않았다. 이 술집의 안주인인 웜비 부인은 소년을 알고 있었다. 폴의 할머니인 모렐의 어머니는 웜비 부인의 친구였다.

"아버지는 아직 오지 않았다."

웜비 부인은 주로 남자들만 상대하는 여자들 특유의 경멸하는 듯하면서도 생색내는 새침한 투로 말했다.

"앉아라."

폴은 술집의 긴 나무의자 끝에 걸터앉았다. 몇몇 광부들이 한쪽 구석에서 임금을 나누고 있었다. 다른 광부들이 들어왔다. 그들 모두 말없이 소년을 힐끗 보았다. 마침내 모렐이 들어왔는데, 그의 팔은 시커멓고 더러웠으나 동작은 활발하고 다소 으스대는 기색도 있었다.

"얘야, 빨리 왔구나. 뭘 마실래?"

모렐은 비교적 다정한 투로 말했다. 폴이나 소년의 형제들은 모두 엄격한 금주가로 자랐다. 그래서 폴은 이렇게 사람들 앞에서 레모네이드를 마시는 것은 치아를 뽑히는 것보다 더 고통스러운 일이라고 느꼈다.

술집 마담은 경멸하는 한편 가련히 여기는 듯한 시선으로 바라보는 동시에 소년의 지나친 결벽성에 화를 내고 있었다. 폴은 불쾌한 얼굴로 집에 돌아왔다. 소년은 아무 말도 없이 집 안으로 들어갔다. 금요일은 빵을 굽는 날이라서 건포도가 든 갓 구워낸 커다란 빵이 있었다. 모렐 부인은 빵을 아들에게 주었다.

폴은 갑자기 화를 내고 눈을 번득이며 어머니를 향해 말했다.

"앞으로 난 사무실에 가지 않을 거예요."

"왜, 무슨 일이 있었니?"

모렐 부인이 놀라서 물었다. 아들이 별안간 화를 내는 것이 그녀에게는 조금 흥미로운 일이었다.

"이젠 절대로 가지 않아요."

폴이 선언했다.

"아, 그럼 아버지께 그렇게 말씀드리렴."

폴은 건포도 빵을 마치 미워하는 것처럼 마구 씹었다.

"난 이제 돈을 가지러 가지 않을 거예요."

"정 그렇다면 칼린네 아이들을 보내마. 그 애들은 6펜스만 받아도 좋아할 거야."

모렐 부인이 말했다. 이 6펜스는 폴의 유일한 수입이었다. 그 돈은 대부분 생일선물을 사는 데 쓰였지만, 수입임에는 틀림없었으므로 폴은 그 돈을 소중하게 여기고 있었다.

"그 애들에게 주세요. 난 가지고 싶지 않아."

"그래. 하지만 그걸로 엄마한테 큰 소리를 낼 이유는 없잖니?"

"사무실 사람들은 밉살스럽고 상스럽고 야비해요. 이제 난 안 갈 거예요. 브레이스웨이트 씨는 'h' 자를 빼먹고 발음하고 윈터보텀 씨는 문법에 맞지 않게 말해요."

"그래서 안 가겠다는 거냐?"

모렐 부인은 웃으면서 말했다. 폴은 한동안 잠자코 있었다. 소년의 얼굴은 창백했고 눈은 음울하고 화가 잔뜩 나 있었다. 모렐 부인은 이미 아들에게 관심을 거두고 집안일을 하면서 이리저리 움직이고 있었다.

"사람들이 항상 내 앞을 가로막고 서서 나는 앞으로 나갈 수도 없었어요."

"그렇다면 비켜달라고 말하면 되잖니."

"그리고 앨프리드 윈터보텀 씨는 나보고 학교에서 뭘 배우냐고 빈정댔어요."

"그 사람이야 학교에서 그다지 배운 게 없었지. 사실 매너도 없고 재치도 없어. 교활한 거야 타고난 천성인 거고."

모렐 부인은 자기 식으로 아들을 달랬다. 아들이 이상할 정도로 신경과민을 보이는 것은 그녀의 마음을 아프게 했다. 그리고 종종 아들의 눈빛 속에 담긴 분노는 섬뜩하게 하고 또한 그녀의 마음속에서 잠자고 있던 영혼이 깜짝 놀라 고개를 쳐들게 되는 것이었다.

"그래, 얼마를 받았니?"

모렐 부인이 물었다.

"17파운드 11실링 5펜스예요. 공제액은 16실링 6펜스였고요. 이번 주는 수입이 좋았어요. 아버지 공제액은 5실링밖에 안 되고요."

모렐 부인은 남편이 번 돈이 얼마인지 계산할 수 있었고, 따라서 남편한테 받은 돈이 그것보다 적을 때에는 설명을 요구할 수도 있었다. 모렐은 언제나 한 주의 수입을 비밀로 해왔던 것이다.

빵을 굽고 야시장이 서는 금요일이면 폴은 집에 남아 빵을 굽는 것이 관례처럼 되어 있었다. 소년은 집에서 그림을 그리거나 책을 읽는 것을 좋아했다. 소년은 그림을 아주 좋아했다. 애니는 금요일 밤이면 언제나 남자들과 놀러 다녔고, 아서도 여느 때와 같이 놀러 나갔기 때문에 폴은 집에 혼자 남아 있었다.

모렐 부인은 시장에 가는 것을 좋아했다. 노팅엄과 더비, 일크스턴과 맨스필드로 가는 도로가 교차하는 네거리의 언덕 위에 조그만 시장이 섰고 거기에는 노점들이 많이 차려졌다. 근처 여러 마을에서 커다란 마차들이 모여 들었다. 시장은 여자들로 북적거렸고 길거리

어디를 가든지 남자들이 가득한 것은 놀라운 일이었다.

　모렐 부인은 보통 레이스를 파는 여자와 가벼운 말다툼을 했고 과일장수 남자─그는 수다쟁이였고 그의 아내는 질이 좋지 않은 여자였다─에게는 동정을 하고, 생선장수─그는 망나니였지만 익살스러운 데가 있었다─와는 웃음을 터트리고, 마루 깔개를 파는 사람에게는 핀잔을 주고, 옷감 장수한테는 냉정히 대하고, 도자기 장수에게는 꼭 갈 일이 있을 때나 또는 마음이 끌리는 그릇을 발견했을 때만 들렀다. 그녀는 수레국화가 그려진 작은 접시에 마음이 끌려 도자기 장수에게 갔다.

　"저 접시는 얼마나 하지요?"

　"부인에게는 7펜스에 드리죠."

　"그래요?"

　모렐 부인은 접시를 내려놓고 다른 곳으로 갔지만 그 접시를 사지 않고서는 시장을 떠날 수가 없었다. 그녀는 다시 도자기들이 바닥 위에 차갑게 진열되어 있는 가게 앞을 지나치며 안 보는 척하면서 그 접시를 남몰래 힐끗 보았다.

　몸집이 작은 모렐 부인은 보닛을 쓰고 까만 옷을 입었다. 그녀의 모자는 산 지 3년이나 되었고 애니는 그것을 매우 슬퍼했다.

　"엄마! 제발 우글쭈글해진 그 작은 보닛 좀 쓰지 마세요."

　애니는 애원했다.

　"그럼 뭘 쓰란 말이니?"

　모렐 부인은 날카롭게 되물었다.

　"난 이걸로도 충분하다고 생각한다."

　모렐 부인은 그 모자에다 처음에 깃털 장식을 달았다. 그다음에는 꽃을 달았고, 지금은 까만 레이스와 검은 구슬이 약간 붙어 있을 뿐이었다.

"어쩐지 모양이 일그러진 것 같아요. 좀 더 예뻐 보이게 장식할 수 없을까요?"

폴도 한 마디 거들었다.

"그런 건방진 소리를 하면 때려줄 거야."

그런 다음 모렐 부인은 그 까만 보닛의 끈을 턱 아래로 힘 있게 묶었던 것이다.

모렐 부인은 그 접시를 다시 쳐다보았다. 그녀와 도자기 장수 사이에 마치 어떠한 감정이라도 있는 것 같이 서로 불편한 심정이었다. 별안간 도자기 장수가 소리를 질렀다.

"5펜스면 어떻소?"

깜짝 놀란 모렐 부인은 마음을 굳히며 허리를 굽혀 접시를 집어들었다.

"그럼 사겠어요."

"애원을 받아 사주시는 듯하군요. 차라리 거기에다 침을 뱉어요. 당신이 적선을 받은 때처럼 말이죠."

"거저 주신 것은 아니잖아요. 당신이 싫다면 나에게 이것을 5펜스에 팔지 않을 거예요."

모렐 부인은 냉정한 태도로 그에게 5펜스를 지불하며 말했다.

"이렇게 장사가 안 되는 치사한 곳에서는 거저라도 물건을 줄 수 있는 게 다행일 거요."

도자기 장수는 신음하듯이 말했다.

"재수가 있을 때도 있고 없을 때도 있지요."

모렐 부인은 도자기 장수를 너그럽게 생각해 주었고, 두 사람은 곧 친구가 되었다. 이제 그녀는 도자기들을 손으로 만져볼 수 있어서 대단히 행복했다.

폴은 어머니를 기다리고 있었다. 소년은 어머니가 시장에서 돌아오는 때를 좋아했다. 그녀는 지쳤지만 꾸러미들을 한 아름 안고 의 기양양하고 아주 풍족한 기분으로 생기 있는 모습으로 돌아왔다. 폴 은 집 안으로 들어오는 어머니의 날쌔고 경쾌한 발걸음 소리를 듣고 는 그림을 그리다 고개를 들었다.

"오!"

모렐 부인은 현관 입구에서 아들에게 미소를 지어 보이며 숨을 내 쉬었다.

"와, 무겁겠어요."

폴은 붓을 내려놓으며 큰 소리로 말했다.

"그래, 무거웠어."

모렐 부인이 헐떡거리며 덧붙였다.

"애니가 마중을 나오겠다고 해놓고서 뻔뻔스럽게도 나오지 않았 단다. 이렇게 무거운데!"

모렐 부인은 시장바구니와 꾸러미들을 탁자 위에 올려놓았다.

"빵은 되었니?"

오븐으로 걸음을 옮기며 모렐 부인이 물었다.

"마지막 빵이 지금 익고 있어요. 볼 필요 없어요. 제가 잊지 않고 있으니까요."

폴이 대답했다.

"아, 그 도자기 장수 말이야! 뻔뻔스러운 사람이라고 내가 말했잖 니? 그런데 그렇게 나쁜 사람은 아니더구나."

모렐 부인이 오븐의 문을 닫으면서 말했다.

"그래요?"

폴은 어머니 말에 집중했다. 그녀는 작고 검은 보닛을 벗었다.

"응, 그 사람은 돈을 잘 벌지 못하는 것 같더라. 하긴 요즘은 다들 그렇게 불평하고 있지만. 그래서 그만 고약해졌던가 보더라."

"저라도 그렇게 될 것 같아요."

"그러니까 그렇게 되어도 이상할 건 없지. 그런데 그 사람이 나한테 이걸 얼마에 팔았다고 생각하니?"

모렐 부인은 헌 신문지로 싼 접시를 꺼내 즐거운 듯이 그것을 바라보았다.

"저도 좀 봐요."

두 사람은 만족한 듯이 접시를 바라보았다.

"난 수레국화 그림이 좋아요."

폴이 말했다.

"그래, 그리고 나는 네가 나에게 선물한 찻주전자를 생각했단다."

"1실링 3펜스는 했겠죠?"

"5펜스야."

"네? 그 돈으론 못 사요, 엄마."

"그래, 내가 거의 이걸 훔쳐서 도망온 거나 마찬가지란다. 그렇지만 너무 돈을 많이 써버려서 그 이상 주고는 살 수 없었어. 그리고 그 사람도 원하지 않았다면 부득이 나에게 팔 필요는 없잖니."

"물론 그렇겠지요."

두 사람은 도자기 장수에게 큰 손해를 입혔을지도 모른다는 불안에 대해 서로 위로했다.

"여기에 과일 스튜를 담아도 좋을 것 같아요."

"커스터드나 젤리도 담을 수 있지."

"무나 상추도 담고요."

"아, 빵이 어떻게 됐지?"

모렐 부인은 기뻐서 생기 있는 목소리로 말했다. 폴은 오븐을 열고 빵 밑바닥을 가볍게 두드려 보았다.

"다 됐어요."

폴이 빵을 꺼내 주자 그녀도 그것을 두드려 보았다.

"참!"

모렐 부인은 꾸러미를 풀기 시작하며 말을 이었다.

"나는 낭비벽이 심한 바보 같은 여자야. 돈에 궁색해질 걸 뻔히 알고 있으면서."

폴은 어머니가 사치한 것이 무엇인지 보려고 열심히그녀 곁으로 뛰어갔다. 어머니는 또 다른 신문지 포장을 풀었고 그 안에서 세 가지 빛깔의 제비꽃과 진홍색 데이지 모종을 보여주었다.

"4펜스나 줬단다!"

모렐 부인은 시름하듯이 말했다.

"너무 싸요!"

폴이 소리쳤다.

"그래, 하지만 이번 주말에는 이럴 여유가 없었는데."

"하지만 예뻐요!"

다시 폴이 소리쳤다.

"예쁘지? 폴, 이 노란 꽃 좀 봐라. 꼭 노인의 얼굴 같지?"

모렐 부인도 기뻐서 소리쳤다.

"신기해요. 향기가 정말 좋아요. 그런데 좀 더러워졌어요."

폴은 허리를 굽혀 향기를 맡은 다음 개수대로 달려가 플란넬 헝겊을 가지고 와서는 조심스럽게 제비꽃을 닦았다.

"자, 보세요. 이제 물기가 있으니."

"정말!"

모렐 부인은 넘치는 만족감에 탄성을 질렀다.

스카질 가의 아이들은 자신들이 상당히 뛰어난 사람들인 것처럼 생각했다. 모렐 일가가 살고 있는 이 변두리 지역에는 아이들이 많지 않았다. 그래서 몇 명 되지 않는 아이들은 서로 단결이 잘 되었다. 남자애들과 여자애들은 함께 어울려서 놀았다. 여자애들도 남자애들의 거친 싸움이나 난폭한 장난에 함께했고, 남자애들도 여자애들의 춤이나 원을 그리는 놀이, 그밖에 여러 가지 장난을 함께했다.

애니와 폴과 아서는 비가 오지 않는 겨울날의 저녁때를 좋아했다. 아이들은 광부들이 모두 집으로 돌아가고 주위가 깜깜해져서 거리가 쓸쓸할 때까지 집 안에 있었다. 그러다가 그들은 광부의 아이들이 다 그러하듯 외투를 입는 것을 업신여겼으므로 스카프만 목에 두르고 밖으로 나갔다. 문밖은 매우 어두웠고 맞은편 골짜기 가득히 거대한 밤이 펼쳐져 있었다. 골짜기 아래쪽에 있는 민턴 탄광 근처에 등불이 약간 오밀조밀하게 뭉쳐 보였으며 훨씬 먼 골짜기 건너편에는 셀비 탄광의 등불이 보였다. 저 멀리 보이는 작은 불빛은 어둠을 무한히 넓혀 가는 것처럼 생각되었다.

아이들은 걱정스러운 듯 들판을 따라 난 길 한쪽에 서 있는 가로등 하나를 내려다보았다. 만약 그 얼마 안 되는 밝은 곳이 없어진다면 두 소년은 정말로 쓸쓸해질 것이다. 아이들은 주머니에 손을 넣고 어둠 쪽에 등을 돌린 채 가로등 밑에 서서 쓸쓸한 기분으로 새까만 집들을 지켜보았다. 그때 갑자기 짧은 코트 아래로 앞치마가 보이더니 다리가 긴 소녀가 날듯이 뛰어왔다.

"빌리 필린스랑 너네 애니랑 에디 데이킨은 어디 있니?"

"몰라."

하지만 그런 것은 중요하지 않았다. 이제 세 명이 된 아이들은 가로등 주위에서 소리를 지르며 놀았고, 그 소리를 들은 다른 아이들이 달려나와 놀이는 열을 띠어 가기 시작했다.

이 근처에 가로등은 이것 하나밖에 없었다. 그 너머는 마치 모든 밤이 그곳에 모여 있는 것처럼 동굴 같은 거대한 어둠이 있었다. 앞으로는 또 하나의 넓고 어두운 길이 언덕 위쪽을 지나고 있었다. 이따금 누군가 이 길에서 나타나 들로 가는 길을 내려갔다. 10미터만 지나면 어둠이 그 사람을 삼켜버렸다. 아이들은 놀이를 계속했다.

　그 동네에 있는 것은 자기들뿐이라는 적적함으로 인해 아이들은 매우 가까웠다. 만약 말다툼이라도 벌어지는 날에는 놀이 전체가 엉망이 되었다. 아서는 매우 성질을 잘 냈고, 빌리 필린스는 ─ 본명은 필립스였는데 ─ 그보다 더 심했다. 싸움이 벌어지면 폴은 아서 편을 들어야 했고 앨리스는 폴의 편을 들었으며 반면 빌리 필린스의 편은 항상 에미 림과 에디 데이킨이었다. 이렇게 여섯 명은 증오심에 불타서 치고받고 싸우다가 두려움에 각자의 집으로 도망쳐 달아나는 것이었다. 폴은 서로 죽이기라도 할 것 같은 싸움이 끝난 뒤에 언덕 꼭대기 너머 황량하게 빈 길 사이에서 거대한 붉은 달이 커다란 새처럼 모습을 나타내던 광경을 언제까지나 기억했다. 그때 소년은 '달은 온통 핏빛으로 변하였다'[9]는 성서 구절을 떠올렸다. 다음날 폴은 서둘러 빌리 필린스와 화해했고, 아이들은 또다시 거대한 암흑 속에 단 하나의 빛이 되어주는 가로등 아래에서 맹렬한 놀이를 계속했다.

　모렐 부인은 거실로 가면 멀리서 울려퍼지는 아이들의 노래 소리를 들을 수 있었다.

　　　내 구두는 스페인 가죽이고
　　　내 양말은 비단 양말
　　　열손가락엔 반지를 끼고
　　　목욕은 우유로 하지

　어둠 속에서 들려오는 아이들의 목소리는 완전히 놀이에 열중한

---

9) 〈요한계시록〉 6:12 ─ 옮긴이

"이걸 안 먹으면 아마 내 얼굴에다 집어던질 거다."

모렐이 난폭하게 말했다.

"무슨 소리예요!"

모렐 부인이 큰 소리로 대꾸했다.

"그럼 이걸 버려도 괜찮단 말이야! 난 당신이나 애들처럼 낭비하는 사치스러운 사람이 아냐. 탄광에서는 말야, 먼지투성이 속에서도 빵을 한 조각만 떨어트려도 주워 먹는다고."

"생쥐가 먹을 테니 낭비는 아니잖아요."

폴이 끼어들었다.

"버터 바른 빵을 쥐를 먹여? 더럽건 말건 간에 버리느니 내가 먹고 말지."

모렐이 말했다.

"그런 건 쥐에게 주고 맥주 값을 절약하는 게 나을 거예요."

모렐 부인이 말했다.

"나더러 술값을 줄이라고?"

모렐은 큰 소리로 외쳤다.

그 해 가을에 모렐의 집안은 무척 어려웠다. 윌리엄이 런던으로 간 직후라서 어머니는 아들의 돈을 기대할 수 없었다. 윌리엄은 한두 번인가 10실링을 부쳤지만 처음이기 때문에 그도 여러 가지로 돈이 필요했다. 윌리엄의 편지는 일주일에 한 번씩 규칙적으로 왔다. 그는 친구를 어떻게 사귀었는지, 어떤 프랑스 사람과 서로 말을 가르쳐주고 있다는 이야기며, 런던 생활을 어떻게 즐기고 있는가 등 그의 생활을 속속들이 쓴 장문의 편지를 보내왔다. 모렐 부인은 아들이 집에 있을 때와 마찬가지로 자신에게 속해 있음을 새삼 느꼈다. 그녀는 매주 아들에게 직설적이고 재치 있는 편지를 썼다. 하루 종일 그녀는 집안일을 하면서도 아들을 생각했다. 윌리엄은 런던에서 잘 해 나갈 것이다. 마치 윌리엄 전쟁터에서 그녀의 징표를 달고 싸우는 기사와도 같았다.

윌리엄은 크리스마스에 닷새 간 집에서 머물기로 했다. 지금까지 이렇게 성대한 준비를 한 적은 없었다. 폴과 아서는 호랑가시나무와 상록수나무를 찾아 온 산과 들을 쫓아다녔고 애니는 전통적인 방식으로 예쁜 종이 고리들을 만들었다. 그리고 저장실에는 이때까지 보지도 못했던 값비싼 것들이 준비되었다.

모렐 부인은 크고 훌륭한 케이크를 만들었다. 그리고 여왕이 된 듯한 기분으로 폴에게 아몬드 껍질 벗기는 법을 가르쳐주었다. 폴은 하나라도 잃어버리지 않도록 개수를 세어보면서 정성 들여 껍질을 벗겼다. 또 달걀 거품은 추운 곳에서 잘 일어난다고 해서 소년은 기온이 거의 빙점으로 떨어진 배수로 근처로 나가 열심히 달걀을 저었다. 그리고 흰자위가 점점 굳어서 눈처럼 되자 소년은 흥분하여 어머니에게 달려갔다.

"보세요, 엄마! 참 예쁘죠?"

폴은 거품을 손가락으로 살짝 떠서 코끝에 얹고 공중으로 훅 하고 불었다.

"애, 낭비하지 마라."

모렐 부인이 말했다.

가족들 모두가 흥분으로 들떠 있었다. 윌리엄은 크리스마스이브에 도착하기로 되어 있었다. 모렐 부인은 저장실을 둘러보았다. 커다란 케이크와 쌀로 만든 과자, 잼파이, 레몬파이, 고기파이가 두 개의 큰 접시에 담겨 있었다. 이제 스페인식 파이와 치즈케이크만 만들면 끝이었다. 열매 달린 호랑나무가지는 반짝반짝 빛나는 장식이 달린 채 부엌에서 작은 파이의 모양을 다듬고 있는 모렐 부인의 머리 위로 천천히 돌고 있었다. 벽난로의 불은 소리를 내며 활활 타고 있었다. 세 아이는 윌리엄을 마중하러 나갔고 집에는 그녀 혼자뿐이었다. 그러나 7시 15분 전에 모렐이 돌아왔다. 아내와 남편 둘 다 말을 하지 않았다. 모렐은 흥분해서 어색하게 자기 안락의자에 앉고 아내는 조용히 요리를 만들고 있었다. 그녀의 신중한 솜씨만이 그 마음의 커다란 동요를 보여주고 있었다. 시계바늘은 계속 움직였다.

"몇 시에 도착한다고 했지?"

모렐이 물었다. 벌써 다섯 번째였다

"기차가 6시 반에 도착해요."

모렐 부인은 힘주어 대답했다.

"그렇다면 7시 10분이면 집으로 오겠구먼."

"그렇지만 미들랜드에서 몇 시간 연착하지 않을까요."

모렐 부인은 아무렇지 않은 듯 말했다. 그러나 그녀는 아들이 늦을 것이라고 말함으로써 예상보다 더 빨리 도착해 주기를 바라고 있었다. 아들이 오지 않나 내다보려고 모렐은 현관으로 나갔다가 다시 돌아왔다.

"꼭 알을 품고 있지 못하는 암탉 같군요."

"윌리엄이 오면 바로 먹을 수 있게 음식을 식탁에 차려놓는 것이 좋지 않을까?"

"시간은 충분히 있어요."

"내가 보기엔 그렇게 시간 여유가 많은 것 같지는 않은데."

모렐은 시무룩한 표정으로 의자에 가 앉았다.

그녀는 식탁을 치우기 시작했다. 주전자는 펄펄 끓고 있었고 그들은 기다리고 또 기다렸다.

한편 세 아이들은 집에서 3킬로미터 떨어진 미들랜드 본선에 있는 레스리 브리지 역의 플랫폼에서 기다리고 있었다. 아이들은 한 시간을 기다렸다. 기차가 한 대 들어왔다―윌리엄은 타고 있지 않았다. 선로를 따라 빨간색과 파란색 신호가 반짝였다. 아주 어둡고 대단히 추운 날이었다.

"런던에서 오는 기차는 언제 오는지 저 사람한테 좀 물어봐."

역무원 모자를 쓴 사람이 보이자 폴은 애니에게 말했다.

"아냐, 잠자코 있어. 저리 나가라고 할지도 모르니까."

애니가 대답했다. 그러나 폴은 자신들이 런던 기차를 타고 오는 사람을 기다리고 있다는 것을 그 사람에게 알려주고 싶어 죽을 지경이었다. 그것은 매우 멋있는 일처럼 생각되었다. 그러나 그는 아무에게도, 더구나 역무원 모자를 쓴 사람에게도 그런 말을 물어볼 용기는 나지 않았다. 세 명의 아이들은 쫓겨날까 두렵기도 하고 플랫폼을 떠난 사이에 무슨 일이 있을까봐 걱정이 되어 대합실에 가 있을 수도 없었다. 그래서 아이들은 춥고 어두운 곳에서 가만히 기다리고 있었다.

"한 시간 반이나 늦었어."

아서가 애처롭게 말했다.

"크리스마스이브잖니."

애니가 대꾸했다.

아이들은 점점 침묵 속으로 빠져들었다. 윌리엄은 오지 않는 것일까. 아이들은 새까만 선로의 끝을 더듬어보았다. 저 끝에 런던이 있다! 그곳은 머나먼 곳처럼 생각되었다. 런던에서 여기까지 오는 동안 무슨 일이라도 일어날 것 같은 생각이 들었다. 지친 아이들은 이야기도 할 수 없었다. 아이들은 싸늘하게 식은 채 비참한 기분으로 플랫폼 위에서 함께 몸을 붙이고 서 있었다.

마침내 두 시간이 훨씬 지나 저 멀리 암흑 속에서 기차의 불빛이 어렴풋이 보였다. 짐꾼 한 사람이 달려나갔다. 아이들은 두근대는 가슴으로 뒤로 물러 서 있었다. 맨체스터로 가는 거대한 기차가 서서히 멈추었다. 이내 두 개의 문이 열리고, 그중 하나에서 윌리엄이 나타났다. 아이들은 그에게 날아가듯 달려갔다. 그는 쾌활하게 아이들에게 짐을 내어주고 이 커다란 기차가 오직 자기 때문에 레스리브리지 같은 조그만 역에 일부러 정차했다고 설명했다.

집에 있는 부모는 점점 걱정을 하기 시작했다. 식탁도 근사하게 차려졌고 고기 요리도 끝났고 모든 준비가 다 되어 있었다. 모렐 부인은 까만 앞치마를 둘렀다. 그녀는 가장 좋은 옷을 입고 책을 읽는 척하며 앉아 있었다. 일 분 일 분이 그녀에게는 고통이었다.

"흠! 벌써 한 시간 반이나 지났는데."

모렐이 말했다.

"아이들도 기다리고 있어요."

"기차가 아직 도착하지 않았을 거야."

"크리스마스이브에는 기차가 몇 시간이나 연착을 하니까요."

부부는 불안한 마음에 상대방에게 조금 날카로워졌다. 집 밖의 물푸레나무는 살을 베는 듯한 차가운 바람 속에서 신음 소리를 냈다. 그런데 머나먼 런던에서 이 어둡고 추운 곳으로 온다! 그렇게 생각하니 모렐 부인은 마음이 아팠다. 시계 안의 기계 장치들이 째깍째깍하는 작은 소리도 그녀의 신경을 거슬리게 했다. 밤은 깊어 가고 더는 참고 기다릴 수 없을 지경이었다.

드디어 현관에서 이야기 소리와 발자국 소리가 났다.

"이제 왔어!"

모렐이 소리를 지르며 벌떡 일어섰다. 하지만 움직이지 않고 그대로 서 있었다. 모렐 부인은 몇 발자국 문 쪽으로 달려가서 기다렸다. 분주한 발자국 소리가 요란하게 나더니 이내 문이 기운차게 활짝 열리고 윌리엄이 나타났다. 그는 여행 가방을 내려놓고 어머니를 껴안았다.

"엄마!"

윌리엄이 소리쳐 그녀를 불렀다.

"얘야!"

모렐 부인도 소리쳐 아들을 부른 다음 2초 동안 아들을 안고 키스했다. 그리고 나서 그녀는 태연한 척하려고 애쓰면서 말했다.

"그런데 너무 늦었구나."

"많이 늦었죠?"

윌리엄이 아버지 쪽으로 몸을 돌리면서 덧붙였다.

"안녕하셨어요, 아버지!"

아버지와 아들은 악수를 나누었다.

"너도 잘 있었니. 우린 네가 오지 않는 줄 알았다."

모렐의 눈은 눈물로 젖어 있었다.

"이렇게 왔잖아요."

윌리엄은 큰 소리로 말했다. 그리고 어머니 쪽을 향했다.

"다행히 몸이 좋아 보이는구나."

모렐 부인은 웃으면서 자랑스럽게 말했다.

"네, 집에 와서 그럴 거라고 생각해요."

윌리엄이 대답했다. 그는 체구가 크고 허리가 곧으며 씩씩하고 훌륭한 청년이었다. 그는 상록수와 호랑가시나무 다발로 만든 장식과 난로 위에 쭉 늘어서 있는 양철 그릇에 담긴 조그만 과자 등을 둘러보았다.

"엄마, 정말 조금도 달라지지 않았어요."

모두가 한동안 꼼짝도 하지 않았다. 그때 별안간 윌리엄이 난로 쪽으로 뛰어가 파이 과자 하나를 입 안에 통째로 넣었다.

"이런 시골 난로를 거기서 본 적은 없겠지!"

모렐이 큰 소리로 말했다.

윌리엄은 식구들을 위해서 많은 선물을 가져왔다. 그는 지갑을 다 털어서 선물을 사왔다. 집 안에는 사치스러운 분위기가 넘쳐흐르는 것 같았다. 그는 어머니를 위해서 손잡이를 금으로 장식한 연한 청색 양산을 사왔다. 그녀는 죽는 날까지 그것을 아꼈고 무엇과도 바꿀 수 없는 것이라고 생각했다. 온 가족이 모두 호화로운 선물을 받았다. 그 외에도 터키 엿이라든가 파인애플 젤리 등 처음 보는 과자들도 많이 사왔는데, 아이들은 런던이 아니면 그런 훌륭한 과자들은 살 수 없을 것이라고 생각했다.

폴은 이 과자들을 친구들에게 자랑했다.

"진짜 파인애플을 둥글게 잘라서 설탕에 절인 거야. 진짜 좋은 거라고."

가족들은 모두 행복에 취해 있었다. 집은 역시 집이어서 그들은 지난날에 아무리 괴로운 일이 있었다 해도 그들의 가정을 열정적으로 사랑하고 있었다. 파티와 기쁨의 모임이 열렸다. 사람들은 윌리엄을 보러 왔다. 그들은 그가 런던에서 어떻게 변해서 돌아왔는지를 궁금해 했다. 그리고 모두 윌리엄을 칭찬했다.

"훌륭한 신사야. 훌륭한 청년이 되었어."

윌리엄이 다시 런던으로 떠났을 때 아이들은 제각기 어딘가에 숨어서 남몰래 울었다. 모렐은 슬퍼서 침대에 누워버렸고 모렐 부인은 마치 어떤 약으로 감각이 마비된 것 같았다. 그녀는 윌리엄을 정열적으로 사랑했던 것이다.

윌리엄은 대규모 선박회사와 관련된 변호사 사무실에 근무했다. 한여름에 사장은 회사의 배를 타고 꽤 적은 비용으로 지중해를 여행하지 않겠냐고 제안했다.

모렐 부인은 아들에게 편지를 썼다.

주저하지 말고 여행을 가거라. 그런 기회는 다시 없을 것이고 네가 집에 와 있는 것보다 지중해를 여행하고 있다고 생각하면 나는 더 즐거울 거다.

그러나 윌리엄은 2주의 휴가를 집에서 보냈다. 여행에 대한 젊은이의 꿈과 남쪽 나라에 대한 가난한 사람의 동경의 대상인 지중해조차도 집에 갈 수 있는 휴가기간에는 그를 사로잡지 못했다. 그런 아들의 마음은 어머니를 매우 기쁘게 했다.

5
폴, 인생을 시작하다

　모렐은 좀 무분별한 사람으로 위험에 대한 주의가 부족해 늘 부상을 입곤 했다. 모렐 부인은 현관 밖에서 빈 탄차가 멈추는 소리가 나면, 남편이 또 부상을 입고 먼지투성이가 된 얼굴로 아파서 축 늘어진 채 그 차에 앉아 있는 것이 아닐까 하고 거실로 달려나가 밖을 내다보았다. 만약에 정말 그렇다면 그녀는 뛰어나가 남편을 부축해 들어왔을 것이었다.

　윌리엄이 런던으로 떠난 지 1년쯤 지난 후 폴이 학교를 졸업한 직후라서 아직 일자리를 얻지 못했을 무렵이었다. 모렐 부인은 2층에 있었고 폴은 부엌방에서 그림을 그리고 있었다―폴은 그림을 그리는 데 재주가 뛰어났다. 그때 현관문에서 노크 소리가 났다. 폴은 짜증을 내며 문을 열어주려고 붓을 내려놓았고 동시에 모렐 부인은 2층 창문을 열고 내려다보았다.

　탄광의 수습 소년이 문간에 서 있었다.

　"여기가 월터 모렐 씨 댁인가요?"

　수습 소년이 물었다.

　"그래, 무슨 일이지?"

모렐 부인이 대답했다. 그러나 그녀는 이미 사태를 감지했다.

"아저씨가 다쳤어요."

"또 다쳤어? 그래, 이번엔 어디를 다쳤니?"

모렐 부인이 외쳤다.

"확실하지 않지만 머리를 다쳤나 봐요. 사람들이 병원에 데려갔
어요."

"오, 맙소사!"

모렐 부인은 소리를 질렀다.

"뭐 그런 사람이 있는지 모르겠다. 단 5분도 안심하고 있을 수가
없지 뭐야. 엄지손가락이 나을 만하니까 이젠 또 머리라니. 아, 그런
데 아저씨를 직접 보았니?"

"탄광 밑에서 봤어요. 사람들 여럿이 아저씨를 통에 달아 끌어올
렸고 아저씨는 꼭 죽은 것 같이 기절해 있었어요. 그런데 등 보관실
에서 프레이저 선생님이 진찰을 하니까 마구 소리를 질렀어요. 화를
내고 욕을 하면서 병원에는 가지 않겠다, 집에 가겠다고요."

소년은 더듬거리면서 말을 끝냈다.

"나한테 뒤치다꺼리를 시키려고 집에 오고 싶다는구나. 고맙다.
정말 진저리가 난다, 진저리가 나. 어쩌면 좋지."

모렐 부인은 아래층으로 내려왔다. 폴은 기계적으로 다시 그림을
그리기 시작했다.

"병원으로 데리고 갔다는 거 보니 꽤 많이 다쳤나 보다."

모렐 부인은 말을 이었다.

"왜 그렇게 조심성이 없을까! 다른 사람들은 이렇게 사고를 내지
않는데……. 그래, 나한테 갖은 짐을 지우고 싶은 거야. 겨우 형편이
좀 피려고 하니까 글쎄……. 그것들을 좀 치워라. 지금 그림 그리고
있을 때니? 기차는 몇 시에 있지? 나도 케스턴까지 먼 길을 가야 하

는데……. 침실도 아직 치우지 않았는데, 원."

"제가 치워 놓을게요."

폴이 말했다.

"괜찮다. 7시에 돌아오는 기차를 탈 수 있을 테니까. 아, 정말 왜 그렇게 소동을 벌이는지 모르겠어. 그런데 틴더힐의 화강암 포석 말이다. 네 아버지가 그 길을 자갈길이라고 말하는 게 당연해. 그 길에 마차가 덜컹거려서 네 아버지 몸이 부서질 만큼 흔들렸을 텐데. 왜 그렇게 험한 길을 고치지 않는 걸까. 부상을 당한 사람들이 죄다 구급 마차에 실려서 그 길을 지나가는데. 이곳에 병원이 있었으면 좋겠어. 회사가 여기 땅을 소유하고 있고 사고도 병원을 운영할 만큼 많이 생기는데 말이야. 하지만 그런 말을 해도 소용없는 일이지. 느려빠진 구급 마차에 사람을 싣고 노팅엄까지 16킬로미터나 끌고 가는 수밖에 없는 거야. 정말 치사한 노릇이라고. 게다가 그이가 소동 피울 걸 생각하면! 그는 분명히 야단법석을 떨 거야. 뻔해. 누가 그이 곁에 있을까! 아마 바커 씨겠지. 가엾은 사람. 그는 따라가고 싶어 하지 않겠지만 그래도 네 아빠를 돌봐줄 거야. 병원엔 얼마나 오래 입원하게 되는지……. 그이가 어떻게 싫증을 안 내고 배겨낼지. 하지만 다리만 다쳤다면 그렇게 대단한 건 아닐지도 모르겠구나."

모렐 부인은 중얼거리며 떠날 채비를 했다. 서둘러 조끼를 벗고 보일러 앞에 쪼그리고 앉아 물이 대야에 차기를 기다렸다.

"이따위 보일러는 바다 속에 있는 편이 낫겠군."

모렐 부인은 보일러 핸들을 성급하게 움직이면서 큰 소리로 말했다. 그녀의 팔은 몸집에 비해 아주 아름답고 힘찼다.

폴은 그림 도구를 치우고 주전자를 올려놓고 식탁 위를 정돈했다.

"4시 20분까지는 기차가 없으니까 시간은 넉넉히 있어요."

폴이 말했다.

"아니야, 시간이 없어."

모렐 부인은 수건으로 얼굴을 닦고 눈을 깜박거리며 소리쳤다.

"얼마든지 있어요. 아무튼 차를 한 잔 드세요. 케스턴까지 나도 갈까요?"

"같이 간다고? 아니야, 그럴 필요 없어. 그건 그렇고, 뭘 가지고 가야 할까? 아, 깨끗한 셔츠…… 빨아두길 잘했다. 하지만 바람에 걸어두었더라면 더욱 좋았을 텐데. 그리고 양말…… 양말은 안 신을 걸. 그리고 수건이 필요할 거야. 그리고 손수건도. 또 뭐가 필요할까?"

"머리빗이랑 나이프, 포크, 스푼도 가져가세요."

폴이 말했다. 아버지는 전에도 입원한 적이 있었다.

"아버지 발이 어떤 상태일지 모르겠다."

모렐 부인은 이제 흰 머리가 조금 섞여 있는 비단결처럼 아름다운 긴 갈색 머리를 빗으면서 말했다.

"네 아버지는 허리 위는 무척 정성들여 닦으면서 발은 내버려둔단 말이야. 하지만 병원 사람들은 그런 사람을 많이 볼 거야."

폴은 식탁 준비를 했다. 그는 어머니를 위해 얇은 버터 빵을 한두 조각 만들었다.

"여기 있어요, 엄마."

폴은 찻잔을 놓으면서 말했다.

"그럴 시간이 없다니까."

모렐 부인은 화를 내며 말했다.

"그래도 드세요. 준비는 다 해놓았어요."

폴은 고집스럽게 권했다. 할 수 없이 모렐 부인은 식탁에 앉아 차를 마시고 빵을 조금 먹었다. 그녀는 생각에 잠겨 있었다.

몇 분 후에 모렐 부인은 케스턴 역까지 4킬로미터나 되는 길을 떠났다. 남편에게 가지고 갈 물건은 모두 실로 짠 불룩한 가방 속에 들어 있었다. 폴은 산울타리 사이로 난 길을 빠른 걸음으로 걸어 올라가는 어머니의 자그마한 모습을 바라보았다. 그리고 또다시 곤란과 고통 속에 빠지게 된 어머니 때문에 가슴을 죄었다. 반면 모렐 부인은 걱정에 휩싸여 바삐 걸으면서 등 뒤에 자신에게 복종하는 아들의 마음과 그녀가 스스로 짊어질 수 있는 무거운 짐을 떠맡고 있다는 것과 어머니를 부축해 주려고까지 하는 아들이 거기 있다는 것을 느끼고 있었다.

병원에 도착한 모렐 부인은 생각했다.

'부상이 얼마나 심한지 그대로 얘기하면 그 애는 너무 놀랄 거야. 조심하는 게 좋겠어.'

집으로 터벅터벅 걸어오면서 모렐 부인은 집에 돌아가면 아들과 고통을 함께 나누는 것이라고 느꼈다.

"많이 다치셨어요?"

모렐 부인이 집으로 들어서자마자 폴이 물었다.

"응, 그렇더구나."

"그래요?"

모렐 부인은 한숨을 쉬며 앉아서 보닛 끈을 풀었다. 아들은 어머니의 고개 든 얼굴과 턱밑의 끈을 풀고 있는 노동으로 굳어진 손가락을 지켜보았다.

"그게 말이다, 생명이 위험한 건 아니지만 간호사 말로는 상당히 심한 부상이라고 하더구나. 커다란 바위덩어리가 아버지 다리에 떨어져서…… 복합 골절이라는 거야. 뼈가 부서져서 살 속에 박혀 있단다."

"아, 끔찍해!"

아이들이 소리를 질렀다.

"그런데……."

잠시 뜸을 들이던 모렐 부인은 이내 말을 이었다.

"물론 네 아버지는 자기가 이제 죽을 거라는 거야. 아버지잖니. 날 보면서 '여보, 난 이제 그만이오.' 라고 하더라. 그래서 난 '어리석은 소리 말아요. 아무리 그래도 다리가 부러진 정도로 죽진 않아요.' 라고 말해 줬어. 그랬더니 아버지는 '난 여기를 나갈 때엔 이미 관 속에 들어 있을 거야.' 하고 끙끙 앓으면서 말하기에 내가 '당신이 다 나아서도 나무 궤짝에 실려 뜰에 나가보고 싶어 한다면 병원에서도 그렇게 해줄 거예요.' 라고 말했단다. 그랬더니 간호사도 '그것이 이분에게 좋다고 생각되면 그렇게 하죠.' 라고 말하더라. 아주 친절한 간호사지만 엄격한 사람이었지."

모렐 부인은 보닛을 벗었다. 아이들은 묵묵히 다음 이야기를 기다리고 있었다.

"물론 아버지는 중상이야. 그리고 당분간 나쁜 상태가 계속될 거다. 충격도 컸고 출혈도 심했다니까. 그러니 대단히 위험한 타박상임엔 틀림없어. 쉽게 낫는다는 보장도 없고. 열도 있고 괴저의 위험도 있으니까 잘못되면 무척 위험하단다. 하지만 아버지는 회복력도 강하고 피도 깨끗하니까 악화될 리는 없을 것 같지만……."

모렐 부인은 이제 불안과 근심으로 얼굴이 창백해졌다. 세 아이는 아버지의 상태가 매우 나쁘다는 것을 깨달았고 걱정 때문에 온 집안이 잠잠해지고 말았다.

"하지만 아빠는 언제나 회복하셨어요."

잠시 후에 폴이 말했다.

"나도 그렇게 이야기해 드렸단다."

가족들은 모두 말없이 이리저리 움직였다.

"사실 보기엔 정말로 죽을 것 같이 보이더라. 간호사 말로는 그게 고통 때문이라는 거야."

애니는 어머니의 외투와 모자를 들고 저쪽으로 갔다.

"내가 집에 돌아오려고 하니까 아버지는 날 멀거니 바라보고 계시더라. 내가 '이제 가야겠어요. 기차 시간도 됐고 아이들도 기다릴 테니까요.' 하고 말하니까 가만히 보셨어. 괴로워 보였어."

폴은 다시 붓을 들고 그림을 그렸다. 아서는 석탄을 가지러 나갔고 애니는 침울한 표정으로 앉아 있었다. 모렐 부인은 첫 아이를 가졌을 때 남편이 만들어준 작은 흔들의자에 앉아 꼼짝도 않고 생각에 잠겼다. 그녀는 그렇게 많이 다친 남편을 한탄하고 가엽게 생각했다. 그러나 사랑이 불타고 있어야 할 가슴속 가장 깊은 곳에는 여전히 공허함만이 있었다. 그녀의 마음속에서 여자로서의 자비와 연민의 감정이 절정에 달하여 남편을 간호하고 구하기 위해서는 죽어도 좋다고까지 생각하고, 될 수만 있다면 자기가 대신 고통을 받아도 좋다고까지 생각하는 지금, 그녀는 마음속 어딘가 먼 곳에서는 남편과 남편의 고통에 대해 냉담함이 있음을 느꼈다. 이렇게 남편이 그녀의 감정을 심하게 흔드는 지금조차도 남편을 사랑할 수 없다는 사실이 무엇보다 그녀의 마음을 아프게 했다. 그녀는 한동안 곰곰이 생각에 잠겼다.

"그리고 말이다."

모렐 부인이 갑자기 말을 시작했다.

"케스턴으로 반쯤 갔을 때에서야 내가 신발을 잘못 신고 있다는 걸 깨달았지 뭐니. 이걸 보렴. 부끄러워서 어떻게 해야 좋을지 모르겠더라."

그것은 발가락 쪽에 구멍이 난 폴의 낡은 갈색 신발이었다.

이튿날 아침, 애니와 아서가 학교에 가고 난 뒤 모렐 부인은 집안일을 거들어주고 있는 폴에게 말했다.

"병원에서 바커 씨를 봤는데 기운이 없어 보이더라. '우리 집 양반 때문에 고생 많으셨죠.' 하고 내가 말했더니 '말도 마세요.'라고 하더라. 그래서 '예, 알만 합니다.' 하니까 '하지만 그는 정말 혼쭐이 났어요.' 하더라고. 내가 '알고 있어요.'라고 대답했더니 '길이 어찌나 험한지 심장이 입 밖으로 튀어나올 것 같았어요. 게다가 이따금 비명을 질러대지, 정말 한 재산 준다고 해도 다시는 그런 일하고 싶지 않아요. 아무튼 야단났습니다. 그 사람 상처가 나으려면 상당한 시일이 걸릴 거예요.'라고 바커 씨가 그러더구나. '저도 그렇게 생각해요.' 하고 대답했지. 난 바커 씨가 괜찮더라. 정말이다, 그 사람은 남자다운 구석이 있어."

폴은 잠자코 하던 일을 계속했다.

"그리고 물론…… 네 아버지 같은 사람에게는 입원이 고통이야. 그 양반은 규칙과 규정을 이해하지 못하는 사람이지. 어쩔 수 없을 때를 빼고는 아무도 자기 몸에 손을 못 대게 하거든. 요전에 허벅지 근육을 크게 다쳐서 하루에 네 번씩 붕대를 감아야 했을 때에도 네 아버지가 나나 너희 할머니 외에 다른 사람한테 손을 대게 하던? 정말이다. 그러니 아버지는 분명히 간호사들의 신세를 지는 게 싫을 게다. 나는 네 아버지를 혼자 두고 돌아오고 싶지는 않았어. 내가 그에게 키스를 하고 돌아올 때 난 정말 박정한 것 같더라."

모렐 부인은 부지중에 혼잣말을 하듯 아들에게 이야기를 하고 있었고, 폴은 어머니의 말을 깊이 이해하며 어머니의 고통을 함께 짊으로써 그녀의 짐을 가볍게 해주었다. 그리고 마침내 그녀는 스스로 의식하지 못하는 사이에 거의 모든 희로애락을 아들과 함께 하게 되었다.

모렐의 상태는 대단히 나빴다. 일주일 동안 그는 위독한 상태였다. 그 고비를 넘긴 다음에 그는 나아지기 시작했다. 병세가 호전되는 것을 알자 가족들은 겨우 안도의 한숨을 내쉬고 행복한 날을 보내게 되었다.

모렐이 입원해 있는 동안 가족들은 경제적으로 별 어려움을 겪지 않았다. 매주 탄광에서 14실링이 나오고 보험조합에서 10실링, 상해기금에서 5실링이 나왔다. 그리고 작업반장들이 매주 조금씩 — 5실링 내지 7실링씩 — 보내왔으므로 편히 생활할 수 있었다.

모렐이 병원에서 회복하는 동안 가족들은 매우 행복하고 평화로웠다. 모렐 부인은 토요일과 수요일마다 남편을 보러 노팅엄에 갔다. 그리고 돌아올 때는 언제나 몇 가지 사소한 선물을 사왔다. 폴에게는 작은 튜브에 든 그림물감과 두꺼운 도화지, 애니에게는 그림엽서 두서너 장을 주었다. 그녀가 엽서를 보내도 좋다고 허락하기까지 가족들은 이 그림엽서를 며칠을 두고 보며 즐겼다. 그리고 아서는 실톱이나 예쁜 나무 조각 같은 것들을 얻었다. 모렐 부인은 기쁜 듯이 자기가 큰 상점에 들렀던 이야기를 들려주곤 했다. 이내 화방 사람들은 그녀와 낯을 익혔고 폴에 대해서도 알게 되었다. 또 서점의 소녀는 그녀에게 깊은 관심을 갖게 되었다. 모렐 부인은 얘깃거리를 잔뜩 가지고 노팅엄에서 돌아왔고, 세 아이들은 자러 올라갈 때까지 어머니를 둘러싸고 앉아 이야기를 듣기도 하고 질문도 하고 논쟁을 하기도 했다. 폴은 이야기를 들으면서 이따금 난롯불을 휘저었다.

"이제 내가 집의 가장이에요."

폴은 곧잘 즐거운 듯 어머니에게 말하곤 했다. 그들은 가정이 이렇게도 평화로울 수 있다는 것을 알았다. 그 누구도 무정한 말을 입밖에 내서 말하지 않았지만 머지않아 아버지가 돌아오는 것을 난처하다고까지 생각하고 있었다.

폴은 이제 열네 살이었고 일자리를 찾는 중이었다. 그는 암갈색 머리칼과 밝은 푸른 눈을 가진 소년으로 몸집은 다소 작고 가냘픈 편이었다. 얼굴은 벌써 유년 시절의 토실토실함을 잃고 어딘가 윌리엄의 얼굴처럼 선이 굵고 대가 억세어지려 하고 있었으나 표정은 매우 변하기 쉬웠다. 평소 그의 얼굴은 사물을 잘 이해하고 있는 것 같았고 생기가 넘치며 따뜻했다. 그리고 느닷없이 어머니를 닮은 매우 귀여운 미소를 지었다. 그러나 재빠른 그의 영혼의 움직임이 방해를 받으면 그는 멍하고 보기 흉한 표정을 보였다. 그는 다른 사람이 자신을 이해하지 못하거나 자기가 시시한 인간이라고 느끼면 바로 재치 없는 시골뜨기처럼 되고 말았다. 그러나 일단 따뜻한 애정을 받으면 다시 사랑스러운 소년이 되는 그런 아이였다.

폴은 무슨 일이든 낯선 일에는 두려움을 품었다. 일곱 살이 되어 학교에 입학해야 한다고 생각했을 때 소년은 가위가 눌리는 듯한 고통을 느꼈다. 그러나 나중에는 학교를 좋아하게 되었다. 그리고 지금 그는 사회에 나가지 않으면 안 된다는 생각에 겁을 먹고 이런저런 고민을 하고 있었다. 그 또래의 소년치고 폴은 그림을 매우 잘 그렸고 교부 히턴 씨에게 배워서 불어와 독일어, 수학도 다소 알고 있었다. 그러나 상업에 도움이 될 만한 지식은 전혀 갖고 있지 않았다. 모렐 부인은 아들의 몸이 힘든 노동을 할 수 있을 만큼 튼튼하지 않다고 말했다. 그는 자기 손으로 물건을 만드는 것을 좋아하지 않았고, 뛰어다니거나 시골길을 걷거나 책을 읽거나 그림 그리기를 좋아했다.

"넌 무엇이 되고 싶니?"

모렐 부인 물었다.

"뭐라도 좋아요."

"그런 대답이 어디 있어?"

모렐 부인이 핀잔을 주었지만 솔직히 말해서 그것은 폴이 말할 수 있는 오직 하나의 진실한 대답이었다. 이 세상의 구조가 이대로 지속되는 한 그의 포부는 집으로부터 그리 멀지 않은 곳에서 일하며 매주 30실링이나 35실링씩 벌며 아버지가 죽은 뒤에 어머니와 조그마한 집에 살면서 마음 내키는 대로 그림도 그리고 소풍도 가며 일생을 행복하게 보내는 것이었다. 이것이 폴의 인생 프로그램이었다. 그러나 그는 자신과 다른 사람들을 비교하고 냉혹하게 평가하면서 마음속에 자부심을 지녔다. 그리고 자기가 어쩌면 진짜 화가가 될 수 있을 거라고 생각했다. 그러나 그는 이것을 생각에만 그치게 놔두었다.

"그럼 신문에 난 구인광고를 찾아봐야겠구나."

폴은 어머니를 바라보았다. 그 과정이 그에게는 괴로운 굴욕이며 헤쳐 나가기 힘든 고통으로 느껴졌다. 그러나 폴은 아무 말도 하지 않았다.

아침에 일어났을 때 폴의 마음은 오직 한 가지로 가득 차 있었다.

'나가서 광고를 보고 일자리를 찾을 수밖에 없다.'

그 생각은 이른 아침부터 폴을 가로막고 서서 모든 기쁨과 삶조차 지워버리고 말았다. 마치 그의 마음은 매듭으로 단단하게 묶여 있는 듯했다.

이윽고 10시가 되자 폴은 집을 나섰다. 남들은 그를 좀 이상하고 조용한 소년이라고 생각했다. 이 작은 마을의 양지바른 거리를 따라 걸어 올라가면서 그는 자기가 만나는 사람들이 모두 이렇게 말하고 있는 것 같이 느꼈다.

'저 아이는 신문에 난 구인광고를 보려고 공동조합 도서실로 가는 길이구나. 쟤는 취직을 못할 거야. 저 애는 어머니한테 기대서 살고 있는 거야.'

폴은 포목점 위에 있는 조합의 돌층계를 올라가 도서실을 들여다보았다. 보통 나이가 들어 일하지 못하는 사람이나 공제조합의 연금으로 살아가는 광부 한두 사람 정도가 그곳에 있었다. 그 사람들이 쳐다보자 폴은 잔뜩 위축되고 괴로운 기분으로 가득차서 안쪽으로 들어가 테이블 앞에 앉아 신문을 읽는 척했다. 사람들이 '열세 살짜리 아이가 왜 도서실에서 신문을 보는 걸까?'라고 생각할 것 같아 고통스러웠다.

폴은 생각에 잠긴 표정으로 창 밖을 내다보았다. 그는 이미 산업주의의 포로가 되어 있었다. 커다란 해바라기 꽃들이 찬거리를 사러 바쁘게 걸어가는 여자들 맞은편 정원의 낡은 벽돌담 너머로 즐겁게 내려다보고 있었다. 계곡은 햇볕에 반짝이는 보리로 가득 차 있었다. 들판에 있는 두 개의 탄광에서 하얀 깃털 같은 증기가 올라오고 있었다. 멀리 언덕 위에는 올더슬리의 울창한 숲이 어둡고 매혹적으로 보였다. 그의 마음은 무척 우울해졌다. 그는 이미 속박되어 있었던 것이다. 사랑하는 고향 골짜기에서의 자유는 사라지고 있었다.

양조장의 짐마차가 터진 콩깍지 속에 달려 있는 콩알같이 마차 양쪽에 엄청나게 큰 술통을 네 개씩 싣고 케스턴에서 올라오고 있었다. 높다란 자리에 앉아서 마구 흔들리고 있던 마부는 폴의 바로 눈아래를 지나갔다. 작고 고집불통 같은 머리에 나 있는 머리칼은 햇빛에 거의 하얗게 보였으며 앞치마 위에서 한가로이 흔들거리고 있는 굵고 붉은 두 팔에서도 하얀 털이 번쩍였다. 그의 벌건 얼굴도 햇볕을 받으며 졸고 있는 것 같았다. 아름다운 밤색 말들은 제멋대로 걸어갔고 이 구경거리의 주인공은 마부가 아니라 마치 말들인 것처럼 보였다.

폴은 자기가 바보였으면 좋겠다고 생각했다.

'내가 저 마부처럼 살이 찌고 양지에서 햇볕을 쬐는 개였으면 좋겠어.'

마침내 도서실에 사람이 없게 되자 폴은 종이쪽지에 구인광고를 여러 개 베끼고 겨우 살아난 것 같은 기분으로 살그머니 빠져나왔다. 그가 베껴 적어온 광고를 어머니는 자세히 읽어보았다.

"그래, 지원해 보렴."

폴은 전에 윌리엄이 훌륭한 사무용어로 써놓은 지원서를 약간 고쳐서 베껴 썼다. 폴은 끔찍한 악필이라서 무엇이든 잘했던 윌리엄은 폴의 글씨를 보면 화를 내며 흥분하곤 했다.

윌리엄의 생활은 점점 화려해져 갔다. 런던으로 간 그는 베스트우드의 친구들보다 훨씬 더 사회적 지위가 높은 사람들과 교제할 수 있다는 것을 알았다. 사무실의 서기 중에는 법률을 공부하고 일종의 수습직원으로 일하고 있는 사람들도 있었다. 윌리엄은 어디를 가나 항상 친구가 생겼다. 그래서 그는 베스트우드였다면 접근하기도 어려운 존재인 은행 지배인을 얕보며 거리낌 없이 교구장을 방문할 만한 지위에 있는 사람들의 집을 찾아가고 거기서 머물기도 했다. 그는 자기가 제법 대단한 존재가 된 것처럼 생각하게 되었다. 사실 그는 자기가 쉽게 신사가 된 데에 대해 놀라고 있었다. 그가 종종 어머니에게 보낸 편지는 즐거운 기분으로 가득했다.

아들이 행복한 생활을 하는 것 같아 모렐 부인도 기뻤다. 월섬스토에 있는 폴의 숙소는 몹시 적적한 곳이었다. 그런데 요즘 이 청년에게서 오는 편지는 열에 들떠 있는 것 같은 기색이 있었다. 그는 생활의 변화 때문에 침착성을 잃고 두 발이 땅에 붙어 있지 않고 빠르게 흐르는 새로운 생활의 격류에 어지러워하는 것처럼 생각되었다. 모렐 부인은 아들이 걱정되었다. 그녀는 아들이 자기 자신을 잃어가고 있음을 알 수 있었다. 그는 춤을 추고 극장에 가고 강에서 보트놀이를 하고 친구들과 돌아다녔다. 그리고 사무실에서도 법조계에서도 가능한 한 크게 성공하기 위하여 늦은 밤에 돌아와서는 추운 침실에서 자지도 않고 열심히 라틴어를 공부한다는 것을 알고 있었다. 그는 이제 어머니에게 전혀 돈을 부치지 않았고, 모든 수입을 자신의 삶을 위해서 썼다. 그리고 모렐 부인도 살림이 너무 힘들어서 10실링만이라도 있으면 이 곤궁에서 벗어나겠다고 생각되는 경우가 아니면 아들에게 한 푼도 바라지 않았다. 그녀는 아직도 자기와 함께 있는 인간으로서의 윌리엄의 장래에 꿈을 가지고 있었다. 그녀는 윌리엄 때문에 자기 마음이 얼마나 무겁고 불안한지를 잠시도 인정하려고 하지 않았다.

폴은 또 춤을 추다 알게 된 아름다운 흑발의 아가씨 이야기를 편지에 자주 써 보냈다. 많은 남자들이 그 처녀의 뒤를 열심히 쫓아다녔다.

모렐 부인은 이렇게 답장을 썼다.

다른 남자들이 그 여자를 쫓아다니지 않았더라도 네가 그녀에게 이끌렸을까? 많은 사람들 속에 있으면 안전하고 마음도 편하겠지. 그러나 쫓아다니는 자가 너 혼자고 그 여자를 차지했을 때의 일을 생각해 보고 조심하도록 해라.

윌리엄은 어머니의 이런 말을 못마땅하게 여겼고, 계속해서 그 여자를 쫓아다녔다. 그는 그 처녀를 강으로 데려가기도 했다.

엄마. 엄마가 직접 그녀를 만나본다면 제 심정을 알게 되실 거예요. 그녀는 키가 크고 우아하며 살결은 투명한 올리브 빛깔이고 칠흑과 같이 까만 머리카락, 강물에 비친 불빛처럼 밝고 장난기를 띤 회색 눈을 가지고 있어요. 직접 만나보실 때까지는 엄마가 약간 비꼬실 수도 있겠죠. 그 여자는 런던 시내의 어느 여자 못지않은 옷차림을 하고 있어요. 정말이지 그녀와 함께 피커딜리 거리를 걸어갈 때면 엄마의 아들은 고개도 들 수 없어요.

모렐 부인은 혹시 아들이 정신적으로 결합된 여자가 아니라 단지 우아하고 아름다운 옷을 입었을 뿐인 여자와 피커딜리 거리를 걷고 있는 것은 아닐까 염려스러웠다. 어쨌든 그녀는 의혹의 뜻을 품은 축복의 말을 아들에게 보냈다. 그리고 빨래통 앞에 구부리고 앉아 아들에 대해 이것저것 깊게 생각했다. 그녀는 아들이 우아하고 화려한 아내를 맞이해서 얼마 되지 않는 돈을 벌어 교외의 작고 누추한 집에서 고생하며 겨우겨우 살아가는 모습을 상상했다. 하지만 아직 생기지도 않은 일로 고민하고 있다니, 참 어리석기도 하다며 스스로를 타일렀다. 그럼에도 불구하고 윌리엄이 혹시나 실수를 하지는 않을까 하는 염려는 한시도 그녀의 마음에서 떠나지 않았다.

얼마 되지 않아 폴은 노팅엄의 스패니얼로우 21번지에 있는 외과 의료기구 제조회사인 토머스 조던 사로부터 면접 통지를 받았다. 모렐 부인은 매우 기뻐했다.

"겨우 편지를 네 통밖에 쓰지 않았는데 세 번째에 답장이 왔구나. 내가 늘 말하듯이 너는 참 운이 좋은 아이라니까."

폴은 조던 씨의 편지지에 인쇄되어 있는 고무 스타킹과 여러 기구들로 꾸민 나무 의족을 보고 멈칫했다. 그는 그때까지 고무 스타킹이란 것이 있다는 것조차 몰랐던 것이다. 그는 사업의 세계는 가치가 조작되고 비인간적인 것으로 느꼈으며 이 세계에 두려움을 느꼈다. 의족이 사업의 대상이라는 것이 해괴하게 생각되었다.

어느 화요일 아침, 어머니와 아들은 함께 출발했다. 8월이어서 타는 듯이 더운 날씨였다. 폴은 마음속이 옥죄어 오는 것 같은 심정으로 발걸음을 내디뎠다. 그는 모르는 사람 앞에 가서 채용되거나 거

권했다. 그녀는 불안한 자세로 의자 끝에 걸터앉았다. 조던 씨는 뭔가 분주하게 뒤적이더니 편지 한 장을 찾아냈다.

"네가 이 편지를 썼나?"

조던 씨는 폴 앞에 편지 한 장 내밀며 활달하게 말했다.

"네."

그 순간 폴은 두 가지 생각에 사로잡혔다. 첫째는 이 편지의 문장은 윌리엄이 지은 것이니 거짓말을 한 것이 되지는 않을까 하는 생각이고, 둘째는 이 편지가 자기 집 탁자 위에 놓여 있을 때와 달리 이 사나이의 살찌고 붉은 손에 들려 있으니까 어째서 이렇게 서먹서먹하고 다르게 보일까 하는 생각이었다. 폴은 편지를 취급하는 그 남자의 태도에 화가 났다.

"글씨 쓰는 법을 어디서 배웠나?"

조던 씨가 짓궂게 물었다. 폴은 다만 그를 부끄럽게 바라볼 뿐 대답은 하지 않았다.

"얘는 글씨를 잘 못 씁니다."

모렐 부인은 변명하듯 말하고 베일을 걷어올렸다. 폴은 이 작은 남자에게 좀 더 당당한 태도를 취하지 않는 어머니를 못마땅하게 생각했으나 베일을 걷어올린 것은 기뻤다.

"넌 프랑스어를 안다지?"

조던 씨는 여전히 날카롭게 물었다.

"네."

"어떤 학교에 다녔나?"

"공립 초등학교예요."

"그럼 프랑스어는 그곳에서 배웠나?"

"아니요…… 전……."

폴은 홍당무가 되어 더 이상 말을 잇지 못했다.

"교부가 가르쳤습니다."

모렐 부인이 변명하듯 하지만 쌀쌀맞게 말했다. 잠깐 말이 막힌 조던 씨는 신경질적인 태도로—그의 손은 금세라도 움직이기 시작할 것 같았다—주머니에서 다른 종이를 꺼내서 폈다. 종이는 바스락거리는 소리를 냈다. 조던 씨는 그것을 폴에게 건네주며 말했다.

"읽어봐라."

그것은 원체 가느다랗고 구불구불한 필체의 불어로 된 편지였는데, 뭐라고 쓴 것인지 잘 읽을 수가 없었다. 폴은 멍하니 그 종이를 바라보았다.

"무슈……."

편지를 읽기 시작하던 폴은 당황하여 조던 씨를 쳐다다보았다.

"저…… 저어……."

폴은 '필체'라는 말을 하고 싶었지만 너무 당황한 나머지 그 말조차 머리에 떠오르지 않았다. 그는 자기가 바보 같다고 생각하고 또한 조던 씨를 미워하면서 절망적인 심정으로 다시 편지 위로 눈을 떨어트렸다.

"귀하…… 아무쪼록 이쪽으로 보내주시기를…… 어…… 이 말은 모르겠어요…… 저어…… 두 켤레…… gris fil bas…… 회색 실 스타킹…… 어…… Sans…… 없는…… 어…… doigts…… 손가락…… 말이 잘 안 돼요……."

폴은 필체를 알아볼 수 없다고 말하고 싶었지만 그 말이 목구멍에서 영 나와 주지 않았다. 폴이 더듬거리는 것을 보고 조던 씨는 그에게서 편지를 빼앗았다.

"아무쪼록 발가락 없는 회색 실 스타킹 두 켤레를 보내주세요!"

"그렇지만……."

폴은 낯을 붉히면서 말했다.

"'doigts'는 '손가락'을 의미해요…… 대개는."

조던 씨는 폴을 쳐다보았다. 작은 남자는 'doigts'에 '손가락'이라는 뜻이 있는지 몰랐었다. 그의 사업에 있어서 그 단어는 '발가락'이라는 의미로 충분했다.

"스타킹에 손가락이라니!"

조던 씨가 따지듯이 말했다.

"하지만 그 단어는 정말 손가락이에요."

폴은 자기를 이렇게 바보로 만드는 남자를 증오했다. 조던 씨는 창백하고 얼이 빠진 것 같으면서도 꼿꼿한 소년을 바라보다가 어머니에게로 시선을 돌렸다. 그녀는 남의 호의에 의존하지 않고는 살아갈 수 없는 가난한 사람들 특유의 마음을 닫아버린 듯한 얼굴을 하고 조용히 앉아 있었다.

"이 아이는 언제부터 출근할 수 있습니까?"

"언제든지 이쪽 형편에 따라서 올 수 있어요. 이제 학교는 졸업했으니까요."

모렐 부인이 말했다.

"베스트우드에 사신다고요?"

"네, 그렇지만…… 8시 15분 전에는…… 이곳 역까지 올 수 있습니다."

"흠!"

결국 폴은 주급 8실링에 나선 공장의 수습직원으로 채용되었다. 소년은 'doigts'가 '손가락'이라고 주장한 뒤로는 입을 꼭 다물어버렸다. 그는 어머니 뒤를 따라 층계를 내려갔다. 모렐 부인은 사랑과 기쁨에 가득 찬 밝고 푸른 눈으로 아들을 마주 보았다.

"앞으로 그 일자리가 네 맘에 들게 될 거야."

"'doigts'는 손가락이라는 뜻이에요. 그리고 필체가 문제라는 말이 안 나왔어요. 그 글씨를 알아볼 수 없었단 말이에요."

"염려 마라, 폴. 그분은 그런 걸 상관하지 않을 테고 넌 그분을 자주 만나지도 않을 거야. 처음 본 젊은이도 사람이 좋지 않던? 너도 그랬지?"

"그렇지만 조던 씨는 품위 없는 사람인 것 같아요. 공장은 전부 그분의 것일까요?"

"직공으로 일하다가 성공한 사람으로 보이더라."

모렐 부인은 말을 이었다.

"그렇게 다른 사람 일에 마음을 쓰지 마라. 그 사람이 너를 싫어하는 것은 아니야. 그 사람들은 원래가 그렇단다. 넌 항상 사람들이 너에게 대해 이러쿵저러쿵 생각하는 게 아닐까 고민하지만 그렇지 않단다."

햇볕이 쨍쨍 내리쬐고 있었다. 인적이 끊긴 상가 위로 푸른 하늘이 빛나고 있었고 길에 깔린 화강암 자갈들은 반짝였다. 롱로우 거리의 가게들은 어두침침하고 희미하게 보였고 그늘은 여러 가지 빛깔로 가득 찼다. 마차가 시장을 가로질러 가는 곳에는 과일가게가 죽 늘어섰고 불그스름한 오렌지와 작은 서양 자두, 바나나 더미 등의 과일이 햇빛을 받고 반짝였다. 어머니와 아들이 그곳을 지날 때 과일의 신선한 향기가 풍겨왔다. 폴의 가슴 속 부끄러움과 분노는 차차 가라앉았다.

"어디 가서 점심이나 먹을까?"

그런 일은 터무니없는 낭비처럼 생각되었다. 폴은 여태껏 음식점에는 한두 번밖에 들어가 보지 않았고 그때도 겨우 차 한 잔 마시고 건포도 빵을 한 개 먹었을 뿐이었다. 대개의 베스트우드 사람들은 자신들이 노팅엄의 레스토랑에서 먹을 수 있는 것은 차 한 잔과 버터 바른 빵, 그리고 깡통에 든 쇠고기 정도가 전부라고 생각했다. 진짜로 비싼 요리를 먹는다는 것은 대단한 사치라고 여겼다. 폴은 무슨 나쁜 짓이라도 하는 듯한 기분이 들었다.

두 사람은 아주 값싸게 보이는 음식점을 하나 찾아냈다. 그러나 가격표를 훑어본 모렐 부인의 마음은 무거워졌다. 값이 너무 비쌌던 것이다. 그녀는 그 식당에서 가장 값이 싼 양고기 파이와 감자를 주문했다.

"이런 데 오지 말걸 그랬어요."

폴이 말했다.

"염려 마라. 다시는 오지 않을 테니."

그러면서 모렐 부인은 아들이 좋아하는 작은 건포도 파이를 먹으라고 권했다.

"먹고 싶지 않아요."

폴은 사양했다.

"아니야, 하나 먹으라니까."

모렐 부인은 지지 않고 말했다. 그리고 웨이트리스가 있는지 주위를 둘러보았다. 웨이트리스는 바쁜 듯 보였고 모렐 부인은 기다려 주었다. 두 사람은 가만히 웨이트리스가 오기를 기다렸지만 그녀는 남자들과 장난을 치고 있었다.

"뻔뻔스러운 계집이구나! 저것 봐, 남자에게 푸딩을 가져가는구나. 우리보다 훨씬 뒤에 왔는데."

모렐 부인이 폴에게 말했다.

"상관없어요, 어머니."

모렐 부인은 화가 났다. 그러나 그녀는 매우 가난했고 주문도 너무 빈약한 것이어서 바로 그 자리에서 자신이 먼저 왔다고 주장할 만한 용기가 나지 않았다. 그래서 두 사람은 기다리고 또 기다렸다.

"우리 나가요."

모렐 부인이 일어섰다. 그때 마침 웨이트리스가 근처를 지나갔다.

"건포도 파이 하나 갖다 줘요."

모렐 부인이 똑똑히 말했다.

그 종업원은 건방지게 돌아보았다.

"네, 곧."

"우리는 아주 오랫동안 기다렸어요."

모렐 부인은 말했다.

잠시 후 웨이트리스는 파이를 가지고 왔다. 모렐 부인은 팁은 안주고 차갑게 계산서만을 요청했다. 폴은 마루 밑에라도 들어가고 싶은 심정이었다. 그는 어머니의 당당한 태도에 놀랐다. 긴 세월에 걸친 삶의 투쟁이 그렇게 작게나마 자신의 침해당한 권리를 주장할 수 있게끔 그녀에게 가르쳐주었음을 알 수 있었다. 부끄러움을 참고 있는 것은 모렐 부인도 마찬가지였다.

"절대로 그곳에 다시는 가지 않을 거야."

밖으로 나와서 숨을 돌린 모렐 부인이 말했다.

"자, 이제 키프 상점이나 부트 상점에 가볼까?"

두 사람은 걸음을 옮기며 그림에 관해 이런 저런 이야기를 나누었다. 모렐 부인은 아들이 갖고 싶어 했던 작고 검은 수달 붓을 사주려고 했지만 폴은 필요 없다고 했다. 그는 여자 모자가게와 포목점 앞에 서 있는 것이 지루했지만 어머니가 즐거워 보였으므로 그도 만족했다.

"저 검은 포도 좀 봐라! 싱싱한 게 입에 넣으면 톡 터질 것 같구나. 몇 년 전부터 먹어 보고 싶었지만 저걸 먹기까지는 좀 더 기다려야겠지."

모렐 부인은 이내 꽃집 문 앞에서 풍겨오는 향기를 맡으며 즐거워했다.

"아! 아! 참 좋은 향기지?"

폴은 어두운 꽃집 안에서 까만 옷을 입은 우아한 부인이 계산대 너머로 이상하다는 듯이 내다보고 있는 것을 보았다.

"가게 안에 사람들이 보고 있어요."

폴은 어머니를 끌어당기면서 말했다.

"그런데 이게 무슨 향기지?"

모렐 부인은 움직이려고 하지 않으면서 큰 소리로 외쳤다.

"자란화예요. 저기 통 속에 가득 있어요."

폴도 냄새를 맡으며 대답했다.

"정말 그렇구나. 빨간 꽃, 하얀 꽃. 하지만 글쎄, 난 자란화가 이렇게 향기가 좋을 줄은 몰랐구나."

어머니가 꽃집 문 앞에서 움직이자 폴은 마음을 놓았지만 그녀는 다시 창문 앞에 서서 안을 들여다보았다.

"얘, 폴!"

모렐 부인은 가게 안에 있는 젊은 부인의 눈에 띄지 않는 곳으로 몸을 옮기려는 아들을 불렀다.

"폴! 저것 좀 보라니까!"

그는 마지못해 돌아왔다.

"저기 퉁꽃 좀 봐!"

모렐 부인은 손가락으로 가리키면서 소리쳤다.

"흠!"

폴은 진귀한 것을 보고 호기심이 인 듯한 소리로 말했다.

"저 꽃은 무거운 듯 매달려 있어서 금세라도 떨어질 것 같아요."

"어쩌면 저렇게 많이도 달렸을까!"

모렐 부인은 큰소리로 말했다.

"그리고 실에 매듭 같이 추욱 늘어져 있는 모양 좀 보세요!"

"정말! 아름답구나!"

모렐 부인이 다시 외쳤다.

"도대체 저런 꽃은 누가 사갈까요?"

"글쎄 말이다. 아마 우리 같은 사람은 아닐 거야."

"우리 집 거실에 갖다 놓으면 시들어버릴 거예요."

"그러게. 지독하게 춥고 햇빛도 들지 않는 굴 같은 집이니 어떤 것 도 키울 수가 없어. 부엌방도 공기가 나빠서 질식해 죽을 거야."

두 사람은 몇 가지 물건을 사들고 역으로 향했다. 건물들 사이의 컴컴한 골목길을 통해서 운하를 내다보니 푸른 덤불이 무성한 갈색 바위 벼랑 위로 노팅엄 성이 아름다운 햇볕을 받으며 기적같이 서 있었다.

"점심 시간에 외출하면 좋겠다. 이 근처를 돌아다니면서 전부 구 경하고 싶어요."

"할 수 있지."

폴은 어머니와 함께 행복한 저녁을 보냈다. 두 사람은 지쳤지만 부드러운 해질녘에 행복에 가득 찬 마음으로 집으로 향했다.

아침에 폴은 정기승차권을 사려고 양식에 각 항목을 기입해 역으 로 갔다. 그가 돌아왔을 때 어머니는 마루를 닦고 있었다. 그는 소파 에 웅크리고 앉았다.

"토요일까지는 만들어서 보내준대요."

"그래, 얼마나 하던?"

"1파운드 11실링 정도래요."

모렐 부인은 말없이 계속 마루를 닦았다.

"비싼 건가요?"

"생각했던 것보다 많지는 않다만."

"하지만 제가 일주일에 8실링씩 받으니까요."

대답 없이 일을 계속 하던 모렐 부인은 마침내 입을 열었다.

"윌리엄이 런던으로 갈 때 매달 1파운드씩 보내주겠다고 약속했었지. 그런데 10실링을 두 번 보내왔을 뿐이야. 지금은 그 애에게 부탁하더라도 분명 한 푼도 없을 거야. 내가 돈을 바라는 것은 아니야. 하지만 지금같이 갑자기 정기승차권을 사야 하는 경우에는 네 형이 좀 도와주었으면 좋겠다고 넌 생각하지 않니?"

"형은 많이 벌지요?"

"1년에 130파운드를 받지. 그렇지만 다 마찬가지야. 받을 때는 많은 것 같지만 받고 보면 별 것 아니니까."

"형은 혼자서 매주 50실링도 더 쓰는 걸요."

"나는 30실링도 안 되는 돈으로 이 살림을 꾸려 가고 있는데 말이다." 게다가 생각지도 않던 지출도 있고. 그런데 자식들은 일단 집을 떠나면 집에 대한 보조 같은 것은 생각도 않는 법이란다. 네 형 역시 그 예쁜 옷을 입은 계집애한테 돈을 쓰고 싶겠지."

"그 여자가 그렇게 대단하면 돈도 많을 거예요."

"원칙은 그래야 하지만 그 여자는 돈이 없단다. 내가 물어봤지. 하지만 윌리엄이 아무 까닭도 없이 그 여자에게 금팔찌를 사줄 리가 없다는 건 알고 있다. 도대체 내게 금팔찌를 준 사람이 있었을까?"

윌리엄은 그가 '집시'라고 부르는 그 멋진 처녀의 마음을 얻는 데 성공하려 애쓰고 있었다. 그는 그 처녀ㅡ루이자 릴리 데니스 웨스턴이라는 이름이었다ㅡ에게 어머니께 보낼 사진을 하나 달라고 부탁했다. 그녀가 준 사진에는 아름다운 검은 머리에 생긋 웃고 있는 옆모습이 담겨 있었다. 그런데 그 사진은 어쩌면 나체 사진인지도 몰랐다. 사진에는 한 조각의 옷도 보이지 않았고 가슴 윗부분만 드러나 있었기 때문이다.

모렐 부인은 아들에게 편지를 썼다.

루이자 양의 사진에 무척 놀랐구나. 나 역시 그녀가 매혹적인 여자임에 틀림없다는 건 알 수 있었다. 하지만 얘야, 자기 애인의 어머니에게 처음으로 보내는 사진을 그런 것으로 준다는 것은 취미가 고상하다고 할 수 있겠니? 네 말대로 확실히 아름다운 어깨를 가지고 있긴 하지만 난 처음부터 그렇게 벌거벗은 어깨를 보리라고는 생각하지도 못했다.

　　모렐은 거실의 찻장 위에 세워져 있는 사진을 보았다. 그는 굵은 엄지와 검지 사이에 그 사진을 끼우고 거실에서 나왔다.
　　"이게 누구야?"
　　모렐이 아내에게 물었다.
　　"우리 윌리엄이 교제하고 있는 여자래요."
　　모렐 부인이 대답했다.
　　"흠. 얼핏 보기엔 굉장한 미인 같지만 그 애한테는 별로 득이 될 것 같지 않은 여자인걸……. 그래, 이름은 뭐요?"
　　"루이자 릴리 데니스 웨스턴이라나요."
　　"맙소사! 무슨 배우인가?"
　　"아니에요. 숙녀라네요."
　　"뭐라고?"
　　모렐은 여전히 사진을 들여다보며 큰소리로 말했다.
　　"이 여자가 숙녀라고? 그래 이런 행세를 하는데 돈이 얼마나 드는 줄 알기나 하나, 이 여자?"
　　"돈도 없답니다. 좋아하지도 않는 나이 든 고모하고 살고 있다는데, 그 고모에게서 조금씩 용돈을 타 쓰고 있는 처지래요."
　　"흠!"
　　모렐은 사진을 내려놓으면서 말했다.

176

"그러니까 그런 여자와 교제하는 윌리엄이 바보 같은 놈이로군."

윌리엄의 답장이 도착했다.

　　엄마, 그 사진이 마음에 들지 않으셨다니 유감이에요. 제가 사진을 부칠 때 엄마가 그 모습을 단정치 않게 생각하시리라고는 꿈에도 생각하지 못했어요. 그래서 집시에게 그 사진은 그녀의 단정하고 있는 그대로의 모습을 전혀 볼 수 없었다고 말했으니 그녀가 다른 사진을 보낼 거예요. 이번에는 좀 더 마음에 드실 줄로 생각합니다. 그녀는 언제나 사진에 많이 찍혀요. 사실 사진사들이 그녀의 사진을 무료로 찍어주겠다고 하거든요.

머지않아 그 여자의 바보 같은 짧은 편지와 함께 새로운 사진이 도착했다. 이번에는 젊은 숙녀가 목과 가슴께가 네모나게 파진 까만 비단 드레스를 입고 찍은 사진이었다. 소매는 불룩하게 부풀려져 있었고 아름다운 팔에는 까만 레이스의 숄을 걸치고 있었다.

"도대체 이 여자는 이브닝드레스 말고 다른 옷은 입지 않는가 보구나. 분명히 나는 이 사진으로 강한 인상을 받아야 하겠지."

모렐 부인은 빈정거리면서 말했다.

"엄마는 맘에 들지 않나 봐요. 나는 어깨를 드러낸 첫 번째 사진이 더 예쁘다고 생각해요."

폴이 대답했다.

"그러니? 난 아니다."

월요일 아침, 폴은 첫 출근을 하기 위해 6시에 일어났다. 그의 조끼 주머니에는 무척 어렵게 산 정기승차권이 들어 있었다. 그는 노란 줄이 옆으로 그어진 정기승차권이 좋았다. 어머니는 작은 뚜껑이 달린 바구니에 도시락을 넣어주셨고, 그는 7시 15분 기차를 타기 위해 6시 45분에 집을 나섰다. 어머니는 마당의 나무문 앞까지 나와서 아들을 배웅했다.

오리나무에서는 아이들이 '비둘기'라고 부르는 가느다란 초록색 열매들이 산들바람에 반짝반짝 빛나면서 집집의 앞뜰에 떨어져 내렸다. 거무스름한 안개가 계곡을 메운 채 빛나고 있었고 그 안개 사이로 다 익은 보리가 반짝였으며 민턴 탄광에서 나오는 증기는 금세 안개 속으로 녹아들었다. 이따금씩 바람이 불었다. 올더슬리의 높은 숲을 둘러보자 그 일대의 들판이 아침 햇빛에 반짝였다. 그가 태어난 집이 전에 없이 강하게 그를 끌어당겼다.

"다녀오겠습니다, 엄마."

폴은 웃으면서 말했지만 매우 언짢은 기분이었다.

"잘 다녀오너라."

흰 앞치마를 두른 모렐 부인은 큰 길에 서서 들판을 걸어가는 아들을 지켜보았다. 그의 자그마한 몸은 생기에 차 있는 것 같고 긴장되어 보였다. 그녀는 들판 위로 터벅터벅 걸어가는 아들을 보면서 그는 일단 하고자 정한 것은 꼭 해내고 말 것이라고 느꼈다. 그녀는 윌리엄을 생각해 보았다. 윌리엄이라면 산울타리를 지나기 위해 문까지 돌아가지 않고 훌쩍 뛰어넘어서 갈 것이다. 그는 지금 런던에서 잘 지내고 있었고 폴은 노팅엄에서 일을 하게 되었다. 이제 그녀는 두 아들을 세상에 내보낸 셈이다. 그녀는 거대한 산업의 중심지인 두 곳에 각기 아들을 보냈으며 이들은 어머니가 소망하는 일을 해줄 것이라고 생각했다. 그들은 그녀에게서 태어났으며 그들은 그녀의 소유였고 그들의 일 또한 그녀의 일이었다. 그날 아침나절 내내 그녀는 폴에 대해 생각했다.

8시에 조던 외과 의료기구 공장의 음침한 층계를 올라간 폴은 어찌할 바를 모르며 맨 첫 번째의 커다란 진열장 앞에 힘없이 서서 누군가 자기를 데려가 주기를 기다리고 있었다. 그곳에는 아직 인기척이 없었다. 계산대 위에는 먼지가 쌓이는 것을 막기 위한 커다란 커버가 씌워져 있었다. 겨우 도착한 두 사람이 방 한쪽 구석에서 웃옷을 벗고 셔츠 소매를 걷어올리며 이야기하는 소리가 들렸다.

8시 10분이 지났다. 꼭 시간을 지켜서 출근해야 하는 분위기가 아닌 것은 분명했다. 폴은 두 사원의 말소리에 귀를 기울이고 있었다. 그때 누군가의 기침 소리가 들려 그쪽으로 돌아보니 방 한쪽 구석의 사무실에서 나이가 들어 기운이 없어 보이는 듯한 한 서기가 편지를 뜯고 있는 모습이 보였다. 그는 빨강과 파랑으로 수놓은 검은 벨벳으로 된 둥근 흡연 모자를 쓰고 있었다. 폴은 기다리고 기다렸다. 젊은 사원 한 명이 그 나이 든 사람에게 가서 유쾌한 듯이 큰 소리로 인사를 했다. 나이 든 서기는 귀가 먹은 것 같았다. 그리고 젊은 사원은 침착한 태도로 성큼성큼 걸어서 자기 계산대로 왔다. 그는 폴을 흘낏 쳐다보았다.

"여어! 너 새로 왔니?"

"네."

"흠! 이름이 뭐지?"

"폴 모렐입니다."

"폴 모렐? 좋아, 이리 와봐."

폴은 그를 따라 네모난 계산대 모퉁이를 빙 돌았다. 계산대의 벽으로 둘러싸인 그곳 한 가운데에 승강기가 오르내리는 커다란 구멍이 나 있어 아래층에 대한 공기창의 역할도 하고 있었다. 그리고 천장에도 이 공간과 연결되는 큰 구멍이 나 있어서 제일 위층의 선반 너머로 기계들이 보였다. 바로 그 위의 가장 높은 곳에는 유리 지붕이 있었다. 세 층을 비치는 빛이란 그 지붕을 통해서 들어오는 광선

뿐이었으므로 바닥층은 언제나 밤이었고 2층은 어슴푸레했다. 공장은 맨 위층인 3층에 있었고 2층은 도매점, 1층은 창고로 되어 있었다. 창고는 비위생적이고 오래된 곳이었다.

폴은 몹시 껌껌한 구석으로 끌려갔다.

"여기가 '나선과'야."

젊은 사원은 말을 이었다.

"넌 패플워스 씨와 함께 나선과에서 일할 거야. 그분이 네 주임인데 아직 오지 않았어. 그분은 8시 반 이전에는 오지 않으니까 만약에 원한다면 저 아래에 있는 멜링 씨한테 가서 편지 같은 걸 가져다 거기 놓으면 돼."

젊은 사원은 구석에 있는 늙은 서기를 손가락으로 가리켰다.

"알았습니다."

"여기 고리에 네 모자를 걸어. 이건 네 장부고, 패플워스 씨는 곧 오실 거야."

이내 젊은 사원은 통통 울리는 마루를 바쁜 걸음으로 걸어가 버렸다.

1, 2분 후 폴은 유리문이 달린 사무실로 가서 문 앞에 섰다. 흡연 모자를 쓴 나이 든 서기가 안경테 너머로 그를 건너다보았다.

"안녕. 나선과에서 편지를 가지러 왔군, 토머스?"

서기는 친절하고 힘있게 말했다. 폴은 토머스라고 불려서 기분이 언짢았으나 편지를 받아서 자신의 어두컴컴한 자리로 돌아왔다. 그곳은 계산대가 직각으로 꺾인 모퉁이로 커다란 소포 선반 끝에 닿아 있으며 구석에는 문이 세 개 있었다. 그는 높은 의자에 앉아서 편지를 읽었다. 그 필체들은 알아보기 힘들지 않았다. 그중에는 이러한 내용도 있었다.

작년에 귀사에서 구입한 것과 동일한 여성용 비단 스타킹 한 켤레를 보내주시기 바랍니다. 발 부분은 없고 길이는 허벅지에서 무릎까지입니다.

챔벌린 소령입니다. 지난번에 주문한 비단의 걸어 매는 무탄력 붕대를 조속히 보내주시기 바랍니다.

불어와 노르웨이어가 섞인 이러한 편지는 폴을 매우 당혹하게 만들었다. 그는 의자에 앉아 신경을 곤두세우면서 주임의 출근을 기다렸다. 8시 반에 3층으로 올라가는 여공들이 무리를 지어 그의 곁을 지날 때 그는 시끄러워서 혼이 났다.

패플워스 씨는 8시 40분쯤에 클로로다인이 든 껌을 씹으면서 들어왔다. 다른 사람들은 모두 일에 집중하고 있었다. 그는 마르고 안색이 나쁘며 코가 빨갰다. 그리고 빠른 말투로 또박또박 끊어서 말을 했으며 멋은 있지만 편하지 않아 보이는 옷을 입고 있었다. 나이는 서른여섯 가량으로 보였다. 그에게는 어딘지 개처럼 민첩하고 예민하게 눈치 빠른 점이 있었고 또한 어딘지 온화해 보이면서 약간 천해 보이는 점이 있었다.

"이번에 새로 온 조수인가?"

패플워스 씨가 입을 열었다. 폴은 일어나서 그렇다고 대답했다.

"편지를 가져왔나?"

패플워스 씨는 껌을 꾹꾹 씹으며 물었다.

"네."

"그걸 베껴 썼니?"

"아뇨."

"그래? 그럼 얼른 하자. 윗도리는 갈아입었니?"

"아뇨."

"헌 웃옷을 한 벌 여기에 갖다 놓아야 해."

패플워스 씨는 마지막 단어들을 클로로다인 껌을 어금니로 씹으면서 발음했다. 그는 커다란 진열 선반 뒤의 껌껌한 곳으로 사라지더니 웃옷을 벗고 가늘고 털이 숭숭 난 팔 위로 멋진 줄무늬 와이셔츠의 소매를 걷어올리면서 나타났다. 그리고 위에 다른 웃옷을 입었다. 폴은 그가 마르고 바지 뒤가 풍성하다는 것을 알았다. 그는 의자를 하나 끌어당겨 와서 폴의 곁에 앉았다.

"앉아라."

폴이 의자에 앉자 패플워스 씨는 그에게 바싹 다가앉아서 편지를 움켜쥐었다. 그리고 앞에 쌓인 서류 속에서 장부를 꺼내어 확 펼치고 펜을 들면서 말했다.

"이걸 봐. 편지를 여기에다 베껴야 해."

패플워스 씨는 두어 번 코를 킁킁거리고 입 속의 껌을 재빨리 한 번 씹은 뒤 편지를 빤히 들여다보았다. 그러고 나서 조용하고 열심히 그것을 읽어보고는 화려한 필체로 재빨리 장부에 베껴 썼다. 그는 재빨리 폴을 보면서 말했다.

"알겠지?"

"네."

"잘 할 수 있겠니?"

"네."

"그럼…… 자, 해봐라."

패플워스 씨가 의자에서 일어나자 폴은 펜을 들었다. 이내 그는 어디론가 사라지고 보이지 않았다. 폴은 편지 베껴 쓰는 것을 좋아했지만 천천히 힘을 들여서 써도 글씨는 몹시 서툴게 쓸 수밖에 없었다. 그가 네 번째 편지를 베끼기 시작하면서 아주 바쁘고 즐겁게

신의 풍채가 이 회사의 사장이고 주인인 것같이 보이지 않음을 알고 있었기 때문에 기강을 바로잡기 위해 처음 한 번은 경영주다운 모습을 보이려고 했던 것이다.

"그래, 네 이름이 뭐랬지?"

패플워스 씨가 물었다.

"폴 모렐입니다."

아이들이란 자기 이름을 다른 사람에게 말해야 할 때 어째서 그렇게 어려워하는 것일까.

"폴 모렐이라고? 좋아. 음, 이곳 일은 말이지……."

패플워스 씨는 의자에 앉아서 무엇인가를 쓰기 시작했다. 한 여공이 뒷문으로 들어와 갓 찍어낸 고무로 된 거미줄 모양의 의료 기구 몇 장을 계산대 위에 놓고 나갔다. 패플워스 씨는 그 파란 무릎 밴드를 집어서 노란 종이의 주문서와 함께 재빨리 확인해 보고 한쪽으로 치워놓았다. 다음은 살색의 '다리'였다. 주임은 그것을 주의 깊게 살펴본 뒤 두 장의 주문서를 쓰고 나서 폴에게 따라오라고 말했다.

두 사람은 앞서 여공이 들어왔던 문으로 나갔다. 문 저쪽은 작은 나무 계단의 꼭대기였다. 계단 밑에는 양쪽에 유리창이 있는 방이 있고 그 방의 저쪽 구석에는 대여섯 명의 여직공들이 의자에 앉아 고개를 숙이고 유리창에서 들어오는 빛을 삼아 바느질을 하고 있었다. 그들은 함께 '파란 옷을 입은 작은 두 소녀'라는 노래를 부르고 있었다. 문이 열리는 소리에 그들은 모두 돌아보았고, 패플워스 씨와 폴이 방 한쪽 끝에서 자기들을 내려다보고 있는 것을 알았다. 그들은 노래를 멈추었다.

"좀 더 조용히 할 수는 없나? 사람들이 들으면 이곳에 고양이를 기르고 있는 줄 알겠소."

패플워스 씨가 말했다.

높은 의자에 앉아 있던 등이 굽은 여자가 길쭉하고 다소 우울한 얼굴을 주임 쪽으로 돌리고 콘트랄토[11] 같은 음성으로 대꾸했다.

"그럼 그 사람들은 모두 수코양이들이군요."

폴에게 강한 인상을 주려던 패플워스 씨의 시도는 수포로 돌아가고 말았다. 계단을 내려간 그는 제품 완성실로 들어가서 꼽추인 패니 곁으로 다가갔다. 패니는 짧은 허리를 높은 의자 위에 올려놓고 있었으므로 밝은 갈색 머리를 커다란 다발로 빗은 머리와 파리하고 침울한 얼굴이 무척 크게 보였다. 그녀는 수박색 캐시미어 옷을 입고 있었으며 완성된 제품을 신경질적으로 내려놓을 때 좁은 소매 끝으로 보이는 손목은 가늘고 납작했다. 패플워스 씨는 그녀에게 무릎덮개의 잘못된 부분을 보여주었다.

"하지만 날 책망하러 오실 필요는 없었어요. 이건 내 잘못이 아니에요."

패니는 볼이 빨개져서 말했다.

"당신이 잘못했다고 말하지는 않았어. 하지만 내 말대로 해주겠소?"

패플워스 씨는 무뚝뚝하게 말했다.

"내 탓이라고 하지는 않았어도, 내 탓이라고 하는 거나 같아요."

패니는 울상을 지으며 소리쳤다. 그러고는 그 무릎덮개를 자기 주임으로부터 가로채고 말했다.

"네, 말씀대로 해드리죠. 그렇지만 그렇게 쏘아댈 건 없잖아요."

"여기, 새로 온 아이야."

패플워스 씨가 말하자 패니가 폴을 돌아다보고 상냥한 미소를 지었다.

"그래요?"

---

11) contralto. 여성의 가장 낮은 음역. 또는 그 목소리를 가진 가수를 말한다 – 옮긴이

"여럿이서 이 애를 바보로 만들지는 말아."

"바보로 만드는 건 우리가 아니에요."

패니가 분개하며 대꾸했다.

"가자, 폴."

패플워스 씨가 말했다.

"잘 가요, 폴."

여직공 가운데 한 명이 엉터리 프랑스어로 인사를 건네자 킥킥 웃는 소리가 터져나왔다. 폴은 한 마디도 못하고 얼굴이 홍당무가 된 채 그곳을 나왔다.

그날은 꽤나 지루했다. 오전에는 내내 공장 직원들이 패플워스 씨와 이야기를 하러 수시로 드나들었다. 폴은 편지를 베껴쓰기도 하고 낮 배송시간에 맞추기 위해 소포 꾸리는 법을 배우기도 했다. 1시, 아니 정확하게 1시 15분 전이 되자 패플워스 씨는 기차를 타러 나가 버렸다. 그는 교외에 살고 있었다. 1시가 되자 몹시 쓸쓸해진 폴은 점심 바구니를 들고 길쭉한 탁자가 놓여 있는 지하실로 내려갔다. 그는 음산하고 황폐한 지하실에서 혼자 재빨리 식사를 마치고 바깥으로 나갔다. 밝고 자유로운 거리의 공기는 그를 모험적이고 행복한 기분으로 만들었다. 그러나 2시에는 그 커다란 방의 한 구석으로 돌아와 있었다. 얼마 지나지 않아 여직공들이 이야기를 하며 무리를 지어 지나갔다. 위층에서 탈장대를 만들고 의족과 의수 마무리 같은 힘든 일을 담당하는 낮은 계층의 처녀들이었다.

폴은 무엇을 해야 좋을지 몰라 노란 주문서에 낙서를 하면서 패플워스 씨를 기다렸다. 패플워스 씨는 3시 20분 전에 돌아왔다. 그러고는 자리에 앉아서 마치 나이도 지위도 폴과 동일한 사람처럼 그와 잡담을 했다.

오후에는 주말이 가까워짐에 따라 계산서의 총계를 내는 일이 있었지만 그 외에는 별로 할 일이 없었다. 5시가 되자 남자들은 모두 길쭉한 탁자가 있는 지하실로 내려가 식탁보도 깔지 않은 더러운 탁자 위에서 차를 마시고 버터 바른 빵을 먹으며 이야기를 나누었다. 그들은 음식을 먹는 모양새와 마찬가지로 흉하고 조급하고 단정치 못하게 말을 했다. 그러나 위층에서 그들의 분위기는 언제나 즐겁고 밝았다. 그 지하실과 탁자에 묻은 누추함이 그들을 바꿔놓는 것이다.

차 시간이 끝나면 가스등이 켜지고 일은 더 활발해졌다. 저녁에는 해치워야 할 큰 일거리가 있었다.

공장에서 방금 완성해 아직도 따뜻한 기운이 남은 스타킹이 도착했다. 폴은 송장은 이미 작성해 놓았지만 이번에는 상품을 포장하고 보낼 곳의 주소와 성명을 적고, 보낼 소포의 무게를 저울에 달아보아야 했다. 사방에서 무게를 말하는 소리, 저울추가 부딪치는 소리, 노끈을 끊는 소리, 멜링 씨에게 우표를 받으러 달려가는 소리 등으로 가득 차 있었다. 마침내 집배원이 부대를 메고 유쾌하게 웃으며 들어왔다. 그러고 나서 일이 전부 끝났고, 폴은 점심 바구니를 들고 8시 20분 기차를 타러 역으로 달려갔다. 그날 그는 회사에서 꼭 열두 시간을 보냈다.

폴의 어머니는 다소 걱정스러운 듯 아들이 돌아오기를 기다리고 있었다. 폴은 케스턴 역에서부터 걸어와야 했기 때문에 9시 20분쯤이 되어서야 집에 도착할 수 있었다. 그가 출근한 것은 아침 7시였다. 모렐 부인은 아들의 건강이 걱정되었다. 그러나 그녀는 자신이 많은 고생을 참아야 했으므로 자식들도 그 정도의 고생은 참아줄 것을 기대했다. 어떤 일이든 그것을 견디어 나가야 하는 것이다. 폴은 조던 사에서 근무하는 동안 내내 어두움과 탁한 공기와 장시간의 노동으로 인하여 건강을 해쳤으나 그래도 직장을 그만두지는 않았다.

폴은 매우 지친 듯 창백한 얼굴로 돌아왔다. 모렐 부인은 아들을 바라보았다. 그러나 아들이 오히려 유쾌하게 돌아온 것을 알고 불안이 싹 가셨다.

"그래, 어떻든?"

"정말 재미있었어요. 일도 심하지 않고 모두들 친절하던데요."

"그래, 잘 했어?"

"네, 나보고 글씨를 못 쓴다고 하더라고요. 하지만 패플워스 씨는 ─그분이 우리 주임인데─ 조던 씨한테 내가 잘 할 수 있을 거라고 했어요. 난 나선과에서 근무해요. 엄마, 한번 와서 보세요. 참 좋은 곳이에요."

머지않아 폴은 조던 사를 좋아하게 되었다. 패플워스 씨는 소탈하고 언제나 자연스러웠으며 폴을 자기 동료처럼 대해 주었다. 가끔은 신경질을 내며 보통 때보다 껌을 더 많이 씹었지만 그럴 때에도 화를 잘 내지 않았다. 그는 화가 나도 다른 사람에게 화풀이를 하지 않고 오히려 자기 자신을 괴롭히는 그런 종류의 사람이었다.

"아직도 안 끝났니? 좋아, 항상 일요일이라 생각하고 천천히 해."

패플워스 씨가 농담을 하고 유쾌해할 때 폴은 그를 어떻게 생각해야 좋을지 몰랐다.

"내일은 우리 집의 예쁜 요크셔테리어 암놈을 데리고 오마."

패플워스 씨는 폴에게 아주 즐거운 듯이 말했다.

"요크셔테리어가 뭐예요?"

"아니, 요크셔테리어가 뭔지 모르니? 요크셔테리어를 모른다고?"

패플워스 씨는 어이없어 했다.

"작고 비단실 같은 털을 가진…… 철색이나 흐린 은빛 같은 색의 개 말이에요?"

"그래, 내 자랑거리지. 벌써 5파운드어치나 되는 강아지를 낳았고 그 녀석 가격은 7파운드가 넘는단다. 무게가 20온스도 채 안 되는데 말이야."

다음날 패플워스 씨가 개를 데리고 왔는데, 바르르 떠는 모습이 볼품없는 작은 개였다. 폴은 그 개가 별로 마음에 들지 않았다. 그 개는 영원히 마르지 않을 젖은 누더기처럼 보였다. 한 남자가 개를 부르며 거친 농담을 하기 시작했다. 그러나 패플워스 씨는 폴을 향해 눈짓을 하고 낮은 소리로 이야기를 계속했다.

조던 씨는 폴을 관찰하기 위해 한 번 더 찾아왔고, 폴이 펜을 계산 대 위에 놓는 것을 보고 잔소리를 했을 뿐이었다.

"사무원이 되고 싶거든 펜은 귀에 꽂아라, 귀에!"

그리고 어느 날 조던 씨가 폴에게 말했다.

"어째서 넌 어깨를 쭉 펴지 않나? 이리 와 보게."

조던 씨는 유리문이 달린 사무실로 폴을 데리고 가서 어깨를 쭉 펴게 해주는 특수 정형대를 몸에 채워주었다.

그러나 폴이 가장 좋아한 것은 여공들이었다. 그는 남자들도 모두 좋았지만 별로 흥미가 가지 않았다. 남자들은 상스럽고 약간 바보처럼 보였다. 몸집이 작고 야무진 아래층의 여감독 폴리는 폴이 지하실에서 점심을 먹는 것을 보고 자기 난로에 점심을 데워주겠다고 말했다. 다음날 어머니는 데워 먹을 수 있는 반찬을 싸주었고, 폴은 그것을 기분 좋고 깨끗한 폴리의 방으로 가져갔다. 그리고 어느새 폴리와 같이 점심을 먹는 것이 습관이 되고 말았다. 그는 아침 8시에 출근하면 점심 바구니를 가지고 폴리에게 갔고, 폴리는 그가 1시에 내려오면 바로 점심을 먹을 수 있게 준비를 해놓고 있었다.

폴리는 그리 크지 않은 키에 안색은 파리하며 숱이 많은 밤색 머리이고 세련되지 않은 얼굴로 입은 크고 입술은 두꺼웠다. 그녀는 작은 새 같았다. 그래서 폴은 한동안 그녀를 '작은 방울새'라고 불렀다. 폴은 원래 말수가 적은 편이었지만 폴리와 함께 있으면 여러 시간이나 자기 집에 관한 이야기 등을 했다. 여공들은 모두 그의 이야기를 듣기 좋아했다. 그녀들은 종종 폴의 주위를 둘러싸고 앉아서 그의 이야기를 웃으면서 듣곤 했다. 그녀들은 폴을 약간 괴짜지만 진실하고 명랑하며 유쾌한 성격으로 언제나 그녀들에게 성의 있게 대하는 소년이라고 생각했다. 여공들은 모두 폴을 좋아했으며 폴 또한 그녀들을 아꼈다. 폴은 자기가 폴리의 것인 것처럼 생각되었다. 그리고 숱이 많은 붉은 머리칼과 사과꽃 같은 얼굴, 속삭이는 듯한 목소리에 낡은 검은 옷을 입은 숙녀처럼 보이는 여공 코니는 그의 고상한 기분을 자극했다.

"당신이 앉아서 실을 감고 있는 것을 보면, 물레에 실을 잣고 있는 것 같아서…… 정말 좋아요. 당신은 테니슨의 '아서 왕 이야기' 여주인공인 일레인을 연상하게 해요. 당신을 한번 그리게 해주지 않겠어요?"

코니는 수줍은 듯 낯을 붉히고 폴을 힐끗 쳐다보았다. 그 후 폴은 그녀를 스케치해서 한 장을 소중히 간직했다. 그것은 코니가 물레 앞 의자에 앉아서 빛바랜 검은 웃옷의 등에 빨간 머리칼을 드리우고 붉은 입술을 엄숙하게 문 채 진실한 표정으로 새빨간 실을 타래에서 얼레로 감고 있는 모습을 그린 것이었다.

폴은 아름답지만 뻔뻔해서 항상 자기에게 아랫입술을 내밀어 보이는 루이와 곧잘 농담을 나누었다. 엠마는 수수하고 나이가 많은 겸손한 여자였다. 엠마는 폴을 낮춰 대하는 것이 자신을 기쁘게 만들었으나 폴은 그다지 마음에 두지 않았다.

"어떻게 바늘을 끼우죠?"

폴이 물었다.

"아무려면 어때. 저리 가 있어."

엠마가 대꾸했다.

"그렇지만 바늘을 어떻게 끼우는지 알아둬야 해요."

엠마는 이야기하는 동안에도 자기 기계를 열심히 돌렸다.

"알아둬야 할 건 그 밖에도 많이 있지 않을까?"

"그러니까 바늘을 어떻게 기계에 끼우는지 얘기해 주세요."

"정말 귀찮은 애로군. 자, 이렇게 하는 거야."

폴은 엠마를 주의 깊게 지켜보았다. 그때 갑자기 휘파람 소리가 들리더니 폴리가 나타나 똑똑한 음성으로 말했다.

"폴, 여기서 얼마나 더 놀고 있을 작정인지 패플워스 씨가 알고 싶어 하더군."

폴은 '안녕!'이라는 인사를 남기고 재빨리 층계를 뛰어 올라갔다.

"폴이 기계를 만지고 놀게 한 건 제가 아니에요."

엠마는 몸을 일으키면서 말했다.

여공들이 2시에 돌아오면 폴은 대개 3층 완성실에 있는 꼽추 패니에게 달려갔다. 패플워스 씨는 3시 20분이 되기 전에는 돌아오지 않았다. 그러나 그는 자기 조수가 패니 옆에 앉아서 이야기를 하거나 그림을 그리고 여공들과 노래를 하기도 하는 광경을 종종 목격했다.

흔히 패니는 잠시 주저한 뒤에 노래를 시작하곤 했다. 그녀는 아름다운 콘트랄토 목소리를 가지고 있었다. 모두 합창에 참여했고 노래는 훌륭했다. 얼마가 지나는 동안 폴은 이제 여섯 처녀들과 함께 있는 것이 아무렇지도 않아졌다.

노래가 끝나면 패니는 이렇게 말했다.

"날 비웃고들 있지, 다 알아."

"어리석은 소리 말아요, 패니!"

여공 하나가 소리쳤다.

한 번은 코니의 붉은 머리칼이 화제가 되었다.

"내 생각엔 패니의 머리가 더 좋은 것 같아."

엠마가 말했다.

"사람을 그렇게 놀려대지 마."

패니는 홍당무가 되어 말했다.

"놀리는 게 아니야. 패니의 머리칼은 예쁘죠, 폴? 머리칼이 참 아름답죠?"

"정말 아름다운 빛깔이에요. 흙빛처럼 차가운 빛깔이면서도 윤기가 있어서 마치 늪의 물빛 같아요."

폴이 대답했다.

"어머나!"

어떤 여공이 웃으며 외쳤다.

"얼마든지 혹평을 해요."

패니가 말했다.

"그렇지만 풀어내린 머리를 한번 봐요, 폴. 정말 아름다워요. 패니, 만약 폴이 그림을 그리고 싶어 하거든 그 머리를 풀어서 보여줘봐요."

엠마가 진지한 어투로 말했다. 패니는 싫다고 했지만, 마음속으로는 풀어서 보여주고 싶었다.

"그럼 내가 풀어볼까요?"

폴이 말했다.

"그러고 싶거든 풀어봐요."

패니가 흔쾌히 승낙했다. 이내 폴이 틀어올린 머리에서 조심스럽게 핀을 뽑자 한결같은 암갈색 머리칼이 그녀의 굽은 등 위로 흘러내렸다.

"아, 정말 아름다운 머리카락이에요!"

폴은 감탄사를 연발했다. 다른 여공들은 한 마디도 하지 않은 채 지켜보고 있었고, 폴은 감긴 머리카락을 손으로 쓸어내렸다.

"굉장해요."

폴이 머리카락의 향기를 맡으면서 덧붙였다.

"값으로 치면 문제없이 몇 파운드나 할 거예요."

"내가 죽으면 폴에게 남겨줄게."

패니는 반 농담으로 말했다.

"머리를 풀고 있으니까 다른 사람처럼 보이잖아."

한 여공이 다리가 긴 꼽추에게 말했다. 가엾은 패니는 늘 자신이 모욕을 받지는 않을까 병적으로 민감함을 보였다. 패니와 다른 여공들 사이에는 언제나 갈등이 있었고, 폴은 흔히 패니가 울고 있는 광경을 목격할 수 있었다. 그래서 그는 그녀의 슬픔을 들어주는 입장이 되었고 폴리와 함께 그녀를 위로해 주어야 했다.

폴의 회사 생활은 하루 하루 행복하게 지나갔다. 회사는 가족적인 분위기였으며 혹사를 당하거나 일에 몰리는 사람은 아무도 없었다. 폴은 우편물을 보낼 시간이 다가와서 일이 활기를 띠고 모든 사원들이 협력해 일을 하는 것이 즐거웠다. 그는 동료들이 일하는 모습을 지켜보는 것이 좋았다. 그 잠시 동안은 사람과 일이 일체가 되어 남자는 곧 일이고 일 또한 남자였다. 여공들의 경우는 달랐다. 일하는 중에는 진정한 여성다움은 찾아볼 수 없었고, 그것은 어딘가에 따로 떨어져서 일이 끝날 때까지 돌아오지 않았다.

폴은 밤에 집으로 가는 기차 속에서 언덕을 따라 촘촘히 수놓고 골짜기에서 융합된 시내의 불빛을 바라보곤 했다. 그는 생명이 가득 차오르는 느낌을 받았고 행복했다. 멀리 불웰에 이르기까지 등불은 유성에서 땅 위로 뿌려진 수많은 꽃잎처럼 여기저기 흩어져 있었다. 그리고 그 저편에는 용광로가 구름에 뜨거운 입김을 불어넣는 듯이 벌겋게 빛나고 있었다.

폴은 케스턴에서 집으로 돌아올 때까지 긴 언덕을 두 개 올라가고 낮은 언덕 두 개를 내려가 3킬로미터도 더 걸어야 했다. 그는 지친 걸음으로 언덕을 오를 때면 머리 위의 등불을 보면서 앞으로 몇 개나 더 지나면 꼭대기에 닿을 것인지 헤아렸다. 그리고 언덕 위에 이르면 10킬로미터 앞에 있는 마을들이 캄캄한 밤의 어둠 속에서 커다란 짐승의 무리와도 같이 빛나는 모습을 둘러보았다. 그것은 마치 발 아래 천국이 있는 것처럼 생각되었다. 말풀과 히노 시내의 불빛은 까마득한 어둠 속에 흩어져 반짝이고 있었다. 그리고 가끔 런던을 향해 남하하는 기차와 스코틀랜드로 북상하는 거대한 기차의 불빛으로 이 두 개의 도시 사이에 있는 골짜기의 어둠이 찢어지고 기워져 갔다. 기차는 암흑 속을 뚫는 총알처럼 수평으로 새빨간 불길을 내뿜고 온 골짜기 안에 소리를 울리면서 달려갔다. 기차가 지나고 나면 시내와 마을의 등불은 다시 조용히 반짝거렸다.

폴은 골짜기 반대편의 어둠이 내다보이는 집 모퉁이까지 왔다. 물푸레나무는 이제 친구처럼 생각되었다. 아들이 들어가자 어머니는 기뻐하며 일어섰다. 폴은 자신이 받은 8실링의 주급을 자랑스럽게 탁자 위에 내려놓았다.

"얼마나 도움이 될까요, 엄마?"

폴은 염려스러운 듯이 물었다.

"네 정기승차권과 점심값 등을 제하면 조금 남겠구나."

폴은 그날 있었던 여러 가지 일을 어머니께 이야기했다. 그는 매일의 이야기를 아라비안나이트처럼 밤마다 어머니에게 들려주었다. 아들의 이야기는 모렐 부인에게 있어서 마치 자기 자신의 삶인 것처럼 생각되었다.

6
가족의 죽음

아서 모렐은 이제 한창 자라나는 나이가 되었다. 아이는 아버지와 닮은 구석이 많아서 성미가 급하고 경솔하며 충동적이었다. 아이는 공부를 싫어했고 일을 해야 할 때에는 배겨내지 못하고 투덜거리다가 빠져나갈 기회만 있으면 얼른 놀러 나가버렸다.

외관상으로 아서는 미남이고 우아하며 생기에 차 있어서 집안의 꽃과 같은 존재였다. 암갈색 머리카락과 건강한 혈색, 긴 속눈썹 안에 담긴 굉장히 아름다운 암청색 눈과 시원스러운 태도, 불같은 기질을 가진 아이는 누구에게나 호감을 샀다. 그러나 성장함에 따라 아이의 기질은 불안정해져 갔다. 아무것도 아닌 일에 벌컥 짜증을 부리고 화를 냈으며 상대방이 난처해질 만큼 거칠게 보였다.

모렐 부인도 때로 아들에게 정나미가 뚝 떨어질 때가 있었다. 아이는 오직 자기 자신밖에 생각하지 않았다. 어떤 재미있는 일을 생각했을 때 그것에 방해가 되는 것이라면 설사 어머니라고 해도 미워했고 또 곤란한 일이 생기면 어머니에게 와서 매달리는 아들이었다.

언젠가 아서는 학교 선생님이 자기를 미워하는 것 같다고 불평을 한 적이 있었다. 모렐 부인은 아들에게 충고를 해주었다.

"아서야, 미움을 받기 싫거든 나쁜 점을 고치려무나. 만약에 고칠 수가 없다면 참아야 하지 않겠니?"

처음에 아서는 아버지를 사랑했고 아버지 역시 아이를 귀여워했으나 그는 점점 아버지를 혐오하게 되었다. 아서가 커감에 따라 모렐은 서서히 몸이 나빠졌다. 아름답고 동작도 훌륭했던 그의 몸은 나이와 더불어 수척해져서 살이 붙지도 않고 초라하고 비루해졌으며, 태도도 빈약하여 전혀 매력이 없어졌다. 그런데 이 초라한 늙은이가 어머니에게 나무라거나 명령하거나 하면 아서는 미친 듯이 화를 냈다. 게다가 아버지의 태도는 점점 더 나빠졌고 일상적인 습관은 참을 수 없이 고약해졌다. 아이들이 성장하여 사춘기라는 예민한 나이에 달했을 때 그들의 마음속에 아버지는 추악하고 눈에 거슬려 보였다. 가정에서의 그의 행동은 탄광에서 광부들을 대할 때와 마찬가지였다.

"더럽고 치사해."

아버지 때문에 구역질이 날 만큼 기분이 나빠지면 아서는 그렇게 소리치며 벌떡 일어나 그대로 밖으로 뛰쳐나가 버렸다.

모렐은 자식들이 자신을 싫어하면 할수록 더욱더 옹고집이 되어 갔다. 자식들이 열네댓 살이 되어 신경이 팽팽할 만큼 예민했던 시절에 모렐은 그들을 더없이 기분 나쁘게 하고 거의 미칠 것 같이 만듦으로써 일종의 만족감을 느끼는 듯이 보였다. 그래서 아버지가 늙어서 추하게 변해 버린 즈음 성장기에 들어선 아서는 누구보다도 아버지를 혐오했다. 그리고 아버지 역시 자식들에 대해 멸시와 혐오감을 느끼는 것 같이 보였다.

"자기 가족을 위해 나만큼 열심히 노력하는 사람은 없단 말이다! 있는 힘을 다한 끝에 겨우 개 같은 대접을 받다니. 하지만 분명히 말해두겠는데, 난 그런 걸 참을 수 없어."

이같은 위협에 대해 실제로 모렐이 한 짓은 가족들이 상상하고 있던 만큼 심하지 않았기에 가족들은 아버지를 가엾게 생각했다. 이제 모렐 가의 싸움은 아버지와 자식들 간의 실랑이가 되었고, 모렐은 자신의 주장을 세우기 위해 치사하고 아니꼬운 행동을 고집했다. 그런 까닭에 자식들은 아버지를 싫어하고 피했다.

결국 아서는 성질이 거칠어지고 불안정해졌다. 아서가 노팅엄에 있는 중학교에 장학금을 받고 입학하게 되었을 때 모렐 부인은 그것을 기회로 시내에 사는 이모 집에 아들을 맡겼고 주말에만 집에 오도록 했다.

애니는 아직 초등학교 보조교사로 주급 4실링을 받았다. 그러나 교원시험에 합격했기 때문에 곧 15실링을 받게 될 것이고 그러면 집안은 경제적으로 안정될 것 같았다.

모렐 부인은 이제 폴에게 의지했다. 그는 얌전하고 평범했으나 여전히 그림 그리기를 좋아했고 어머니에게 충실했다. 그가 하는 일은 모두 어머니를 위한 것이었다. 모렐 부인은 밤에 돌아오는 아들을 고대했고, 그가 돌아오면 그날 있었던 기분 나쁜 일이나 고민에서 해방되었다. 그는 어머니의 이야기를 진지하게 들어주었고 두 사람은 그들의 삶을 공유했다.

윌리엄은 그 검은 머리의 처녀와 약혼을 했고, 그녀에게 8기니[12]나 하는 약혼반지를 사주었다. 아이들은 이 엄청난 가격에 입이 떡 벌어질 만큼 놀랐다.

"8기니라고! 참 바보 같은 녀석이군. 그 돈의 얼마만 날 줘도 쓸모가 있었을 텐데."

모렐이 말했다.

---

12) guinea. 1663년 영국에서 처음 주조하여 1813년까지 발행한 금화로, 1기니는 1실링의 21배에 해당한다 — 옮긴이

"당신에게 그 돈의 얼마를 주라고요? 왜 당신에게 줘야 하죠?"

모렐 부인은 소리를 질렀다. 그녀는 남편이 약혼반지를 사주지 않았던 사실을 회상하고 비록 바보 같은 짓을 했을망정 쩨쩨하지 않은 윌리엄이 더 낫다고 생각했다. 그러나 이제 윌리엄은 약혼녀와 같이 간 댄스파티와 그 여자가 입었던 가지각색의 멋진 옷에 대한 이야기만을 편지에 써 보낼 뿐이었다. 그렇지 않으면 약혼녀와 굉장한 병사처럼 극장에 갔던 이야기를 즐거운 듯이 어머니에게 했다.

윌리엄은 약혼녀를 집에 데려오고 싶어 했고, 모렐 부인은 크리스마스에 오라고 답장을 보냈다. 이번에 윌리엄은 선물은 하나도 없이 약혼녀만 데리고 왔다. 모렐 부인은 저녁식사를 마련하고 있었다. 그녀가 발자국 소리를 듣고 일어나 문간으로 나가자 윌리엄이 들어왔다.

"오, 엄마!"

윌리엄은 재빨리 어머니와 키스하고 옆으로 비켜서서 멋진 흑백 체크무늬 옷에 모피코트를 입은 키가 크고 아름다운 처녀를 어머니에게 소개했다.

"지프예요."

웨스턴 양은 손을 내밀고 이를 드러내며 살짝 웃었다.

"처음 뵙겠습니다."

그녀가 외치듯이 말했다.

"시장하겠군요."

모렐 부인이 말했다.

"오, 아니에요. 기차에서 식사를 했어요. 당신, 혹시 내 장갑 가지고 있어요?"

몸집이 크고 굵직한 골격의 윌리엄 모렐이 재빨리 그녀를 보았다.

"내가 가지고 있다니?"

윌리엄이 반문했다.

"그럼 내가 잃어버렸나 봐. 화내지 말아요, 네?"

윌리엄은 잠깐 얼굴을 찡그렸지만 아무 말도 하지 않았다. 웨스턴 양은 부엌을 둘러보았다. 반짝반짝 빛나는 물푸레나무 가지나 그림 뒤에 있는 사철나무 잎과 나무 의자, 조그만 송판 탁자 등이 보이는 부엌은 그녀에게 좁고 이상한 곳으로 보였다. 그때 마침 모렐이 들어왔다.

"아버지, 안녕하셨어요?"

윌리엄이 인사를 했다.

"오냐, 잘 왔다."

두 사람은 악수를 나누었고, 윌리엄은 약혼녀를 소개했다. 웨스턴 양은 아까 모렐 부인에게 했던 대로 이를 드러내며 미소를 지었다.

"안녕하세요, 모렐 씨."

모렐은 비굴하게 허리를 굽혔다.

"네, 좋습니다. 당신도 좋은가 보군요. 편히 쉬어요."

"아, 고맙습니다."

웨스턴 양은 다소 재미나는 듯이 대답했다.

"위층에서 쉬도록 해요."

모렐 부인이 말했다.

"괜찮으시다면요. 하지만 수고를 하시게 해서 죄송해요."

"아니에요. 애니가 안내할 거예요. 여보, 당신이 짐을 올려다 주세요."

"옷 갈아입느라 한 시간이나 걸리지는 말아요."

윌리엄이 약혼녀에게 말했다.

내성적인 애니는 놋쇠 촛대를 들고 부끄러워 말도 걸지 못하면서 모렐 부인이 그녀를 위해 비워준 침실로 안내했다. 촛불에 비친 방

은 작고 썰렁해 보였다. 광부의 아내들은 극심한 병에 걸렸을 때가
아니면 침실에 난롯불을 지피지 않았다.

"짐을 풀까요?"

애니가 물었다.

"네, 고마워요!"

애니는 하녀처럼 시중을 들어주고는 더운 물을 가지러 아래층으
로 내려갔다.

"그 사람은 좀 지친 것 같아요, 어머니. 워낙 지독한 여행이었고
우린 무척 서둘렀거든요."

윌리엄이 말했다.

"뭐 필요한 건 없겠니?"

모렐 부인이 아들에게 물었다.

"없습니다. 걱정 마세요."

하지만 가족의 분위기는 어쩐지 쌀쌀했다. 반시간쯤 지난 뒤 웨스
턴 양은 광부의 집 부엌에 나타나기에는 너무나 지나치게 아름다운
보랏빛 옷을 입고 내려왔다.

"갈아입을 필요 없다고 했잖아."

윌리엄이 약혼녀에게 말했다.

"어머나, 당신!"

웨스턴 양은 예의 달콤한 미소를 보이며 모렐 부인을 돌아보았다.

"저이는 늘 잔소리만 한다고 생각하지 않으세요?"

"그래요? 그건 악취미인데."

모렐 부인이 말했다.

"정말 그래요!"

"춥지 않아요? 난로 가까이 오세요."

모렐 부인의 말이 떨어지기가 무섭게 모렐은 자신의 안락의자에

서 벌떡 일어났다.

"이리 와서 앉아요. 이리 와서 앉으라니까."

모렐은 큰 소리로 말했다.

"아니에요, 아버지. 아버지 의자에 앉아 계세요. 지프, 당신은 소파에 앉아요."

윌리엄이 말했다.

"아냐, 아냐, 이 의자가 가장 따뜻해. 웨스턴 양, 이리 와서 앉아요."

모렐이 다시 소리쳤다.

"정말 고맙습니다."

웨스턴 양 그 집안의 가장 윗자리인 모렐의 안락의자에 앉으며 말했다. 그녀는 부엌의 온기가 몸에 스미는 것을 느끼고 몸을 떨었다.

"손수건을 좀 갖다 주지 않겠어요?"

웨스턴 양은 윌리엄 쪽으로 입술을 내밀고 마치 방 안에 그들 둘만 있는 듯한 달콤한 목소리로 말했다. 그녀의 그런 태도에 다른 가족들은 그 방에 있어서는 안 될 것처럼 느꼈다. 이 젊은 숙녀는 그들을 같은 인간으로 보고 있지 않는 게 분명했고, 그 순간 그들은 그녀에게 있어서 단순히 생물에 지나지 않았다. 윌리엄도 그녀의 이런 행동에는 질려 있었다.

런던의 스트레섬에서 이런 집안을 방문한 것이라면 웨스턴 양은 아랫사람들에게 정중하게 대하는 귀부인과 같았을 것이다. 그러나 지금 이 집 식구들은 그녀에게는 분명 시골뜨기—다시 말해서 노동자 계층이었다. 무엇 때문에 이 사람들과 대등해질 필요가 있겠는가?

"내가 가져오겠어요."

애니가 말했다. 웨스턴 양은 마치 하인이 말한 것처럼 모르는 척 아무 대꾸도 하지 않았다. 그러나 애니가 손수건을 가지고 2층에서 내려오자 상냥하게 말했다.

"오, 고마워요."

웨스턴 양은 기차의 형편 없었던 식사라든가 런던 이야기, 댄스파티 이야기 등을 했다. 사실 그녀는 몹시 신경이 날카로워져서 불안한 마음에 이런 저런 이야기를 하고 있었던 것이다. 모렐은 그녀를 지켜보며 유창한 런던 사투리에 귀를 기울이면서 두껍게 말은 담배 연기를 뻐끔뻐끔 토했다. 가장 좋은 까만 블라우스를 입은 모렐 부인은 조용하고 짤막하게 대꾸했다. 세 아이들은 말없이 둘러앉아 그녀의 이야기에 감탄하고 있었다.

웨스턴 양은 마치 여왕 같았다. 그녀를 위해 찻잔, 스푼, 식탁보, 커피포트 등 무엇이든 가장 좋은 것을 내놓았다. 아이들은 웨스턴 양이 그것을 매우 굉장하게 느낄 것이라고 생각했다. 그녀는 이 가족들이 어떤 사람들인지, 어떤 식으로 대해야 할지 몰라 어리둥절한 기분이었다.

10시 경에 윌리엄은 약혼녀에게 말했다.

"지프, 피곤하지 않아?"

"네, 피곤해요."

웨스턴 양은 머리를 한쪽으로 기울이며 달콤한 목소리로 답했다.

"어머니, 방에 촛불을 켜주고 올게요."

윌리엄이 말했다.

"그래라."

웨스턴 양은 일어서서 모렐 부인에게 손을 내밀었다.

"안녕히 주무세요, 모렐 부인."

폴은 보일러 곁에 앉아서 보일러 꼭지로부터 흐르는 물을 도자기 맥주병에 담았다. 애니는 그 병을 광부용 낡은 플란넬 내의로 감싸

들고 어머니에게 안녕히 주무시라는 키스를 했다. 집 안에 방이 모자라서 애니는 손님과 같은 방에서 자기로 되어 있었다.

"잠깐 기다리렴."

모렐 부인이 말하자 애니는 더운 물병을 끌어안고 의자에 앉았다. 웨스턴 양은 집안의 모든 사람들과 한 차례 악수를 하여 사람들의 마음을 어색하게 만들어놓고는 윌리엄을 앞세워 부엌을 나갔다. 5분이 지나서 윌리엄은 다시 아래층으로 내려왔다. 그는 무엇 때문인지는 알 수 없었지만 어쩐지 약간 슬펐다. 그는 식구들이 모두 침실로 물러가고 어머니와 단 둘이 남게 될 때까지 거의 말이 없었다. 이윽고 그는 옛날처럼 벽난로 앞의 깔개 위에 두 다리를 벌리고 서서 주저하다가 이야기를 꺼냈다.

"그런데, 엄마."

"그래."

모렐 부인은 가장 좋은 비단 블라우스를 입고 흔들의자에 앉아 있었지만 윌리엄의 입장을 생각하자 어쩐지 모욕을 당한 듯한 심정이었다.

"그녀가 마음에 드세요?"

"음."

모렐 부인은 탐탁지 않은 듯이 대답했다.

"그 사람은 아직 수줍어하고 있어요. 이런 가정에는 익숙지 않은 거예요. 아시겠지만 이곳은 그녀의 고모네 집과는 다르거든요."

"물론 그럴 거다. 그 애도 퍽 난처했을 거야."

"그럴 거예요."

윌리엄은 잠깐 얼굴을 찌푸렸다.

"그렇게 거드름만 피우지 않아도 좋겠는데!"

"그건 낯선 곳이라 겸연쩍어서 그런 거란다. 곧 좋아질 거야."

"글쎄요, 그렇겠지요."

윌리엄은 고맙다는 듯이 대답했다. 그러나 이맛살은 쉽게 펴지지 않았다.

"그 사람은 어머니 같지 않아요. 진지한 면이 없고 차분히 생각할 수도 없다니까요."

"아직 젊지 않니, 원."

"네, 하지만 그녀에게는 가정교육이라는 것이 전혀 없어요. 어릴 때 어머니가 돌아가셨고 그 뒤로는 싫어하는 고모와 같이 살아왔어요. 아버지는 방탕한 사람이었고요. 그래서 사랑을 받지 못한 거예요."

"그래? 그럼 네가 더 잘해 줘야겠구나."

"그러니…… 어머니께서도 그녀의 이런저런 면들을 다 너그럽게 봐주세요."

"뭘 너그럽게 보라는 말이니?"

"모르겠어요. 하지만 그녀가 교양 없어 보이거든 깊이 생각하도록 교육해 줄 사람이 없었다고 생각해 주세요. 그녀는 절 대단히 좋아한답니다."

"그건 누구나 다 알 수 있단다."

"그렇지만 어머니…… 그녀는 확실히 우리와 달라요. 그녀와 같이 살아온 사람들은 우리와 다른 사고방식을 가진 사람들이에요."

"너무 그렇게 속단하지 마라."

모렐 부인이 말했다. 아들의 마음이 흔들리고 있는 듯했다.

이튿날 아침이 되자 윌리엄은 기운이 나서 노래를 부르고 신나게 집 안을 돌아다녔다.

"지프! 일어났어요?"

윌리엄이 계단에 앉아서 외쳤다.

"네."

희미하게 그녀의 목소리가 들려왔다.

"메리 크리스마스!"

윌리엄은 큰 소리로 말했다. 귀엽고 구슬 같은 그녀의 웃음소리가 방에서 들려왔다. 그러나 반시간이 지나도 그녀는 아래층에 내려오지 않았다.

"아까 일어났다고 했을 때 정말로 일어났던 거니?"

울리엄이 애니에게 물었다.

"응, 일어나려 하고 있었어."

애니가 대답했다. 윌리엄은 잠시 기다린 뒤 다시 계단으로 갔다.

"해피 뉴 이어!"

윌리엄은 소리를 질렀다.

"고마워요!"

멀리서 웃는 소리가 들려왔다.

"빨리 해요!"

애원하듯 윌리엄이 재촉했다. 벌써 한 시간 가까이 지났지만 그는 아직도 그녀를 기다리고 있었다. 언제나 6시 전에 일어나는 모렐이 시계를 쳐다보았다.

"이거 놀라겠는데!"

모렐이 외쳤다.

윌리엄을 제외하고 가족은 모두 아침식사를 마쳤다. 윌리엄은 계단으로 갔다.

"부활절 계란을 가지고 올라가야 하나?"

윌리엄은 약간 화를 내며 위층에 대고 소리를 질렀지만 그녀는 웃을 뿐이었다. 가족들은 그녀의 오랜 치장 뒤에 어떤 마술 같은 일이라도 일어나는 게 아닐까 하고 생각했다. 그제야 블라우스와 스커트를 입고 근사한 모습으로 나타난 그녀는 아름다워 보였다.

"정말 이제껏 준비를 한 건가?"

윌리엄이 물었다.

"아이 참, 그런 건 묻는 게 아니에요. 그렇죠, 모렐 부인?"

웨스턴 양은 처음에는 멋진 귀부인 행세를 했다. 그녀가 모피 외투와 런던에서 만든 의상을 입고 프록코트에 실크 모자를 쓴 윌리엄과 함께 교회에 갔을 때 폴과 아서와 애니는 사람들이 모두 감탄한 나머지 머리가 땅에 닿게 절이라도 하는 게 아닐까 생각했다. 그리고 모렐은 외출복을 입고 길가에 서서 화려한 한쌍이 걸어가는 것을 보았을 때 자신이 왕자와 공주의 아버지라도 된 듯한 기분이었다.

그러나 사실 웨스턴 양은 그렇게 당당하지는 못했다. 그녀는 약 1년 전부터 런던의 어느 사무실에서 비서나 서기 따위의 일을 하고 있었던 것이다. 그러나 모렐네 집안사람들에게는 마치 여왕 같은 태도를 취했다.

웨스턴 양은 가만히 앉아서 폴이나 애니를 하인처럼 부렸다. 모렐 부인에게는 수다를 떨고 모렐에게는 자기가 베푸는 양 굴었다. 그러나 하루이틀이 지나자 그녀는 태도를 달리하기 시작했다.

윌리엄은 언제나 그녀와 산책을 나갈 때면 폴이나 애니를 함께 데리고 가고 싶어 했다. 동생들과 함께 가는 것이 훨씬 재미있었다. 폴은 진심으로 '집시'를 숭배했다. 사실 그의 어머니는 그녀에 대한 폴의 태도를 용서할 수 없다고 생각했을 정도였다.

"오, 애니, 내가 숄을 어디에 뒀는지 알아?"

둘째 날 릴리 웨스턴이 애니에게 물었다.

"당신 침실에 있는 걸 알면서 왜 애니한테 묻는 거지?"

윌리엄이 반문하자 웨스턴 양은 기분이 상해서 아무 말도 하지 않고 위층으로 올라갔다. 윌리엄은 그녀가 자기 누이동생을 하녀처럼 취급하는 데 화가 났던 것이다.

셋째 날 밤, 윌리엄과 릴리는 어두운 거실의 난로 곁에 함께 앉아 있었다. 11시 15분 전에 부엌에서 모렐 부인이 난롯불을 휘젓는 소리가 들렸다. 윌리엄이 릴리와 함께 부엌으로 들어왔다.

"벌써 불을 묻을 만큼 시간이 늦었어요?"

윌리엄이 물었다. 모렐 부인은 혼자 앉아 있었다.

"그렇게 늦지는 않았다. 하지만 보통 때면 이제 슬슬 자러갈 시간이야."

"그럼 가서 주무세요."

하고 아들이 말했다.

"너희만 두고? 안 돼! 그건 안 된다!"

"우릴 믿지 못하세요, 어머니"

"믿을 수 있든 없든 간에 난 그렇게 하고 싶지가 않아. 아직 자고 싶지 않다면 11시까지 있어도 괜찮아. 난 책을 읽고 있을 테니."

"지프, 가서 자요. 어머니를 기다리시게 할 수는 없으니까."

윌리엄이 약혼녀에게 말했다.

"애니가 촛불을 켜놓았어요. 릴리 양 방은 어둡지 않을 거예요."

모렐 부인이 말했다.

"고맙습니다, 모렐 부인. 안녕히 주무세요."

윌리엄은 계단 밑에서 그의 애인과 키스를 했고 그녀는 2층으로 올라갔다. 이내 윌리엄은 부엌으로 돌아왔다.

"우리를 믿지 못하세요, 어머니?"

윌리엄은 약간 화가 나서 되풀이했다.

"글쎄, 모두가 잠든 뒤에 젊은 너희 둘만 아래층에 남겨둘 수는 없지 않니?"

윌리엄은 이 대답을 받아들이는 수밖에 없었다. 그는 어머니에게 안녕히 주무시라는 키스를 했다.

부활절 때 혼자서 돌아온 윌리엄은 애인 문제로 어머니와 끝없는 논쟁을 벌였다.

"저기, 어머니도 아시겠지만 전 릴리와 떨어져 있으면 그녀를 조금도 좋아한다고 생각하지 않아요. 다시 보지 않는다 하더라도 괜찮다고 생각해요. 하지만 저녁에 그녀와 함께 있으면 전 말할 수 없이 그녀가 좋아지고 말아요."

"겨우 그 정도 사랑으로 결혼하겠다는 건 이상하구나."

모렐 부인은 말했다.

"정말 묘해요."

그것은 윌리엄을 당혹스럽게 하고 갈팡질팡하게 만들고 있었다.

"그렇지만 우리들 사이에는 이제 많은 일이 있었어요. 그녀를 버릴 수는 없는 처지예요."

"그건 네가 가장 잘 알겠지. 하지만 네 마음이 지금 말한 그대로라면 그걸 사랑이라고 부르고 싶지는 않구나……. 어쨌든 그건 사랑이라고는 생각되지 않아."

"모르겠어요, 어머니. 그녀는 고아이고, 또…….."

두 사람은 결국 아무런 결론에도 도달할 수 없었다. 윌리엄은 어쩔 줄 모르고 초조한 것 같아 보였다. 어머니의 태도는 오히려 조심스러웠다. 윌리엄은 자신의 돈도 힘도 릴리 때문에 탕진해 버려서 집에 돌아와도 어머니를 모시고 노팅엄에 놀러갈 여유조차 없었다.

폴의 임금은 크리스마스부터 10실링으로 올랐고, 그는 매우 기뻐했다. 폴은 조던 사에서 즐겁게 일했지만 그의 건강은 오랜 시간의 노동과 어두운 실내에 거의 갇혀 있는 탓으로 점점 나빠지고 있었다. 그는 어머니에게 점점 더 중요한 존재가 되어 갔고, 그녀는 어떻게 하면 아들의 건강 문제를 해결할 수 있을까 고민했다.

월요일이면 폴은 오전에만 일했다. 5월의 어느 월요일 아침, 모렐 부인과 폴이 아침을 먹고 있을 때 그녀가 말했다.

"오늘 날씨가 아주 좋을 것 같구나."

폴은 놀라서 얼굴을 들었다. 뭔가 뜻이 담긴 말이었다.

"레이버스 씨가 새 농장으로 이사를 간 건 너도 알고 있지? 그런데 지난주에 그분이 날 보고 자기 부인에게 놀러오지 않겠느냐고 하기에 월요일에 날씨가 좋으면 너를 데리고 가겠다고 약속해 놓았다. 가보겠니?"

"야아! 멋있어요, 엄마! 그럼 오늘 오후에 가요?"

폴이 기쁜 표정으로 소리쳤다. 두 사람은 서둘러 역으로 갔다. 더비 거리에는 벚나무가 햇빛에 빛나고 있었다. 옛날에 노예시장이었던 광장 곁의 낡은 벽돌 벽은 타듯이 새빨개졌고, 봄은 한창이어서 풀밭과 나무에는 초록빛이 돋아나고 있었다. 그리고 큰길의 험한 언덕길은 싸늘한 아침 먼지를 쓴 채 한적했으며 그 위로 볕과 그늘이 무늬를 수놓았다. 나무들은 그 거대한 초록빛 어깨를 자랑스러운 듯이 늘어뜨리고 있었다. 그날 오전 내내 폴은 시골의 봄 풍경을 꿈꾸고 있었다.

폴이 오전 근무를 끝내고 집에 돌아와 보니 어머니는 약간 들떠 있었다.

"우리 가요?"

폴이 물었다.

"준비만 되면 곧."

모렐 부인이 대답했다. 잠시 후에 폴은 일어섰다.

"제가 설거지를 하는 동안 엄마는 가서 옷을 갈아입으세요."

폴은 그릇을 씻어서 정돈하고 어머니의 구두를 꺼냈다. 구두는 말끔했다. 모렐 부인은 깔끔한 사람이라서 진창을 걸으면서도 구두를 조금도 더럽히지 않을 수 있었다. 그러나 폴은 어머니를 위해서 구두를 닦지 않을 수 없었다. 구두는 양가죽으로 된 목이 긴 부츠로 8실링밖에 하지 않은 것이었다. 그러나 폴은 그것이 세상에서 제일 멋진 구두라고 생각했고, 마치 어떤 꽃이라도 되는 것처럼 정성을 다해 닦았다.

갑자기 모렐 부인이 문 안쪽에서 수줍어하며 나타났다. 그녀는 새 면 블라우스를 입고 있었다. 폴은 벌떡 일어나 앞으로 나아갔다.

"와, 놀랐어요! 굉장해요!"

모렐 부인은 장난으로 거만한 척하며 머리를 꼿꼿이 세웠다.

"뭐가 굉장하니! 아주 수수한 건데."

모렐 부인이 걷는 동안 폴은 내내 그녀 주위를 뛰어다녔다.

"이 옷이 좋니?"

모렐 부인은 매우 부끄러웠지만 뽐내는 태도로 물었다.

"정말 좋아요! 엄마처럼 아름답고 귀여운 여성과 함께 나들이를 가다니!"

폴은 뒤쪽으로 돌아가서 어머니를 찬찬히 바라보았다.

"글쎄, 제가 길을 걷다가 엄마를 뒤에서 봤다면 '저 자그마한 여자는 굉장히 뽐내고 있을 거야!'라고 생각했을 거예요."

"뽐내는 건 아냐. 옷이 잘 어울리는지 어떤지를 잘 모르겠단 말이야."

"천만에요! 엄마는 더러운 검은색 옷을 입고 마치 타다 남은 종이에 싸여 있는 것처럼 보이는 게 좋으세요? 이 옷은 정말 엄마한테 잘 어울려요. 정말 아름답게 보인다고요!"

모렐 부인은 자신도 잘 알고 있다는 듯이 귀엽게 코를 위로 치켜들고 말했다.

"이 옷은 겨우 3실링을 줬단다. 이 값으로는 기성복도 살 수 없어. 그렇지?"

"살 수 없고말고요."

"게다가 천도 좋잖니!"

"정말 좋아요."

블라우스는 하얀 바탕에 연보랏빛과 까만빛의 작은 나뭇가지 무늬가 있었다.

"하지만 내가 입기에는 너무 젊어 보이는 것 같아."

"엄마한테 젊게 보인다고요?"

폴은 화가 나서 소리를 질렀다.

"그런 말을 하시려거든 흰 가발을 사서 머리에 쓰는 게 어때요?"

"곧 가발 같은 건 살 필요도 없게 될 거다."

모렐 부인이 대답했다.

"희게 될 필요는 없어요. 전 하얀 머리의 엄마는 싫으니까."

"그래도 얼마 안 가서 받아들이게 될 거야."

모렐 부인은 어딘지 쌀쌀하게 말했다.

두 사람은 잘 차려입은 모습으로 출발했다. 햇볕이 내리쬐고 있어서 모렐 부인은 윌리엄이 선물한 양산을 쓰고 있었다. 폴은 체구는 크지 않았지만 어머니보다 훨씬 더 키가 컸다. 그는 의기양양하게 걸었다.

쉬고 있는 밭에서 어린 보리가 비단처럼 반짝이고 있었다. 민턴 광산은 하얀 증기를 깃털처럼 날려 올리며 기침하는 것 같은 쉰 소리를 내고 있었다.

"애, 저걸 좀 봐라!"

모렐 부인이 말했다. 거대한 광산의 능선을 따라 말과 작은 마차, 그리고 한 남자가 하늘을 배경으로 검게 떠오르며 느릿느릿 움직이고 있었다. 그들은 하늘을 향해 비탈면을 올라가고 있었다. 마침내 남자는 마차를 비스듬히 들어올렸다. 그러자 거대한 둑의 가파른 경사로 무엇인가 굴러 떨어지면서 덜커덕 하는 큰 소리가 들려왔다.

"엄마, 잠깐만 앉아 계세요."

아들이 그 모습을 재빨리 스케치하는 동안 모렐 부인은 둑에 앉아 있었다. 그녀는 푸른 들 가운데서 오후의 햇빛을 받아 반짝이는 빨간 시골집을 바라보았다.

"정말 멋지구나. 놀랍도록 아름다워."

"탄광도 그래요. 저렇게 높은 산처럼 쌓아올려져서 마치 동물처럼 보여요. 우리가 모르는 커다란 동물처럼 말예요."

"글쎄 말이다!"

"차례를 기다리고 있는 운반차들은 먹이를 기다리는 짐승처럼 보이고요."

"운반차들이 저렇게 서 있는 건 참 고마운 일이야. 저걸 보면 이번 주에도 일거리가 있다는 말이니까."

"전 활발하게 움직이는 것에서 남자 느낌이 풍겨서 좋아요. 저 운반차들은 남성다운 느낌이에요. 항상 남자들의 손으로 움직여지니까요."

"그렇구나."

두 사람은 큰 길의 가로수 밑을 걸었다. 폴은 쉴 새 없이 어머니에게 이야기를 했고, 모렐 부인은 기꺼이 아들의 이야기를 들어주었다. 그들은 햇볕이 가벼운 꽃잎처럼 살랑거리는 네더미어 호수를 지나갔다. 그리고 개인이 소유한 도로로 접어들자 깜짝 놀랄 만큼 큰 농장이 나타났다. 개 한 마리가 맹렬하게 짖었다. 한 여자가 나와서 이쪽을 보았다.

"이 길이 윌리 농장으로 가는 길인가요?"

모렐 부인이 물었다. 폴은 그곳에서 쫓겨나지 않을까 두려워 어머니 뒤에서 서성거렸다. 하지만 여자는 상냥하게 방향을 가르쳐주었다. 어머니와 아들은 밀밭과 귀리밭 사이를 지나고 작은 다리를 건너서 들판으로 나왔다. 물새 떼들이 하얀 가슴을 반짝이며 두 사람의 머리 위를 뱅뱅 날면서 시끄럽게 울어댔다. 호수는 푸르고 고요했다. 왜가리 한 마리가 머리 위를 높직이 날고 있었다. 앞쪽은 조용하고 푸른 숲이었다.

"자연 그대로의 거친 들길이에요, 엄마. 꼭 캐나다에 있는 것 같죠?"

"아름답구나."

모렐 부인이 주위를 둘러보면서 대답했다.

"저 왜가리 좀 보세요. 다리가 보이죠?"

폴은 어머니가 보았으면 하는 것은 무엇이든 손으로 가리켰다. 그리고 그녀는 매우 만족해 했다.

"하지만 이제…… 어느 쪽으로 가야 하나? 레이버스 씨가 숲을 지나서 오라고 말했는데."

두 사람의 왼편에 울타리가 쳐져 있는 어두운 숲이 있었다.

"제 생각엔 어쩐지 이게 샛길 같은데요? 하지만 엄마는 도시에서 자라서 다리가 약한 것 같아요."

그들은 작은 문을 발견하고 그곳을 지나 숲속의 널찍한 샛길로 나왔다. 한편은 구실잣밤나무와 소나무 숲이 있고 다른 쪽은 늙은 떡갈나무가 드문드문 서 있는 비탈이었다. 떡갈나무 사이에는 다갈색의 떡갈나무 낙엽이 바닥을 쫙 덮고 있었고 어린 오리나무 밑에 종 모양의 블루벨이 하늘색 무리를 이루며 피어 있었다. 폴은 어머니를 위해서 꽃을 꺾었다.

"꽃을 따왔어요."

폴은 물망초를 가져왔다. 그러나 일 때문에 거칠어진 손으로 자기가 가져온 작은 꽃다발을 들고 있는 어머니의 모습을 보자 그의 마음은 애틋함으로 또다시 아파 왔다. 그녀는 진정으로 행복했다.

그러나 숲속의 오솔길 저쪽에는 넘어야 할 울타리가 있었다. 폴은 단숨에 뛰어넘었다.

"이쪽으로 올라오세요. 제가 도와드릴 테니."

"괜찮아. 먼저 가거라. 나 혼자 어떻게든 넘어가마."

폴은 어머니를 도우려고 양손을 들고 울타리 아래에 섰다. 그녀는 조심조심 기어 올라갔다.

"울타리를 넘어야 하다니, 지독한 길이군요."

폴은 어머니가 무사히 땅에 내려서자 비난하듯 말했다.

"고약한 울타리로구나."

모렐 부인도 덩달아 소리쳤다.

"울타리를 못 넘다니, 어머닌 바보 같아요."

폴이 대답했다.

숲의 가장자리를 따라 전면에 농원의 나지막하고 붉은 건물들이 모여 있었다. 두 사람은 발걸음을 재촉했다. 숲과 높이가 같은 땅 위에 사과밭이 있고 사과꽃이 숫돌 위에 떨어지고 있었다. 산울타리 아래에 깊어 보이는 연못이 있고 떡갈나무가 그 위를 덮어씌우듯이 자라고 있었다. 암소 몇 마리가 나무 그늘 밑에 서 있었다. 농장과 건물은 그 네모진 땅을 삼면에서 둘러싸고 숲을 바라보며 햇볕을 받고 있었다. 주위는 매우 고요했다.

어머니와 아들은 낮은 울타리가 쳐진 뜰로 들어갔다. 빨간 자란화 향기가 풍겼다. 열려 있는 문 곁에는 식히려고 내놓은 밀가루투성이의 빵 몇 덩이가 있었다. 암탉 한 마리가 그것을 쪼아 먹으려고 다가오는데, 그때 현관에서 갑자기 더러운 앞치마를 두른 소녀가 나타났다. 열네 살쯤 되어 보이는 소녀는 장밋빛의 까무잡잡한 얼굴에 곱슬곱슬한 머리칼을 늘어트리고 매우 아름다운 순진한 검은 눈의 소유자였다. 소녀는 수줍은 듯도 하고 낯선 사람을 경계하는 듯도 하더니 문 안으로 쏙 들어가 버렸다. 그러자 몸집이 자그마하고 장밋빛 얼굴에 가냘프면서도 커다란 갈색 눈을 가진 여자가 나타났다.

"어머나, 오셨군요. 참 잘 오셨어요."

여자는 약간 홍조를 띠며 외쳤다. 그녀의 목소리는 친밀하고 조금 쓸쓸하게 들렸다.

모렐 부인과 여자는 악수를 나누었다.

"그런데 정말 방해가 되지 않을까요? 농장 생활이 바쁠 텐데요."

모렐 부인이 말했다.

"오, 아니에요! 귀한 손님을 맞아서 대단히 반가울 뿐인 걸요. 이곳은 무척 쓸쓸한 곳이에요."

"그렇겠군요."

모렐 부인이 대답했다. 그들은 응접실로 안내되었다. 그곳은 천장이 낮은 방으로 벽난로 위에는 커다란 까마귀밥나무 꽃다발이 꽂혀 있었다. 두 여자가 이야기를 하는 동은 폴은 밖으로 나가 숲과 농장을 둘러보았다. 그가 들에서 자란화 향기를 맡으며 농작물을 구경하고 있을 때 좀 전의 그 소녀가 재빠르게 나와 울타리 곁에 쌓여 있는 석탄더미를 향해 달려갔다.

"이거 겹장미야?"

폴이 울타리를 따라 심어져 있는 덤불을 가리키며 묻자 소녀는 놀란 듯이 커다란 갈색 눈으로 그를 마주 보았다.

"꽃이 피면 겹장미가 아닐까?"

폴이 말했다.

"모르겠어."

218

소녀는 어물어물했다.

"그건 속이 연분홍색인 하얀 꽃이야."

"그럼 그건 수줍은 소녀야."

낯을 붉히는 소녀의 얼굴은 아름답고 다정했다.

"난 모르겠어."

소녀가 말했다.

"너희 뜰에는 별로 나무가 많지 않구나?"

"여기 온 지 아직 1년밖에 안 됐어."

소녀는 다소 차갑고 얕보는 듯이 말하고 집 안으로 들어가 버렸다. 폴은 개의치 않고 다시 주위를 살펴보았다. 이윽고 레이버스 부인과 어머니가 밖으로 나왔고, 세 사람은 함께 농장 건물 사이를 돌아다녔다. 폴은 기뻐서 어쩔 줄을 몰랐다.

"부인은 닭이나 소와 돼지 등을 돌봐야 하지요?"

모렐 부인이 레이버스 부인에게 말했다.

"아니에요. 난 가축들까지 돌볼 틈도 없고 그런 일을 해본 적도 없어서요. 집안일을 하는 것만으로도 힘에 겨운 걸요."

몸집이 자그마한 레이버스 부인이 대답했다.

"그러실 거예요."

모렐 부인이 말했다.

얼마 뒤에 좀 전의 그 소녀가 다시 나왔다.

"차 준비가 다 되었어요, 엄마."

소녀는 노래하는 듯한 조용한 목소리로 말했다.

"고맙다, 미리엄. 곧 가마."

레이버스 부인은 딸의 환심을 사려고 하는 듯이 대답했다.

"차를 드시겠어요, 모렐 부인?"

"네, 준비가 되었다면 언제라도 들지요."

폴과 모렐 부인, 그리고 레이버스 부인은 함께 차를 마셨다. 그러고 나서 그들은 봄 도라지꽃이 만발해 있고 길에는 물망초가 숨이 막힐 정도로 향기를 뿜어내고 있는 숲으로 갔다. 어머니와 아들은 황홀함을 느꼈다.

그들이 집에 돌아와 보니 레이버스 씨와 그의 큰아들인 에드거가 부엌에 있었다. 에드거는 열여덟 살쯤 되어 보였다. 그리고 열두 살 된 제프리와 열세 살인 모리스가 학교에서 돌아왔는데 둘 다 몸집이 큰 소년이었다. 레이버스 씨는 장년의 잘생긴 남자로 금갈색 콧수염을 기르고 있고 고집이 센 듯이 눈이 위로 치켜져 있었다.

사내아이들은 폴에게 신경을 썼지만 폴은 그들의 태도를 알아채지 못했다. 소년들은 밖으로 나가서 달걀을 찾기 위해 온갖 곳을 뒤지고 다녔다. 그들이 닭 모이를 주고 있을 때 미리엄이 나타났다. 하지만 소년들은 미리엄을 모른 척했다. 한 마리의 암탉이 노란 병아리들과 함께 닭장에 있었다. 모리스가 손에 보리알을 한 주먹 들고 와서 암탉이 손바닥에서 그것을 쪼아 먹게 했다.

"너도 할 수 있어?"

모리스가 폴에게 물었다.

"해보자."

폴이 대답했다. 폴의 손은 작고 따뜻하며 재주가 있어 보였다. 미리엄이 지켜보는 가운데 그는 보리를 집어서 암탉에게 내밀었다. 암탉은 매섭고 빛나는 눈으로 폴이 내민 모이를 보더니 별안간 그의 손바닥을 쪼기 시작했다. 폴은 깜짝 놀라서 웃었다. 암탉은 콕콕콕! 하고 손바닥을 쪼았다. 폴은 또 웃었고 다른 소년들도 함께 따라 웃었다.

"쪼긴 하지만 다치게 하지는 않는구나."

암탉이 손바닥의 모이를 다 쪼아 먹자 폴이 말했다.

"자, 미리엄. 너도 왔으니까 한번 해봐."

모리스가 말했다.

"싫어!"

미리엄은 뒷걸음질 치며 소리를 질렀다.

"야아, 어린애, 겁쟁이."

형제들이 소녀를 놀려댔다.

"조금도 아프게 하진 않아. 기분이 좋을 만큼 깨무는 정도야."

폴이 말했다.

"싫어!"

미리엄은 까만 머리채를 흔들면서 몸을 옴츠리고 또 외쳤다.

"이건 할 수 없어. 겨우 시나 암송할 줄 알지, 다른 건 아무것도 못한 단 말이야."

제프리가 끼어들었다.

"울타리 문을 뛰어넘지도 못하고, 큰 소리도 낼 줄 모르고, 미끄럼도 탈 줄 모르고, 다른 계집애한테 맞아도 아무 말도 못해. 할 수 있는 일이라고는 자신이 잘났다고 생각하며 걸어다니는 것뿐이야. '호반의 미인'[13]이지. 용용!"

모리스가 다시 놀려대자 미리엄은 부끄러움과 슬픔으로 뺨이 새빨개졌다.

"난 너희들보다는 더 잘할 수 있어! 비겁하고 사람을 놀려 먹기밖에 못하면서."

미리엄이 소리쳤다.

"뭐, 비겁하고 사람을 놀려 먹기나 한다고?"

---

13) 영국의 시인이자 소설가인 월터 스콧(Walter Scott, 1771~1832)이 지은 서사시이다. 16세기 초 스코틀랜드의 캐스린 호반을 배경으로 미인 엘렌과 귀공자 맬컴 그레임의 사랑과 무용을 노래하였다 – 옮긴이

소년들은 뽐내며 조롱하는 듯이 미리엄의 말을 흉내냈다.

"이런 시골뜨기한테 화를 낸들 소용 있나, 시골뜨기는 대답도 못하지."

오빠 중 한 명이 소녀가 좋아하는 노래 구절을 거꾸로 인용해서 말하고 웃어대자 미리엄은 집 안으로 들어가 버렸다.

폴은 소년들과 함께 과수원으로 갔는데 그곳에는 소년들이 만들어 놓은 평행봉이 있었다. 그들은 자신들의 재주와 힘을 과시해 보였다. 폴은 힘에서는 별로였지만 민첩했다. 그는 머리 위로 낮게 늘어져 있는 가지에 핀 사과꽃을 손가락 끝으로 만져보았다.

"나라면 사과꽃은 따지 않겠어. 내년에 사과가 열리지 않으니까."

에드거가 말했다.

"꽃을 따려고 한 건 아니야."

폴은 대답한 뒤 그 자리를 떠났다. 소년들은 폴에게 적대감을 느꼈지만 그보다 자기네들의 장난에 정신이 없었다. 폴은 집으로 돌아와 어머니를 찾았다. 그가 집 뒤쪽으로 돌아가자 미리엄이 닭장 앞에서 손바닥에 옥수수를 얹어놓고 입술을 깨문 채 진지한 태도로 웅크리고 있었다. 암탉은 심술궂은 눈으로 소녀를 쳐다보았다. 소녀는 화가 난 듯이 손을 내밀었고 잠시 뒤 암탉은 뒤뚱뒤뚱 그녀에게 다가왔다. 소녀는 순간 무서움과 놀라움으로 소리를 지르며 얼른 뒤로 물러섰다.

"아프게 하진 않아."

폴이 말했다. 미리엄은 얼굴이 새빨개져서 일어섰다.

"난 그냥 시험 삼아 해보려고 했을 뿐이야."

미리엄이 낮은 목소리로 말했다.

"이것 봐, 아프지는 않아."

폴은 옥수수 알갱이를 두 개만 손바닥 위에 얹고 암탉에게 맨손바

닭을 콕콕 쪼게 했다.

"오히려 간지러울 정도야."

미리엄은 손을 내밀었다가 움츠리고, 다시 한 번 내밀어 보았다가 소리를 지르고 뒤로 물러섰다.

"나 같으면 얼굴에라도 얹고 쪼아 먹이겠는데. 정말 살짝 왔다 갈 뿐이야. 아주 깔끔하게 주워 먹어. 그렇지 않다면 항상 땅바닥을 잔뜩 파놓게?"

폴은 엄숙한 얼굴을 하고 지켜보았다. 마침내 미리엄은 자기 손바닥에 있는 모이를 닭이 쪼아 먹도록 하는 데 성공했다. 소녀는 두려움과 그로 인해 생긴 고통으로 약간 소리를 질렀다. 애처로운 소리였다. 그러나 그녀는 그 일을 해냈고 다시 한 번 닭에게 손바닥을 내밀었다.

"그거 봐, 아프지는 않지?"

폴이 말했다.

미리엄은 까만 눈을 커다랗게 뜨고 폴을 마주보았다.

"아프진 않아."

미리엄은 떨면서 웃었다. 그러고 나서 자리를 떠나 집 안으로 들어가 버렸다. 소녀는 어쩐지 폴에게 화를 내는 것 같았다.

'그는 나를 평범한 아이라고 생각하는 거야.'

미리엄은 폴에게 자기가 '호반의 미인'처럼 고귀한 인간임을 증명하고 싶었다.

폴이 집 안에 들어가 보니 어머니는 돌아갈 준비를 끝내고 있었다. 어머니는 아들을 보고 미소 지었다. 폴은 커다란 꽃다발을 들었다. 레이버스 씨 부부가 들판까지 그들을 배웅해 주었다. 언덕은 저녁 햇살을 받아 황금빛으로 물들어 있었다. 깊숙한 숲속에서는 봄 도라지꽃이 거무스름한 보랏빛으로 보였다. 사방은 완전히 고요해서 들리는 것은 바람결에 나뭇잎 흔들리는 소리와 새 우는 소리뿐이었다.

"정말 아름다운 곳이군요."

모렐 부인이 말했다.

"예. 토끼들만 아니면 참 좋은 곳입니다. 토끼란 놈들이 목초를 죄다 잘라먹어서 땅 빌린 값이나 나올지 모르겠어요."

레이버스 씨가 대답한 후 손뼉을 치자 들과 숲이 맞닿은 언저리가 흔들리더니 여기저기서 갈색의 토끼들이 사방으로 뛰어 달아났다.

"어머, 굉장히 많네요!"

모렐 부인이 놀라서 큰 소리로 말했다.

폴과 모렐 부인은 레이버스 부부와 헤어져 단 둘이 걸었다.

"참 아름답죠, 엄마?"

폴이 조용하게 말했다. 가느다란 달이 떠오른 모습을 보며 그는 너무 행복해서 마음이 아파올 지경이었다. 모렐 부인도 행복감으로 울고 싶은 심정이 되어 이야기를 계속하지 않을 수 없었다.

"나라면 레이버스 씨를 돕지 않았을까?"

모렐 부인이 말을 이었다.

"닭이랑 송아지를 돌봐 주는 일 말이야. 우유도 짜고 레이버스 씨와 이야기도 하고 함께 계획도 세우고. 내가 만약 레이버스 씨의 아내였다면 농장을 잘 꾸려나갔을 거야. 하지만 그의 부인에게는 이런 힘이 없어…… 너도 알겠지만 부인은 그런 짐을 질 수는 없는 사람이야. 만약 내가 레이버스 씨와 결혼했다면 난 그를 나쁜 남편이라고는 생각지 않았을 거야. 그녀가 그렇게 생각한다는 말은 아니야. 그녀는 매우 사랑스럽고 귀여운 여자야."

윌리엄은 성령강림절에 일주일의 휴가를 얻어 애인을 데리고 집으로 왔다. 아름다운 계절이었다. 대체로 매일 아침 윌리엄과 릴리와 폴은 산책을 나갔다. 윌리엄은 애인에게 자신의 소년 시절에 대한 이야기 외에는 별로 말을 하지 않았다. 폴은 두 사람에게 끊임없이 이야기했다. 세 사람은 모두 민턴 교회 근처의 목장에 드러누웠다. 캐슬 농장 쪽에 가로수로 심어진 포플러 나무의 잎이 바람에 아름답게 흔들리고 있었다. 산울타리에서 아가위 열매가 가끔 떨어지고 들판에는 납작한 실국화와 분홍색 울새꽃이 웃음을 터트린 듯 만발해 있었다.

윌리엄은 스물세 살의 청년으로 키는 컸지만 요즘 약간 말라서 핼쑥해진 것 같았다. 그는 릴리에게 손으로 머리카락을 만지작거리게 하면서 사색에 잠겨 있었다. 폴은 큰 실국화를 모으러 다녔다. 릴리는 모자를 벗었다. 그녀의 머리칼은 말의 갈기처럼 검었다. 폴은 돌아와서 그녀의 새까만 머리에 실국화를 꽂아주었다. 흰색과 노란색의 커다란 꽃송이들로 연분홍색의 울새꽃도 살짝 섞여 있었다.

"그렇게 하니까 젊은 마녀처럼 보여요. 형, 그렇지 않아?"

폴의 말에 릴리가 웃었고, 윌리엄은 눈을 뜨고 그녀를 바라보았다. 윌리엄의 눈에는 약간의 당혹스러운 기색과 격렬한 찬탄의 빛이 섞여 있었다.

"폴이 날 구경거리로 만들었군요."

릴리가 윌리엄을 내려다보며 웃었다.

"정말 그렇군."

윌리엄도 빙그레 웃음을 머금고 대답했다. 윌리엄은 다시 그녀를 바라보았다. 그녀의 아름다움이 자신에게 상처를 주는 것 같았다. 그는 꽃으로 장식한 그녀의 머리를 힐끗 보고 얼굴을 찡그렸다.

"예쁘게 보이는군. 만약 그렇게 보인다는 말을 당신이 듣고 싶은 거라면."

윌리엄이 말했다.

릴리는 모자를 쓰지 않고 그대로 걸었다. 윌리엄도 곧 기분을 회복했고 그녀에게 상냥한 태도를 보였다. 다리 위에 오자 그는 그녀와 자기 이름의 이니셜인 L. L. W과 W. M을 하트 모양 속에 새겨넣었다. 그녀는 글자를 새기고 있는 윌리엄의 주근깨가 있고 햇볕에 반짝이는 힘차고 신경질적인 손을 지켜보았다. 그녀는 그것에 매혹당한 것처럼 보였다.

윌리엄과 릴리가 머무는 동안 집안에는 늘 슬프고 따뜻하며 일종의 다정한 공기가 감돌았다. 그러나 윌리엄은 가끔 신경질을 부렸다. 릴리는 8일 동안 머무는 데 다섯 벌의 옷과 여섯 벌의 블라우스를 가져왔다.

"이 블라우스 두 벌과 이것들을 좀 빨아주겠어?"

릴리가 애니에게 말했다.

다음날 아침 윌리엄과 릴리가 외출하자 애니는 옷들을 빨았다. 이 모습을 본 모렐 부인은 매우 화를 냈고 윌리엄 역시 누이동생을 대하는 약혼녀의 태도에 그녀를 미워했다.

일요일 아침, 마치 새의 깃털 빛과 같은 푸른색의 펄럭펄럭한 얇은 비단 옷을 입고 대부분 진홍색 장미꽃으로 뒤덮인 크림색 모자를 쓴 릴리는 매우 아름답게 보였다. 모든 사람의 칭찬으로도 모자랄 지경이었다. 그런데 저녁에 외출할 때 그녀는 다시 물었다.

"당신, 내 장갑 가지고 있어요?"

"어떤 장갑?"

윌리엄이 물었다.

"새로 산 까만 산양 가죽 장갑 말이에요."

"아니."

모든 식구들이 그녀가 잃어버린 것이 분명한 가죽 장갑을 찾기 시작했다.

"저래요, 어머니. 크리스마스가 지나고 벌써 네 번째나 잃어버린 거예요……. 한 켤레에 5실링이나 하는데."

윌리엄이 말했다.

"당신이 사준 건 그중 두 켤레밖에 안 돼요."

릴리가 항의했다.

그날 밤 식사 후 릴리가 소파에 앉아 있는 동안 윌리엄은 난로 앞의 깔개 위에 서 있었다. 그는 그녀를 증오하는 것 같았다. 그날 오후에 그는 그녀를 집에 두고 혼자서 옛 친구를 만나러 갔고, 그녀는 앉아서 책을 보고 있었다. 저녁을 먹은 뒤 윌리엄은 편지를 쓰려고 했다.

"릴리, 여기 책이 있어요. 그동안 읽고 있지 않겠어요?"

모렐 부인이 말했다.

"아니에요. 그냥 앉아 있겠어요."

릴리는 흥미가 없다는 듯 대답했다.

"그럼 너무 지루하지."

"책을 읽어요? 글쎄요. 그녀는 이때까지 한 번도 책 같은 건 읽은 적이 없어요."

윌리엄은 화가 난 듯이 굉장한 속도로 편지를 휘갈겨쓰고 봉투를 봉하면서 말했다.

"뭐라고!"

어머니는 아들의 과장된 말에 화가 나서 말했다.

"정말이에요, 어머니! 그녀는 책을 읽지 않아요."

자리에서 벌떡 일어난 윌리엄은 예전부터 그의 자리인 벽난로 깔개 위에 우뚝 서서 큰 소리로 말했다.

"평생 책을 읽은 적이 없다니까요."

"그럼 나와 같군 그래. 책을 코앞에 대고 있어도 뭐가 쓰여져 있는

지 모르는 나하고 마찬가지야."

모렐이 맞장구를 쳤다.

"하지만 그런 말을 하면 못 쓴다."

모렐 부인은 아들에게 말했다.

"그렇지만 정말이에요, 엄마……. 릴리는 책을 읽지 못해요. 릴리에게 어떤 책을 주셨어요?"

"애니 스완의 가벼운 소설책을 줬어. 일요일 오후 같은 때 딱딱한 책을 읽고 싶어 하는 사람은 아무도 없으니까."

"내기를 해도 좋지만 릴리는 열 줄도 안 읽었을 걸요."

"넌 잘못 알고 있어."

모렐 부인이 말했다. 그러는 동안 릴리는 소파에 초라하게 앉아 있었다.

"좀 읽었어?"

윌리엄이 그녀 쪽으로 빙 돌아서며 물었다.

"네, 읽었어요."

"얼마나?"

"몇 페이지인지는 모르겠어요."

"그럼 무슨 이야기인지 한 가지라도 말해 봐요."

릴리는 아무 말도 하지 못했다. 그녀는 두 페이지 이상 읽은 적이 없었다.

윌리엄은 대단한 독서가이며 날카롭고 예민한 이해력을 가지고 있었다. 이에 반해 릴리가 할 수 있는 것이란 단지 연애나 하고 재잘거리는 일뿐이었다. 윌리엄은 자기 생각을 어머니 마음속에 옮겨넣어 생각하는 습관이 있었다. 그래서 그가 정신적 반려자로서의 여성을 요구하는 데 반해 릴리는 애무나 하고 잡담이나 하는 애인이 되어주기를 원했으므로 그는 자기 약혼자를 증오하게 되었다.

윌리엄과 릴리가 런던으로 돌아갈 때 모렐 부인은 그들과 노팅엄까지 함께 갔다. 케스턴 역까지는 먼 길이었다.

"어머니, 릴리는 천박해요……. 어떤 일이라도 깊이 생각할 줄 모르죠."

윌리엄이 말했다.

"아들아, 그런 말은 하지 않았으면 좋겠구나."

모렐 부인은 곁에서 걷고 있는 릴리 때문에 매우 불쾌한 기분으로 대꾸했다.

"하지만 릴리는 그런 여자예요. 지금은 깊이 사랑에 빠져 있지만 제가 죽으면 석 달도 못 가서 절 잊을 거예요."

모렐 부인은 두려움을 느꼈다. 아들의 조용하지만 비통한 말에 그녀의 심장은 무섭게 뛰었다.

"네가 어떻게 아니? 넌 모르는 일이야. 모르면서 그런 말을 할 권리는 없어."

"저이는 늘 그런 말만 해요."

릴리가 소리를 질렀다.

"내가 무덤 속에 묻히면 석 달도 못 가서 당신은 새로운 애인을 만들고 나 같은 건 잊어버릴 거야. 그게 소위 당신의 사랑이지!"

모렐 부인은 노팅엄에서 그들이 기차에 오르는 것을 보고 집으로 돌아왔다.

"그래도 한 가지 위안은 있다."

모렐 부인은 폴에게 말했다.

"윌리엄은 절대로 결혼할 수 있을 만큼의 돈을 장만하지 못할 거라는 점이야. 그건 확실해. 릴리의 낭비가 윌리엄을 구해 줄 거야."

모렐 부인은 그런 생각으로 위안을 삼았다. 사태는 아직까지 그렇게 절망적이지 않았다. 그녀는 아들이 결코 릴리와는 결혼하지 않으리라고 굳게 믿었다. 그녀는 그렇게 되기를 기다렸고 폴을 마음의 벗으로 삼고 지냈다.

여름 내내 윌리엄의 편지는 열에 들떠 있는 듯한 투였다. 그는 부자연스럽고 격렬했다. 간혹 그의 편지는 과장된 쾌활함을 보이기도 했지만 보통은 신랄하고 애처로웠다.

"윌리엄은 자기 사랑에 어울리지 않는 여자 때문에 자신을 망쳐 버리고 있는 것 같은 생각이 들어. 그래, 그 여자는 넝마로 만든 인형과 같아."

윌리엄은 집으로 돌아오고 싶어 했다. 그러나 여름 휴가는 이미 지나가 버렸고 크리스마스까지는 한참이 남아 있었다. 그는 10월 첫주 거위 축제[15]가 열리는 토요일과 일요일을 이용하여 집에 갈 수 있다고 말하면서 아주 흥분한 투로 편지를 썼다.

"어디가 아픈가 보구나."

집에 온 윌리엄을 보자 모렐 부인이 말했다. 그녀는 아들을 다시 곁에 두자 눈물이 날 지경이었다.

"이제 괜찮아요. 지난달은 한 달 내내 감기가 떨어지지 않았지만 이제 좋아질 것 같아요, 엄마."

윌리엄이 말했다.

맑은 10월의 날씨였다. 윌리엄은 학교에서 도망쳐 나온 학생처럼 매우 열광적으로 기뻐했다. 그러고는 다시 입을 다물고 말없이 가라앉았다. 그는 요전보다 훨씬 여위었고 눈에는 쇠약한 빛이 있었다.

"너무 과로한 탓일 거야."

모렐 부인이 아들에게 말했다. 윌리엄은 결혼할 돈을 마련하기 위해서 다른 일을 더 하고 있다고 말했다. 그가 어머니와 이야기한 것

---

15) 스페인 바스크 지방의 해안마을인 레케이티오에서 매년 9월 1일부터 8일까지 산안톨린 축제가 열리는데 이 행사의 하이라이트로 거위 축제라는 행사가 있다 – 옮긴이

은 딱 하루, 토요일 밤뿐이었고 그때 그는 애인에 대해 고민과 다정함을 보였다.

"그렇지만 어머니, 역시 내가 죽으면 릴리는 두 달 동안은 몹시 낙심하다가 차차 나를 잊기 시작할 거예요. 두고 보시면 아시겠지만 내 무덤을 보러 한 번도 오지 않을 거예요. 단 한 번도 말이에요."

"원, 애야. 네가 죽기는 왜 죽니. 그런 말은 하지 마라."

"그러나 어떻든……."

"그 애에게는 어쩔 수 없는 일이야. 원래가 그런 사람이니까. 그리고 만약 네가 그 애를 아내로 택한다면…… 불평할 수 없잖니?"

일요일 아침에 칼라를 끼던 윌리엄이 턱을 들어 보이고 말했다.

"어머니, 좀 봐주세요. 칼라에 긁혀서 상처가 났나 봐요!"

턱과 목의 경계에 크고 빨간 염증이 생겨 있었다.

"칼라가 그런 상처를 낼 리가 없지. 자, 우선 이 연고를 좀 발라두렴. 칼라는 다른 걸로 갈아 끼우고."

윌리엄은 일요일 밤에 런던으로 출발했다. 그는 집에서 지낸 이틀 동안 원기를 회복하고 기분도 좋아진 듯싶었다.

화요일 아침, 런던에서 윌리엄이 위독하다는 전보가 왔다. 마루를 닦고 있던 모렐 부인은 일어나서 전보를 읽고, 이웃 사람을 부르고, 집 주인의 부인에게 가서 1파운드를 빌리고, 옷을 갈아입고 집을 떠났다. 그녀는 급히 케스턴 역으로 가서 노팅엄에서 런던행 급행열차를 탔다. 노팅엄에서는 거의 한 시간이나 기다려야 했다. 까만 보닛을 쓰고 몸집이 작은 모렐 부인은 구내 운반인들을 붙들고 런던 교외의 엘머스 엔드에 어떻게 가야 하는지 열심히 물었다.

기차 여행은 세 시간이 걸렸다. 모렐 부인은 꼼짝도 않고 멍하니 좌석에 앉아 있었다. 종점인 킹스 크로스에 내려서도 엘머스 엔드로 가는 길을 아는 사람을 찾지 못했다. 잠옷과 빗, 브러시가 들어 있는

실로 짠 가방을 들고 모렐 부인은 이 사람 저 사람에게 물어보고 다녔다. 마침내 그녀는 겨우 사람들에게 물어 가며 지하철을 타고 캐넌 스트리트에 도착했다.

모렐 부인이 윌리엄의 하숙집에 도착한 것은 6시였다. 블라인드는 내려져 있지 않았다.

"상태가 어떤가요?"

모렐 부인이 물었다.

"좋지 않아요."

하숙집 안주인이 대답했다.

그녀는 안주인을 따라 2층으로 올라갔다. 윌리엄은 충혈된 눈에 창백한 얼굴로 침대에 누워 있었다. 이불은 다 차버려져 있었고 방 안에는 온기가 없었다. 침대 머리맡에는 우유 한 잔이 놓여 있을 뿐이었다. 아무도 그의 곁에 있지 않았던 것이다.

"왜 그러니, 윌리엄!"

모렐 부인은 용기를 내어 물었지만 아무 대답이 없었다. 윌리엄은 어머니를 향해 얼굴을 돌렸지만 알아보지 못하는 듯했다. 그리고 나서 그는 흐릿한 목소리로 편지 문구를 되풀이하듯 중얼거리기 시작했다.

"이 선박의 화물칸 내 침수로 인해 설탕이 굳어서 바위같이 변해 버렸다. 깰 필요가 있다."

윌리엄은 거의 의식이 없었다. 런던 항구에 입하되는 설탕 같은 화물을 검사하는 것이 그의 일이었던 것이다.

"언제부터 이런 상태였던 거죠?"

모렐 부인이 하숙집 안주인에게 물었다.

"월요일 아침 6시에 돌아왔는데 하루 종일 자는 것 같았어요. 그리고 밤에는 무슨 이야기 소리가 들렸고 오늘 아침에 어머니를 찾더군요. 그래서 내가 전보를 치고 의사를 불러왔지요."

"난롯불을 좀 피워주시겠어요?"

모렐 부인은 아들을 진정시키려고 여러모로 달래보았다. 이내 의사가 왔고, 폐렴이라는 진단을 내렸다. 그리고 특이한 단독(丹毒)이 칼라에 긁힌 턱밑에서 발생하여 온 얼굴에 퍼졌다고 했다. 의사는 단독이 뇌에까지 퍼지지 않기를 바란다고 말했다.

모렐 부인은 침착하게 간병을 시작했다. 그녀는 윌리엄의 회복을 빌었고 아들이 의식을 되찾아 어머니를 알아보게 해달라고 기도했다. 그러나 그의 얼굴은 더욱더 핏기를 잃어 갔다. 밤의 장막 속에서 그녀는 윌리엄과 함께 싸웠다. 윌리엄은 헛소리를 계속하고 의식을 회복하지 못했다. 그리고 새벽 2시 경에 무서운 경련을 일으키는 것을 끝으로 명을 달리했다.

모렐 부인은 하숙방에서 한 시간 가량 꼼짝도 않고 앉아 있었다. 그리고 나서 그녀는 하숙집 사람들을 깨웠다.

6시 쯤 모렐 부인은 하녀의 부축을 받아 입관 준비를 했다. 그리고 그녀는 쓸쓸한 런던 거리를 걸어서 관청과 의사를 찾아갔다.

9시에 고향 스카질 거리에 있는 집에 새로운 전보가 배달되었다.

어젯밤 윌리엄 사망. 현금 지참해 아버지 상경 바람.

애니와 폴과 아서는 집에 있었으며 모렐은 일을 하러 나가고 없었다. 세 아이들은 한 마디도 하지 않았다. 애니는 두려움으로 훌쩍거리기 시작했고 폴은 아버지를 부르러 나갔다.

맑게 갠 아름다운 날씨였다. 브레티 광산에서 피어오르는 하얀 중기가 고요한 푸른 하늘의 햇볕 속에 천천히 녹아들고 있었다. 기계 굴대받이의 바퀴는 높은 곳에서 번쩍였고 화차 속에 석탄을 걸러 넣는 채가 분주하게 소리를 내고 있었다.

"아빠를 만나러 왔어요. 아빠가 런던으로 가셔야 해요."

폴은 탄광에서 처음 만난 사람에게 말했다.

"월터 모렐 말이지? 저리 가서 조 워드에게 말해라."

폴은 제일 꼭대기에 있는 작은 사무실로 들어갔다.

"우리 아빠를 만나러 왔어요. 아빠는 런던에 가셔야 해요."

"네 아버지? 지금 굴에 들어가 있나? 아버지 이름이…… 뭐지?"

"모렐 씨예요."

"뭐? 모렐? 무슨 사고가 생겼니?"

"아빠가 런던에 가셔야 해요."

그 사람은 굴 속의 사무실에 전화를 걸었다.

"월터 모렐을 찾아주시오. 무연탄 42호굴. 누가 나쁜 모양이야. 여기 그 아들이 와 있소."

그는 폴을 돌아다보며 말했다.

"곧 올라올 거다."

폴은 탄광 입구를 서성거리며 승강기가 석탄을 담은 탄차를 싣고 올라오는 광경을 지켜보았다. 거대한 철제 바구니 같은 승강기가 올라와서 멈추고, 석탄이 가득 실린 탄차가 내려지고 대신 빈 탄차가 실렸다. 그리고 어디선가 벨소리가 들리고 승강기는 약간 올라가더니 돌처럼 뚝 떨어졌다.

폴은 윌리엄이 죽었다는 사실을 실감할 수 없었다. 이렇게 분주하고 시끄러운 곳에서 죽음을 느끼는 것은 불가능했다.

승강기에서 탄차를 끌어내는 사람이 작은 탄차를 돌려 회전대 위에 올려놓자 다른 사람이 그것을 밀고 둑 위의 휘어진 선로를 달려갔다.

윌리엄은 죽고 엄마는 런던에 있다. 지금 엄마는 무엇을 하고 있을까? 폴은 마치 그것이 수수께끼나 되는 듯 자신에게 묻고 또 답하고 있었다.

폴은 연달아 올라오는 승강기를 지켜보았으나 아버지는 아직 올라오지 않고 있었다. 마침내 탄차 곁에 서 있는 남자의 모습이 보였다. 승강기가 멈추었고 모렐이 걸어나왔다. 그는 사고를 당한 뒤 약간 절룩거렸다.

"폴, 너냐! 네 형이 많이 안 좋은 게냐?"

"아빠가 런던에 가셔야 해요."

두 사람은 탄광에서 나왔다. 사람들이 호기심 어린 눈으로 그들을 바라보았다. 선로의 한편에는 가을 햇볕을 받고 있는 들판이 있었고 다른 편에는 탄차들이 담장처럼 늘어서 있었다. 모렐은 겁에 질린 듯한 목소리로 물었다.

"설마 죽은 건 아니겠지?"

"죽었어요."

"언제?"

모렐의 음성은 두려움으로 떨리고 있었다.

"어젯밤이에요. 엄마가 전보를 보냈어요."

모렐은 몇 발자국 걷더니 손으로 눈을 가리고 탄차에 기대섰다. 울고 있는 것은 아니었다. 폴은 주위를 돌아보며 아버지가 움직이기를 기다렸다. 무게를 재는 중량기 위로 탄차 한 대가 천천히 밀려 올라갔다. 폴은 지친 듯이 탄차에 기대 서 있는 아버지의 모습을 제외한 모든 것을 보았다.

모렐은 전에 단 한 번 런던에 가본 적이 있었다. 그는 겁에 질리고 초췌해져서 아내를 돕기 위해 런던으로 출발했다. 그날은 수요일이었고 집에는 아이들만 남았다. 폴은 일을 하러 가고 아서는 학교에 가고 애니는 집에 친구를 불러서 함께 있었다.

토요일 밤, 폴이 케스턴 역에서 집으로 돌아오면서 집 근처 골목을 꺾었을 때 레슬리 브리지 역에서 나오는 어머니와 아버지가 보였다. 두 사람은 지친 모습으로 서로 떨어져서 어둠 속을 묵묵히 걷고 있었다. 폴은 두 사람이 다가오기를 기다렸다.

"엄마!"

폴의 목소리가 어둠 속에서 공허하게 울렸다. 하지만 모렐 부인의 작은 몸은 그 소리를 듣지 못한 듯 아무런 반응이 없었다. 폴은 다시 불렀다.

"폴이냐!"

맥이 빠진 모렐 부인은 아들의 키스를 받으면서도 그의 존재를 인식하지 못하는 것 같았다.

집에 와서도 모렐 부인의 작은 몸은 하얗게 질려서 아무것도 알아보지 못하고 아무 말도 하지 않았다. 다만 남편에게 이렇게 말했을 뿐이다.

"월터, 관이 오늘밤에 여기로 올 거예요. 누구 도와줄 사람을 찾아 줘요."

그런 다음 아이들에게 짧막하게 한 마디만 했다.

"윌리엄은 집으로 오기로 했다."

이내 모렐 부인은 두 손을 무릎 위에서 잡아쥐고 말없이 허공을 바라보며 다시 무감각한 상태로 돌아갔다. 폴은 어머니를 보면서 숨이 막히는 것을 느꼈다. 집 안은 죽은 듯이 적적했다.

"저는 출근했었어요."

폴이 우울한 목소리로 입을 열었다.

"그랬니."

모렐 부인은 힘없이 대답했다.

반시간이 지난 뒤 모렐은 당황하고 난처해하면서 들어왔다.

"관이 오면 어디에 놓지?"

모렐이 아내에게 물었다.

"응접실에요."

"그럼 탁자를 치워야겠구먼."

"그래요."

"그리고 의자를 늘어놓을까?"

"거기다 말이죠. ……네, 그래요."

모렐과 폴은 촛불을 들고 응접실로 갔다. 그 방에는 가스등이 없었다. 아버지는 나사를 풀어 커다란 타원형의 마호가니 탁자의 윗부분 판자를 떼어내고 방 가운데를 넓혔다. 그러고 나서 관을 놓을 수 있도록 여섯 개의 의자를 서로 마주보게 놓았다.

"윌리엄이 이렇게 큰 줄은 몰랐구나."

모렐이 걱정스러운 듯이 말했다. 폴은 들창으로 가서 밖을 내다보았다. 물푸레나무가 광대한 어둠을 등지고 괴물처럼 시커멓게 서 있었다. 희미하게 달 밝은 밤이었다. 폴은 어머니에게 돌아갔다.

10시에 모렐이 소리를 질렀다.

"왔다!"

식구들 모두 깜짝 놀랐다. 현관문의 걸쇠를 벗기고 자물쇠를 여는 소리가 난 뒤 어두운 밤을 몰아내고 있던 문이 안쪽으로 열렸다.

"촛불을 하나 더 가져오너라."

모렐이 소리치자 애니와 아서가 촛불을 가져왔고 폴은 어머니를 따라갔다. 그는 팔로 어머니의 허리를 감아 안고 문 안쪽에 서 있었다. 정리된 응접실 중앙에 여섯 개의 의자가 마주 놓여 있었다. 레이스 커튼이 드리워져 있는 창가에 아서가 촛불을 들고 있었고 열어놓은 현관문 곁에는 애니가 놋쇠 촛대를 들고 앞으로 몸을 숙여 어둠을 밝히고 있었다.

이내 마차 소리가 시끄럽게 들려왔다. 폴은 어두운 바깥의 아래쪽 길에 검은 마차를 끌고 오는 말과 한 개의 램프불, 그리고 몇 사람의 창백한 얼굴을 볼 수 있었다. 광부 몇 사람이 모두 셔츠 바람으로 어둠 속에서 무거운 것을 나르고 있는 것 같았다. 곧 두 남자가 몸을 굽힌 채 무거운 관을 지고 나타났다. 모렐과 그의 이웃이었다.

"자!"

모렐이 숨을 헐떡이며 말했다. 그와 이웃집 남자는 가파른 돌계단을 올라와 불빛 속에 나타났다. 관 끝이 어렴풋이 빛났다. 다른 사람들이 뒤를 받치고 올라오는 것이 보였다. 앞에 선 모렐과 번즈가 비틀거리자 커다란 관이 흔들렸다.

"천천히! 천천히!"

모렐은 괴로운 듯이 소리를 질렀다. 여섯 명의 남자가 관을 높이 떠메고 작은 뜰로 올라왔다. 현관문까지는 세 걸음밖에 남지 않았다. 마차의 노란 램프불이 쓸쓸히 어두운 아랫길에서 빛나고 있었다.

"자, 그럼!"

모렐이 말했다. 사람들이 관을 들고 세 계단을 올라오기 시작했다. 애니의 촛불이 깜빡깜빡 흔들렸고 그녀는 앞장 선 두 사람이 나타나자 훌쩍거렸다. 여섯 사람의 팔다리와 푹 숙인 머리들이 그들의 살아 있는 육체 위에 얹힌 슬픔의 화신 같은 관을 떠메고 힘겹게 계단을 올라왔다.

"오, 내 아들! 내 아들!"

모렐 부인은 남자들이 계단을 올라오면서 그들의 어깨 높이가 달라서 관이 흔들릴 때마다 부드럽게 노래하듯 말했다.

"오, 내 아들…… 내 아들…… 내 아들!"

"엄마!"

폴이 어머니의 허리를 안고 울면서 말했지만 모렐 부인의 귀에는 들리지 않았다.

"오, 내 아들, 내 아들!"

모렐 부인은 되풀이해서 구슬픈 소리를 토해냈다.

폴은 아버지의 이마에서 땀방울이 흘러내리는 것을 보았다. 마침
내 관을 멘 여섯 남자가 방으로 들어섰다. 웃옷을 벗은 채 지쳐서 무
거운 짐을 버티고 있는 여섯 명의 남자는 가구를 들이받을 정도로
방 안에 가득 찼다. 관은 방향을 바꾸고 의자 위에 가만히 안치되었
다. 땀이 모렐의 얼굴에서 관 위로 떨어졌다.

"정말 무겁군."

한 사람이 말하자 다섯 명의 광부들은 한숨을 짓고 머리를 숙였
다. 그들은 너무 힘을 쓴 나머지 몸을 떨면서 문을 나가 계단을 내려
갔다.

번질번질 윤이 나는 커다란 관과 함께 가족들만이 객실에 남았다.
윌리엄은 관에 누웠을 때 6피트 4인치나 됐다. 밝은 갈색의 육중한
관은 기념비처럼 누워 있었다. 폴은 이 관을 다시 밖으로 떠메고 나
가는 일은 없으리라고 생각했다. 그의 어머니는 그 번들번들한 관을
쓰다듬고 있었다.

윌리엄은 월요일날 들판 너머에 있는 언덕 중턱의 작은 묘지에 묻
혔다. 그곳에서는 커다란 교회와 집들이 내려다보였다. 그날은 햇볕
이 따스하고 밝은 날씨로 흰 국화꽃들이 묘지 주위에 피어 있었다.

그 이후 모렐 부인은 아무리 위로를 해도 말을 하거나 인생에 대
해 밝은 흥미를 가지려고 하지 않았다. 그녀는 집에 틀어박혀 생활
했다. 런던에서 집으로 돌아오는 동안 그녀는 기차 속에서 내내 이
렇게 말하고 있었다.

"내가 대신 죽었더라면 좋았을 것을!"

어느 날 밤 폴이 집으로 돌아왔을 때, 모렐 부인은 그날 할 일을

마치고 양손을 덥수룩한 앞치마 위에 얹고 가만히 앉아 있었다. 이전에 그녀는 언제나 일을 마치면 옷을 갈아입고 검은 앞치마를 두르고 있었다. 저녁 준비는 애니가 하고 그녀는 입을 꽉 다문 채 멍하니 앞만 바라보고 있었다. 폴은 어머니에게 이야기할 만한 재미난 일이 없을까 하고 열심히 생각했다.

"엄마, 오늘 조던 씨 부인이 회사에 와서 탄광을 그린 제 스케치를 보고 아름답다고 했어요."

그러나 모렐 부인은 그다지 관심이 없었다. 어머니가 듣고 있지 않음에도 매일 밤 폴은 애를 써서 여러 가지를 이야기했다. 어머니의 이같은 상태는 폴을 거의 미칠 지경으로 몰아갔다.

마침내 폴이 물었다.

"엄마, 왜 그러세요?"

그녀는 듣지 않았다.

"무슨 일이에요? 엄마, 왜 그러세요?"

폴은 다시 물었다.

"너도 알고 있잖니."

모렐 부인은 신경질적으로 대답하고 돌아앉아 버렸다.

폴은—그는 열여섯 살이었다—쓸쓸한 기분으로 잠자리에 들었다. 그는 혼자인 듯한 비참한 기분으로 10월, 11월, 12월을 보냈다. 모렐 부인도 기운을 내려고 애를 썼지만 허사였다. 그녀는 비참하게 죽어간 아들만을 생각하고 있을 뿐이었다.

마침내 12월 23일, 폴은 크리스마스 축하금 5실링을 주머니 속에 넣고 어두운 기분으로 집에 돌아왔다. 모렐 부인은 아들를 보자 심장이 딱 멎는 것 같았다.

"왜 그러니?"

모렐 부인이 물었다.

"몸이 좋지 않아요, 엄마. 조던 씨가 크리스마스 축하금으로 5실 링을 주었어요."

폴은 떨리는 손으로 그것을 어머니에게 건네주었다. 모렐 부인은 그것을 탁자에 놓았다.

"엄마는 기쁘지 않아요?"

폴은 책망하듯이 말했다. 그러나 그는 심하게 떨고 있었다.

"어디가 아프니?"

아들의 외투 단추를 풀어주면서 모렐 부인이 물었다. 그것은 폴이 어릴 적부터 늘 들어온 질문이었다.

"몸이 별로예요, 엄마."

모렐 부인은 아들의 옷을 벗기고 침대에 눕혔다. 의사는 그가 폐 렴에 걸렸으며 위험하다고 말했다.

"이 아이를 집에 두고 노팅엄으로 일하러 보내지 않았더라면 폐 렴 따위에는 걸리지 않았을까요?"

모렐 부인이 의사에게 건넨 첫 질문이었다.

"글쎄, 그랬더라면 이렇게 심하지는 않았을지도 모르죠."

의사가 대답했다. 모렐 부인은 이 모두가 다 자신의 잘못이라고 생각했다.

"죽은 자식 생각만 하지 말고 산 자식 일을 생각했어야 했어."

모렐 부인은 자신을 타일렀다.

폴의 상태는 심각했다. 모렐 부인은 매일 밤을 아들의 곁에서 함 께 잤다. 집안 형편에 간호사를 부를 수도 없었다. 점점 상태가 나빠 진 폴에게 위기가 닥쳐왔다. 그러다 어느 날 밤 갑자기 그는 생명이 분해되는 무서운 고통 속에서 의식을 회복했다. 육체의 모든 세포가 심한 흥분으로 붕괴되는 것 같았고 그의 의식은 미친 듯이 최후의 힘을 짜내어 불타올랐다.

"이제 저는 죽을 거예요, 엄마!"

폴이 베개 위에서 헐떡이며 소리쳤다.

"오, 내 아들…… 내 아들!"

모렐 부인은 아들을 안아 일으키며 작은 목소리로 울부짖었다. 그 울부짖음이 그의 의식을 회복시킨 듯 폴은 그녀를 알아보았다. 그의 온 의지가 머리를 쳐들고 그를 붙들었다. 그는 머리를 그녀의 가슴에 기대고 평온하게 어머니의 사랑 속에 잠겼다.

"어떤 의미에서는 폴이 그해 크리스마스에 앓았던 게 다행한 일이었어요. 내 생각에는 그 일이 아이의 어머니를 구했다고 믿습니다."

폴의 이모는 말했다.

폴은 7주 동안 병석에 누워 있었다. 그는 자리에서 일어났지만 창백하고 쇠약해진 상태였다. 아버지는 폴에게 진홍색과 황금색의 튤립 화분을 사다주었다. 창가에 놓은 그 튤립들이 그가 소파에 앉아서 어머니와 이야기를 나눌 때 3월의 햇볕을 받아 불타듯이 빛났다. 두 사람은 굳은 애정으로 완전하게 결합되었다. 모렐 부인의 삶은 이제 폴에게서 보람을 찾고 있었다.

윌리엄의 말은 예언처럼 들어맞았다. 모렐 부인은 크리스마스 때 웨스턴 릴리 양으로부터 작은 선물과 편지를 받았다.

어젯밤 저는 댄스파티에 나갔습니다. 재미있는 사람들이 많이 와서 무척 재미있게 보냈습니다. 저는 한 번도 쉬지 않고 어떤 춤이든 다 췄어요.

모렐 부인은 그 이후 그녀의 소식을 전혀 듣지 못했다.

모렐 내외는 윌리엄을 잃은 뒤 얼마 동안 다정하게 지냈다. 모렐은 가끔 넋을 놓은 것처럼 눈을 크게 뜨고 멍하니 방 저편을 바라보곤 했다. 그러다가 벌떡 일어나서 스리 스포츠 술집으로 급히 갔지만 취하지 않고 돌아왔다. 그러나 그는 그 후 죽는 날까지 결코 쉐프스톤 쪽으로는 산책을 가지 않았다. 그곳은 전에 아들이 일했던 사무실을 지나가야 했기 때문이었다. 또한 묘지 근처에도 가까이 가지 않았다.

제**2**부

7
소년과 소녀의 사랑

폴은 그해 가을에 여러 차례 윌리 농장을 다녀왔다. 그는 이제 농장의 두 소년과 친구가 되었다. 처음에 에드거는 좀처럼 그와 사귀려 들지 않았고 미리엄 또한 그의 접근을 거부했다. 이 소녀는 자기 형제들에게 무시당하는 것만큼 그에게 무시당하는 것을 두려워했다.

미리엄은 공상적인 마음을 가진 소녀였다. 그녀의 생각에는 투구를 쓰거나 모자에 깃털을 꽂고 있는 기사들에게 사랑받는 월터 스콧의 작품 속 여주인공이 어디에나 있는 것 같았다. 그녀는 스스로를 마법에 걸려서 돼지치기로 변신한 공주쯤 된다고 상상했다. 그녀에게 폴은 월터 스콧의 소설 속에 등장하는 영웅처럼 생각되었다. 그녀는 그림을 그리고 프랑스어도 할 줄 알고 대수의 의미를 알고 매일 노팅엄까지 기차를 타고 다니는 폴이 그녀가 사실은 공주인 것을 모르고 그저 돼지치기 소녀로만 생각하지는 않을까 두려워했다. 그런 이유로 그녀는 폴을 멀리했다.

미리엄의 가장 친한 친구는 어머니였다. 두 여자는 똑같이 갈색 눈에 신비주의적인 사고방식을 가지고 있었다. 그들은 가슴 속에 간직한 종교라는 보물만을 소중하게 여기고 그로 인해 생활 전체는 희미하게밖에 볼 줄 모르는 여자들이었다.

미리엄은 거대한 저녁노을이 서쪽 하늘을 새빨갛게 물들일 때 그리스도와 신이 일체의 거대한 모습으로 보이고 그 존재를 바르르 떨면서 열광적으로 사랑했다. 또한 아침 햇볕에 나뭇잎이 반짝이며 흔들릴 때는 월터 스콧의 작품에 등장하는 에디스라든가 루시, 로웬나, 브라이언 드 부아 길버트, 롭 로이스 등을 떠올렸고 눈이 오는 날에는 자기 침실에 그런 인물들이 고귀하고 조용하게 앉아 있는 것처럼 느꼈다. 미리엄의 생활은 그런 것이었다. 그 이외의 시간에 소녀는 집에서 억척같이 일했고, 막 닦아놓은 깨끗한 마루를 형제들이 들일하는 장화로 흙투성이를 만들지 않는 한 개의치 않았다.

미리엄은 네 살 난 어린 남동생을 사랑했고 숨이 막힐 만큼 꼭 끌어안기를 미칠 듯이 갈망했다. 소녀는 경건한 마음으로 고개를 다소곳이 숙이고 교회에 나갔다. 하지만 합창단 소녀들의 저속함을 목격하거나 부목사의 야비한 음성을 들으면 괴로워서 몸을 떨었다. 그녀는 형제들을 짐승 같다고 생각했고 그들과 늘 싸웠다. 또한 그녀는 신비스러운 감정을 가슴에 소중하게 간직하는 일도 없고 단지 가능한 한 편하게 지내는 시간만을 찾으며 배가 고플 때는 먹는 것밖에 생각하지 않는 아버지를 존경하지 않았다.

미리엄은 돼지치기라는 자신의 상황이 싫어서 죽을 지경이었다. 소녀는 사람들의 존경을 받고 싶었다. 그녀는 폴처럼 메리메[16]의 단편 소설인 〈콜롱바(Colomba)〉나 메스트르[17]의 수필인 〈내 방 주위로

---

16) 프로스페 메리메(Prosper Mérimée, 1803~1870). 프랑스의 소설가이자 역사가이다. 〈콜롱바〉는 복수를 위해 살인을 저지르도록 오빠에게 강요하는 코르시카의 한 젊은 아가씨를 묘사한 작품이다 - 옮긴이

17) 그자비에 드 메스트르(Xavier de Maistre, 1763~1852). 프랑스 작가로 J. M. de 메스트르의 동생이다. 프랑스혁명에 반대하여 러시아로 망명하였다. 언급된 수필은 4시간 동안 높은 건물의 지붕 다락방에서 시간과 공간에 구애없이 자유로운 상상의 여행을 펼치는 내용이다 - 옮긴이

의 여행(Voyage Autour de ma Chambre)〉같은 책을 읽을 수 있게 된다면 세상이 자신을 좀 더 다른 눈으로 보고 좀 더 깊은 존경심을 가지고 대할 것이라 생각하니 공부를 하고 싶어졌다. 소녀는 부와 지위로 공주와 같은 존경을 받을 가능성은 없었다. 그래서 긍지를 갖기 위해 지식을 갖추기를 갈망했다. 왜냐하면 자신은 보통 사람들과는 다른 사람이며 평범한 인간과 동일시되어서는 안 되기 때문이었다. 지식만이 그녀가 간절히 원하는 다른 사람들과의 차이를 분명하게 보여주는 유일한 길이었다.

자기가 가진 아름다움 ─ 내성적이고 야성적이며 예민한 감정으로 떨리고 있는 아름다움은 그녀 자신에게 가치 없는 것으로 여겼다. 시적인 것에 열중하는 자기의 격렬한 정신조차도 그녀의 자랑이 되지는 못했다. 그녀는 다른 사람과 다르다고 생각했기 때문에 자기의 자부심을 강하게 만들어줄 무엇인가를 몸에 지니고 싶었다.

미리엄은 동경의 눈으로 폴을 바라보았다. 그녀는 대체로 남자라는 종(種)을 멸시했다. 그러나 폴은 다른 종류의 남자였다. 그는 민감하고 경쾌하며 우아하고 다정할 수도 있고 슬픔을 느낄 줄 알며 또한 머리도 좋고 아는 것이 많으며 형제를 잃은 경험도 있는 남자였다. 폴이 가지고 있는 초라한 지식의 단편이 그녀의 눈에는 마치 하늘과 같은 높이에 있는 것처럼 과장되어 비쳐졌다. 그럼에도 불구하고 그녀는 폴이 자기가 공부라는 것은 알지 못하고 평범한 돼지치기 소녀로밖에 보지 않기 때문에 그를 의식적으로 멸시하려고 무척 애를 썼다. 사실 폴은 그녀를 별로 눈여겨보지 않았다.

그 무렵 폴은 심한 병에 걸렸고, 미리엄은 그가 쇠약해질 것이라고 생각했다. 그러면 소녀는 그보다 강해질 것이고, 그렇게 되면 그를 사랑하게 될 수 있을지도 모른다고 생각했다. 만약 그가 약해진 상태에서 그의 애인이 되고 그를 보살필 수 있고 그를 두 팔에 안을 수 있게 된다면 나는 얼마나 그를 사랑할 것인가!

하늘이 맑아지고 매화꽃이 피기 시작할 무렵이 되자 폴은 우유장수의 육중한 짐마차를 타고 윌리 농장에 갔다. 마차가 신선한 아침 공기 속으로 언덕을 천천히 올라오자 레이버스 씨는 다정하게 소리치면서 그를 맞이하고 말[馬]에게도 인사를 건넸다. 봄 경치 속에 부풀어올라 보이는 언덕 너머로 흰 구름이 몰려가고 있었다. 아래쪽에는 네더미어 호수의 수면이 시든 초원과 가시나무를 비추면서 푸르디푸르게 누워 있었다.

폴은 7킬로미터나 되는 길을 마차를 타고 왔다. 산울타리의 작은 장미들은 고동색 비슷한 초록빛 작은 꽃망울들이 싱싱하게 피어나고 있었고 개똥지빠귀가 노래하고 두견새들은 날카로운 소리로 울었다. 신선한 매력이 넘치는 계절이었다.

미리엄은 부엌 창문으로 내다보다가 아직 잎이 나지 않은 떡갈나무 숲을 등진 농장의 하얀 대문 안으로 말이 걸어 들어오는 것을 보았다. 그리고 마차에서 두터운 외투를 입은 폴이 내렸다. 그는 붉은 얼굴의 선량해 보이는 농부가 내려주는 지팡이와 담요를 받기 위해서 양손을 들었다.

미리엄은 현관을 나왔다. 그녀는 곧 열여섯 살이 되려는 매우 아름답고 발그레한 얼굴빛을 하고 있었으며 자태는 침착하고 그 눈은 때때로 무엇엔가 열중하는 듯이 커졌다.

폴은 수줍은 듯이 외면을 하며 말했다.

"수선화가 거의 피었어. 너무 빠르지 않아? 추운 것 같이 보여."

"추운 것 같다고?"

미리엄은 음악적이고 애무하는 듯한 목소리로 말했다.

"봉오리는 파란데……."

폴은 말을 꺼내다가 머뭇거리며 이내 입을 다물었다.

"담요를 들어줄게."

미리엄은 매우 정중하게 말했다.

"뭐, 내가 들고 가지."

폴은 좀 기분이 상한 듯 대답했다. 그러나 그는 담요를 그녀에게 건네주었다. 그때 레이버스 부인이 나왔다.

"피곤하지? 온 몸이 얼었겠구나. 자, 외투는 벗어서 이리 주렴. 무겁지 않니? 이대로 입고 멀리 걸으면 안 돼."

레이버스 부인은 폴이 외투 벗는 것을 거들어주었다. 그는 이러한 친절에 익숙하지 않았고, 그녀는 외투의 무게에 깜짝 놀란 듯했다.

"여어, 웬일이오. 당신 힘에는 짐이 좀 과하지 않소?"

마차를 몰고 가던 레이버스 씨가 커다란 우유깡통을 흔들며 부엌으로 들고 가면서 말했다.

레이버스 부인은 폴을 위해서 소파를 고쳐주었다. 부엌은 매우 좁고 불규칙하게 정리되어 있었다. 이 농장은 원래 어느 노동자의 집이었는데, 가구들도 낡고 닳아 있었다. 그러나 폴은 그것이 좋았다. 그리고 부대자루로 만든 난로 깔개도, 계단 밑에 있는 재미난 구석도, 그 구석 안쪽에 붙어 있는 조그마한 유리창도 좋았다. 그 창에서 몸을 조금 숙이면 뒤뜰의 저편에 있는 귀여운 둥근 언덕이 보였다.

"좀 눕지 않겠니?"

레이버스 부인이 말했다.

"괜찮습니다. 시골에 오는 것은 참 좋아요. 산사나무 덩굴에 꽃이 피어 있고 미나리아재비도 많이 피어 있더군요. 날씨가 좋아서 너무 기뻐요."

"먹을 것이나 마실 것을 좀 줄까?"

"아니요, 괜찮아요."

"어머니는 안녕하시고?"

"요즘은 피곤하신 것 같아요. 워낙 하실 일이 많으시거든요. 얼마 있다가 스케그니스 해수욕장에 모시고 갈 생각이에요. 그러면 좀 쉬실 수 있을 거고, 어머니가 가실 수 있었으면 좋겠어요."

"그래, 네 어머니가 병이 나지 않는 게 이상할 정도지."

미리엄은 점심 준비를 하느라 부산하게 움직이고 있었다. 폴은 거기서 일어나는 일을 모두 지켜보았다. 그의 얼굴은 파리하게 야위었으나 눈만은 여전히 전과 다름없이 민첩하고 생기에 차 있었다. 그는 커다란 스튜 냄비를 나르거나 냄비 속을 들여다볼 때의 미리엄의 이상하고 거의 열광적인 움직임을 지켜보았다. 모든 것이 규칙적으로 행해지는 것처럼 보이는 자기 집과는 분위기가 달랐다.

밖에서는 정원의 장미덤불 잎을 뜯어 먹으려고 다가가는 말에게 레이버스 씨가 큰 소리를 지르자 미리엄은 마치 무엇인가가 자기 세계를 뚫고 뛰어 들어오기라도 한 것처럼 깜짝 놀라 까만 눈으로 주위를 둘러보았다. 집 안에도 밖에도 어떤 신비스러운 기운이 감돌았다. 미리엄은 환상적인 꿈 이야기에 나오는 마법에 걸린 소녀처럼 신비한 먼 나라를 꿈꾸는 듯이 보였다. 그리고 그녀의 빛바랜 낡은 푸른색 드레스와 다 떨어진 구두는 코페투아 왕[18]이 사랑했다는 거지 소녀의 남루한 누더기 옷을 생각나게 했다.

미리엄은 갑자기 폴의 예리한 푸른 눈이 그녀를 남김없이 빨아들이려는 것처럼 지켜보고 있는 사실을 깨달았다. 그러자 곧 자기의 떨어진 구두와 헤진 옷 때문에 그녀는 마음이 상했다. 그녀는 자기가 하는 일을 염치없이 전부 지켜보고 있는 폴에게 화가 났다. 그는 미리엄의 스타킹이 흘러 내려와 있는 것도 알고 있었다. 그녀는 얼

---

18) 19세기 영국의 화가 콜리 번존스(Edward Coley Burne-Jones, 1833~1898)의 작품 〈코페투아 왕과 거지 소녀〉에 나오는 상상 속의 아프리카 왕이다. 평소 여자를 멀리 하던 그는 어느 날 거지 소녀를 보고 사랑에 빠진다 – 옮긴이

굴이 빨개져 수채가로 달아났다. 그 뒤로 그녀의 손은 일을 하면서도 떨렸다. 그녀는 손으로 만지는 물건마다 모두 떨어트릴 것만 같았다. 그녀의 마음속의 꿈이 흔들리자 그녀의 몸은 공포로 떨렸다.

레이버스 부인은 할 일이 있었지만 한참 동안이나 앉아서 폴과 이야기를 나눴다. 그녀는 지나치게 예의바른 사람이라서 그를 혼자 내버려둘 수가 없었다. 이윽고 부인이 미안하다고 말하고 일어났고 잠시 뒤에 놋쇠 소스 냄비를 들여다보았다.

"어머나, 미리엄! 감자가 다 눌어붙었구나!"

레이버스 부인은 딸에게 소리를 질렀다. 미리엄은 바늘에 찔리기나 한 것처럼 깜짝 놀랐다.

"정말이에요, 엄마?"

"너한테 맡기지 않았더라면 좋았을 걸 그랬구나."

레이버스 부인은 냄비를 자세히 들여다보았다. 미리엄은 까만 눈이 둥그레지고 한 대 얻어맞은 것처럼 온 몸이 뻣뻣해지며 그 자리에 못 박힌 듯 서 있었다.

"하지만, 분명히 5분 전에 보았는걸요."

미리엄은 부끄러움에 어쩔 줄 몰라 하며 대답했다.

"그래, 감자는 금세 눌어붙는단다."

"그리 많이 타지는 않았어요. 이 정도면 괜찮지 않을까요?"

폴이 말하자 레이버스 부인은 애처로운 갈색 눈으로 그를 바라보았다.

"남자애들만 아니라면 아무런 문제도 없지만, 감자가 타는 날엔 애들이 미리엄에게 야단을 부리거든."

레이버스 부인이 폴에게 설명을 해주었다.

'그러면 어머니가 애들을 단속해야지요.'

폴은 마음속으로 생각했다.

잠시 후 가죽 각반을 차고 장화는 진흙투성이인 채 에드거가 들어왔다. 그는 농부치고는 몸집이 작고 태도가 조금 딱딱한 편이었다. 폴을 힐끔 쳐다본 에드거는 쌀쌀하게 고개를 까딱 숙이고 말했다.

"점심 준비는 다 됐어?"

"응, 다 되어 간단다."

레이버스 부인이 변명하는 듯한 투로 대답했다.

"아아, 배고프다."

에드거가 신문을 집어들고 읽으면서 말했다. 이내 다른 식구들도 함께 돌아왔다. 점심이 차려졌고 모두들 정신없이 식사를 했다. 지나치게 조용하고 억지로 꾸민 듯한 예절 때문에 아들들은 오히려 더 난잡하게 식사를 했다. 감자 하나를 입에 넣은 에드거는 토끼처럼 입을 빠르게 움직이다가 화난 듯이 어머니를 보고 말했다.

"엄마, 감자가 탔어요!"

"응, 잠깐 정신을 팔았더니 그랬구나. 입에 맞지 않거든 빵을 먹으려무나."

에드거는 화가 나서 테이블 저편의 미리엄을 쏘아보았다.

"넌 뭘 하느라 감자 냄비도 제대로 안 본 거야?"

미리엄은 얼굴을 들었다. 그녀는 입을 벌리고 까만 눈을 분노로 빛냈지만 잠깐 머뭇거리다 아무 말도 하지 않았다. 그녀는 분노와 부끄러움을 꿀꺽 삼키며 고개를 숙였다.

"미리엄은 열심히 했단다."

레이버스 부인이 딸을 챙기며 말했다.

"미리엄은 감자 하나도 제대로 삶을 줄 몰라요. 대체 저 아이가 집에서 하는 일이 뭐예요?"

에드거의 말에 모리스도 한 마디 거들었다.

"찬장에 있는 음식들을 깨끗이 먹어치울 뿐이지."

면은 표면적인 것일 뿐이었고, 한번 신뢰하게 되자 그들은 모두 매력적이고 귀염성 있게 보였다.

"놀고 있는 밭에 같이 가보지 않을래?"

에드거가 다소 망설이면서 물었다. 폴은 기꺼이 따라가서 괭이로 잡초를 매주거나 무를 솎아주면서 그날 오후를 보냈다. 그는 헛간에 쌓아둔 건초 위에서 삼형제와 함께 뒹굴며 노팅엄의 이야기나 조던 회사 이야기 등을 해주곤 했다. 대신 그들은 그에게 우유 짜는 법을 가르쳐주거나 건초 써는 법이라든가 유채 으깨는 법 같은 자질구레한 일을 그가 싫증내지 않을 만큼 가르쳐주었다.

여름 내내 폴은 그들과 함께 건초를 베며 일했고 그러는 동안 그들이 완전히 좋아지고 말았다. 이들 가족은 사실 세상과는 완전히 단절되어 있었다. 그들은 어딘지 '멸종되어 가는 종족의 최후의 후예들' 같은 인상을 주었다. 이 집의 아들들은 건장했지만 과민하고 내성적인 성향 때문에 고독했다. 그러나 일단 친밀해지면 매우 소탈하고 다정한 친구가 되었으며, 폴은 그들을 진심으로 사랑했고 그들 역시 폴을 깊이 사랑했다.

미리엄이 폴에게 다가선 것은 그 뒤의 일이었다. 그러나 그녀의 인상이 그의 마음에 새겨지기에 앞서 그는 이미 미리엄에게 잊을 수 없는 사람이 되어 있었다.

어느 흐린 날 오후 남자들은 모두 밭에 나가고 그 밖의 아이들은 학교에 가고 집에는 미리엄과 그녀의 어머니만 남아 있을 때 그녀가 잠시 망설이는 듯하더니 폴에게 말했다.

"그네를 봤니?"

"아니, 어디에 있는데?"

"외양간에 있어."

미리엄은 폴에게 무엇을 말하거나 보여주려고 할 때 꼭 망설였다.

남자들은 여자와 다른 가치 기준을 가지고 있어서 미리엄에게는 소중한 것들, 귀중한 것들을 그녀의 남자형제들은 흔히 비웃거나 모욕했기 때문이다.

"그래, 가보자."

폴이 벌떡 일어나면서 말했다. 헛간 양쪽에는 각각 하나씩 외양간이 두 개가 있었다. 천장이 낮고 어두운 외양간에는 소 네 마리가 들어갈 수 있는 우리가 있었다. 그네는 머리 위 어둠 속에 있는 대들보에서 매달려 내려와 벽의 못에 걸쳐져 정리되어 있었다. 그 굵은 밧줄을 잡으러 두 사람이 앞으로 나가자 닭이 소리를 지르며 여물통을 뛰어넘고 달아났다.

"이건 밧줄이구나!"

폴은 근사하다는 듯 감탄하고 한번 시험해 보고 싶어서 그 위에 올라탔다. 그러다가 금세 일어났다.

"자, 이리 와서 먼저 한 번 타봐."

폴이 미리엄에게 말했다.

"앉을 수 있게 부대를 갖다 얹어야 해."

이내 미리엄은 헛간으로 갔다. 그리고 폴을 위해서 앉을 자리를 편하게 만들어주었다. 그러고 나니 미리엄의 마음은 흐뭇해졌다. 폴은 줄을 잡았다.

"자, 타 봐."

폴이 미리엄에게 말했다.

"아니야. 난 나중에 탈게."

미리엄은 조용하고도 서먹한 태도로 한쪽으로 비켜섰다.

"왜?"

"먼저 타."

미리엄은 자신의 삶에서 난생 처음으로 남자에게 양보하는 기쁨과 남자의 기분을 맞춰주는 기쁨을 경험했다. 폴은 그녀를 마주 보았다.

"그럼 내가 타지. 자, 비켜."

폴이 그네에 올라앉아 발로 힘차게 땅을 차고 흔들기 시작하자 그네는 순식간에 공중을 날아올라 거의 외양간 문 밖까지 나갈 뻔했다. 외양간 문 위쪽은 반쯤 열려 있어서 바깥으로 내리는 가랑비와 어수선한 뜰, 어두컴컴한 마차 헛간을 등지고 서글픈 듯 서 있는 소떼, 그리고 전부가 회색빛같이 보이는 초록색 숲이 보였다. 미리엄은 큰 진홍색 털모자를 쓰고 아래쪽에서 그를 올려다보고 있었다. 폴은 그녀를 내려다보았고 그녀의 푸른 눈이 반짝이는 것을 보았다.

"훌륭한데!"

폴이 말했다.

"응."

움직이는 것이 즐거워서 폴은 새처럼 그네로 공중을 날았다. 그의 몸 구석구석까지 흔들리고 있었다. 그는 미리엄을 내려다보았다. 까만 곱슬머리 위에 진홍색 모자를 비스듬히 쓰고 명상에 잠긴 듯한 그녀의 조용하고 따뜻하며 아름다운 얼굴이 폴을 올려다보고 있었다. 외양간은 껌껌하고 약간 추웠다. 별안간 높은 지붕에서 제비 한 마리가 내려왔다가 문 밖으로 쏜살같이 날아갔다.

"제비가 보고 있는 줄은 몰랐네."

폴은 힘들이지 않고 공중에서 흔들리고 있었다. 미리엄은 그가 알지 못하는 힘을 빌려서 공중을 오르락내리락하고 있는 것 같은 느낌이 들었다.

"이제 그만 타야겠어."

폴은 마치 자기가 점점 힘이 사라지는 그네 자체인 듯 멍한 꿈속 같은 음성으로 말했다. 그녀는 매혹당한 듯이 그를 지켜보았다. 별안간 그가 그네를 멈추고 뛰어내렸다.

"너무 오래 탔어. 하지만 이건 훌륭한 그네야. 정말 훌륭해."

폴이 그네를 진심으로 즐기고 열중해 주어서 미리엄은 기뻤다.

"괜찮아. 더 타도 돼."

"왜? 타고 싶지 않아?"

"그럼…… 난 조금만 탈게."

폴이 앉을 자리를 반듯하게 마련해 주자 미리엄은 거기에 앉았다.

"굉장한 힘으로 날아봐."

폴이 미리엄을 밀어주며 말했다.

"앞으로 나갈 때 발뒤꿈치를 위로 올리지 않으면 여물통에 부딪힐 거야."

미리엄은 꼭 알맞은 순간에 폴이 정확하게 자기를 잡고 균형 잡힌 힘으로 미는 것을 느꼈다. 갑자기 그녀는 불안함으로 뱃속까지 뜨거운 공포감이 물결쳐 내려왔다. 그녀는 그의 손 안에 있었다. 그녀는 다시 정확한 순간에 피할 도리 없이 앞으로 쭉 밀어 올려졌다. 미리엄은 거의 실신 상태로 줄을 꼭 붙들었다.

"하! 이보다 더 높이는 싫어!"

미리엄은 공포에 질렸지만 웃으면서 소리쳤다.

"하지만 아직 높지도 않은걸."

폴이 항의조로 대꾸했다.

"그래도 더 올리지는 마!"

폴은 미리엄의 목소리 속에 담긴 공포를 알아듣고 미는 것을 그만두었다. 폴이 다시 앞으로 밀 순간이 다가왔을 때 그녀의 심장은 그가 자신을 더 높이 올리지나 않을까 하고 조바심이 났다. 그러나 그는 더 이상 밀지 않았고 미리엄은 가까스로 숨을 쉴 수 있었다.

"정말 더 밀지 않아도 돼? 지금 그 만큼만 올라가게 할까?"

"괜찮아, 혼자 할게."

폴은 옆으로 비켜서서 그녀를 지켜보았다.

"거의 움직이지 않잖아."

폴이 말하자 미리엄은 수줍은 듯이 웃으면서 그네에서 내렸다.

"그네를 탈 줄 알면 뱃멀미를 하지 않는다던데, 난 뱃멀미 같은 건 하지 않을 거야."

폴은 다시 그네에 올라타면서 말했다. 그는 발을 구르기 시작했다. 미리엄에게 있어 폴은 매혹적인 구석이 있었다. 한참 동안 그는 흔들리는 한 덩이의 물질에 지나지 않았다. 그의 온몸이 흔들리고 있었다. 미리엄은 그렇게 열중할 수 없었고 그녀의 남자형제들도 마찬가지였다. 그런 상태인 폴을 보자 미리엄은 마음속이 따뜻해져 왔다. 마치 공중에서 흔들리는 폴이 그녀의 마음에 불을 붙이고 따뜻하게 덥혀준 불꽃 같았다.

그 뒤로 폴이 레이버스 씨 가족에게 느끼는 친밀감은 차츰 레이버스 부인, 에드거, 미리엄 세 사람과의 관계로 좁혀져 갔다. 그 어머니에게 폴은 자신을 끌어내는 것처럼 보이는 공감과 매력을 느끼면서 접근해 갔고 에드거는 친한 친구였다. 그리고 미리엄은 매우 조심스러워 보였으므로 그녀에게는 어느 정도 돌봐 주는 듯한 태도로 대했다.

그러나 미리엄은 차차 폴이 어떤 사람이라는 것을 알게 되었다. 그가 스케치북을 가져오면 그의 최근 그림을 가장 오랫동안 보는 사람은 그녀였다. 그리고 나서 그녀는 얼굴을 들고 그를 보았다. 갑자기 그녀의 새까만 눈은 어두운 수면 위에서 금빛 불이 흘러들어 떨리듯 불타오르며 물었다.

"난 이 그림이 어째서 이렇게 맘에 드는 것일까?"

친숙하고 눈부신 미리엄의 표정을 대하면 폴의 가슴 속은 언제나 무언가 질리는 것이 있었다.

"어째서 좋지?"

폴이 물었다.

"모르겠어. 하지만 정말 좋은 것 같아."

"그건 왜냐하면…… 그 그림 속에 어두운 그늘이 전혀 없기 때문이 아닐까? 내가 마치 나뭇잎이나 주위에 반짝반짝 빛나는 것만 그리고 형태의 딱딱함은 조금도 그리지 않은 것처럼 말이야. 내 생각에 딱딱한 형태는 죽은 것처럼 보여. 단지 이 밝은 반짝임만이 참다운 생명이란 말야. 형태는 죽은 껍질이고 반짝반짝하는 빛만이 진짜 내용인 거야."

미리엄은 예쁘장한 손가락을 입에 갖다 대고 폴의 말을 가만히 생각하고 있었다. 그의 말은 그녀에게 다시 생명의 느낌을 주었고 그녀에게 여태껏 무의미했던 사물에 생기를 불어넣었다. 미리엄은 그의 복잡한 추상적인 말 속에서 가까스로 어떤 의미를 찾을 수 있었다. 그리고 이를 통해서 자기 사랑의 대상이 무엇인가를 분명히 알게 되었다.

어느 날 저녁, 미리엄은 황혼의 붉은 광선을 받고 있는 소나무를 스케치하고 있는 폴 곁에 다가가 앉았다. 그는 말이 없었다.

"여기 있었어? 네가 있었으면 좋겠다고 생각하던 참이야. 저 어둠 속에 불길처럼 서 있는 것이 소나무 줄기야, 아니면 새빨간 석탄이야? 잘 보고 말해 주지 않겠어? 아무리 타도 없어지지 않는 하느님의 불타는 덤불은 저게 아닐까?"

폴의 말에 미리엄은 깜짝 놀랐다. 그러나 소나무 줄기는 굉장히 뚜렷하게 보였다. 폴은 그림 도구 상자를 챙겨서 일어나며 갑자기 그녀를 바라보았다.

"넌 왜 언제나 슬퍼 보이지?"

"슬퍼 보여!"

미리엄은 깜짝 놀란 듯이 아름다운 갈색 눈으로 폴을 쳐다보며 외쳤다.

"그래, 늘 슬픈 표정만 하고 있어."

폴이 대답했다.

"그렇지 않아……. 조금도 그렇지 않아."

"그렇지만 넌 기뻐할 때조차 슬픔에서 나오는 불꽃처럼 보여. 네가 즐거워 보인 적도 명랑해 보인 적도 없었어."

"글쎄, 왜 그럴까……."

우물쭈물 대답한 미리엄은 잠시 생각에 잠겼다.

"네가 소나무처럼 겉과 내면이 다르니까 그렇지. 그러다가 갑자기 마음이 활활 불타오르는 거야. 그런데도 넌 보통 나무처럼 잎을 술렁이지도 않고 유쾌해지지도 않아."

폴은 말하면서도 혼란스러웠다. 그러나 미리엄은 그의 말뜻을 곰곰이 생각했고 폴은 새롭고 이상한 흥분을 느꼈다. 그것은 이때까지 몰랐던 짜릿한 자극이었다.

폴은 가끔 미리엄이 싫어질 때도 있었다. 미리엄의 막내동생은 겨우 다섯 살이었다. 이 아이는 기이하게 병약한 듯한 얼굴에 커다란 갈색 눈을 가지고 있는 가냘픈 소년이었다. 레이놀즈[19]가 그린 〈천사와 합창〉 속의 사람을 닮아 요정 같은 데가 있었다. 미리엄은 곧장 이 동생 앞에 무릎을 꿇고 앉아 아이를 끌어당겨 안았다.

"아, 나의 휴버트! 아, 나의 휴버트!"

미리엄은 애정이 넘치는 목소리로 노래하듯 말했다. 그러고는 동생을 두 팔로 안고 얼굴을 반쯤 들어올려 눈을 슬며시 감은 채 사랑

---

19) 조슈아 레이놀즈(Joshua Reynolds, 1723~1792). 영국의 초상화가로 여자나 어린이 및 군상 초상화를 많이 그렸다 – 옮긴이

에 흠뻑 젖은 목소리를 내면서 아이를 가볍게 좌우로 흔들었다.

"싫어! 싫다는데도, 누나!"

아이는 불안해하며 말했다.

"음, 누나가 좋지? 응?"

미리엄은 거의 사랑의 황홀경에 빠져서 정신이 아찔해진 것처럼 목 안 깊은 곳에서 나오는 소리로 속삭였다.

"싫다니까!"

아이는 청순한 이마를 찌푸리면서 다시 말했다.

"넌 나를 좋아하지, 그렇지?"

미리엄이 속삭였다.

"뭣 때문에 이렇게 야단법석을 떨지? 어째서 그 애를 좀 더 평범하게 대하지 않는 거야?"

미리엄의 극단적인 감정을 목격한 폴은 기분이 상해서 소리쳤다. 그녀는 동생을 놓아주고 일어났지만 아무 말도 하지 않았다. 정상적인 차원에서 감동을 맛보려 하지 않는 그녀의 격렬함은 폴의 신경을 미칠 듯하게 만들었고 화나게 만들었다. 또한 사소한 일에도 드러나는 그녀의 감성적이고 노골적인 태도는 그에게 큰 충격을 주었다. 그는 어머니의 조심스러운 태도에 익숙해져 있었다. 그리고 폴은 이러한 미리엄을 볼 때마다 이성적이고 건전한 어머니가 있다는 것에 진심으로 감사했다.

미리엄의 육체의 모든 생명력은 언제나 그녀의 눈에 있었다. 그 눈은 보통 어두운 교회처럼 컴컴했지만 큰 화염처럼 밝게 불타오를 수도 있었다. 그녀의 얼굴은 거의 변함없이 생각에 잠긴 듯한 표정이었다. 그녀는 예수가 사망했을 때 마리아와 함께 갔던 여인들 중 한 사람 같았다. 그녀의 육체는 탄력과 생명력이 없었다. 그녀는 고개를 숙이고 골똘히 생각에 잠겨 다소 몸을 흔들면서 묵직하게 걸었다. 그녀의 몸놀림은 아둔하지는 않았지만 움직임이 어색했다. 설거지를 할 때는 종종 컵이나 큰 잔을 두 동강으로 깨트리고서 당황하고 화가 난 채 멍하니 서 있었다. 설거지를 하는 데 불안하고 자신이 없는 탓에 손에 너무 힘을 주었기 때문인 것 같았다. 그녀에게 적당한 대충주의나 무책임함은 전혀 찾아볼 수 없었다. 손에 잡은 것은 무엇이든 치열하게 꽉 쥐었고 그녀의 노력은 오히려 지나쳐서 일을 망쳤다.

그녀는 몸을 앞으로 숙이고 흔들면서 긴장을 하고 걷는 습성을 바꾸지 않았다. 가끔 그녀는 폴과 함께 들판을 달릴 때가 있었다. 그러면 그녀의 눈은 일종의 황홀한 상태가 되어 적나라하게 불타오르고 그것은 폴을 두렵게 만들었다. 그러나 미리엄에게는 육체적인 공포심만 있었다. 목장의 울타리를 뛰어넘어야 할 때면 그녀는 두려움으로 폴의 손을 꼭 잡고 마음의 안정을 잃기 시작했다. 또한 아무리 권해도 절대로 그녀를 조금 높은 곳에서 뛰어내리게 할 수 없었다. 그녀의 눈은 튀어나올 것 같이 커지고 몸은 떨렸다.

"싫어! 싫어!"

미리엄은 두려움으로 반쯤 웃으면서 소리를 질렀다.

"뛰어내려 봐."

한 번은 폴이 소리치면서 그녀를 앞으로 확 떠밀어 울타리에서 뛰어내리게 했다. 그러나 마치 정신을 잃는 것처럼 "아!" 하는 고통스러운 소리가 들렸고 그것이 폴의 마음을 찢는 것 같았다. 하지만 그녀는 무사히 땅 위에 내려섰고 그 뒤로는 뛰어내리는 데 용기를 갖게 되었다.

미리엄은 자기의 환경에 불만이 매우 많았다.

"집에 있는 게 싫어?"

폴이 놀라서 물어보았다.

"좋아하는 사람이 누가 있겠어."

그녀는 나지막하지만 강렬한 어조로 말을 이었다.

"생각해 봐. 5분만 지나면 오빠들이 더럽히고 말 걸 난 온종일 씻고 닦아야 해. 난 정말 집에 있고 싶지 않아."

"그럼 뭘 하고 싶어?"

"무엇이든 해보고 싶어. 나도 남과 같은 기회를 가지고 싶어. 내가 여자라고 해서 집에서 나가거나 무언가가 되고 싶다고 생각하는 게 왜 나쁘지? 도대체 내게 어떤 기회가 있기는 해?"

"무슨 기회?"

"여러 가지를 배울 수 있는 기회! 무엇이든지 할 수 있는 기회! 내가 여자라고 해서 그런 것을 해서는 안 된다는 것은 공평하지 않아."

미리엄은 신랄했다. 폴은 그것을 이상하게 생각했다. 그의 집에서 애니는 자기가 여자인 것을 오히려 기쁘게 여겼다. 애니에게는 그다지 무거운 책임이 없었고 어려운 문제가 적었다. 애니는 여자 외의 다른 존재가 되기를 바란 적은 한 번도 없었다. 그러나 미리엄은 자신이 남자가 되었더라면 하고 진심으로 바랐다. 그러면서도 동시에 남자를 증오했다.

"그렇지만 여자가 되는 건 남자가 되는 것과 마찬가지로 좋은 일이야."

폴이 얼굴을 찌푸리면서 말했다.

"과연 그럴까? 남자들은 모든 것을 말할 수 있잖아."

"난 남자와 마찬가지로 여자도 여자가 된 것을 기뻐해야 할 것 같은데?"

"아니! 아니야! 남자들은 모든 것을 가지고 있어."

미리엄은 고개를 흔들면서 말했다.

"그럼 넌 뭘 원하는 거야?"

"난 공부를 하고 싶어. 나도 배우고 싶어. 내가 아무것도 몰라야
한다는 법은 없잖아."

"수학이나 프랑스어 같은 걸 말이야?"

"나라고 수학을 모르고 지내란 법은 없잖아. 안 그래?"

미리엄은 도전하듯이 눈을 부릅떴다.

"그렇다면 내가 알고 있는 건 전부 가르쳐줄 수 있어. 괜찮다면 내
가 가르쳐줄게."

미리엄은 두 눈을 크게 뜨고 폴을 바라보았다. 그녀는 선생으로서
의 그를 신용할 수 없었다.

"그렇게 할래?"

폴의 물음에 미리엄은 고개를 숙이고 궁리를 하면서 손가락을 빨
았다.

"그렇게."

미리엄은 약간 주저하면서 대답했다.

폴은 언제나 이러한 모든 것들을 어머니에게 이야기하곤 했다.

"미리엄에게 대수를 가르치게 되었어요."

"그래? 미리엄이 대수를 즐길 수 있으면 좋겠구나."

월요일 저녁, 폴이 농장에 도착했을 때에는 벌써 황혼이 깃들고
있었다. 집 안으로 들어가자 미리엄은 부엌을 치우고 막 난로 앞에
무릎을 꿇고 있었다. 집안사람들은 모두 밖으로 나가고 없었다. 그
녀는 얼굴을 붉히며 그를 돌아보았다. 까만 눈은 반짝이고 아름다운
머리칼은 얼굴로 흐트러져 내려와 있었다.

"왔어? 넌 줄 알았어."

미리엄은 부드럽게 노래하듯이 말했다.

"어떻게?"

"발소리를 알아. 너처럼 재빠르고 힘차게 걷는 사람은 아무도 없

거든."

폴은 한숨을 지으며 앉았다.

"대수 공부할 준비는 됐어?"

폴이 주머니 속에서 작은 책을 한 권 꺼내며 물었다.

"하지만……!"

폴은 미리엄이 주저하는 기색을 알아차렸다.

"배우고 싶다고 말했잖아."

"그렇지만 오늘 밤에?"

미리엄은 여전히 머뭇거렸다.

"하지만 난 일부러 왔단 말이야. 그리고 네가 배우고 싶거든 당장 시작해야지."

미리엄은 쓰레받기에 재를 쓸어넣으면서 약간 떨리는 웃음으로 폴을 쳐다보았다.

"공부는 할 거야. 하지만 오늘 밤은 곤란해……. 난 전혀 생각하고 있지 않는걸."

"허 참, 재나 털고 와."

폴은 뒷마당으로 나가서 뜰에 있는 의자 위에 걸터앉았다. 그곳에는 커다란 우유통이 통풍을 위해 거꾸로 비스듬히 세워져 있었다. 남자들은 외양간에 있었다. 통 속에 우유를 짜 넣는 소리가 노랫소리처럼 나직하게 들렸다. 얼마 지나지 않아 미리엄이 큼직한 풋사과 몇 개를 들고 나왔다.

"이거 좋아하지?"

폴은 그녀가 내민 사과를 한 입 베어 물었다.

"앉아."

한 입 가득 사과를 베어 문 채 폴이 말했다. 미리엄은 근시였기 때문에 폴의 어깨 너머로 책을 들여다보았다. 그녀의 행동이 폴의 신경을 건드렸다. 그는 책을 얼른 미리엄에게 건네주었다.

"여길 봐. 이것은 그냥 숫자 대신 글자를 사용하는 거야. '2'나 '6' 대신 'a'자를 쓰는 거야."

폴은 설명을 하고 미리엄은 고개를 숙이고 책을 보면서 함께 공부했다. 그의 강의는 빠르고 성급했다. 그녀는 한 번도 대답을 하지 않았다. 가끔 폴이 "알겠어?" 하고 물으면 그녀는 두려워서 웃음 섞인 눈으로 그를 올려다보았다. 그러면 그는 "모르겠어?" 하고 소리를 질렀다.

폴은 너무 빠르게 진도를 나갔지만 미리엄은 아무 말도 하지 않았다. 그는 또다시 미리엄에게 묻고 흥분하며 열을 올렸다. 그의 가르침 아래서 입을 멍하니 벌리고 불안하게 웃으면서 변명하는 것 같기도 하고 부끄러워하는 것 같기도 한 커다란 눈의 미리엄을 보자 폴의 피는 끓기 시작했다. 그때 에드거가 우유통 두 개를 들고 두 사람에게 다가왔다.

"여어, 뭐 하고 있어?"

"대수."

폴이 대답했다.

"대수?"

에드거는 통 모르겠다는 듯이 반문하더니 풋 하고 웃으면서 가버렸다.

폴은 잊고 있던 사과를 한 입 베어 물고 닭들이 쪼아서 그물처럼 된 마당가의 초라한 양배추를 보자 그것을 뽑아버리고 싶어졌다. 이내 그는 미리엄을 힐끔 돌아보았다. 그녀는 책 위에 고개를 숙이고 열중하는 것처럼 보였으나 사실은 이해하지 못할까봐 떨고 있었다. 그 모습을 보니 그는 심술이 났다. 그녀는 혈색이 좋고 아름다웠다. 그러나 그녀의 마음은 줄곧 애원하고 있는 것 같았다. 그녀는 폴이 화가 났다는 것을 알아채고 주눅이 들어 대수 책을 덮었다. 그 순간 폴은 그녀가 대수를 이해하지 못해서 마음에 상처를 입은 것을 알고 부드러워졌다.

그러나 진짜 시련은 서서히 다가왔다. 폴은 미리엄이 긴장하고 매우 겸허한 태도로 배우는 것을 보면 왠지 화가 났다. 그는 미리엄을 야단치고 곧 부끄럽게 생각했다. 그러고 나서 공부를 계속하고 다시 신경이 곤두서서 그녀에게 격렬하게 야단을 퍼부었다. 미리엄은 잠자코 듣고만 있었다. 가끔 아주 드물게 그녀는 그의 공격에서 자기를 방어했다. 그녀의 촉촉한 까만 눈이 그를 향해 이글거리며 타올랐다.

"머리에 집어넣을 여유도 주지 않으면서."

미리엄이 말했다.

"좋아."

폴은 책을 탁자 위에 내던지고 담배에 불을 붙이면서 말했다. 그러나 그는 잠시 후 후회하면서 미리엄 곁으로 돌아갔다. 이렇게 공부는 계속되어 갔다. 그는 언제나 격렬하게 화를 내거나 매우 친절하거나 둘 중 하나였다.

"어째서 공부할 때 그렇게 불안해하는 거지? 영혼으로 대수 공부를 할 필요는 없어. 맑고 분명한 머리로 생각할 수 없단 말야?"

폴은 이렇게 소리치곤 했다. 간혹 그가 부엌에 들어가면 레이버스 부인은 책망하는 눈빛으로 폴을 보면서 말했다.

"폴, 미리엄에게 너무 심하게 굴지 마라. 그 애는 머리가 그다지 좋지 않을지 모르지만 분명히 애쓰고 있어."

"안 그러려고 하는데 자꾸 빗나가고 마네요."

폴이 슬픈 듯이 대답했다.

"내게 언짢게 생각하지 않는 거지, 미리엄?"

폴은 나중에 미리엄에게 물었다.

"괜찮아. 그리 신경 쓰지 않으니까."

미리엄은 아름답고 엄숙한 어조로 그를 안심시켰다.

"상심하지 마. 내가 나쁜 거니까."

그러나 폴은 아무리 자제하려고 해도 미리엄을 가르치려고 하면 피가 끓으면서 속이 뒤집혔다. 이상하게도 그녀 외에는 다른 누구도 그를 그렇게 화나게 하지 않았다. 그는 미리엄에게만 분노의 발작을 일으켰다. 한번은 그녀의 얼굴에 연필을 내던졌을 때에도 미리엄은 아무 말 없이 얼굴을 조금 돌렸을 뿐이었다.

"난 그만……!"

폴은 입을 열었지만 뼛속까지 후회되어 그 이상은 말을 이을 수 없었다.

미리엄은 폴을 원망하거나 화내지 않았다. 그는 종종 심한 부끄러움으로 가책을 받았다. 그럼에도 불구하고 그는 비누거품이 잔뜩 차서 터지듯이 분노를 폭발시켰다. 입을 굳게 다문 진지하면서도 표정 없는 그녀의 얼굴을 보면 또다시 그 얼굴에 연필을 내던지고 싶은 기분에 몰렸다. 그러면서도 손을 떨고 고통으로 입을 조금 벌리고 있는 미리엄을 보면 그녀가 애처로워서 마음이 타는 것 같았다. 그리고 그녀가 그의 감정을 격렬하게 만듦으로써 폴은 그녀를 찾았다.

그 후 폴은 될 수 있는 한 미리엄을 피하고 에드거와 함께 놀았다. 미리엄과 에드거는 원래 반대의 성격이었다. 에드거는 합리적이고 호기심이 강하고 삶에 대해 일종의 과학적인 흥미를 가지고 있었다. 미리엄은 폴이 자기를 버리고 훨씬 수준이 낮은 오빠와 가까이 지내는 것을 보고 매우 괴로웠다. 그러나 그는 에드거와 노는 것이 무척 즐거웠다.

두 청년은 농장에서 놀거나 비가 오면 헛간의 위층에서 목공일을 하며 오후 시간을 보냈다. 그들은 같이 이야기를 하기도 하고 폴이 애니에게 피아노로 배운 노래를 에드거에게 가르쳐주기도 했다. 간혹 이 집의 남자들은 레이버스 씨와 함께 토지 국유화 문제나 그 밖에 비슷한 문제를 가지고 격렬하게 논쟁을 벌이기도 했다. 폴은 이미 그 문제에 대해 어머니의 견해를 들은 적이 있었고 현재는 그것이 자기의 견해이기도 해서 그 의견을 말했다. 미리엄도 같이 앉아서 토론을 듣고 있었지만 언제나 토론이 끝나고 개인적인 대화가 시작될 때까지 잠자코 기다리고 있었다.

'결국 토지가 국유화된다고 해도 에드거나 폴이나 나는 조금도 달라지지 않아.'

미리엄은 마음속으로 그렇게 생각했고, 폴이 자기에게 다시 돌아오기를 기다렸다.

폴은 그림 공부를 계속하고 있었다. 그는 어머니와 단 둘이 있는 집에서 그림에 열중하며 밤을 보내는 것이 좋았다. 어머니는 바느질을 하거나 독서를 했다. 그러면 그는 이따금 그림 그리던 손을 멈추고 고개를 들어 한참 동안 따뜻한 생기로 빛나는 어머니의 얼굴을 바라보다가 다시 행복한 마음이 되어 하던 일로 되돌아갔다.

"엄마가 그 흔들의자에 앉아 있을 때 전 그림이 가장 잘 그려져요."

"물론 그렇겠지."

모렐 부인은 아들의 말을 농담으로 여기며 믿을 수 없다는 듯 코웃음을 쳤다. 그러나 그녀는 그 말이 사실이라고 느꼈고 그녀의 가슴은 밝게 떨렸다. 그녀는 폴이 열심히 그림을 그리고 있다는 것을 의식하면서 자기도 앉아서 몇 시간이고 일을 하거나 독서를 했다. 폴은 어머니의 따뜻함을 자기 내부의 힘처럼 느끼며 온 정신을 연필 끝에 집중했다. 이러한 때의 두 사람은 무척 행복했지만 그 행복을 깨닫지 못했다. 매우 뜻 깊고 참다운 생활이었던 이러한 시간들을 그들은 그다지 중요하게 생각하지 않았다.

폴은 자극을 받을 때만 의식이 있었다. 그림이 한 장 완성될 때마다 그는 언제나 미리엄에게 그것을 가져가고 싶어 했다. 그곳에 가면 그는 자극을 받아 자기가 무의식적으로 그려낸 그림을 새삼스럽게 의식할 수 있었다. 미리엄과의 교제로 그는 통찰력을 가지게 되었고 사물을 보는 눈이 전보다 깊어졌다. 그는 어머니로부터 생명의 따사로움을 얻었으나 미리엄은 그 따뜻함을 하얀 빛처럼 강렬하게 타오르게 했다.

폴이 회사로 돌아갔을 때 작업 조건은 전보다 나아져 있었다. 수요일 오후는 — 조던 부인의 주선으로 — 일을 하지 않고 미술학교에 갔다가 저녁에 돌아왔다. 또 목요일과 금요일은 퇴근 시간이 8시가 아니라 6시로 바뀌었다.

어느 여름날 저녁, 폴과 미리엄은 도서관에서 돌아오는 길에 헤롯 농장 옆의 들판을 건너갔다. 거기서 윌리 농장까지는 5킬로미터밖에 되지 않았다. 풀은 황금빛으로 빛나고 있었고 수영꽃은 진홍빛으로 불타고 있었다. 그들이 높지막한 곳을 따라 걸어가는 동안 황금빛이었던 서쪽 하늘은 점차 붉게 가라앉고 붉은빛은 또 진홍색으로 변하더니 싸늘한 파란빛이 진홍색 노을 곁으로 기어갔다.

그들은 알프레턴으로 가는 신작로로 나갔다. 그 길은 어두워져 가는 들판 사이에 하얗게 뻗어 있었다. 폴은 망설였다. 그곳에서 그의 집까지는 3킬로미터 남짓이었고 미리엄의 집까지는 2킬로미터도 안 됐다. 두 사람은 북서쪽 하늘의 낙조 아래 나 있는 길을 바라보았다. 언덕 위에는 셀비 마을의 주택들이 늘어서 있고 탄광의 우뚝 선 주축대들이 하늘을 등지고 새까만 그림자같이 조그맣게 보였다.

"9시구나."

폴이 말문을 열었고, 두 사람은 헤어지기 싫어서 책을 안고 그대로 서 있었다.

"숲속은 지금이 참 아름다워. 네게 보여주고 싶은 게 있는데."

미리엄이 말했다. 폴은 그녀를 따라 천천히 길을 건너 하얀 문이 있는 곳으로 갔다.

"늦게 가면 꾸지람을 듣는단 말야."

폴이 말했다.

"하지만 나쁜 짓을 하는 것도 아닌데, 뭐."

미리엄은 참을 수 없다는 듯이 대답했다. 폴은 그녀를 따라 어두컴컴한 풀밭으로 들어갔다. 숲속은 싸늘한 기운이 있었고 나무와 풀잎 향기, 인동덩굴의 향기가 자욱했고 하늘은 어슴푸레했다. 두 사람은 묵묵히 걸었다. 시커먼 나무줄기가 꽉 들어차 있는 숲속의 밤은 멋있었다. 폴은 무엇을 기대하는 듯이 주위를 두리번거렸다.

미리엄은 전에 자기가 발견한 들장미 덤불을 그에게 보여주고 싶었다. 그녀는 그것이 아름답다고 생각했다. 그러나 폴이 보아주기 전에는 그것이 자기 마음에 진짜로 느껴지지 않는 것 같았다. 그 덤불을 영원히 그녀 자신의 것으로 만들어줄 수 있는 것은 다만 폴뿐이었다. 미리엄은 자기 혼자 본 것만으로는 불만스러웠다.

오솔길에는 벌써 이슬이 내려앉아 있었다. 오래된 떡갈나무 숲에는 안개가 서리기 시작했고, 폴은 멈추어 서서 하얗게 보이는 것이 안개 덩어리인지 안개에 싸인 패랭이꽃인지 분간을 못했다.

미리엄은 소나무 숲이 가까워지자 마음이 조급해지고 긴장했다. 덤불이 사라진 건 아닐까, 찾지 못하는 것은 아닐까 생각하며 그녀는 필사적으로 덤불을 찾았다. 그녀는 폴이 그 꽃 앞에 섰을 때 자기가 그 자리에 함께 있을 수 있기를 미칠 듯한 심정으로 바라고 있었다. 두 사람은 지금 하나의 내적 경험을 함께 나누어 가지려고 하고 있었다. 그것은 신성한 것이었고 그녀를 감동시키는 것이었다. 폴은 미리엄 곁에서 말없이 잠자코 걸었다. 그들은 서로를 몸 가까이 느끼고 있었다. 미리엄은 떨고 있었고 그는 무언가를 어렴풋이 기대하며 귀를 기울이고 있었다.

숲 입구까지 나오자 눈앞의 하늘은 진주조개 같은 광택으로 빛나고 땅은 더욱 어두워졌다. 어디선가 소나무 가지 끝에서 인동덩굴이 향기를 풍기고 있었다.

"어디 있지?"

"가운데 길을 내려가서였는데."

미리엄은 떨리는 목소리로 중얼거렸다. 두 사람이 길 모퉁이를 돌았을 때 그녀는 발을 멈추었다. 소나무들 사이의 넓은 길을 그녀는 두려운 듯이 응시했지만 잠시 동안 아무것도 구분할 수 없었다. 짙어 가는 회색빛 어둠 속에서 사물의 색깔을 알아볼 수 없었던 것이다. 그때 그녀의 목표인 덤불이 눈에 띄었다.

"아!"

미리엄이 탄성을 자아내며 급히 앞으로 나아갔다. 그 장미나무는 키가 크고 제멋대로 뻗어 있었다. 그것은 아가위 덤불 위로 가지를 내뻗고 그 무성하고 기다란 가지들은 바로 땅 위의 풀에까지 드리워져서 어둠 속에 순백의 꽃들을 별처럼 가득히 흩뿌려 놓았다. 상아색 돌기와 뿌려놓은 큰 별처럼 장미꽃은 무성한 잎과 줄기에 만발하여 초원의 어둠 속에서 빛났다. 폴과 미리엄은 가까이 다가서서 말없이 함께 바라보며 서 있었다. 뚜렷하게 드러난 흰 장미꽃은 그들의 마음속에 무언가 불을 지르듯이 두 사람을 향해 빛나고 있었다. 저녁의 어둠이 연기처럼 주위를 감싸기 시작했지만 장미꽃의 흰 불빛까지는 감추지 못했다.

폴은 미리엄의 눈을 찬찬이 들여다보았다. 미리엄은 창백한 얼굴로 무언가 경이로운 일이라도 일어나지 않는가 하는 기대에 입을 벌리고 까만 두 눈을 크게 뜬 채 폴을 보고 있었다. 폴의 표정은 그대로 미리엄에게 흡수되는 것처럼 보였다. 그녀의 영혼이 떨고 있었다. 그것은 미리엄이 기다리던 영혼의 교감이었다. 폴은 괴로운 듯이 얼굴을 돌리고 덤불 쪽을 바라보았다.

"저 꽃들은 마치 나비처럼 기어다니며 날갯짓을 하고 있는 것 같군."

폴이 말하자 미리엄은 장미꽃을 보았다. 어떤 것은 아직 다 피지 않아 신성해 보였고 어떤 것은 기쁨의 절정에 차 있는 것처럼 활짝 피어 있었다. 장미나무는 그늘진 것처럼 어두웠다. 미리엄은 느닷없이 꽃을 향해 두 손을 내밀었고 앞으로 다가가 기도하는 듯한 마음으로 꽃을 만져보았다.

"그만 가자."

폴이 말했다. 새하얀 장미꽃의 서늘한 향기가 풍기고 있었다. 희고 순결한 처녀 같은 향기였다. 어쩐지 폴은 불안함에 사로잡힌 것 같은 기분이었다. 두 사람은 말없이 걸었다.

"그럼 일요일까지 안녕."

폴은 조용히 말하고 미리엄과 헤어졌다.

미리엄은 밤의 거룩함으로 자신의 영혼이 충족된 것을 느끼면서 천천히 집으로 향했다.

폴은 넘어질 뻔하면서 오솔길을 내려갔다. 그리고 숲을 나와 널찍한 들에 이르러서야 가까스로 갑갑한 심정에서 해방되었고 똑바로 집을 향해 달리기 시작했다. 마치 그의 혈관을 타고 감미로운 현기증이 이는 것 같았다.

미리엄과 함께 나가면 언제나 늦게 돌아오기 때문에 어머니가 신경을 쓰고 화를 낸다는 것을 폴은 알고 있었다. 그러나 그는 그 이유를 이해하지는 못했다.

집으로 돌아온 폴이 모자를 벗어던지자 모렐 부인은 시계를 쳐다보았다. 그녀는 눈에 냉기가 스며서 책을 읽을 수 없었으므로 생각에 잠겨 앉아 있었다. 그녀는 아들이 미리엄에게 이끌리고 있음을 알고 있었다. 그러나 그녀는 미리엄을 좋아하지 않았다.

모렐 부인은 마음속으로 생각했다.

'그 애는 남자의 영혼을 남김없이 빨아들여 텅 비게 하지 않고는 못 배길 그런 종류의 여자야. 그리고 폴은 자기를 완전히 내주고 말 바보지. 그 애는 폴이 어엿한 한 사람의 남자가 되는 것을 방해할 거야. 절대로 폴을 내버려두지 않을 거야.'

폴이 미리엄과 다니는 동안 모렐 부인은 더욱 더 흥분했다. 그녀는 시계를 보고 다소 피곤한 듯이 차갑게 말했다.

"오늘 밤엔 꽤 멀리 갔던 모양이구나."

미리엄과의 접촉으로 따뜻해지고 생기로 가득 찼던 폴의 영혼은 일순 위축되고 말았다.

"미리엄을 집까지 바래다주었구나."

폴은 대답하지 않았다. 모렐 부인은 아들을 힐끔 보고 그가 서둘러 오느라 머리칼이 땀에 젖어 이마에 내려와 있고 얼굴은 화가 난 것처럼 우울하게 찌푸리고 있다는 것을 알았다.

"네가 그 애와 헤어지기 싫어서 이렇게 늦은 시간까지 13킬로미터나 함께 헤매고 다니는 걸 보면 그 애에게 아주 굉장한 매력이 있나 보구나."

폴은 조금 전까지 느꼈던 미리엄의 매력과 어머니의 걱정 사이에서 난처해졌다. 그는 변명이나 대꾸는 하지 않으리라 생각했다. 그러나 어머니를 무시해 버릴 만큼 단단하게 마음을 먹을 수는 없었다.

"전 미리엄과 이야기하는 게 좋아요."

폴은 신경질적으로 대답했다.

"그 애 말고는 이야기 상대가 없니?"

"제가 에드거와 같이 다녔다면 엄마는 아무 말씀도 하지 않으셨 겠죠?"

"왜 말하지 않겠니. 네가 누구와 나가든 노팅엄에서 일하고 돌아 와서 밤늦게까지 돌아다니기에는 길이 너무 멀다는 건 알겠지? 게다 가⋯⋯."

모렐 부인의 목소리는 별안간 분노와 경멸로 변했다.

"아직 어린 남자애와 여자애가 연애를 한다는 건 천박한 짓이야."

"이건 연애가 아니에요."

폴이 외쳤다.

"그럼 뭐란 말이냐."

"아니에요! 우리가 서로 연애하고 돌아다니는 줄 아세요? 같이 얘 기를 할 뿐이에요."

"그래, 시간가는 줄도 모르고 어디까지 걸었는지도 잊고 말이지?"

모렐 부인은 비꼬는 투로 대답했다. 폴은 화를 내며 구두끈을 확 잡아채 풀었다.

"뭣 때문에 그렇게 화가 나셨어요? 엄마는 그 애가 싫어서 그러시 죠?"

"언제 내가 싫다고 했니? 하지만 남녀 아이들이 함께 나다니는 것 은 찬성하지 않는다. 난 예전부터 그랬어."

"그렇지만 애니 누나가 짐이랑 같이 나가는 건 상관하지 않으시 잖아요?"

"그 애는 너희보다는 분별력이 있다."

"어째서요?"

"우리 애니는 그렇게 심각하게 빠지는 여자가 아니야."

폴은 이 말의 뜻을 이해할 수 없었다. 그러나 어머니는 피곤해 보였다. 그녀는 윌리엄이 죽은 뒤로 항상 건강 상태가 좋지 못하고 눈이 아파서 고통을 받고 있었다.

"그렇지만 시골은 정말 아름다워요. 슬리스 씨가 엄마 안부를 물으셨어요. 엄마를 뵈지 못해서 심심하시대요. 그런데 몸은 좀 괜찮으세요?"

"난 벌써 오래 전에 자러 갔어야 했어."

"왜요? 10시 15분 전쯤이 되어야 잠자리에 드시잖아요."

"아니다, 벌써 자야 했어."

"엄마, 저 때문에 속이 상해서 그렇게 말씀하시는 거죠?"

폴은 어머니의 이마에 키스했다. 미간에 잡힌 깊은 주름살, 희끗희끗해져 가는 아름다운 앞 머리카락, 고상한 관자놀이의 모양 등은 모두 그가 아주 잘 알고 있는 것들이었다. 키스를 한 다음에도 그의 손은 한동안 어머니의 어깨에 머물러 있었다. 그러고 나서 그는 천천히 침실로 올라갔다. 그는 미리엄을 잊어버렸다. 그는 어머니의 따뜻하고 널찍한 이마 언저리에서 뒤로 넘겨진 어머니의 머리칼만을 생각하고 있었다. 아무튼 어머니의 마음은 상처를 입었다.

다음에 미리엄을 만났을 때 폴은 말했다.

"오늘 밤에는 늦지 말아야겠어. 늦어도 10시까지는 돌아가야 해. 엄마가 걱정하시거든."

미리엄은 고개를 숙이고 생각에 잠겼다.

"어머니는 왜 걱정하시는 거지?"

"내가 아침 일찍 일어나야 하니까 밤늦게까지 다니면 힘들다는 생각이셔."

"그래, 알았어."

미리엄은 비꼬는 투로 다소 조용하게 대꾸했다. 폴은 그것에 짜증이 났다. 그리고 대개 그의 귀가는 다시 늦어졌다.

폴도 미리엄도 두 사람 사이에 사랑이 싹트기 시작한 사실을 인정하지는 않았다. 폴은 그러한 감상적인 것에 말려들기에는 자기가 훨씬 분별력 있다고 생각했고, 미리엄은 스스로를 좀 더 도도하다고 생각했다. 두 사람은 아직 성숙하지 않았고 더구나 정신적인 면의 성숙은 육체적 성숙보다 더 뒤떨어졌다.

미리엄은 그녀의 어머니를 닮아 매우 예민했다. 그래서 조금만 천박한 취급을 받아도 고민하며 위축됐다. 그녀의 남자 형제들은 난폭했지만 말씨는 거칠지 않았다. 남자들은 농장 일에 대해서는 모두 바깥에서 의논했다. 그러나 교미와 출산은 어떤 농장에서도 항상 일어나는 일이었으므로 미리엄은 그 같은 문제에 한층 더 신경이 예민했고, 육체적 관계에 대한 이야기가 희미하게나마 비쳐도 혐오스러움에 역겨워할 정도로 고통을 받곤 했다. 폴도 그녀와 같은 태도를 취했기 때문에 두 사람의 교제는 완전히 결백하고 순결한 것이었다. 그들 사이에서는 암말이 새끼를 뺐다는 말조차 입 밖에 내어서는 안 되는 것이었다.

열아홉 살이 되었을 때 폴은 주급 20실링밖에 받지 못했지만 행복했다. 그림 실력은 향상되었고 생활도 나무랄 데 없었다. 수난일[20]에 그는 헴록 스톤으로 소풍 갈 계획을 세웠다. 같은 또래의 청년 세 명과 애니와 아서, 그리고 미리엄과 제프리가 함께 가기로 했다. 전기기사가 되기 위해 수습공으로 노팅엄에 가 있는 아서가 마침 휴가를 맞아 집에 돌아와 있었다.

모렐은 여느 때와 마찬가지로 아침에 일찍 일어나 뜰에서 휘파람을 불며 톱질을 하고 있었다. 7시에 가족들은 아버지가 수난일에 먹

---

20) 부활절 직전의 금요일을 말하며, 그리스도가 십자가에서 당한 고난과 죽음을 기념하는 날로 성금요일이라고도 한다 - 옮긴이

을 십자가가 찍힌 과자를 3페니어치 사는 소리를 들었다.

"착하고 예쁜 아이로구나."

모렐은 과자를 팔러 온 어린 소녀에게 말을 건네며 재미있어 하고 있었다. 그러고는 나중에 과자를 더 많이 가져온 소년들에게 말했다.

"너희는 꼬마 아가씨보다 한 발 늦었다."

그때 모렐 부인이 일어나고 아이들은 아래층으로 내려갔다. 평일에 다른 날보다 이렇게 늦게까지 자리에 누워 있을 수 있다는 것은 매우 한가로운 기분이 되었다. 폴과 아서는 아침을 먹기 전까지 책을 읽고 세수도 하지 않고 셔츠 바람으로 앉아서 아침을 먹었다. 이것이 또한 휴일에 누릴 수 있는 또 하나의 사치였다. 방은 따뜻했고 마음에 걸리고 걱정거리는 아무것도 없었다. 집 안에는 풍요로운 공기가 감돌았다.

아들들이 독서하고 있는 동안 모렐 부인은 정원으로 나갔다. 지금 그들이 살고 있는 집은 스카질 거리의 집이 아닌 다른 집이었다. 그들은 윌리엄이 죽고 나서 바로 그 근처의 이 집으로 옮겨왔다.

"폴, 폴! 나와 봐라."

어머니의 목소리가 들리자 폴은 읽던 책을 내던지고 밖으로 나갔다. 뜰은 길쭉하게 들판과 이어져 있었다. 그날은 무겁게 흐리고 추운 날씨로 매서운 바람이 더비서 쪽에서 불어왔다. 들판을 둘 넘으면 베스트우드가 시작되어서 지붕과 붉은 집들이 빽빽하게 널려 있고, 그 위로 교회의 탑과 성공회 교회당의 뾰족한 탑이 솟아 있는 모습이 보였다. 그리고 그 너머에는 숲과 언덕이 청회색으로 보이는 페나인 산맥[21]의 고지까지 이어져 있었다.

폴은 뜰을 둘러보며 어머니를 찾았다. 어머니의 머리가 어린 구스

---

21) 영국 잉글랜드 북부에 있는 산맥으로 노섬벌랜드 주(州)에서 더비서 주까지 남북으로 뻗어 있다 - 옮긴이

베리 덤불 속에서 보였다.

"이리 와 보렴!"

모렐 부인이 소리쳤다.

"왜 그러세요?"

"이것 좀 봐라."

모렐 부인은 구스베리 나무의 싹을 가만히 보고 있었다.

"하마터면 못 보고 지나칠 뻔 했구나."

폴은 어머니 곁으로 다가갔다. 울타리 밑의 작은 꽃밭에 영양이 부족한 알뿌리에서 싹이 튼 것처럼 보이는 초라한 잎사귀가 뭉쳐 있고 실라꽃이 세 송이 피어 있었다. 모렐 부인은 짙은 푸른색 꽃들을 손으로 가리켰다.

"이 꽃을 좀 봐."

몰리 부인은 감탄을 자아내며 말을 이었다.

"구스베리 덤불을 보다가 저기 파란 게 설탕 봉지 조각인가 하고 생각했지 뭐야. 그런데 설탕 봉지가 바로 이 꽃이잖니. 이렇게 아름다운 꽃이 세 송이나 피었구나. 그런데 도대체 이것들이 어떻게 여기로 왔을까?"

"글쎄요."

"정말 신기하구나. 난 우리 뜰의 나무나 풀은 전부 다 안다고 생각했는데. 그런데 잘도 숨어 있었지. 저 구스베리가 감춰놓고 있었던 거야. 사람들한테 꺾이지도 않고 더 자라지도 않게 말이야."

폴은 웅크리고 앉아서 종 모양의 작은 파란 꽃을 쳐다보았다.

"정말 고운 색깔이에요."

"그렇지? 스위스에서 온 게 아닐까? 스위스엔 이렇게 귀여운 꽃들이 핀다잖니? 눈 속을 뚫고 꽃을 피우는 거야. 하지만 어떻게 여기에 자라게 됐을까? 이곳까지 바람에 날려 올 리도 없는데. 안 그래?"

288

폴은 예전에 쓸모없어 보이는 자잘한 알뿌리 부스러기를 이곳에 잔뜩 심은 기억이 나 어머니에게 말했다.

"왜 그런 말은 비치지도 않았니?"

"꽃이 필 때까지 말하지 않기로 했었어요."

"그런데 하마터면 그냥 넘길 뻔했구나. 우리 집 뜰 안에 실라꽃이 피긴 생전 처음이야."

모렐 부인은 흥분에 들떠 있었다. 그녀에게는 이 뜰이 한없는 기쁨이었다. 폴은 들판으로 이어지는 커다란 뜰이 있는 집에 살게 된 것을 어머니를 위해 감사한 일이라고 생각하게 되었다. 아침마다 식사가 끝나면 모렐 부인은 뜰에 나가 행복한 듯이 서성이곤 했다. 그리고 그녀가 이 뜰 안의 나무 하나 풀 한 포기까지 전부 알고 있는 것은 사실이었다.

이윽고 소풍 갈 사람들이 모두 모였다. 도시락 준비도 다 됐고 그들은 즐거운 마음으로 출발했다. 그들은 물방앗간 수로의 돌 축대 위에 이르자 터널의 한쪽 물 위에 종이를 떨어트려서 그것이 다른 쪽으로 세차게 흘러나오는 모양을 구경했다. 또한 그들은 보트하우스 역의 구름다리 위에 서서 싸늘하게 빛나는 선로를 내려다보았다.

"6시 반에 스코틀랜드 행 급행열차인 플라잉 스코치맨 호가 이 밑을 지나가는 것을 봐야 해."

아버지가 철도 신호원인 레너드가 말했다. 일행은 선로의 한쪽은 런던으로 가고 다른 쪽으로는 스코틀랜드로 가는 것을 보고 이 두 개의 마법의 나라처럼 생각되는 곳을 어렴풋이 상상해 보았다.

일크스턴에서 광부들이 떼를 지어 서서 술집 문이 열리기를 기다리고 있었다. 이곳은 나태한 유흥의 도시였다. 스탠턴 게이트의 철 주물공장은 벌겋게 불을 뿜고 있었다. 그들은 목격한 모든 것에 대해 격렬한 토론을 벌였다. 그들은 트로웰에서 더비셔로, 다시 노팅엄으로 건너갔다. 점심시간에 햄록 스톤의 유적에 닿았다. 그곳의 들판은 노팅엄과 일크스턴에서 온 사람들로 만원이었다.

그들은 유서 깊고 장엄한 기념비를 기대했지만 대신 울퉁불퉁하고 비틀어진 썩은 버섯 같은 느낌의 작은 바위가 들판의 한쪽 끝에 서 있는 것을 발견했을 뿐이었다. 레너드와 딕은 즉시 그 낡은 붉은 사암에 그들 이름의 머리글자인 L. W.와 R. P.를 새기기 시작했다. 그러나 폴은 돌에 이름을 새기는 것은 그렇게 하지 않고는 영구히 이름을 남길 도리를 모르는 사람들이나 하는 짓이라는 비꼬는 기사를 읽은 적이 있었기 때문에 그들과 함께 하지 않았다. 곧 남자들은 그 바위 위로 올라가 주위의 풍경을 둘러보았다.

눈 아래 보이는 들판에서 젊은 남녀 직공들이 점심을 먹기도 하고 운동 경기를 하기도 했다. 들 저편에서는 오래된 장원의 뜰이 있었다. 그곳에는 소방목 산울타리가 둘러쳐져 있고 울창한 숲과 잔디밭을 에워싸듯이 노란 크로커스가 심어져 있었다.

"좀 봐, 정말 조용한 뜰이야."

폴이 미리엄에게 말했다. 그녀는 거무스르한 소방목과 황금색의 크로커스를 보고 나서 고마워하는 얼굴로 폴을 보았다. 오늘 아침부터 폴은 특히 미리엄과 가까이 굴려고 하지 않았다. 이날의 그는 여느 때와 달랐다. 미리엄의 가장 내밀한 영혼의 미세한 떨림까지도 이해할 수 있는 그녀의 폴이 아니라 그녀와는 다른 언어를 사용하는 별개의 인간이 되어 있었다. 그것은 미리엄에게 깊은 상처를 입히고 그녀의 분별력까지도 무디게 했다. 그녀는 폴이 그의 다른, 그에게 있어 그다지 소중하지 않은 것에서 자기에게로 돌아오기만 하면 다시 원래대로 사는 보람을 느낄 수 있다는 생각만을 하고 있었다. 그런데 이제야 겨우 그가 자신과 다시 정신적으로 접촉하기를 원하면서 그녀에게 뜰을 보라고 말해 준 것이다.

은 이 유적을 탐험하는 즐거움이 거절당하지는 않을까 두려워하면서 들어갔다. 허물어진 높은 담을 들어서니 바로 마당이 있고 거기에는 바퀴축을 땅바닥에 딱 붙이고 그 바퀴 테가 붉게 녹이 슬어 반짝이는 농원용 짐마차가 있었다. 주위는 매우 고요했다.

일행은 모두 신이 나서 6펜스를 내고 조심조심 내벽에 있는 아름다운 아치를 지나갔다. 그들은 겁이 많았다. 예전에 홀이 있었던 포장된 보도 위에는 찔레나무가 싹을 내고 있었다. 가지각색 모양의 입구와 허물어진 방들이 그들 주위의 어두운 곳에 있었다.

점심을 먹은 뒤 일행은 다시 그 폐허를 탐험하려고 행동을 개시했다. 이번에는 소녀들도 안내자와 해설자 역할을 할 수 있는 청년들을 따라다녔다. 스코틀랜드의 메리 여왕이 유폐되었다는 다소 허물어져 가는 높은 탑이 한쪽 구석에 있었다.

"여왕이 이곳을 올라갔었구나."

미리엄은 썰렁한 계단을 올라가면서 낮은 소리로 말했다.

"여왕은 지독한 류머티즘인가 뭔가 하는 것이 있어서 일어서지 못한 게 아닐까? 사람들이 여왕을 박대했을 거라고 생각해."

폴이 말했다.

"그런 대접을 받는 게 당연하다고 생각해?"

미리엄이 물었다.

"아니, 그렇게 생각하지는 않아. 여왕은 다만 너무 지나치게 거만했을 뿐이야."

일행은 구불구불한 나선식 계단을 올라갔다. 강한 바람이 계단으로 불어올라 미리엄의 치마를 풍선처럼 부풀게 해 그녀를 부끄럽게 하자 폴이 치맛자락을 잡아서 내려주었다. 그는 마치 떨어진 장갑을 주워주듯이 아무렇지도 않게 했다. 미리엄은 이 일을 언제까지나 기억했다.

오래된 아름다운 담쟁이덩굴이 허물어진 탑 주위를 휘감으며 무성하게 자라고 있었다. 그곳에는 창백하고 싸늘한 싹을 틔운 자란화도 있었다. 미리엄은 몸을 밖으로 내밀어 담쟁이덩굴 잎을 따고 싶어 했지만 폴이 말렸다. 대신 그녀는 그의 뒤에 서서 그가 덩굴을 따서 옛 기사도의 예절에 따라 하나씩 건네주는 어린 가지를 받아야 했다. 탑은 바람을 받아 흔들리는 것 같았다. 그들은 몇 킬로미터고 계속해서 펼쳐져 있는 숲과 반짝이는 초원으로 가득 찬 땅을 내려다보았다.

장원의 지하실은 아름답고 완전하게 보존되어 있었다. 폴은 그것을 그림으로 그렸고 미리엄은 그의 곁에서 떠나지 않았다. 그녀는 메리 여왕에 대해 상상하고 있었다. 그 여왕은 비참한 자기 입장을 이해하지 못한 채 희망을 잃은 눈을 크게 뜨고 구원해 줄 사람이 아무도 오지 않는 언덕 저편을 탑에서 바라보거나 이 지하의 감옥 속에서 마룻바닥처럼 차가운 신에 대한 설교를 듣고 있었다.

일행은 언덕 위에 아름답고 거대한 모습으로 서 있어 무척 마음에 드는 장원을 되돌아보면서 집으로 출발했다.

"네가 이 장원을 손에 넣을 수 있다면 좋겠지."

폴이 미리엄에게 말했다.

"정말!"

"여기에 당신을 만나로 오는 건 참 즐거울 거야!"

그들은 돌담이 이어진 넓은 벌판을 걸었다. 미리엄은 그녀의 집에서 겨우 16킬로미터밖에 떨어져 있지 않은 이곳이 몹시 먼 곳처럼 느껴졌다. 일행은 피로에 지쳐 있었다. 그들은 태양을 등지고 무수히 빛나는 조약돌이 흩어져 있는 반짝이는 길을 따라 완만하게 경사진 넓은 목장을 건너갔다. 폴이 나란히 걷고 있는 미리엄의 그물 가방에 손을 집어넣었고 그 순간 미리엄은 뒤에서 걸어오던 애니가 샘나는 듯이 지켜보고 있는 시선을 느꼈다. 그러나 들판은 찬란한 햇빛을 흠뻑 받았고 길에는 보석이 뿌려져 있는 것 같았다. 폴이 미리엄의 그물 가방을 만지는 일은 극히 드물었다. 미리엄은 그녀의 손가락에 폴의 손가락이 닿아도 속에서 조금도 손을 움직이지 않았다. 그리고 미리엄은 자기가 걷고 있는 길을 꿈같이 멋진 곳으로 느꼈다.

드디어 그들은 언덕 위에 집이 드문드문 흩어져 있는 크리치 마을로 들어섰다. 마을 맞은편에는 폴의 집 뜰에서도 보이는 유명한 크리치 스탠드가 있었다. 일행은 계속 걸어갔다. 거대하게 넓은 이 지방의 풍광이 눈 닿는 데까지 펼쳐져 있었다. 남자들은 기를 쓰고 언덕 꼭대기까지 올라갔다. 언덕 위에는 반쯤은 허물어져 버린 원형의 흙무더기가 있었고 그 위에는 옛날에 이 언덕 아래로 이어지는 노팅엄셔와 레이체스터셔에 신호를 보내는 역할을 하던 오래된 기념비가 남아 있었다.

고립된 언덕 위에는 워낙 심한 바람이 불고 있어서 바람에 날려가지 않으려면 탑의 벽에 몸을 바짝 붙이는 수밖에 없었다. 그들의 발밑은 절벽이었고 그곳의 석회암은 바람에 날려서 허물어져 내렸다. 아래쪽으로는 언덕과 매틀록, 앰버게이트, 스토니 미들턴 등 작은 마을들이 복잡하게 흩어져 있었다. 남자들은 멀리 왼편에 비교적 집이 밀집해 있는 지대에서 베스트우드 교회를 찾아내려고 기를 썼다. 그들은 교회가 평지에 서 있는 것처럼 보여서 실망했다. 더비셔의 언덕은 단조로운 미들랜드 안에서 평퍼짐하게 남쪽으로 뻗어 있는 것처럼 보였다.

미리엄은 세찬 바람에 조금 무서워졌지만 남자들은 그 바람을 즐기고 있었다. 그들은 왓스탠드웰을 향해 몇 킬로미터나 걸었다. 먹을 것이 떨어져 배가 고팠고 돈은 부족했다. 그들은 흰 빵과 건포도가 든 빵을 사서 주머니칼로 잘게 나누어 다리 근처의 돌 축대에 앉아 먹으면서 더웬트 강의 빠르게 흘러가는 맑은 물살과 매틀록에서 온 대형마차가 여관 앞에 멈추는 광경 등을 바라보았다.

폴은 매우 지쳐 있었고 안색은 창백하기까지 했다. 그는 하루 종일 일행을 책임지고 보살폈기 때문이었다. 그 사실을 안 미리엄은 얼른 그의 곁으로 다가갔고 폴은 그녀의 도움을 받았다.

일행은 앰버게이트 역에서 한 시간이나 기차를 기다려야 했다. 들어온 기차는 맨체스터, 버밍햄, 런던 등으로 돌아가는 소풍객으로 만원이었다.

"도중에 못 내릴지도 모르겠다……. 우리들도 멀리까지 돌아가는 걸로 생각할지 모르니까."

폴이 걱정스러운 투로 말했다.

일행이 집에 도착한 것은 무척 늦은 밤이었다. 미리엄은 제프리와 나란히 돌아가면서 크고 붉은 달이 으스름하게 떠오르는 광경을 보았다. 미리엄은 자기 내부에서 무엇인가가 성취되는 것 같은 기분을 느꼈다.

미리엄에게는 학교 선생인 애거서라는 언니가 있었다. 자매는 사이가 좋지 않았다. 미리엄은 애거서가 세속적이라고 생각했다. 그러나 미리엄도 학교 선생이 되고 싶었다.

어느 토요일 오후, 애거서와 미리엄은 위층에서 옷을 갈아입고 있었다. 두 사람의 침실은 외양간 위에 있었는데, 천장이 낮고 그리 넓지 않았으며 아무런 장식도 없는 썰렁한 방이었다. 미리엄은 베로네세[22]의 〈성 캐서린〉 복사본을 못으로 벽에 붙여놓았다. 그녀는 창문턱에 꿈꾸듯이 앉아 있는 그 성녀가 좋았다. 자신의 방 창문은 너무 작아서 창문턱에 걸터앉을 수가 없었다. 그러나 앞 창문에는 인동덩

---

22) 파울로 베로네세(Paolo Veronese, 1528~1588). 이탈리아 베네치아 화파의 화가이다 – 옮긴이

굴과 담쟁이덩굴이 늘어져 있고 거기에서 마당 저편에 있는 떡갈나무 숲의 나무 윗부분이 보였다. 또한 뒤쪽으로는 손수건 정도 크기밖에 되지 않는 통풍용 창문이 동쪽으로 나 있어서 해가 뜰 때면 아름다운 둥근 언덕이 그림자처럼 떠오르는 광경을 볼 수 있었다.

두 자매는 그다지 이야기를 나누지 않았다. 키가 작고 금발에 분명한 성격인 애거서는 이 집안의 분위기나 '한쪽 뺨도 내밀어라'는 어머니의 교리에 반발했다. 그녀는 세상에 나가 훌륭하게 독립하려 하고 있었다. 또한 그녀는 외모나 예의, 지위 등 미리엄이 조금도 인정하려 들지 않는 세속적인 가치를 중요시했다.

폴이 농장을 방문할 때 자매는 아래층이나 마당에 있지 않고 위층에 있기를 좋아했다. 그들은 달려 내려와서 계단 밑의 문을 열고 자기들이 나타나기를 기다리고 있는 폴을 보는 것이 좋았다. 미리엄은 서서 그가 선물한 묵주를 목에 걸려고 애썼다. 묵주가 가느다란 머리칼에 엉켜 고생했지만 그녀는 가까스로 목에 걸 수 있었다. 그 적갈색 나무구슬은 그녀의 투명한 살결에 잘 어울렸다. 그녀는 몸이 매력적으로 발달했고 매우 아름다웠다. 그러나 석회칠을 한 벽에 걸린 작은 거울로는 전신을 볼 수 없었다. 애거서는 작은 거울을 사와서 자기에게 알맞은 높이에 걸어두었다.

미리엄이 창가에 있을 때 갑자기 귀에 익은 쇠사슬 소리가 들렸다. 창문을 내다보니 폴이 대문을 활짝 열고 자전거를 끌며 마당으로 들어오는 참이었다. 그가 집 쪽을 쳐다보는 것을 보고 미리엄은 뒤로 물러섰다. 그는 스스럼없이 들어왔고 그의 자전거는 살아 있는 생물처럼 그를 따라 들어왔다.

"폴이 왔어!"

미리엄은 소리를 질렀다.

"기쁘겠구나."

애거서가 신랄하게 말했다.

미리엄은 놀라고 당황해서 우뚝 선 채 꼼짝도 하지 않았다.

"기쁘지 않아?"

애거서가 물었다.

"기뻐. 하지만 기쁜 내색을 그가 눈치 채게 하거나 내가 보고 싶어 했다는 것을 그에게 알리고 싶진 않아."

미리엄은 침착할 수 없었다. 폴이 자전거를 아래층 외양간에 두고 한때 광산에서 일했던 볼품없는 지미라는 말에게 이야기하는 소리가 들렸다.

"지미, 잘 있었어? 기운이 없는 것 같네. 그래선 안 돼."

말이 머리를 들고 그의 손길을 피하자 고삐 스치는 소리가 들렸다. 미리엄은 폴이 아무도 듣는 사람이 없는 줄 알고 말에게 이야기하는 것을 듣는 것이 무척 좋았다. 그러나 미리엄의 에덴동산에는 뱀이 숨어 있었다. 그녀는 자신이 폴을 원하고 있는지 알기 위해 열심히 자기 마음속을 더듬고 있었다. 만약 그게 사실이라면 경박스러운 일인 것 같이 생각되었다. 그녀는 비뚤어진 감정으로 가득 차 있어서 자기가 그를 정말로 원하는 것이 아닌지 두려워졌다. 이내 미리엄은 스스로를 죄인으로 느꼈고, 새로운 수치심의 고뇌에 사로잡혔다. 그 가책 때문에 미리엄은 자기 껍질 속에 틀어박히고 말았다. 내가 그를 원할까? 내가 그를 원하는 것을 폴도 알고 있는 것일까? 미리엄에게 있어 그것은 말할 수 없는 수치였다. 그녀는 자신의 영혼 전체가 수치의 덩어리가 되어 가는 것처럼 느꼈다.

애거서가 먼저 옷을 갈아입고 아래층으로 내려갔다. 미리엄은 애거서가 폴을 향해 상냥하게 인사하는 것을 들었고 그 어조에서 언니의 회색 눈이 얼마나 밝게 빛났고 있는가를 정확히 알 수 있었다. 그러나 미리엄은 그를 원하고 있는 자신을 비난하면서 고민에 사로잡힌 채 서 있었다. 그녀는 혼란 속에서 꿇어앉아 기도를 올렸다.

"오, 주님! 제가 폴을 사랑하지 않게 해주시옵소서. 만약 제가 그를 사랑해서는 안 된다면 사랑하지 않게 해주시옵소서."

그러나 그 기도 속에 무언가 이상한 것이 있다고 깨달은 미리엄은 고개를 들고 곰곰이 생각했다. 그를 사랑하는 것이 어째서 나쁘단 말인가? 사랑은 신의 선물이 아닌가. 그런데 사랑이 수치심을 불러일으키다니. 그것은 폴과는 관계없는 일이었다. 그것은 그녀 자신의 문제이며 미리엄과 신 사이의 문제였다. 그녀는 희생되어야 했다. 그러나 그것은 폴이나 자기 자신을 위한 희생이 아니라 신을 위한 제물이었다. 다시 몇 분 동안 그녀는 베개에 얼굴을 파묻고 기도했다.

"그러나 주여, 제가 그를 사랑하는 것이 당신의 뜻이라면 그를 사랑하게 해주시옵소서. 인류의 영혼을 위해 죽으신 그리스도처럼 훌륭히 사랑하게 하소서. 그는 당신의 아들입니다."

미리엄은 깊이 감동하여 한참이나 네모난 헝겊조각을 이어 만든, 빨강색 천 조각과 라벤더 가지 무늬가 있는 조각을 누벼서 만든 조각 이불 위에 까만 머리칼을 흐트러트린 채 꿇어앉아 있었다. 미리엄은 기도 없이 살아갈 수 없었다. 그리고 미리엄은 희생하여 수많은 인간의 영혼에 가장 깊은 행복을 준 그리스도처럼 자기를 희생하는 황홀감에 빠져들었다.

아래층에 내려가 보니 폴은 안락의자에 기대앉아 그가 가져온 자그마한 그림을 조롱하고 있는 애거서를 향해 열띤 말투로 설명하고 있는 중이었다. 미리엄은 두 사람을 힐끔 본 뒤 그들을 피해 응접실로 향했다.

미리엄이 폴에게 말을 걸 틈도 없이 차 마시는 시간이 되었고, 그때는 그녀의 태도가 너무 쌀쌀맞았기 때문에 폴은 자기가 그녀의 감정을 상하게 한 것은 아닐까 생각했다.

미리엄은 목요일 저녁마다 베스트우드의 도서관에 가는 일과를 그만두었다. 그녀는 봄철 내내 매주 폴을 찾아가는 동안 여러 가지 사소한 사건을 겪고 그의 가족에게 작은 모욕을 받음으로써 그의 가족들이 자기를 어떻게 생각하는지 분명히 깨달았고 더 이상 그의 집에는 가지 않기로 결심했다.

어느 날 저녁 미리엄은 이제 다시는 그를 만나러 가지 않겠다고 폴에게 선언했다.

"왜?"

폴이 짧게 물었다.

"가지 않는 게 좋을 것 같아서."

"그래."

"그렇지만……."

우물쭈물하면서 미리엄이 말을 이었다.

"네가 만나고 싶다면 앞으로도 같이 갈 수 있어."

"어디서 만나지?"

"어디든, 네가 좋은 곳에서."

"난 밖에서 만나는 건 싫어. 왜 날 만나러 오지 않겠다는 건지 모르겠지만 네가 찾아오기 싫다면 나도 만나고 싶지 않아."

이렇게 두 사람에게 소중했던 목요일 저녁의 도서관 다니기는 중단되었다. 대신 폴은 열심히 공부했다. 모렐 부인은 그렇게 된 것을 매우 만족스럽게 여겼다.

폴은 자기와 미리엄이 애인 사이라고 인정하려 들지 않았다. 두 사람 사이의 친밀함은 영혼이니 사고니 의식이니 하는 너무나 추상적인 것에 머물러 있었고, 때문에 미리엄과의 관계는 단순히 플라토닉한 우정이라고밖에 생각하지 않았다. 그는 두 사람 사이에 그밖에 무엇이 있다는 것을 완강히 부정했다.

미리엄은 그에 대해 아무 말도 하지 않고 겨우 그의 말에 동의할 뿐이었다. 폴은 자신에게 일어나고 있는 일을 깨닫지 못하는 바보였다. 다른 사람들의 비평이나 헐뜯는 말을 그들은 암묵적으로 동의한 일치된 태도로써 무시했다.

　"우리는 연인이 아니라 친구야."

　폴은 미리엄에게 말했다.

　"그건 우리가 가장 잘 알고 있으니까 다른 사람들은 말하고 싶은 대로 말하라지. 누가 뭐라고 한들 무슨 상관이람."

　간혹 두 사람이 같이 걸어갈 때 미리엄은 살며시 그의 팔에 팔짱을 끼었다. 그러면 폴은 언제나 화를 냈고 미리엄도 그것을 알고 있었다. 그런 행동이 그의 마음에 묘한 갈등을 일으켰기 때문이다. 미리엄에 대한 자기의 자연스러운 사랑의 불꽃이 아름다운 사고의 흐름으로 변하여 전달될 때 그는 언제나 미리엄에 대해 추상적이고 고답적인 입장을 취하고 있었다. 미리엄은 그것을 원하고 있었다. 폴이 들떠 있으면, 미리엄의 말을 빌리자면 경박하게 까불거리고 있으면 미리엄은 그가 자기에게 돌아올 때까지, 즉 그의 내부에 다시 변화가 일어나 무언가를 이해받고 싶은 욕망에 불타서 심각한 얼굴로 자신의 영혼과 씨름을 할 때까지 기다렸다. 그리하여 폴이 이해받고자 하는 열망이 불탈 때 그녀의 영혼은 그의 영혼에 가까이 접근하고 그녀는 그를 완전히 소유했다. 그러기 위해서는 먼저 그의 마음이 추상적으로 변할 필요가 있었다.

　그런데 미리엄이 팔짱을 끼면 거의 고문을 당하듯 폴은 괴로워했고, 의식이 분열되는 것 같았다. 미리엄의 피부가 닿는 부분은 마찰로 화끈거렸으며 마음속에 죽느냐 사느냐 하는 격렬한 싸움이 벌어져 그는 미리엄에 대해 냉혹해졌다.

　한여름의 어느 날 저녁, 미리엄이 폴의 집을 찾아왔다. 그녀는 언덕길을 오르느라 땀을 흘리고 있었다. 폴은 혼자 부엌에 있었고 그의 어머니가 위층에서 움직이는 소리가 들렸다.

"스위트 피[23]를 보러 가지 않을래?"

폴이 미리엄에게 말했다. 두 사람은 뜰로 나왔다. 작은 마을과 교회 저편으로 보이는 하늘은 빨강과 오렌지 빛이 섞여 있었다. 꽃밭에는 이상하고 따뜻한 빛이 쏟아지고 있어서 초목의 모든 잎들은 어떤 뜻을 품고 있는 것처럼 의미심장해 보였다. 폴은 아름답게 피어 있는 스위트 피 사이를 걸으면서 크림색과 연한 감색 꽃을 따 모았다. 미리엄은 꽃향기를 흠뻑 들이마시며 그의 뒤를 따랐다. 그녀는 꽃을 자신의 일부로 만들어버리지 않고는 못 배길 만큼 꽃에 강렬하게 이끌렸다. 허리를 굽혀 꽃향기를 맡으면 자기와 꽃이 서로 사랑하는 사이같이 생각되었다. 폴은 그러한 미리엄을 싫어했다. 그녀의 행동에는 노골적이며 적나라한 것이 있었던 것이다.

폴이 아름다운 꽃다발을 만들자 두 사람은 집 안으로 돌아갔다. 폴은 위층에서 움직이는 어머니의 조용한 발걸음 소리에 잠깐 귀를 기울이고 있다가 말했다.

"옷에 꽃을 달아줄까?"

폴은 그녀의 가슴에 두세 송이의 꽃을 달아주고는 그 모습을 보려고 뒤로 물러섰다. 그는 입에 문 핀을 집으며 말했다.

"여자는 언제나 거울 앞에서 꽃을 다는 거야."

미리엄은 웃음을 머금었다. 그녀는 옷에 꽃을 달 때는 좀 더 자유롭게 아무렇게나 달아야 한다고 생각했다. 그래서 폴이 자기 옷에 꽃을 달아주느라 고생하는 것은 그의 기분대로 하는 일일 뿐 미안할 것은 없다고 생각했다.

---

23) sweet pea. 콩과에 속하는 1년생 식물로 이탈리아가 원산지이며 아름다운 꽃과 향기로 다른 지역에서도 널리 재배한다 — 옮긴이

폴은 그녀의 웃음에 기분이 상했다.

"그렇게 하는 여자도 있어……. 고상한 여자들은 말이야."

미리엄은 다시 웃었지만 폴이 보통 여자들과 자기를 같이 취급하는 말을 듣자 좋은 기분은 아니었다. 다른 남자에게 그런 말을 들었다면 그녀는 그다지 마음에 담아두지 않았겠지만 폴의 입에서 나온 이야기였기 때문에 그녀의 마음은 상처를 받았다.

폴이 꽃을 거의 다 달아주었을 때 어머니의 발자국 소리가 계단에서 들렸다. 그는 서둘러 마지막 핀을 꽂고 미리엄 곁에서 물러섰다.

"엄마한테는 비밀이야."

미리엄은 자기 책을 집어들고 문간에 서서 가라앉지 않은 마음으로 아름다운 저녁노을을 바라보았다. 그리고 더 이상은 그를 찾아오지 않겠다고 생각했다.

"안녕하세요, 아주머니."

미리엄은 모렐 부인에게 매우 공손한 태도로 인사했다. 그 목소리는 자기가 이곳에 있을 권리가 없다고 느끼는 것 같았다.

"아, 미리엄이니?"

모렐 부인은 쌀쌀맞게 대답했다. 그러나 폴은 자신과 미리엄의 우정을 인정하게 하려는 점에서 누구에게도 양보하지 않았다. 모렐 부인도 역시 불화를 겉으로 드러나게 할 만큼 어리석지는 않았다.

폴이 스무 살이 될 때까지 그의 가족은 휴가에 여행을 갈 만한 경제적 여유가 없었다. 모렐 부인은 결혼한 이래 그녀의 언니를 만나러 간 것 외에는 한 번도 멀리 여행을 떠난 적이 없었다. 이제 겨우 폴이 휴가를 갈 수 있는 돈을 모아서 그들은 모두 함께 떠나게 되었다. 가족 외에도 애니의 친구 몇 사람과 폴의 친구 한 명, 전에 윌리엄이 근무했던 사무실에서 일하는 청년 한 명, 그리고 미리엄이 동행하기로 했다.

방을 예약하기 위해서 편지를 쓸 때는 야단법석이었다. 폴과 모렐 부인은 그 일로 끊임없이 논쟁했다. 그들은 가구가 갖추어진 시골집을 빌리고 싶었다. 하지만 그녀는 1주일이면 충분하다고 생각했고 그는 2주일을 주장하며 양보하지 않았다. 마침내 마블소프에서 그들이 원하는 집을 1주일에 30실링이면 빌릴 수 있다는 답장이 오자 모두들 굉장히 즐거워했고, 폴은 어머니를 위해서 몹시 기뻐했다. 어머니도 이제 가까스로 휴일을 갖게 되는 것이다.

그날 저녁에 폴은 어머니와 나란히 앉아서 그 집은 어떤 곳일까 상상하며 이야기를 나누었다. 그때 애니가 들어오고 레너드와 앨리스, 그리고 키티도 들어왔다. 모두들 기쁨으로 인한 흥분과 기대에 가득 차 있었다. 폴은 미리엄에게 이야기했다. 미리엄도 즐거운 생각에 잠겨 있는 것 같았다. 모렐네 집은 흥분으로 들떠 있었다.

그들은 토요일 아침 7시 기차로 출발하게 되어 있었다. 폴은 미리엄의 집이 머니까 전날 그의 집에 와서 자는 것이 어떻겠냐고 말했다. 미리엄은 그날 저녁식사 때 도착했다. 모두들 흥분해 있었기 때문에 미리엄에게도 따뜻했다. 그러나 미리엄이 집으로 들어오자마자 분위기는 갑자기 무거워졌고 딱딱해졌다. 폴은 마블소프가 언급된 진 인젤로[24]의 시를 발견했고 미리엄에게 그것을 읽어주겠다고 말했다. 그는 자기 가족들에게 시를 읽어줄 만큼 감상적인 기분이 되어본 적은 한 번도 없었다. 그러나 지금 가족들은 그의 목소리에 귀를 기울이기로 했다.

미리엄은 소파에 앉아서 폴 생각에 마음을 빼앗기고 있었다. 그의 곁에 있으면 미리엄은 언제나 그의 안으로 들어가든가 그 때문에 정신을 빼앗기고 있는 것처럼 보였다. 모렐 부인은 미리엄이 그렇게 되도록 놔두지 않겠다는 듯이 자기 의자에 앉아 있었다. 그녀도 폴

---

24) 진 인젤로(Jean Ingelow, 1820~1897). 영국의 여류 시인이자 소설가이다 – 옮긴이

의 낭독을 들을 생각이었다. 그리고 애니와 아버지까지도 그 자리에 있었다. 모렐은 설교에 귀를 기울이는 사람처럼 머리를 한쪽으로 기울이고 있었다. 폴은 아래를 보며 시집을 읽기 시작했다. 그는 지금 그것을 들려주고 싶은 사람들을 모두 자기 앞에 모아놓고 있었다. 모렐 부인과 애니는 누가 가장 그 시를 잘 이해해서 폴의 마음을 얻을 수 있는가로 미리엄과 경쟁하고 있다고 해도 좋을 정도였다. 폴의 얼굴에 기쁜 표정이 가득했다.

"그런데 종소리가 울리게 되어 있는 '엔더비의 신부'란 무엇을 말하는 거냐?"

모렐 부인이 도중에 입을 열었다.

"그건 옛날에 마을 사람들이 홍수를 경고할 때 종으로 연주했다는 곡이에요. 아마 엔더비의 신부는 홍수 때 물에 빠져 죽었나 봐요."

폴이 대답했다. 사실 그도 전혀 모르는 이야기였지만 여자들 앞에서 모른다고 고백하기는 싫었다. 그들은 모두 폴의 설명을 의심하지 않았다.

"그럼 사람들은 그 곡의 의미를 알고 있을까?"

모렐 부인이 물었다.

"네, 마치 스코틀랜드 사람들이 '숲속의 꽃'을 들을 때 아는 것처럼요. 이 사람들도 위험을 알리기 위해 종을 거꾸로 울린 거예요."

"어떻게 그렇게 하지? 종은 거꾸로 울리나 바로 울리나 같은 소리인데."

애니가 끼어들었다.

"하지만 낮은 종에서 시작해 점점 높은 종으로 가면 달라. 땡—땡—땡—땡—땡!"

폴은 입으로 저음에서 고음으로 높이며 흉내를 냈다. 모두가 그럴듯한 방법이라고 생각했다. 그는 1분쯤 기다린 뒤에 시 낭독을 계속했다.

마침내 시 낭독이 끝나자 모렐 부인은 신기하다는 듯이 말했다.

"흠! 하지만 난 쓰여 있는 글들이 정말로 그렇게 슬픈 이야기가 아니었으면 좋겠구나."

"대관절 무엇 때문에 그 사람들이 빠져 죽고 싶어 했는지 난 통 모르겠는걸."

모렐의 말을 끝으로 잠시 잠잠해졌다. 이내 애니가 식탁을 치우려고 일어나자 미리엄도 도우려고 일어섰다.

"같이 거들게요."

"괜찮아요. 앉아 있어요. 별로 많지도 않으니까."

애니가 말했다. 사람에게 친숙하게 굴거나 끈질기게 말하지 못하는 미리엄은 다시 앉아서 폴과 함께 책을 들여다보았다.

폴은 여행하는 일행의 대장 격이었다. 모렐이 있었지만 이런 일에는 적합하지 않았다. 폴은 양철로 된 짐 상자가 마블소프가 아닌 퍼스비 같은 데에 잘못 내려지지는 않을까 무척 걱정했다. 뿐만 아니라 그는 마차를 부를 용기가 없었기 때문에 몸집은 작지만 대담한 그의 어머니가 나섰다.

"이봐요! 이봐요!"

모렐 부인이 마부에게 소리쳤다. 폴과 애니는 어머니가 부끄러워서 몸을 떨고 웃으며 다른 사람들 뒤에 가서 섰다.

"저, 브룩 코티지까지 얼마에 갑니까?"

모렐 부인이 물었다.

"2실링 내세요."

"거리가 얼마나 되는데요?"

"상당히 멉니다."

"그래요?"

모렐 부인은 마차에 올랐다. 낡은 해안용 마차에 여덟 사람이 타자 마차 안은 초만원이 되고 말았다.

"한 사람에 겨우 3펜스야. 만약에 기차를 탔다면……!"

모렐 부인이 끔찍한 표정으로 말했다.

마차가 달리기 시작했다. 시골집을 볼 때마다 모렐 부인은 소리를 질렀다.

"여긴가? 이번엔 진짜일 거야."

다들 숨을 죽이고 앉아 있었다. 하지만 마차는 그대로 지나쳤고 모두들 안도의 숨을 내쉬었다.

"그런 형편없는 집이 아니라서 다행이야. 난 깜짝 놀랐다."

모렐 부인이 말했다.

마차는 계속해서 앞으로 달려갔다. 마침내 그들은 큰 길을 따라 난 수로 곁에 외따로 서 있는 집 앞에서 내렸다. 집 앞뜰로 들어가기 위해 작은 다리를 건너야 했기 때문에 일행은 매우 흥분했다. 그들은 외따로 쓸쓸히 서서 한쪽으로는 바닷가로 이어지는 초원이 펼쳐져 있고 다른 쪽은 하얀 보리밭과 노란 귀리밭, 붉은 밀밭과 파릇파릇한 야채밭들이 지평선까지 평평하게 이어져 하늘과 맞닿아 있는 이 집이 마음에 들었다.

폴이 회계를 맡았고 모렐 부인은 일을 도왔다. 숙소와 음식 등 모든 것을 포함해서 한 사람 당 1주일에 16실링 정도가 들었다.

폴과 레너드는 아침에 수영을 하러 갔고 모렐은 일찍부터 밖으로 산책을 나갔다.

"폴, 버터 바른 빵을 좀 먹으렴."

모렐 부인이 침실에서 아들을 불렀다.

"네."

폴이 돌아와 보니 어머니는 아침 식탁에서 여러 사람의 시중을 들고 있었다. 이 집의 안주인은 젊었다. 남편은 장님이었고 그녀는 세탁소 일을 했다. 그래서 모렐 부인은 여느 때와 마찬가지로 부엌에서 그릇을 씻거나 잠자리를 준비했다.

"엄마는 진짜 휴가를 즐기겠다고 하시더니 역시 일만 하고 계시는군요."

"일이라니! 무슨 말을 하는 거니?"

모렐 부인이 소리쳤다.

폴은 어머니와 함께 들을 건너서 마을이나 바다까지 걷는 것이 좋았다. 모렐 부인이 두꺼운 판자 다리를 무서워하자 폴은 어린애 같다며 어머니를 놀렸다. 대체로 그는 어머니의 애인인 것처럼 그녀와 함께 붙어 다녔다.

미리엄은 다른 사람들이 전부 '쿤'에 갔을 때를 제외하고는 폴과 같이 있을 기회가 없었다. 미리엄에게 미국 스타일의 노래인 쿤은 참을 수 없을 정도로 시시해 보였다. 폴은 그녀의 편에 서서 그런 걸 듣는 건 바보 같은 짓이라고 애니에게 아는 척하며 설명했다. 그러나 그 역시 쿤의 노래를 전부 알고 있었고 길을 가면서 떠들썩하게 불렀다. 그러다 자기가 그만 그 노래에 도취되어 있었다는 것을 깨달으면 그는 그 어리석음을 무척 재미있어 했다. 그러면서도 애니에게는 이렇게 말했다.

"그따위 헛소리에는 한 조각의 지성도 없어. 메뚜기만한 비판력이라도 있는 사람이라면 그따위 음악을 들으러 가지는 않을 거야."

그리고 미리엄에게는 애니와 다른 사람들을 몹시 멸시하는 투로 말했다.

"또 쿤에 갔나 보지."

미리엄이 쿤 스타일의 노래를 부르는 모습은 묘했다. 그녀의 턱은 아랫입술에서 목으로 굴곡을 이르는 곳까지 일직선으로 되어 있었다. 그녀가 노래를 부르면 폴은 항상 보티첼리[25]가 그린 침울한 천사가 생각났다. 노래가 연가일 경우에도 마찬가지였다.

'연인들이 다니는 길을 함께 걸어주세요. 함께 얘기해 주세요.'

폴이 그림을 그리거나 저녁에 다른 사람들이 모두 쿤에 나가 있을 때만 미리엄은 전과 다름없는 그를 독점할 수 있었다. 폴은 자기가 수평으로 이어진 선을 얼마나 좋아하는지 그녀에게 지칠 줄 모르고 이야기했다. 같은 곡선의 반복으로 연결된 교회의 굽은 노르만식 아치가 어디서 끝날지 모르는 불굴의 인간 영혼이 강인한 힘으로 끝까지 도약하고 전진하는 것을 의미하는 것과 마찬가지로 이 링컨셔의 하늘과 지면이 맞닿은 거대한 수평선은 그에게 의지의 영원성을 의미했다. 그와는 반대로 수직의 선과 고딕의 날카로운 아치는 하늘 높이 날아 올라가 환희의 절정에 닿고 그 신성함 속에서 자신을 상실하는 것이라고 말했다. 그 자신은 노르만식이고 미리엄은 고딕식이라고 폴은 말했다. 미리엄은 폴의 이 말에도 동의하며 고개를 끄덕였다.

어느 날 밤 폴과 미리엄은 넓게 펼쳐진 모래사장을 따라 세들소프 쪽으로 걸어갔다. 커다란 파도가 밀려와 부서지고 물거품이 모래사장에 스며드는 소리를 내며 물러갔다. 따뜻한 저녁이었다. 넓은 모래사장에는 그들 외에는 사람의 그림자도 없고 파도 소리밖에 들리지 않았다. 폴은 바닷가에 부서지는 파도를 보는 것이 좋았다. 그는 바다의 시끄러운 소리와 모래사장의 적막 속에 있기를 좋아했다. 미리엄은 그의 곁에 있었다. 모든 것이 몹시 강렬해졌다.

두 사람이 돌아올 무렵에는 주위가 완전히 어두워졌다. 돌아오는

---

25) 산드로 보티첼리(Sandro Botticelli, 1445~1510). 초기 이탈리아 르네상스의 대표적인 화가이다 – 옮긴이

길은 모래언덕의 갈라진 틈을 지나고 두 개의 수로 사이에 긴 풀이 무성한 길을 따라와야 했다. 주위는 어둡고 고요했다. 모래언덕 너머에서 파도 소리가 희미하게 들려왔다. 그때 폴은 갑자기 멈칫했다. 혹시 혈관이 파열되지나 않을까 싶을 만큼 그의 피는 온통 불타오르는 것 같았고 숨이 막혀왔다. 거대한 오렌지색 달이 모래언덕 마루에서 그들을 쳐다보고 있었다. 폴은 가만히 서서 달을 바라보았다.

"아아!"

미리엄도 달을 보자 탄성의 소리를 자아냈다. 폴은 이 광대한 어둠 속에서 유일하게 보이는 크고 불그스름한 달을 주시한 채 꼼짝도 하지 않았다. 그의 심장은 무겁게 고동치고 두 팔의 근육은 딱딱해지고 있었다.

"왜 그래?"

폴이 움직이기를 기다리면서 미리엄이 속삭였다. 폴은 돌아서서 미리엄을 쳐다보았다. 그녀는 그의 곁에 그림자처럼 서 있었다. 모자 그늘에 가려져 있는 그녀의 눈은 상대편에게 보일 염려 없이 그를 지켜볼 수 있었다. 그러나 그녀는 무언가 생각에 잠겨 있었다. 그녀는 무언가를 두려워하고 있는 것 같았고 깊이 감동을 받아 종교적인 기분이 되어 있었다. 이때가 그녀의 기분이 가장 맑을 때였다. 폴은 그러한 미리엄에 대해서 무력했다. 그의 피는 불꽃처럼 뜨거워져 심장에 모여 있었다. 그러나 그것을 미리엄에게 전할 수 없었다. 그의 피는 불이 붙은 듯 타고 있었지만 그녀는 어째서인지 그러한 것을 무시하고 있었다. 그녀는 폴에게 일종의 종교적인 상태를 바라고 있었다. 폴의 변화를 원하면서도 그녀는 어렴풋이 그의 정열을 느끼고 당혹스러워하며 그를 응시했다.

"무슨 일이야?"

미리엄이 다시 속삭였다.

"달을 봐."

폴은 얼굴을 찡그리며 대답했다.

"정말 굉장하다."

그 순간 미리엄은 폴이 어떻게 할까 걱정했지만 위기는 지나갔다.

폴은 무슨 일인지 스스로도 알 수 없었다. 그는 아직 어렸고 두 사람의 교제는 너무 추상적인 것이었기에 폴은 자기가 미리엄을 품 안에 힘차게 껴안고 가슴의 아픔을 가시게 하고 싶어 한다는 것을 깨닫지 못했다. 그는 그녀가 두려웠다. 남자가 여자를 원하는 식으로 자기가 그녀를 원하고 있는지도 모른다는 생각은 마음속에서 부끄러움이 되어 그를 억압했다. 미리엄이 그와 같은 생각만 해도 몸이 떨리고 고뇌로 위축되었다. 그것을 알 때마다 그는 마음속까지 질리고 말았다. 그리고 이 '순결성'은 그들 최초의 입맞춤조차 가로막고 있었다. 그녀는 육체적인 사랑의 충동과 정열적인 키스의 충격조차 감당할 수 없을 것처럼 보였다. 폴 또한 너무나 위축되어 키스 같은 것은 하고 싶은 생각이 나지 않을 만큼 민감해져 버렸다.

어둡고 습한 풀밭을 미리엄과 함께 걸으면서 폴은 달을 바라보며 아무 말도 하지 않았다. 미리엄은 그의 곁에서 터벅터벅 걸었다. 폴은 그녀를 증오했다. 그녀가 자기 자신을 멸시하게 만들었기 때문이다. 이내 앞쪽의 어둠 속에서 램프 불이 켜진 집 창문이 보였다. 그는 어머니와 그 밖의 다른 유쾌한 사람들을 생각하는 것이 좋았다.

"다른 사람들은 벌써 돌아와 있다."

두 사람이 들어가자 모렐 부인이 말했다.

"그래서 어떻다는 거죠! 산책을 하고 싶으면 해도 좋은 거 아닌가요?"

폴은 신경질적으로 말했다.

"다른 사람들과 같이 저녁을 먹을 수 있게 일찍 돌아오면 좋잖니."

게 집에까지 바래다주느라고 오지 못한 거예요. 바보 같은 녀석."

"하지만 만약 집안 식구들에게 창피를 주는 일이라도 저지른다면 조금도 좋을 게 없잖니."

"글쎄, 아서가 무슨 일이라도 저지른다면 저는 존경하겠어요."

"난 그렇게 생각하지 않는다."

모렐 부인은 냉담한 어조로 대꾸했다. 이내 두 사람은 아침식사를 계속했다.

"엄마는 아서가 귀여우세요?"

"갑자기 그런 걸 왜 묻니?"

"엄마들은 막내를 가장 귀여워한다던데요."

"그럴지도 모르겠다만…… 난 아니란다. 정말 그 애한테는 손들었다."

"엄마 는 아서가 좀 더 착한 아이였으면 하고 생각하세요?"

"그보다 철이 좀 들었으면 해."

폴은 신경질적이어서 차분하지 못했고 그 역시 어머니를 곧잘 난처하게 만들었다. 모렐 부인은 아들에게서 명랑함이 차차 사라져가는 것을 느끼고 역겹게까지 생각했다.

식사가 끝날 무렵 더비셔에서 온 편지가 한 통 배달되었다. 모렐 부인은 봉투에 쓰여진 글씨를 보려고 눈을 가늘게 떴다.

"이리 주세요. 이젠 앞을 못 보시는군요!"

어머니에게서 편지를 낚아채며 폴이 소리쳤다. 모렐 부인은 벌컥 화가 나서 하마터면 폴을 때릴 뻔했다.

"아서가 보냈어요."

"이번엔 또 무슨 짓을 한 거냐!"

모렐 부인이 소리쳤다.

폴은 아서의 편지를 읽어 내려갔다.

"사랑하는 엄마. 제가 왜 이런 바보짓을 했는지 모르겠어요. 오서서 나를 데려가 주세요. 전 어제 일하러 가지 않고 잭 브레던과 같이 군대에 입대했어요. 잭이 말하길 자기는 앉아서 의자나 닳게 하긴 싫다는 거예요. 그래서 아시다시피 바보 같은 전 잭과 함께 여기에 오고 말았어요. 입대의 대가로 이미 1실링을 받긴 했지만, 엄마가 저를 데리러 오시면 함께 돌아가도록 허락해 줄지도 몰라요. 이건 정말 바보짓이었어요. 전 군인이 되고 싶지 않아요. 사랑하는 엄마, 전 언제나 걱정만 끼치는 아들이지만 여기서 빼내주시면 앞으로는 정말 분별력 있는 인간이 되어 보일게요."

모렐 부인은 흔들의자에 앉았다.

"그냥 내버려둬야겠어."

모렐 부인이 외쳤다.

"네, 그대로 내버려두세요."

이내 두 사람은 입을 다물고 말았다. 모렐 부인은 두 손을 앞치마 속에서 마주 잡고 심각한 표정으로 생각에 잠겼다.

"지긋지긋해! 정말 지긋지긋해!"

갑자기 모렐 부인은 소리를 질렀다.

"이런 일로 고민하실 필요 없어요. 안 그래요, 엄마?"

폴은 점점 불쾌한 표정이 되어 말했다.

"그럼 이걸 축복으로 생각해야 한단 말이냐?"

모렐 부인은 아들을 돌아보며 따끔하게 말했다.

"하지만 비극이라도 생긴 것처럼 생각할 필요는 없겠죠."

"바보야! 그 애는 정말 바보야!"

모렐 부인은 울부짖었다.

"군복이 아주 잘 어울릴 거예요."

폴은 울화가 터지는 듯이 말했다.

"군복이 잘 어울릴 거라고! 난 절대로 그렇게 생각할 수 없어!"

모렐 부인은 노발대발하여 아들을 나무라며 소리쳤다.

"그 녀석은 기병 연대에 들어가야 해요. 색다르고 재미있는 인생도 즐겨보고, 멋있게도 보일 걸요?"

"멋있어? 멋있다고? 멋있기도 하겠다, 졸병 신세로!"

"하지만 저 역사 보통 회사원인걸요."

"그것 참 대단한 차이구나!"

아들의 말에 가슴을 찔린 듯 모렐 부인은 소리를 질렀다.

"왜요?"

"어쨌든 넌 빨간 군복을 입은 인형이 아니라 어엿한 한 사람의 남자야."

"전 빨간 군복이든 감색 군복이든 상관없어요……. 감색이면 좀 더 보기 좋을지 모르지만. 상관들이 지나치게 못살게 굴지만 않는다면 말예요."

하지만 모렐 부인은 이미 아들의 말을 듣고 있지 않았다.

"승진하려는 참이었는데. 적어도 앞으로 승진할지도 모르는데 참애도 먹이는구나. 이 일은 일생을 망쳐버릴 거야. 그래, 앞으로 어떻게 될 것 같니?"

"이제 아서도 반듯한 사람이 될 거예요."

"반듯한 사람이 된다고! 좋은 경험이 될 거라고! 아니, 망쳐버리고 말 거다. 겨우 병사! 일개 병사란 말이야! 호령에 따라서 움직이는 인형에 불과해!"

"어째서 엄마가 이렇게 화를 내시는지 모르겠어요."

"그래, 넌 이해할 수 없을 게다. 하지만 난 이해해."

그녀는 한 손으로 턱을 괴고 다른 손으로 팔꿈치를 받친 채 의자에 등을 기댔다. 가슴 속은 분노와 원통한 마음으로 가득 차 있었다.

"그래, 더비에 가실 거예요?"

"갈 거란다."

"헛일이에요."

"내 눈으로 직접 보고 올 거야."

"도대체 왜 그냥 내버려두지 않으시는 거죠? 그 녀석이 좋아서 한 일이에요."

"네가 그 애의 심정을 어떻게 알 수 있니?"

모렐 부인은 가장 빠른 기차로 더비에 가서 아서와 아들의 상사를 만났다. 그러나 소용없는 일이었다.

그날 저녁 모렐이 식사를 하고 있을 때 그녀는 불쑥 말을 꺼냈다.

"오늘 볼일이 있어서 더비에 다녀왔어요."

눈을 치뜬 모렐의 시꺼먼 얼굴이 일순 창백해졌다.

"그래, 무슨 일로?"

"아서 때문에요."

"이번엔 또 무슨 일을 저질렀소?"

"군인이 되었어요."

모렐은 칼을 내려놓고 의자에 뒤로 기대앉았다.

"거짓말, 그놈이 그럴 리 없어!"

"그리고 내일은 올더숏 훈련소로 이동한대요."

"뭐가 어째?"

모렐은 소리를 질렀다. 그리고 잠시 생각한 다음 "흥!" 하고 외마디 소리를 내고는 다시 식사를 계속했다. 그러다 갑자기 그의 얼굴이 분노로 일그러졌다.

"다시는 이 집에 발을 들여놓지 못하게 할 거야."

"그런 말이 어디 있어요!"

모렐 부인이 소리쳤다.

"어림도 없지. 집을 뛰쳐나가서 군인이 되다니. 그런 바보 녀석은 내버려둬야 해. 나도 그 녀석한테는 그만 손을 떼겠어."

"이제까지 당신이 좋은 본을 보여주었으니까요."

그 말에 모렐은 그날 밤 술집에 가는 것이 창피하게 생각되었다.

"다녀오셨어요?"

폴은 퇴근하고 돌아와서 어머니에게 물었다.

"그래, 다녀왔다."

"만나보셨어요?"

"그래."

"뭐라고 하던가요?"

"내가 돌아올 때 훌쩍훌쩍 울더구나."

"흥."

"그렇게밖에 말을 못하겠니?"

모렐 부인은 막내 아들 때문에 애가 탔다. 그녀는 아서가 군대를 싫어하게 될 것이라는 사실을 알고 있었다. 전부터 아들은 군인을 좋아하지 않았다. 아들은 규율이라는 것을 견디지 못하는 인간이었다.

"그런데 그 군의관 말로는……."

모렐 부인은 약간 자랑스러운 어투로 폴에게 말했다.

"그 애는 체격이 완벽하게 균형 잡혀 있어서 거의 이상적이고 규정된 수치에 잘 맞는다는구나. 게다가 얼굴도 잘생겼고."

"정말 엄청나게 잘생겼지요. 하지만 윌리엄 형처럼 여자를 데리고 오지는 않아요. 그렇죠?"

"그래, 아서는 성격이 다르지. 그 애는 아버지를 닮아서 무책임한 면이 있어."

이 무렵 폴은 어머니의 마음을 풀어주기 위해서 윌리 농장을 자주 찾지 않았다. 그리고 노팅엄 성에서 개최된 추계 학생미술 전람회에 폴은 백스터 도스가 누군지 알고 있었을 뿐 아니라 그를 싫어하고 있었다. 그 금속세공인은 서른두 살 정도로 이따금 폴의 자리에 나타났다. 몸집이 크고 튼튼했으며 눈매가 날카롭고 잘생긴 남자였다. 그들 부부는 이상하게 닮은 점이 많았다. 그도 아내와 같이 투명하고 금빛이 나는 흰 살결을 가졌고 머리는 부드러운 갈색이며 콧수염은 황금색이었다. 그리고 그의 태도도 클라라처럼 도전적이었다. 그러나 다른 점도 있었다. 그의 암갈색 눈은 침착함이 없고 결단성도 보이지 않았다. 눈알은 약간 앞으로 튀어나오고 그 위에 덮인 눈꺼풀은 무언가를 증오하고 있는 것 같았다. 그의 입도 클라라처럼 육감적이었다. 대체로 그의 태도는 마치 자기를 알아주지 않는 사람들은 누구든 때려눕히겠다고 위협하는 것처럼 보였는데, 그것은 스스로 자기 자신을 인정하지 않기 때문인지도 몰랐다.

처음 만난 날부터 도스는 폴을 미워했다. 폴이 감정을 싣지 않고 무엇에 정신이 팔린 듯한 깊이 있는 눈길로 그의 얼굴을 바라보자 그는 벌컥 화를 냈다.

"뭘 보고 있어?"

도스는 심술궂게 비웃으며 말했다. 폴은 얼른 눈길을 돌렸다. 그러나 그 금속세공인은 계산대 위에 걸터앉아서 곧잘 패플워스 씨와 이야기를 하곤 했다. 그의 말씨에는 타락한 듯한 더러운 투가 있었다. 그는 폴의 비판적인 싸늘한 시선이 자기 얼굴에 닿아 있음을 알아챘다. 금속세공인은 바늘에 찔리기라도 한 것처럼 멈칫하고는 홱 돌아앉았다.

"뭘 보고 있어, 이 젖비린내 나는 자식이!"

폴은 어깨를 약간 움츠렸다.

"어째서 넌!"

도스가 소리를 질렀다.

그녀에게는 어떤 강렬한 점이 있잖아. 난 화가로서 그녀가 좋을 뿐이야."

"그래."

폴은 어째서 미리엄이 그렇게 이상한 모양으로 웅크리고 앉아 있는지 알 수 없었다. 그 모습은 폴을 짜증나게 만들었다.

"그 부인이 마음에 들지 않아?"

미리엄은 반들반들한 검은 눈을 크게 뜨고 그를 마주보며 말했다.

"마음에 들어."

"아니야……. 마음에 들지 않는 거야, 사실은 말이지."

"어째서 내가?"

미리엄은 느릿느릿하게 물었다.

"그건 잘 모르겠어. 어쩌면 그 부인이 남자들에게 적의를 품고 있기 때문에 좋아하는지도 모르지."

그 점은 미리엄보다도 폴이 도스 부인을 좋아하는 이유 중 하나였으나 그는 그것을 미처 깨닫지 못했다. 두 사람은 잠자코 있었다. 폴의 미간이 찌푸려지면서 주름이 잡혔다. 그것은 특히 미리엄과 같이 있을 때 자주 나타나는 습관이 되어버렸다. 미리엄은 진심으로 그 주름이 사라지기를 원했고 또한 그 주름이 두려웠다. 그것은 폴 모렐의 내면에 있는, 그녀와 밀착되지 않는 이질감의 표시였다.

화분에 심어져 있는 화초에는 진홍색 열매가 달려 있었다. 폴은 손을 뻗어 열매 한 송이를 땄다.

"빨간 열매를 머리에 꽂아주어도 너는 왜 즐거워 보이지 않고 마녀나 수녀처럼 보이는 걸까."

미리엄은 웃었지만 그 웃음 소리에는 고통이 배어 있었다.

"모르겠어."

폴의 따뜻하고 활력이 넘치는 두 손은 재미있다는 듯 나무 열매를 만지작거리고 있었다.

"넌 왜 웃지 못하는 거지? 정말로 웃고 싶어서 웃는 일은 없어. 다만 어떤 우스운 일이나 어처구니없는 일이 있을 때만 웃지. 하지만 그것마저 너 자신이 상처라도 입는 것처럼 보여."

마치 꾸지람을 듣는 듯 미리엄은 고개를 숙이고 있었다.

"잠깐…… 단 1분이라도 좋으니까 네가 나를 보고 깔깔대고 웃었으면 좋겠어. 그러면 나는 조금 더 자유로울 수 있을 것 같아."

"하지만!"

미리엄은 두렵고 고통스러운 눈으로 폴을 올려다보았다.

"난 널 보고 웃고 있어…… 널 보며 웃고 있잖아."

"웃은 적 없어! 네가 웃을 때는 항상 기를 쓰고 있는 것 같아. 네가 웃을 때마다 난 항상 고함을 지르고 싶어져. 네 웃음은 너의 고통을 드러내는 것처럼 보이니까. 넌 내 영혼에까지 미간을 찌푸리게 하고 생각에 잠기게 해."

미리엄은 절망적으로 천천히 고개를 가로저었다.

"절대로 일부러 그러는 건 아니야."

"너와 같이 있으면 난 언제나 지독할 만큼 정신적이 되어 버려!"

폴이 외쳤다.

'그럼 어째서 다른 기분이 되진 않는 거지?'

미리엄은 마음속으로 생각하며 아무 말도 하지 않았다. 웅크리고 앉아서 생각에 잠겨 있는 그녀의 모습을 보고 폴의 마음은 갈기갈기 찢기는 것 같았다.

"하지만 지금은 가을이니까, 가을에는 누구나 육체가 없이 정신만 있는 존재처럼 되어 버리지."

폴이 말했다. 이내 좀 전과는 다른 침묵이 흘렀다. 두 사람 사이에 있는 이상한 슬픔이 미리엄의 영혼을 떨리게 만들고 있었다. 어둡고 끝없이 깊은 우물을 연상하게 하는 폴의 눈은 그를 아름답게 보이도록 했다.

"넌 나를 정신적으로 만들어 버려. 그러나 난 그렇게 되고 싶지는 않아."

폴은 한탄하듯 슬픈 어조로 말했다. 미리엄은 작게 소리를 내며 입에 대고 있던 손가락을 떼고 도전적인 시선으로 그를 쳐다보았다. 그러나 그녀의 영혼은 그 크고 검은 눈 속에 적나라하게 드러나 있었고, 그 모습에는 여전히 호소하는 듯한 느낌이 감돌고 있었다. 만약 추상적이고 순수하게 그녀에게 키스할 수 있었다면 폴은 그렇게 했을지도 모른다. 그러나 폴은 그렇게 키스할 수 없었다. 그녀에게는 그 외의 다른 감정을 가지고 키스할 수 없는 것처럼 생각되었다. 그러면서도 그녀는 그를 사모하고 있었다.

"자, 그 프랑스어 책이나 좀 읽어볼까. 베를렌[26]을 약간."

폴은 짧게 웃으며 말했다.

"응."

체념한 듯 엄숙한 목소리로 대답한 미리엄은 자리에서 일어나 책을 가져왔다. 부엌일로 약간 빨개진 예민한 손이 몹시 애처롭게 보여서 폴은 그녀를 위로하고 키스하고 싶다는 격렬한 충동에 휩싸였다. 하지만 그는 참았다. 아니, 할 수가 없었다. 무엇인가 그를 막고 있는 것이 있었다. 그의 키스는 그녀에게 정당한 것이 아니었다.

그들은 10시까지 책을 읽다가 부엌으로 갔고 폴은 그녀의 부모가 있는 곳에 가서야 자연스럽고 즐거운 기분이 되었다. 어둡게 눈을 빛내는 그에게는 어딘지 사람을 매혹하는 것이 있었다.

폴이 자전거를 꺼내러 헛간에 가보니 자전거의 앞바퀴가 터져 있

---

26) 폴마리 베를렌(Paul-Marie Verlaine, 1844~1896). 프랑스의 시인인 그는 근대의 우수(憂愁)와 권태, 경건한 기도따위를 정감 있게 노래하였다 -옮긴이

었다.

"대야에 물을 좀 담아줄래? 늦으면 집에서 야단맞아."

폴은 바람막이 등을 켜고 웃옷을 벗었다. 그리고 자전거를 뒤집어 놓고 재빨리 일을 시작했다. 미리엄은 대야에 물을 떠와서 그의 곁에 선 채 일하는 모습을 지켜보았다. 미리엄은 일을 하는 폴의 손을 보는 것이 좋았다. 폴은 힘이 세서 아무리 급하게 일을 해도 손쉽게 해냈다. 그녀는 폴의 몸을 손으로 쓰다듬어 보고 싶었다. 그녀는 언제나 폴이 자기를 원하지 않을 때 그를 껴안고 싶어 했다.

"다 됐다!"

폴은 벌떡 일어나면서 말했다.

"나보다 더 빨리 고칠 수 있겠어?"

"아니!"

미리엄은 웃음을 머금었고 폴은 쭉 기지개를 켰다. 그는 미리엄에게 등을 보이고 서 있었다. 그녀는 그의 몸에 두 손을 대고 빠르게 쓸어내렸다.

"네 몸은 너무 가늘어!"

폴은 미리엄의 목소리를 싫다고 생각하면서 웃었다. 하지만 그녀의 손이 닿자 그의 피는 화염처럼 끓어올랐다. 그녀에게 있어 그는 하나의 물체와도 같았고 그가 남자라는 점을 전혀 의식하고 있지 않았다.

폴은 자전거 램프를 켜고 타이어가 완전히 고쳐졌는지 확인하려고 자전거를 헛간 바닥에 툭툭 쳐본 뒤 웃옷을 입고 단추를 채웠다.

"이제 됐어."

미리엄은 브레이크가 고장난 것을 알고 있었기 때문에 그것을 시험해 보았다.

"브레이크도 고쳤어?"

미리엄이 물었다.

"아니!"

"왜 고치지 않았어?"

"뒤쪽 브레이크가 그런대로 드니까 괜찮아."

"그걸로는 위험해."

"발을 쓰면 돼."

"고치면 좋을 텐데."

미리엄은 혼잣말을 하듯 중얼거렸다.

"걱정 마……. 내일 에드거와 집으로 차 마시러 와."

"가도 좋을까?"

"좋고말고. 4시쯤 마중 나갈게."

"알았어."

미리엄은 기뻤다. 두 사람은 깜깜한 마당을 지나 대문으로 갔다. 커튼을 치지 않은 부엌 창문으로 따뜻한 불빛 속에 레이버스 씨와 그의 부인의 머리가 보였다. 그 안은 무척 아늑한 모습이었다. 앞쪽에 소나무가 서 있는 길은 매우 컴컴했다.

"그럼, 내일 또 보자."

폴은 자전거에 올라탔다.

"조심해, 응?"

미리엄은 애원하듯 말했다.

"알았어."

이미 폴의 목소리는 어둠 속에서 들려왔다. 미리엄은 자전거 램프 불이 어두운 길을 따라 흔들리는 것을 보며 잠시 서 있었다. 이윽고 그녀는 천천히 집으로 돌아왔다. 오리온 좌가 숲 위에 떠 있고 오리온의 개는 그 뒤에서 안개 속에 가려져 희미하게 반짝이고 있었다. 그 외에는 세상 전체가 까맣고 고요했으며 들리는 것은 외양간에 있는 소의 숨소리뿐이었다.

그날 밤 미리엄은 폴이 무사히 집에 돌아가기를 열심히 기도했다. 그녀는 흔히 폴이 떠난 뒤에 그가 무사히 도착했을까 걱정하며 불안해했던 것이다.

폴은 자전거를 타고 언덕길을 내려갔다. 길이 미끄러웠기 때문에 자전거 바퀴가 굴러 내려가는 대로 맡겨둘 수밖에 없었다. 더 험한 두 번째 언덕에 이르러 자전거가 곤두박칠치듯 내려가자 그는 일종의 쾌감을 느꼈다.

"자아, 간다!"

경사 아래쪽은 보이지 않는 커브길이 있고, 마부가 취해서 졸고 있는 양조장의 짐마차들이 지나는 때도 있어 지금과 같은 어둠 속에서 자전거를 타고 내려간다는 일은 위험한 짓이었다. 자전거는 밑으로 떨어지는 것 같았고, 그는 그것이 유쾌했다. 남자란 무모한 짓을 함으로 애인에게 복수하는 법이다. 그는 미리엄이 자기를 알아주지 않는다고 느꼈기 때문에 자기를 위험 앞에 내던져 자신을 그녀에게서 빼내고 싶은 심정이었다.

폴은 자전거를 타고 달리면서 호수 위의 별들이 메뚜기처럼 어두운 수면 위에서 은빛 반짝임으로 뛰어오르는 것을 보았다. 그는 긴 언덕길을 지나 집으로 돌아왔다.

"보세요, 엄마!"

폴이 열매와 나뭇잎을 탁자 위에 내던지며 말했다.

"흠!"

모렐 부인은 그것을 흘깃 쳐다보고는 다시 책 위로 눈을 떨어트렸다. 그녀는 혼자 앉아서 책을 읽고 있었다.

"예쁘죠?"

"음."

폴은 어머니가 화가 나 있는 것을 알 수 있었다. 잠시 후에 그는 말을 꺼냈다.

"에드거와 미리엄이 내일 차를 마시러 올 거예요."

어머니는 대답이 없었다.

"괜찮죠?"

여전히 대답이 없었다.

"안 돼요?"

"뻔한 일 아니니."

"어째서 싫어하시는 건지 전 모르겠어요. 전 그 집에서 번번이 얻어먹는 걸요."

"그렇겠지."

"그럼 왜 미리엄을 초대하기 싫어하세요?"

"내가 누구를 초대하기 싫어한다는 거냐?"

"그럼 왜 그러세요?"

"이 이야기는 그만두자. 미리엄을 초대했다니 됐다. 어쨌든 미리엄은 올 게 아니냐."

폴은 어머니 때문에 몹시 화가 났다. 어머니가 싫어하는 것은 미리엄이라는 사실을 알고 있었다. 그는 난폭하게 신발을 벗어던지고 침실로 갔다.

다음날 오후 폴은 에드거와 미리엄을 마중 나갔다. 그는 두 사람이 오는 것을 보고 기뻤다. 그들은 4시쯤 집에 도착했다. 일요일 오후라서 모든 곳이 깨끗하고 조용했다. 모렐 부인은 검은 옷에 검은 앞치마를 두르고 앉아 있었다. 그녀는 손님을 맞으러 일어섰고 에드거에게는 친밀히 대했지만 미리엄에게는 악의를 보일 정도로 쌀쌀했다. 그러나 폴은 갈색 캐시미어 옷을 입은 미리엄이 매우 아름다워 보였다.

폴은 어머니를 도와서 차를 준비했다. 미리엄도 거들고 싶었지만 말이 나오지 않았다. 폴은 자기 집을 자랑스러워했다. 이 집에는 일종의 품위가 있다고 생각했다. 의자는 모두 나무로 만든 것이고 소파는 오래되어 낡았다. 하지만 벽난로 깔개와 쿠션은 아늑해서 기분이 좋았고 벽에는 고상한 취향의 그림이 걸려 있었으며 모든 것이 깔끔하고 책도 많았다. 폴은 자기 집을 조금도 부끄럽게 여기지 않았고 미리엄 역시 자기 집에 대해 마찬가지 생각이었다. 그들 가정에는 각자의 개성과 따사로움이 있었기 때문이다. 또한 폴은 식탁에 있는 어여쁜 도자기 그릇과 아름다운 식탁보를 자랑스럽게 생각했다. 숟가락이 은으로 만든 것이 아니고 칼 손잡이가 상아로 되어 있지 않은 것쯤은 문제가 아니었다. 모든 것이 훌륭해 보였다. 모렐 부인은 자식들을 키우면서도 살림을 훌륭하게 해냈기 때문에 가구는 모두 차분하게 조화를 이루어 어느 것 하나 어울리지 않는 것이 없었다.

미리엄은 잠깐 책에 대한 이야기를 했다. 책에 관해서라면 그녀의 화제는 풍부했다. 그러나 모렐 부인은 건성으로 듣고 있다가 곧 에드거와 이야기를 시작했다.

처음에 에드거와 미리엄은 교회에서 곧잘 모렐 부인의 곁에 앉곤 했다. 모렐은 술집에만 가고 교회에는 간 적이 없었기 때문에 모렐 부인은 대표처럼 기다란 의자의 한쪽 끝에 앉고 폴이 그 반대쪽에 앉았다. 그리고 미리엄은 그와 나란히 앉았다. 그러면 교회는 마치 집과 같았다. 어슴푸레한 좌석과 가늘고 우아한 기둥, 그리고 꽃들이 있는 아름다운 곳이었다. 그곳에는 폴의 소년 시절부터 지금까지 같은 사람들이 같은 좌석에 앉아 있었다. 한 시간 반이나 미리엄과 어머니 가까이에 앉아 엄숙한 교회의 분위기 속에서 자기가 사랑하는 두 사람을 결부시키는 것은 매우 감미롭고 흐뭇한 일이었다. 그런 때면 폴은 따사로움과 행복하고 경건한 느낌을 한꺼번에 느끼고 는 했다. 예배가 끝나면 폴은 미리엄과 함께 집으로 걸어가고 어머니는 그날 오후를 그녀의 오랜 친구인 번즈 부인에게 가서 보냈다.

폴은 일요일 밤에 에드거와 미리엄과 산책을 나가면 살아 있음을 절실하게 느꼈다. 밤에 탄광지구를 지날 때 안전등 창고나 높고 시커먼 기계 주축대나 줄지어 서 있는 화차 곁을 지날 때, 또는 그림자처럼 느릿느릿 돌고 있는 환풍기를 지날 때면 언제나 미리엄의 생각이 견딜 수 없이 격렬하게 그의 마음속에 떠오르는 것이었다.

미리엄이 모렐네 가족석에 앉아 있었던 것은 그리 길지 않았다. 그녀의 아버지가 가족석을 다시 마련했는데, 모렐네 좌석의 맞은편이었고 작은 회랑 아래 있었다. 폴과 어머니가 예배당에 와보면 레이버스네 자리는 늘 비어 있었다. 그는 미리엄이 오지 않을까 걱정이 되었다. 윌리 농장은 교회에서 멀었고 일요일에 비가 오는 날이 많았기 때문이다. 그러나 대개는 꽤 늦어서야 미리엄이 고개를 숙이고 암녹색 벨벳 모자에 얼굴을 가린 채 큰 걸음으로 들어오곤 했다. 맞은편에 앉아 있는 미리엄의 얼굴은 늘 그늘져 있었다. 그러나 폴은 거기에 앉아 있는 미리엄의 모습을 보기만 해도 영혼 전체가 흔들리는 것 같은 열렬한 기분을 느끼는 것이었다. 그것은 어머니와 같이 있을 때 느끼는 행복과 자부심과는 다른 마음의 빛이었다. 더 신비하고 성스러운 것으로 마치 그가 도달할 수 없는 무엇인가가 더 있는 듯이 생각되었고 그 고통으로 인해서 생기는 어떤 격한 감정이 섞여 있었다.

그즈음 폴은 종교상의 교리에 의문을 품기 시작했다. 그는 스물한 살이었고 미리엄은 스무 살이었다. 미리엄은 봄을 두려워하기 시작했다. 봄이 되면 그는 매우 사나워져서 미리엄의 마음을 아프게 했기 때문이다. 그는 잔인하게 그녀의 신앙을 부숴버리려 들었고 에드거는 그것을 재미있어 했다. 폴은 선천적으로 비판적이어서 사물에 열중하는 일이 없었다. 그러나 미리엄은 자기가 사랑하는 남자가 칼날처럼 날카로운 지성으로 그녀가 그 안에서 살아가고 감동하고 자기 존재의 의미가 되는 종교를 해부하는 데 말할 수 없는 고통을 느꼈다. 그러나 폴은 가차 없었고 잔혹했다. 그리고 단 둘이 있을 때면 그는 마치 그녀의 영혼을 죽이기나 할 듯이 격렬하게 달려들었다. 그는 그녀가 거의 의식을 잃게 될 때까지 그녀의 신앙을 공격했다.

'그 애는 기뻐서 날뛰고 있어…… 내게서 폴을 빼앗아 가며 기뻐서 날뛰고 있어.'

모렐 부인은 폴이 미리엄에게 가면 가슴 속에서 소리쳤다.

'그 애는 보통 여자들과 달리 폴이 내게 일부를 남겨두고 가게 할 여자가 아니야. 그 애는 폴의 전부를 흡수하고 싶어 해. 폴의 모든 것을 모조리 끌어내어 폴에게조차 아무것도 남지 않을 만큼 전부를 흡수하고 말 거야. 폴은 자기 자신이라는 것을 가진 남자가 될 수 없을 테지. 미리엄은 폴을 흡수해 버리고 말 거다.'

모렐 부인은 비통한 심정으로 홀로 앉아 자신의 내면과 싸움을 벌이며 생각에 잠겼다.

폴은 미리엄과 산책을 하고 집에 돌아오면서 몸을 베어내는 것 같은 괴로움으로 어찌할 바를 몰랐다. 그는 입술을 깨물고 두 주먹을 꽉 쥐고 굉장한 속도로 걸었다. 마침내 울타리를 넘는 계단 입구에 오자 그는 한참 동안을 꼼짝도 않고 서 있었다. 눈앞에는 거대한 어둠이 공허하게 펼쳐져 있었고 어두운 오르막 위에는 작은 불빛들이 여기저기서 빛났으며 아래쪽의 어두운 골짜기에는 탄광의 불빛들이 흔들리고 있었다. 주위는 황량하고 무서웠다.

어째서 이렇게 고민하고 안절부절 못하여 움직일 수도 없는 것일까? 왜 어머니는 집에 앉아서 괴로워하고 있는 것일까? 어머니가 몹시 고민하고 있다는 것을 그는 알고 있었다. 그러나 어째서 어머니는 고민해야 할까? 그리고 왜 자기는 어머니를 생각하면 미리엄이 미워지고 그녀에게 그처럼 잔인해지는 것일까? 만약 미리엄이 어머니를 괴롭힌다면 나는 미리엄을 증오할 것이다. 미리엄을 미워하는 것은 어렵지 않다. 왜 미리엄은 자기를 불안정하고 확고하지 않은 심정으로 만들어 올바른 마음을 갖지 않은 인간처럼 느끼게 하는가? 왜 또 그녀는 이 밤의 암흑과 빈 공간이 그의 마음속에 침입하는 것을 막을 만한 충분한 방패도 없는 것처럼 느껴지게 하는가? 자기는 그녀를 얼마나 미워하고 있는가! 그와 동시에 미리엄에 대한 다정한 마음과 겸양의 마음이 홍수처럼 그의 마음에 밀어닥쳤다.

별안간 폴은 울타리를 뛰어넘어 집을 향해 달리기 시작했다. 모렐 부인은 집으로 돌아온 아들의 얼굴에서 고뇌의 흔적을 보았고 아무 말도 하지 않았다. 그러나 폴은 어머니가 말을 걸어주기를 원했다. 그런데 어머니는 그가 미리엄과 멀리 나간 것에 화가 나 있었다.

"엄마는 왜 미리엄을 좋아하지 않으세요?"

폴은 절망감에 소리쳤다.

"나도 모르겠다."

모렐 부인은 한탄하듯이 말했다.

"사실 그 애를 좋아해 보려고 애도 써봤어. 애쓰고 또 애썼지……. 하지만 아무리 애를 써도 그게 되질 않았어!"

폴은 두 사람의 관계를 어둡고 절망적으로 느꼈다.

봄은 최악이었다. 폴은 이 계절에 변덕스럽고 격렬해지며 잔인해진 탓으로 미리엄과 만나지 않기로 결심했다. 그러는 동안 미리엄이 그를 만나고 싶어 한다는 사실을 알게 되었다. 어머니는 아들이 점점 침착함을 잃어 가는 모습을 지켜보았다. 폴은 일을 계속할 수 없었다. 아무 일도 손에 잡히지 않았다. 무엇인가가 그의 영혼을 윌리 농장으로 끌어당기는 것 같았다. 그는 모자를 쓰고 아무 말도 없이 밖으로 나갔다. 어머니는 아들이 나간 사실을 알았다. 그는 밖으로 나오자마자 살아난 듯이 큰 숨을 내쉬었다. 그러나 미리엄을 만나고 다시 잔인한 기분이 되었다.

3월의 어느 날, 폴은 미리엄과 나란히 네더미어 호수의 둑에 누워 있었다. 태양이 찬란하게 빛나고 투명한 하늘은 맑고 차가운 푸른색의 맑은 날이었다. 커다란 구름이 머리 위를 지나고 하얀 그림자가 수면에 비쳤다. 폴은 마른 풀 위에 드러누워서 하늘을 쳐다보았다. 그는 차마 미리엄을 볼 수가 없었다. 미리엄은 그를 원하는 것 같았지만 그는 거부했다. 그는 늘 거부했다. 그는 지금 그녀에게 정열과 애정을 쏟고 싶었으나 그럴 수가 없었다. 그는 그녀가 원하는 것은 육체에서 떠난 영혼이지 자기 자신이 아니라는 것을 느끼고 있었다. 두 사람이 맺는 어떠한 관계를 통해서 폴의 모든 힘과 정열은 그녀 속으로 끌려 들어갔다. 그것은 힘을 빼버리는 약처럼 그를 혼미하게 하고 미칠 듯한 격한 감정으로 몰아넣었다.

폴은 미켈란젤로에 대해 이야기했다. 그의 이야기를 듣고 있으면 미리엄은 자기가 바르르 떠는 세포 조직을, 생명 원형질을 만지고 있는 듯한 기분이었다. 그것은 그녀에게 다시없는 만족감을 주었다. 그러나 결국에 그녀는 두려워졌다. 그는 드러누워서 자기 사고에 열중하고 있었고 그의 목소리는 너무나 억양이 없어서 사람의 것으로 생각되지도 않았다. 그것은 서서히 그녀의 마음속을 두려움으로 가득 채웠다.

"이야기는 그만 해."

미리엄이 그의 이마에 손을 얹고 부드러운 소리로 애원했다. 폴은 꼼짝도 않고 가만히 누워 있었다. 그의 육체는 어딘가에 버려져 있는 것 같았다.

"왜, 피곤해?"

"응, 그리고 너도 피곤할 테니까."

폴은 짤막하게 웃고 말했다.

"하지만 늘 네가 나를 이렇게 만들어놓는단 말야."

"그건 내가 바라는 바가 아냐."

미리엄이 아주 낮은 소리로 말했다.

"이야기가 너무 지나쳐서 네가 참을 수 없음을 느낄 때 말이지. 하지만 넌 무의식적으로 내가 그렇게 되기를 원하고 있어. 나 역시 그런 것 같지만."

폴은 여느 때와 같은 말투가 되어 있었다.

"네가 내 이야기를 원하는 게 아니라 나 자신을 원할 수 있다면 좋겠어!"

"내가!"

미리엄은 괴로운 듯이 소리를 질렀다.

"내가! 넌 언제나 내가 널 차지할 수 있게 할 건데?"

"그럼 내가 잘못이었군."

폴이 말했다. 그런 다음 기운을 차리고 일어나 온갖 시시한 이야기를 하기 시작했다. 그는 공허한 기분이 들었다. 그는 이 일로 인해 막연히 미리엄을 미워했다. 그리고 자기에게도 책임이 있다고 생각했다. 하지만 그렇게 생각해도 그녀에 대한 미움은 사라지지 않았다.

어느 날 저녁, 폴은 미리엄과 함께 집으로 걸어가고 있었다. 두 사람은 헤어지기가 싫어서 숲으로 이어지는 풀밭 옆에 서 있었다. 별들이 나타날 때쯤 하늘은 구름이 덮이기 시작했다. 그들은 저쪽 하늘에서 자신들의 성좌인 오리온을 잠깐 보았다. 오리온성좌는 잠시 동안 반짝였고 그 아래쪽에 있는 오리온의 개는 거품 같은 구름 속에서 보일락 말락 하고 있었다.

두 사람에게 오리온 좌는 여러 성좌들 중에 가장 의미가 깊은 것이었다. 그들은 감정이 가득 차오르는 순간에 오리온을 응시했고, 그 별 안에 살고 있는 기분이 들 때까지 오리온성좌를 찬찬히 들여다보았다. 그날 저녁 폴은 기분이 침울하고 뒤틀려 있었다. 오리온도 그날은 그저 평범한 성좌처럼 보일 뿐이었다. 그는 아름답고 매혹적인 성좌의 매력에 저항하고 있었다. 미리엄은 조심스럽게 그를 지켜보았다. 그러나 폴은 헤어져야 할 시간이 올 때까지 자기 기분을 나타내는 말은 한 마디도 입 밖에 내지 않았다. 헤어질 때는 얼굴을 찌푸리며 하늘에 모여드는 구름을 우울하게 지켜보고 있었다.

다음날 폴의 집에서 작은 파티가 열릴 예정이었고, 미리엄도 참석하기로 했다.

"마중은 나가지 않을게."

폴이 말했다.

"괜찮아. 밖에 나와도 그렇게 유쾌하지 않을 거야."

미리엄은 천천히 대답했다.

"그게 아니라…… 집에서 내가 마중 나가는 걸 싫어해서 그럴 뿐이야. 내가 가족들보다 너를 더 좋아한다고 말하거든. 이해할 수 있지, 응? 우린 다만 친구에 불과한데."

미리엄은 깜짝 놀랐고 그런 말을 하는 폴을 위해 마음이 아파왔다. 그 말을 하기가 폴에게도 쉽지 않았을 터였다. 그녀는 더 이상 그에게 모욕을 주지 않으려고 헤어졌다.

미리엄이 천천히 걸어갈 때 가랑비가 그녀의 얼굴에 흩뿌렸다. 미리엄은 마음속 깊이 상처를 입었다. 그녀는 폴이 부모와 형제의 의견일지라도 그 권위에 굴복한 것을 경멸했다. 그리고 폴이 자기한테서 무의식적이지만 도피하려 하고 있다는 것을 마음속으로 느꼈다. 그녀는 폴을 가엽게 생각했다.

그즈음 폴은 조던 사에서 중요한 인물이 되었다. 패플워스 씨는 회사를 그만두고 독립해서 자기 사업을 시작했기 때문에 폴이 나선과를 지휘했다. 그대로 잘만 하면 연말에는 주급이 30실링으로 오를 예정이었다.

지금도 미리엄은 프랑스어 공부를 하기 위해 금요일 밤에 종종 찾아왔다. 폴은 예전처럼 자주 윌리 농장을 찾지 않았기에 미리엄은 자기 공부가 끝나간다는 생각에 가슴이 아팠다. 게다가 두 사람 사이는 순조롭게 진행되지 않았다. 그러나 그들은 서로 만나고 싶어 했다. 그들은 같이 발자크[27]를 읽고 작문도 하면서 교양을 쌓는 것같이 느꼈다.

금요일 밤은 광부들이 임금을 타는 날이었다. 폴의 아버지 모렐은 브레티에 있는 뉴인이나 자기 집에서 광부들에게 임금을 나눠주었다. 바커가 술을 끊었기 때문에 모렐의 집에서 계산을 했던 것이다.

그리고 학교 선생으로 나가 있던 애니가 다시 집으로 돌아왔다. 애니는 여전히 말괄량이였지만 결혼을 하기 위해 약혼한 상태였다. 폴은 도안 공부를 하고 있었다.

모렐은 그 주의 수입이 적지만 않으면 금요일 밤에는 언제나 기분이 좋았다. 저녁식사가 끝나면 그는 분주하게 일어나 씻을 준비를 했다. 남자들이 돈을 계산하는 동안 여자들은 자리를 비켜주는 것이 예의였다. 여자들은 돈 계산 같은 남자들의 비밀에 속하는 것을 보거나 그 주의 정확한 수입을 알아서는 안 되는 것으로 되어 있었다.

아버지가 세면실에서 물을 철벅거리며 씻는 동안 애니는 한 시간 가량 시간을 보내려고 마을로 나갈 예정이었고 모렐 부인은 빵을 구웠다.

_____

27) 오노르 드 발자크(Honoré de Balzac, 1799~1850). 프랑스 소설가인 그는 정통적인 고전소설 양식을 확립하는 데 이바지했고, 가장 위대한 소설가들 중 한 사람으로 꼽힌다 ─ 옮긴이

"그 문 닫아!"

모렐은 무섭게 고함을 쳤다. 애니는 쾅 하는 소리를 내며 문을 닫고 나가버렸다.

"내가 씻는 동안 한 번만 더 문을 열면 목을 분질러놓을 테야."

비누거품 속에서 아버지의 위협적인 말이 들려왔다. 폴과 모렐 부인은 이맛살을 찌푸렸다. 곧이어 모렐이 비눗물을 줄줄 흘리고 추워서 벌벌 떨며 세면실에서 뛰어나왔다.

"여보! 내 수건은 어디 있어?"

수건은 난롯불 앞 의자에 걸려 따뜻하게 데워져 있었다. 그렇게 해놓지 않는 날이면 그는 화를 내고 야단법석을 피웠다. 그는 빵 굽는 센 불 앞에 엉거주춤하게 서서 몸을 말렸다.

"흐, 흐, 흐!"

모렐은 추워서 떠는 시늉을 하며 소리를 냈다.

"원, 어린애처럼 굴지 좀 말아요. 뭐가 춥다고 그래요."

모렐 부인이 핀잔을 주었다.

"당신도 홀딱 벗고 저 세면실에서 한번 씻어봐. 얼음방이나 한가지지."

모렐은 머리를 박박 긁으면서 대꾸했다.

"그래도 난 그렇게 야단법석을 떨진 않아요."

"뭐라고? 당신 같으면 문의 손잡이처럼 뻣뻣하게 굳을걸."

"왜 하필 문 손잡이예요?"

폴이 궁금하다는 듯이 물었다.

"글쎄다, 다들 그렇게 말을 하니까."

모렐은 어정쩡하게 대답했다.

"그런데 저 세면실에 있으면 바람이 창살을 통해 들어오듯이 갈비뼈를 뚫고 들어와 선득선득하다고."

"당신 갈비뼈를 뚫고 들어가려면 바람도 고생깨나 하겠군요."

모렐 부인이 농담조로 말했다. 모렐은 슬픈 듯이 자신의 옆구리를 내려다보았다.

"나 말이야!"

모렐은 소리쳤다.

"난 가죽을 벗긴 토끼 같아. 내 뼈가 곳곳에 울퉁불퉁 들여다보이잖아."

"어디가 들여다보인단 말예요?"

모렐 부인이 대꾸했다.

"어디나 다 그래! 나뭇가지를 담아놓은 자루 꼴이야."

모렐 부인은 깔깔 웃었다. 모렐의 몸은 아직도 젊고 탄력적이며 근육은 단단했고 피부는 매끈하며 깨끗했다. 석탄 가루가 문신처럼 피부에 남아 있는 상처와 털북숭이 가슴만 빼면 그의 몸은 아마 스물여덟 살의 몸이라고 해도 좋을 만했다. 모렐은 애처롭게 자기 옆구리를 만졌다. 그는 군살이 없었기 때문에 자기가 굶주려서 죽어가고 있는 쥐처럼 말랐다고 믿고 있었다.

폴은 아버지가 손톱이 일그러지고 상처투성이인 굵은 갈색 손으로 곱고 매끈한 옆구리를 쓰다듬는 것을 보고 그 대조적인 부분에 가슴이 뭉클했다. 그 두 개의 피부가 같은 몸이라는 것이 기묘하게 생각되었다.

"옛날에는 정말 몸이 훌륭했을 것 같아요."

폴이 아버지에게 말했다.

"뭐!"

모렐은 어린애처럼 놀라고 불안한 듯이 주위를 둘러보며 외쳤다.

"그랬단다. 만약 얼마만큼 좁은 곳까지 들어갈 수 있나 시험하는 것처럼 탄광에 끼어 들어가지만 않았더라면 더 좋았겠지."

모렐 부인이 말했다.

"내가 말이냐! 내 몸이 좋았다고? 나는 항상 해골처럼 말라깽이였어."

"거짓말 말아요!"

"거 뭐야. 당신은 내가 말라가기 시작한 뒤에 만났다고!"

모렐 부인은 앉아서 웃음을 머금었다.

"당신은 강철같이 단단했어요. 아버지의 젊은 날 모습을 네게도 보여주고 싶구나."

모렐 부인은 갑자기 옛날의 탄탄했던 남편의 모습을 흉내내며 몸을 곧게 세워 버티어 보았다. 모렐은 겸연쩍은 듯이 아내를 지켜보았다. 아내가 그 옛날 자기에게 보여주었던 열정을 그는 다시 한 번 보았다. 그 열정은 일순간 그녀의 내부에서 타올랐다. 모렐은 수줍어하고 약간 두려워지며 겸손한 마음이 되었다. 그러나 그는 다시 옛날과 같은 애정을 느꼈다. 그리고 곧 지난 세월 동안 그가 모든 것을 엉망으로 만들었다는 것을 깨달았다. 그는 법석을 떨어서 그 기분으로부터 달아나고 싶어졌다.

"등을 좀 문질러주오."

모렐 부인은 비누를 칠한 플란넬 수건을 가져와 남편의 등에 찰싹하고 가져다 댔다. 모렐은 깜짝 놀라 펄쩍 뛰었다.

"아, 이 고약한 사람! 차가워 죽겠네."

"당신이 불도마뱀[28]이었더라면 좋았을 걸 그랬어요."

모렐 부인은 웃으면서 남편의 등을 닦아주었다. 그녀가 남편을 위해서 그런 일을 하는 것은 드문 일이었다. 지금까지 주로 아이들이 해왔던 것이다.

---

28) 뱀의 형상을 한 서양의 전설상 동물이다. 불 가운데를 걷고 불을 끄는 힘과 동물 중에서 가장 강한 독을 가지고 불 속에서 산다고 전해진다 - 옮긴이

"당신은 지옥에 가도 별로 뜨거운 줄 모를 거예요."

모렐 부인이 한 마디 덧붙였다.

"맞았어. 내겐 불의 지옥이라도 너무 선선할 거야."

남편의 등을 닦아준 모렐 부인은 위층으로 올라가 갈아입을 그의 바지를 가지고 내려왔다. 모렐은 몸이 마르자 셔츠에 머리를 디밀었다. 머리털은 곤두서고 얼굴은 벌겋게 번들거렸으며 플란넬 셔츠는 작업복 바지 위로 나와 있었다. 그런 다음 입을 옷을 거꾸로 돌리고 안은 뒤집고 하면서 난롯불에 쪼이고 있었다.

"여보! 대강하고 입어요."

모렐 부인이 소리쳤다.

"당신 같으면 물통처럼 차디찬 바지를 입고 싶겠소?"

모렐은 가까스로 작업복 바지를 벗고 점잖은 검은 바지로 갈아입었다. 그는 이런 일을 모두—만약 애니와 애니의 친한 친구가 옆에 있었더라도 개의치 않고—난로 깔개 위에서 했다.

모렐 부인은 오븐 속의 빵을 뒤집은 다음 방 한 구석에 있는 반죽이 담긴 붉은 질그릇에서 밀가루 반죽 한 덩이를 더 떼다가 적당한 모양으로 만들어 오븐 속에 넣었다. 그때 바커 씨가 문을 두드리고 들어왔다. 그는 조용한 성격으로 몸집은 작았지만 돌담도 뚫고 지나갈 것처럼 야무지고 탄탄한 느낌의 남자였다. 그는 까만 머리카락을 짧게 깎고 뼈대가 두드러진 머리를 하고 있었다. 대부분의 광부들이 그렇듯이 그도 창백했지만 건강하고 단단한 몸을 가지고 있었다.

"안녕하시오, 부인."

바커 씨는 모렐 부인에게 고개를 끄덕이고 한숨을 내쉬며 의자에 앉았다.

"네, 안녕하세요?"

모렐 부인도 공손히 대답했다.

"급히 오느라고 발이라도 다치진 않았나?"

모렐이 말했다.

"그렇게 급히 오지도 않았어."

다른 사람들도 모렐 부인의 부엌에 오면 그러하듯이 바커도 조심스러운 태도로 행동했다.

"부인은 어떠세요?"

모렐 부인이 바커 씨에게 물었다. 그는 일전에 '좀 있으면 셋째를 낳겠다'고 그녀에게 말한 적이 있었다.

"예, 덕분에 그런대로."

바커 씨가 머리를 긁으면서 대답했다.

"해산일은 언제죠?"

"이제 얼마 안 남았는지도 모르겠습니다."

"어머, 건강은 괜찮으세요?"

"예, 좋은 편입니다."

"다행이로군요. 부인은 별로 튼튼한 편이 아니니까요."

"맞아요. 그런데 내가 또 한 가지 바보 같은 짓을 했군요."

"뭘 말이죠?"

모렐 부인은 바커 씨가 어리석은 짓을 할 위인이 아니라는 것을 알고 있었다.

"시장바구니를 잊고 왔어요."

"우리 집 걸 쓰세요."

"아니, 부인도 필요하실 텐데요."

"아녜요, 난 그물 가방을 가지고 다니니까요."

모렐 부인은 야무지게 생긴 이 작은 광부가 매일 밤 급료를 받으면 일주일 치의 식료품과 잡화와 고기를 사간다는 사실을 알고 감탄했다.

"몸은 작아도 바커 씨는 당신보다 열 배나 더 훌륭한 사람이에요."

모렐 부인이 남편에게 말했다. 마침 그때 웨슨이 들어왔다. 그는 말라서 허약해 보이는 남자로 아이들이 일곱 명이나 되면서도 소년처럼 순진하고 좀 얼빠진 듯이 보이는 웃음을 띠고 있었다. 하지만 그의 아내는 열정적인 성격의 소유자였다.

"바커, 자네가 먼저 왔군."

웨슨은 바보스럽게 웃으며 말했다.

"그래."

웨슨은 모자를 벗고 커다란 모직 목수건을 풀었다. 그의 코는 뾰족하고 빨갰다.

"춥지 않으세요?"

모렐 부인이 웨슨에게 물었다.

"네, 조금 춥네요."

"그럼 난로 곁으로 오세요."

"아니, 여기도 괜찮습니다."

두 광부는 구석에 앉았다. 그들은 난롯가로 오라고 권해도 오려고 하지 않았다. 벽난로는 가족들에게 있어 신성한 것이었다.

"안락의자에 편히 앉게나."

모렐이 싹싹하게 말했다.

"아냐, 고맙네. 여기도 좋아."

"아네요, 이리 오세요."

모렐 부인이 재차 권하자 웨슨은 어색하게 불가로 걸어가 멋쩍은 듯이 모렐의 안락의자에 앉았다. 모렐의 의자에 앉는다는 것은 대단한 환대였다. 난롯불에 몸이 녹자 그는 기분이 매우 좋아졌다.

"가슴은 좀 어떠세요?"

모렐 부인이 묻자 웨슨의 푸르고 밝은 눈은 웃음을 머금었다.

"그런대로 괜찮은 편입니다."

"가슴 속에서 계속 장구 치는 소리가 나고 말이지!"

바커가 인정머리 없게 한 마디를 건넸다.

"쯧쯧쯧!"

모렐 부인이 딱하다는 듯이 혀를 찼다.

"플란넬 내의는 만드셨어요?"

"아직 못 만들었어요."

"왜요?"

모렐 부인이 외쳤다.

"곧 되겠죠."

"그럼! 최후의 심판 날까지는 되겠지."

다시 바커가 큰 소리로 참견을 했다. 바커도 모렐도 웨슨의 태도를 안타깝게 생각하고 화를 냈다. 하지만 그것은 무쇠 같은 육체를 가진 사람의 동정에 지나지 않았다.

모든 준비가 끝나자 모렐은 아들에게 돈 자루를 밀어주며 부드럽게 말했다.

"폴, 이것 좀 세어보거라."

폴은 짜증이 난다는 듯 책과 연필을 내려놓고 몸을 돌려 탁자 위에 자루를 거꾸로 쏟았다. 은화와 금화와 5파운드짜리 잔돈이 와르르 소리를 내며 탁자 위에 쏟아져내렸다. 폴은 석탄 채굴량을 적은 서류와 대조해 가며 날랜 솜씨로 계산을 해서 돈을 분류해 놓았다. 그리고 나서 바커가 서류를 한 번 훑어보았다.

모렐 부인은 2층으로 올라갔고 세 명의 광부는 탁자 곁으로 모였다. 모렐은 이 집의 주인으로서 따뜻한 난롯불을 등지고 자기 안락의자에 앉았고 다른 두 사람은 불가에서 떨어져 앉았다. 세 사람 다 돈에는 손을 대지 않았다.

"심슨의 몫은?"

모렐이 물었다. 그러자 두 광부는 그 날품팔이꾼의 임금에 대해서 잠시 의논한 끝에 그의 몫을 떼어놓았다.

"그리고 빌 네일러의 몫은?"

역시 그의 돈도 따로 떼어놓았다. 웨슨은 회사 사택에 살고 있기 때문에 그의 집세를 공제하고 모렐과 바커는 각각 4실링 6펜스를 챙겼다. 그리고 모렐은 집에 필요한 석탄을 탄광에서 샀기 때문에 바커와 웨슨이 각각 4실링을 찾아갔다. 다음부터는 아주 간단했다. 모렐은 세 사람 몫으로 골고루 금화를 한 닢씩 나누어 가지고 그것이 없어지자 은화와 잔돈을 똑같이 나누었다. 끝에 가서 나눌 수 없는 돈이 남으면 그것은 모렐이 차지하고 대신 술을 한턱냈다.

돈을 다 나누자 세 광부는 자리에서 일어나 밖으로 나갔다. 모렐은 아내가 내려오기 전에 급히 집에서 빠져나갔다. 문이 닫히는 소리를 들은 모렐 부인은 아래층으로 내려와 얼른 오븐 속의 빵을 들여다보았다. 그리고 식탁 위에 남편이 놓고 간 돈을 흘끔 쳐다보았다. 다시 공부를 하고 있던 폴은 어머니가 일주일 치 수입을 세어보고 몹시 화가 났다는 사실을 알 수 있었다.

"쯧쯧쯧!"

모렐 부인은 분한 듯이 혀를 찼다. 폴은 얼굴을 찌푸렸다. 그는 어머니가 화를 낼 때는 공부를 할 수 없었다. 모렐 부인은 한 번 더 돈을 세어보았다.

"겨우 25실링이야. 계산서에는 얼마였지?"

모렐 부인이 소리쳤다.

"10파운드 11실링이요."

폴도 화난 소리로 대답했다. 그는 이제부터 발생할 일들이 너무 두려웠다.

"원, 겨우 25실링을 내놓고 술집으로 가다니. 게다가 이번 주에는 클럽 외상값도 물어야 해. 안 봐도 알겠지 뭐냐. 네가 돈을 버니까 자기는 더 이상 살림에 돈을 안 대도 좋다고 생각하는 거야, 그렇고 말고. 그리고 자기는 그 돈으로 먹고 마시면 된다고 생각하고 있어. 하지만 두고 보라지."

"엄마, 그만두세요."

폴이 큰 소리로 말했다.

"뭘 그만두란 말이냐?"

모렐 부인도 소리쳤다.

"그만하시라고요. 제가 공부를 할 수 없잖아요."

이내 모렐 부인은 화를 가라앉혔다.

"그래, 알았다. 하지만 너도 생각해 보렴. 이걸로 어떻게 살림을 꾸려나갈 수 있겠니?"

"화를 낸다고 나아지는 것도 없잖아요."

"만약 네가 이런 일을 견뎌야 한다면 어떻게 할지 알고 싶구나!"

"이제 곧 제 돈이 나와요. 아버지는 멋대로 하시라고 그러세요."

폴은 하던 일로 돌아갔고, 모렐 부인은 사나운 표정으로 보닛 끈을 맸다. 어머니가 짜증을 내면 폴은 참을 수가 없었다. 그는 차차 어머니에게 자신의 존재를 주장하게 되었다.

"위에 있는 빵 두 개는 20분 후면 익으니까 잘 좀 보렴."

"걱정 마세요."

어머니가 시장을 보러 나가자 폴은 혼자 남아서 일을 계속했다. 그러나 여느 때처럼 정신을 집중할 수가 없었다. 그는 뜰의 문 소리에 귀를 기울였다.

7시 15분 쯤에 문 두드리는 소리가 나고 미리엄이 들어왔다.

"혼자 있어?"

"그래."

미리엄은 마치 자기 집에 들어온 듯 모자와 긴 외투를 벗어서 못에 걸었다. 그녀의 행동에 폴은 기쁨으로 몸을 떨었다. 이 집이 그와 그녀, 두 사람의 집인 것처럼 생각되었던 것이다. 미리엄은 그의 곁으로 와서 그가 하는 일을 들여다보았다.

"이게 뭐야?"

"옷감을 염색하고 수를 놓기 위한 도안이야."

미리엄은 근시인 것처럼 몸을 숙여 그림을 들여다보았다. 폴은 미리엄이 어떤 것이든 자신의 것을 들여다보며 무엇을 하는지 조사하려는 행동이 신경에 거슬렸다. 폴은 거실로 가서 갈색 모직 천 접은 것을 들고 와서 조심스럽게 마루에 펼쳤다. 그것은 장미 도안을 아름답게 박은 커튼이나 벽걸이 천 같은 것이었다.

"아, 고와라."

단순화된 멋진 빨간색 장미꽃과 짙은 녹색 줄기가 다소 무시무시한 느낌을 풍기면서 미리엄의 발아래 펼쳐졌다. 그녀는 까만 곱슬머리를 늘어트리고 그 앞에 무릎을 꿇었다. 폴은 자기 작품 앞에 황홀해져서 몸을 굽히고 있는 미리엄을 보자 가슴이 두근거리기 시작했다. 갑자기 미리엄이 폴을 쳐다보았다.

"어째서 이게 잔인해 보이는 거지?"

미리엄이 물었다.

"뭐라고?"

"이 무늬에는 어딘지 잔인한 느낌이 있는 것 같아."

"어떻게 보이든 잘 된 그림이야."

폴은 보물을 만지는 듯한 손길로 소중하게 작품을 개면서 말했다. 미리엄은 생각에 잠겨서 천천히 일어났다.

"그걸 어떻게 할 생각이야?"

"런던의 리버티 직물백화점에 보내야지. 어머니를 위해서 만든 거지만 어머니에게는 돈이 더 좋을 것 같아."

"그렇겠지."

폴의 말투가 약간 괴로운 것 같아서 미리엄은 그를 동정했다. 미리엄이었다면 돈 같은 건 아무래도 좋았다.

폴은 그 천을 다시 거실에 갖다놓고 와서 무언가 작은 것을 미리엄 앞에 던졌다. 그것은 같은 디자인으로 만든 쿠션 커버였다.

"그건 널 위해 만든 거야."

미리엄은 떨리는 손으로 그 작품을 만졌지만 아무 말도 하지 않았다. 그때 폴이 깜짝 놀란 표정으로 외쳤다.

"큰일났다, 빵이!"

폴은 오븐 제일 위칸의 빵을 꺼내서 힘차게 툭툭 쳤다. 빵은 다 구워져 있었다. 그는 빵을 식히기 위해 난로 위에 얹었고, 세면실로 가서 손을 적시고 돌아와 질그릇에 남아 있던 밀가루 반죽을 떼어서 오븐에 넣었다. 폴은 손에 붙은 반죽을 문질러 떼어내면서 미리엄에게 물었다.

"마음에 들어?"

미리엄은 사랑에 불타는 검은 눈으로 폴을 올려다보았다. 그는 난처한 듯이 웃어 보이고 그 도안에 대해 이야기하기 시작했다. 폴은 자기 일에 대해 미리엄에게 이야기하는 것이 가장 큰 기쁨이었다. 그가 작품에 대해 이야기를 하거나 구상을 하면 그의 열정도 끓어오르는 피도 미리엄과의 관계 속으로 흘러 들어갔다. 미리엄은 상상력을 이끌어내는 존재였다. 마치 여자가 언제 자궁 속에 아이를 가지게 되었는지 자신도 알지 못하는 것과 마찬가지로 미리엄도 그것을 깨닫지는 못했다. 그러나 폴과 미리엄 두 사람에게는 바로 이것이 생활 자체였던 것이다.

"아마 부활절에는 올 거예요."

"너무 심하잖아요, 교원시험에 통과하지 못했다고 내쫓다니?"

"글쎄."

비어트리스는 차갑게 말했다.

"언니가 당신은 어느 누구 못지않은 훌륭한 선생이라고 하더군요. 우스운 일이에요. 그런 당신이 왜 시험에 합격하지 못했을까요?"

"머리가 모자라서 그렇죠. 안 그래요, 사도님?"

비어트리스는 간단하게 대답했다.

"남을 물어뜯는 재주는 있어요."

폴이 웃으면서 대꾸했다.

"이런 나쁜 사람 같으니!"

비어트리스는 소리를 지르며 벌떡 일어나 폴에게 달려들어 뺨을 때리려고 했다. 그녀의 손은 작고 예쁘장했다. 폴이 그녀의 손목을 붙잡고 한참 실랑이를 벌였다. 겨우 빠져나온 그녀가 이번에는 폴의 진한 갈색 머리카락을 두 손으로 쥐어잡고 흔들었다.

"비어트리스!"

폴은 흐트러진 머리카락을 손가락으로 가다듬으며 말했다.

"난 당신이 제일 싫어!"

비어트리스는 들떠서 웃었다.

"조심해요! 당신 옆에 앉을 테니까."

"당신보다는 차라리 암여우 옆에 앉는 것이 나아요."

폴은 이렇게 말하면서도 자기와 미리엄 사이에 그녀가 앉을 자리를 내주었다.

"예쁜 머리칼이 엉망진창이 됐군요."

비어트리스는 자기 빗을 꺼내서 폴의 머리를 빗겨주었다.

"그리고 이 멋진 콧수염도."

비어트리스는 폴의 고개를 뒤로 젖히고 이제 겨우 자란 콧수염도 빗으로 빗겼다.

"이건 심술 사나운 수염이야. 위험을 나타나는 빨간색이라고요. 담배 가진 것 있어요?"

폴은 주머니에서 담배 케이스를 꺼냈다. 비어트리스는 그 속을 들여다보았다.

"코니가 당신에게 준 마지막 담배를 피우게 되다니."

비어트리스는 담배 한 대를 입에 물었다. 폴이 성냥불을 붙여주자 그녀는 맛있다는 듯이 연기를 내뿜었다.

"고마워요."

비어트리스는 놀리듯이 말했다. 이 장난은 그녀에게 짓궂은 즐거움을 주었다.

"폴은 불을 붙이는 솜씨가 멋있어요. 그렇게 생각하지 않아요, 미리엄?"

"그렇군요."

미리엄이 말했다. 폴도 담배를 꺼내 입에 물었다.

"자, 불 붙여요."

비어트리스는 불이 붙어 있는 자기 담배를 폴에게 내밀었다. 폴은 그녀의 담뱃불로 자기 담배에 불을 붙이려고 그녀에게 몸을 굽혔다. 그때 비어트리스가 윙크를 했다. 미리엄은 폴의 눈이 장난스럽게 떨리고, 두툼하며 육감적으로 보이는 입술이 미세하게 떨리는 것을 보았다. 폴은 제정신이 아니었다. 미리엄은 그대로 보고 있을 수가 없었다. 그러한 폴과는 아무런 상관도 없고 이런 곳에는 있고 싶지도 않았다. 담배는 그의 붉은 입술에 물린 채 떨리고 있었다. 갈색의 숱이 많은 머리칼이 이마 위에 흩어져 내려와 있는 것도 미리엄은 보기 싫었다.

"귀여운 사람."

비어트리스는 폴의 턱을 살짝 잡아올리고 볼에다 가볍게 키스를 했다.

"나도 키스를 갚아줘야지."

"안 돼!"

비어트리스는 벌떡 일어나서 달아나며 깔깔거리고 웃었다.

"폴은 체면도 없어. 그렇죠, 미리엄?"

"그래요. 그런데, 빵은 어떻게 됐지?"

미리엄의 말에 폴이 오븐 뚜껑을 재빠르게 열었다.

"아!"

파르스름한 연기가 혹 솟아나오고 탄 냄새가 났다.

"어머나."

비어트리스가 폴의 곁으로 다가와 외쳤다. 오븐 앞에 웅크리고 앉아 있는 폴의 어깨 너머로 그녀는 오븐 안을 들여다보았다.

"이건 옛 사랑을 망각한 결과예요."

비어트리스가 말했다. 폴은 짜증을 내며 빵을 꺼냈다. 한 개는 밑바닥이 시커멓게 탔고 또 한 개는 벽돌처럼 딱딱해졌다.

"불쌍한 엄마!"

폴이 탄식하듯 말했다.

"탄 부분을 갈아놓는 게 좋겠어요. 얼른 강판을 가져와요."

비어트리스는 오븐 속에서 빵을 꺼냈고 폴이 강판을 가져오자 식탁 위에 신문지를 깔고 빵의 탄 부분을 갈아냈다. 폴은 문을 열고 빵의 탄 냄새를 밖으로 몰아냈고, 비어트리스는 담배를 피우며 숯같이 까맣게 탄 부분을 빵에서 떼어냈다.

"미리엄, 이건 당신 탓이에요."

비어트리스가 말했다.

358

"내가!"

미리엄은 깜짝 놀라서 큰 소리로 외쳤다.

"폴의 어머니가 오시기 전에 돌아가는 게 좋을 거예요. 난 앨프리드 대왕[29]이 왜 케이크를 태웠는지 이제야 알 것 같아요. 폴, 이렇게 말해요. 일에 열중해서 잊어버렸다고요. 그렇게 말해서 통할 것 같으면 그렇게 꾸며요. 아주머니가 조금만 일찍 돌아왔더라면 불쌍한 폴이 아니라 빵을 까맣게 잊어버리게 한 뻔뻔스러운 여자의 뺨을 때렸겠죠?"

비어트리스는 빵을 갉아내면서 혼자 킥킥거리며 웃었다. 미리엄도 그냥 웃고 말았고 폴은 슬픈 듯이 불씨를 되살리고 있었다. 순간 뜰의 문이 탁 하고 닫히는 소리가 났다.

"얼른! 이걸 젖은 수건으로 싸요!"

비어트리스가 갉아낸 빵을 폴에게 주면서 외쳤다. 이내 폴은 식기실로 사라졌고, 비어트리스는 갉아낸 빵 부스러기를 난로 속에 불어넣어버리고 시치미를 뚝 땐 체 앉아 있었다. 먼저 애니가 뛰어 들어왔다. 애니는 무뚝뚝하면서도 눈치 빠른 처녀였다. 갑자기 밝은 방에 들어온 그녀는 눈을 깜빡거렸다.

"뭔가 탄내가 나는데?"

애니가 큰 소리로 말했다.

"담배예요."

비어트리스가 태연스럽게 대답했다.

"폴은 어디 있어?"

---

29) Alfred the Great(849~899). 영국의 앵글로와 색슨족을 하나로 뭉치게 하여 잉글랜드 통일을 이룬 왕이다. 앨프리드는 국왕이 아닌 것처럼 행색을 꾸며서 달아날 일이 있었는데, 어느 촌민의 오두막집에서 음식과 잠자리를 대접받고 그 집 허드렛일을 해주게 되었다. 어느 날 그 집 아내가 땔나무를 하러 가면서 화덕 위에 올려놓은 케이크가 타지 않게 봐달라고 했지만 바이킹을 몰아낼 생각에 골몰해 있던 앨프리드는 케이크를 까맣게 태워버려서 촌민의 아내에게 잔뜩 혼난 일이 있었다고 한다 – 옮긴이

곧이어 레너드가 애니를 따라 들어왔다. 그는 가름하고 어릿광대 같은 얼굴에 몹시 슬퍼 보이는 푸른 눈을 가진 청년이었다.

"두 사람끼리 알아서 문제를 해결하라고 나가 있는 모양인데."

레너드는 동정하는 눈으로 미리엄을 보고 나서 비어트리스에게는 점잖게 비꼬는 태도를 보였다.

"아네요, 좀 전에 9호와 같이 나갔어요."

비어트리스가 말했다.

"조금 전에 5호를 만났는데 폴의 안부를 묻더군."

레너드가 말했다.

"그래요. 우리는 솔로몬 왕이 내린 판결처럼 폴을 나누어 가질 거예요."

비어트리스의 말에 애니는 웃음을 지었다.

"오, 그래? 그럼 당신 몫은 어느 부분이죠?"

레너드가 물었다.

"글쎄, 난 맨 나중에 가질래요."

"그럼 다 고르고 남은 찌꺼기를 갖겠다는 건가."

레너드는 어릿광대 같은 얼굴을 찌푸리며 말했다.

애니가 오븐 속을 들여다보았다. 미리엄은 무시당한 채 앉아 있었다. 그때 폴이 들어왔다.

"폴, 빵 꼬락서니 좀 봐."

애니가 말했다.

"그럼 나가지 말고 집에서 지키고 있지 그랬어."

"자기가 맡았으면 자기가 조심해야지."

"그럼요, 그래야죠."

비어트리스가 큰 소리로 말했다.

"폴이 엄청 바빴나 보지."

레너드도 끼어들었다.

"오는 길이 형편없었지, 미리엄?"

애니가 물었다.

"응……. 하지만 이번 주 내내 집에만 있어서……."

"바람도 좀 쐬고 싶었겠지, 뭐."

레너드가 친절한 어투로 거들어주었다.

"그래, 내내 집에만 틀어박혀 있을 수는 없어."

애니가 상냥하게 동의했다.

비어트리스는 외투를 입고 레너드와 애니와 함께 나갔다. 그녀는 자기 남자친구를 만나러 가는 길이었다.

"폴, 빵 좀 잘 봐."

애니가 큰 소리로 말했다.

"잘 놀다 가, 미리엄. 비는 안 올 거 같아."

모두 나가버리자 폴은 수건으로 싼 빵을 가져와서 풀고 슬픈 표정으로 바라보았다.

"야단났는걸."

"하지만 그리 큰일은 아니잖아……. 2펜스 반 정도밖에 안 돼."

"그래, 하지만…… 엄마는 빵 굽는 데 무척 신경을 쓰시거든. 아마 속상해하실 거야……. 그렇지만 걱정해 봤자 별수 없는 일이지."

폴은 빵을 들고 부엌으로 갔다. 그와 미리엄 사이에는 약간의 거리감이 생겼다. 폴은 잠시 비어트리스와 자신의 행동을 떠올리면서 어찌할 바를 모르고 생각에 잠겨 있었다. 내심 미안하기도 했지만한 편으로는 기쁘기도 했다. 이유는 알 수 없지만, 왠지 미리엄을 골려 준 것 같은 기분이 들었다. 후회는 하지 않았다.

미리엄은 엉거주춤하게 서 있는 폴이 무엇을 생각하고 있는지 궁금했다. 숱이 많은 그의 머리카락이 이마 위에 흩어져 있었다. 왜 나는 그의 머리를 다시 빗겨서 비어트리스의 빗자국을 없앨 수 없는 것일까? 왜 두 팔로 그의 몸을 끌어안으면 안 되는 것일까? 그의 몸은 탄탄하고 싱그러웠다. 그런데 다른 여자들에겐 자신의 몸을 허락하면서 어째서 나에게는 허락하지 않는 것일까?

돌연 폴은 정신이 들었다. 그가 재빨리 이마 위에 흐트러진 머리카락을 뒤로 쓸어 넘기고 미리엄에게 다가왔을 때 그녀는 공포로 몸을 떨었다.

"8시 반이야. 기운을 내야지. 프랑스어 노트는?"

미리엄은 수줍고 약간 괴로운 듯이 연습장을 꺼냈다. 매주 그녀는 프랑스어로 자신의 내면 생활을 일종의 일기처럼 써왔다. 폴은 이것이 그녀에게 프랑스어 작문 연습을 시킬 수 있는 유일한 방법이라는 것을 깨달았다. 그녀의 일기는 사랑의 편지와 같았다. 폴은 이제 그것을 읽을 테지만, 그가 지금 상태에서 자기 영혼의 기록을 읽는다는 것은 그것을 더럽히는 것 같이 생각되었다.

폴은 그녀 곁에 앉았다. 미리엄은 그의 따뜻하고 건장한 손이 엄하게 자신의 작문을 고쳐가고 있는 것을 지켜보았다. 폴은 다만 글자를 보고 있을 뿐, 그 안에 들어 있는 미리엄의 영혼 같은 것은 무시했다. 그러나 차츰 그의 손은 바로잡는 일을 잊고 꼼짝도 하지 않은 채 소리 없이 그녀의 글을 읽고 있었다. 미리엄은 몸을 떨었다.

오늘 아침은 새들이 나를 깨웠습니다. 아직 날이 다 새지는 않았습니다. 그러나 침실의 작은 창문은 하얘지고 노래졌습니다. 그리고 숲속의 새들이 모두 힘차게 소리를 맞춰서 노래하기 시작했습니다. 새벽 전체가 떨리고 있었습니다. 나는 당신의 꿈을 꾸었던 거예요. 당신도 새벽의 광경을 보고 계실까요? 새들은 매일 아침 나를 깨워줍니다. 그리고 개똥지빠귀의 노래를 듣다 보면 전 어쩐지 외로워집니다. 그것

"그럼 내게 관계 있는 문제가 뭐란 말이냐?"

모렐 부인은 화를 터트리듯이 눈을 번득이며 대꾸했다. 폴은 고통으로 미간을 찌푸렸다.

"엄마는 연세가 드셨고, 우린 젊어요."

폴은 다만 연령의 차이로 어머니와 자기의 관심사가 다르다는 것을 말하려고 했을 뿐이었다. 그러나 그 말을 입 밖에 낸 순간 하지 말아야 할 말을 했다는 사실을 깨달았다.

"오냐! 나도 알고 있다……. 난 늙었어. 그러니까 비켜 서 있어야지. 이제 너와는 같이 할 수 있는 일이 하나도 없으니까. 난 네 뒤치다꺼리나 해달라는 거겠지…… 이야기는 미리엄과 하고 말이다."

폴은 참을 수 없이 괴로웠다. 그는 본능적으로 자기가 어머니에게는 생명과 같다는 것을 깨달았다. 그리고 결국 어머니는 자기에게 가장 소중하고 유일한 사랑이었다.

"아니에요, 엄마. 그렇지 않다는 건 엄마도 아시잖아요."

폴의 부르짖음에 모렐 부인은 마음이 움직였고, 이내 아들이 불쌍해졌다.

"그렇지만 그렇게밖에 보이질 않아."

몰레 부인은 절망감에서 살아난 듯한 심정으로 말했다.

"아니에요, 엄마. 전 정말 미리엄을 사랑하지 않아요. 같이 이야기를 하지만 엄마가 있는 집으로 돌아오고 싶은걸요."

폴은 칼라와 넥타이를 풀고 침실로 가려고 일어섰다. 그가 어머니에게 키스하려고 허리를 굽혔을 때, 그녀는 아들의 목을 양팔로 껴안고 어깨에 얼굴을 파묻으며 흐느껴 울었다. 그것은 평소의 어머니 모습과 너무 달라서 폴은 괴로움에 몸부림쳤다.

"난 정말 참지 못하겠어. 다른 여자라면 몰라도…… 미리엄은 싫다. 그 애는 널 독차지하고 내 몫은 조금도 남겨두지 않을 거야……."

폴은 그 말을 듣자 미리엄이 몹시 미워졌다.

"그리고 나에게는…… 너도 알겠지……. 내겐 남편이 없다고 할 수 있어. 진정한 의미에서 말이다……."

폴은 어머니의 머리를 쓰다듬고 그녀의 목덜미에 입술을 가져다 댔다.

"그런데 내게서 널 빼앗아간 그 애는 기뻐 날뛰고 있구나. 그 애는 보통 여자들과는 달라."

"전 미리엄을 사랑하지 않아요."

폴은 슬픈 마음으로 고개를 숙이고 어머니의 어깨를 보면서 중얼 거렸다. 모렐 부인은 아들에게 한참 동안 격렬히 키스했다. 자신도 모르게 폴은 어머니의 얼굴을 다정하게 어루만졌다.

"자, 이제 가서 자거라. 아침에 너무 고단하겠구나."

그때 모렐 부인은 남편이 돌아오는 소리를 들었다.

"아버지가 오신다……. 이제 가서 자거라."

갑자기 모렐 부인은 공포에 쫓기듯이 아들을 마주 보았다.

"내가 너무 이기적인가 보다. 네가 그 애를 원한다면 네 마음대로 하려무나."

어머니의 얼굴은 여태까지 본 적도 없는 듯한 표정으로 바뀌었다. 폴은 떨면서 어머니에게 키스했다.

"아, 엄마."

모렐은 비틀거리면서 돌아왔다. 그의 모자는 한쪽 눈 위로 내려와 있었다. 그는 문간에서 허청거리는 몸을 곧추세웠다.

"또 무슨 수작을 부리고 있었군."

모렐이 마치 독을 품은 목소리로 말했다. 모렐 부인의 감정은 별 안간 자신에게 달려든 주정뱅이 남편에 대한 증오심으로 변했다.

"주정뱅이의 말다툼은 아니에요."

"흠—흠! 흠—흠!"

모렐은 차갑게 비웃은 다음 복도로 가서 모자와 외투를 걸었다.

모렐 부인과 폴은 아버지가 계단을 세 개만 디디고 식료품 저장실로 들어가는 소리를 들었다. 모렐은 돼지고기 파이 한 조각을 손에 들고 돌아왔다. 그것은 모렐 부인이 아들을 위해 사놓은 것이었다.

"그건 당신을 위해서 산 게 아니에요. 겨우 25실링밖에 주지 않는데, 당신 먹으라고 돼지고기 파이를 사온 줄 알아요? 당신 뱃속엔 이미 맥주가 가득 차 있잖아요!"

"뭐야? 뭐라고?"

모렐은 휘청휘청 넘어질 듯하면서 으르렁거렸다.

"뭐? 날 위해서 사온 게 아니라고?"

고기 파이를 쳐다보던 모렐은 느닷없이 발작을 일으키면서 분에 못 이겨 파이를 불 속으로 던져버렸다.

"왜 먹을 것을 버리세요!"

폴이 벌떡 일어나며 큰 소리로 말했다.

"뭐가 어째? 어린 놈이 건방지게, 맛 좀 봐라!"

모렐이 주먹을 쥐고 벌떡 일어나면서 소리소리 질렀다.

"좋아요!"

폴이 머리를 한쪽으로 기울이며 악에 차서 말했다. 때마침 폴은 무엇이든 실컷 갈겨주고 싶은 심정이었다. 모렐은 엉거주춤 주먹을 쥐고 곧 달려들 태세였다. 폴은 입술에 미소를 띠고 서 있었다.

"어디 이놈!"

모렐은 신음 소리를 내며 힘껏 주먹을 휘둘렀지만 폴의 얼굴을 살짝 스쳤을 뿐이었다. 두 사람의 거리는 매우 가까웠지만 그는 정말 아들을 칠 생각은 없었던 것이다.

"좋아요!"

폴은 아버지의 입가를 겨누었다. 그는 꼭 일격을 날리고 싶었던 것이다. 그때 뒤에서 희미한 신음 소리가 들려왔고, 죽은 듯이 창백한 얼굴에 입술은 보랏빛으로 변한 어머니가 보였다. 모렐은 다시 가격을 하기 위해 몸을 흔들고 있었다.

"아버지!"

폴의 외침이 온 집 안에 울려 퍼졌다. 모렐은 깜짝 놀라 무슨 일인가 하고 바로 섰다.

"엄마가! 엄마가!"

폴이 신음하는 듯한 소리로 부르짖었다. 모렐 부인은 정신을 차리려고 애를 썼다. 몸을 움직일 수는 없었지만 멍한 눈으로 아들을 바라보았다. 그녀는 차차 정신이 맑아 왔다. 폴은 어머니를 소파에 눕히고 재빨리 2층으로 올라가 위스키를 가져왔다. 어머니가 가까스로 위스키를 한 모금 마실 수 있게 되자 폴의 뺨에 눈물이 주르륵 흘러내렸다. 어머니 앞에 꿇어앉았을 때 그의 얼굴은 눈물로 젖어 있었지만 소리는 내지 않았다. 모렐은 방 저쪽 구석에서 팔꿈치를 무릎 위에 대고 앉아서 이쪽을 노려보고 있었다.

"대체 무슨 일이냐?"

"기절하셨어요!"

"흠!"

모렐은 신발 끈을 풀기 시작했다. 그러고는 비틀거리면서 자러 올라갔다. 이 싸움은 폴이 집에서 한 마지막 싸움이었다.

폴은 여전히 무릎을 꿇고 앉아서 어머니의 손을 쓰다듬었다.

"엄마, 기운을 내세요……. 기운을 내세요!"

폴은 몇 번이고 되풀이해 말했다.

"아무 일도 아니다, 얘야."

모렐 부인이 낮게 중얼거렸다. 그제야 폴은 일어나서 커다란 석탄

덩어리를 가져와 난로에 넣었다. 그런 다음 방을 말끔히 치우고 물건들을 정리한 뒤 내일 아침식사 준비도 해놓고 어머니의 촛불을 가져왔다.

"주무시러 가실 수 있겠어요?"

"그래."

"아버지와 주무시지 말고 누나와 주무세요."

"아니다, 내 침대로 갈 거야."

"아버지와 같이 주무시지 마시라니까요."

"내 침대에서 잘 거야."

모렐 부인이 일어나자 폴은 가스등을 끄고 어머니의 촛불을 들고 그녀 뒤를 바싹 따라 계단을 올라갔다. 층계 위에서 그는 어머니를 끌어안고 뜨거운 키스를 했다.

"안녕히 주무세요, 엄마."

"그래, 잘 자라."

폴은 자신의 비참한 꼴이 견딜 수 없어서 베개에 얼굴을 묻었다. 그러나 자신이 아직도 어머니를 가장 사랑하고 있다는 사실에 영혼 속 어디에선가 평온함을 느꼈다.

다음날, 모렐은 아들과 화해하려고 무진 애를 썼고 그것은 폴에게 참을 수 없는 모욕이었다.

세 사람 모두가 되도록 간밤의 그 소동을 잊으려고 노력했다.

⟨제2권으로 이어집니다⟩

국립중앙도서관 출판시도서목록(CIP)

아들과 연인. 1 / 데이비드 허버트 로렌스 지음 ; 이은경 옮김. --
고양 : 현대문화센타, 2010
    p. ;   cm. -- (세계명작시리즈)

원표제: Sons and lovers
원저자명: David Herbert Lawrence
영어 원작을 한국어로 번역
ISBN 978-89-7428-373-5 04840 : ₩10000
ISBN 978-89-7428-372-8(세트)

영국 소설[英國小說]

843.5-KDC5
823.912-DDC21   CIP2010002403

아들과 연인 /

초판 1쇄 인쇄일 | 2010년 07월 05일
초판 1쇄 발행일 | 2010년 07월 12일

지은이 | 데이비드 허버트 로렌스
옮긴이 | 이은경
발행처 | 현대문화센타
발행인 | 양장목
출판등록 | 1992년 11월 19일
등록번호 | 제3-448호
주소 | 경기도 고양시 일산동구 백석동 1309
대표전화 | 031-907-9690~1   팩시밀리 | 031-813-0695
이메일 | hdpub@hanmail.net
ISBN 978-89-7428-373-5 (04840)
        978-89-7428-372-8 (전2권)

잘못 만들어진 책은 구입하신 서점에서 교환하여 드립니다.